石原慎太郎
短編全集 I

幻冬舎

石原慎太郎 短編全集 I

石原慎太郎
短編全集Ⅰ

目次

カバー写真／渡辺尚希
ブックデザイン／幻冬舎デザイン室

聖餐

包装の中の少女たちの素裸は何かの標本のようにも見える。あるいは半透明な槽の中に飼われた魚のようにも。

音楽の間の小休止で動きが止まっているせいか、包装のビニール袋のスモークの色合いもあって、客たちの目の前に置かれたものが何なのかすぐにはわかりにくいほどだった。

「すこし色が暗すぎたんじゃないか」

振り返っていった健に、支配人の沖山は首を横に振り促すように顎で彼女たちを指した。

音楽がかかると沖山のいおうとしたことがすぐにわかった。今まで目の前のカウンターの上でほとんど停止していた奇妙な物体が次の音楽でまた急に勢いを得たように動き出すと、大きなビニールの袋に収(しま)われたものが何なのかがすぐにわかる。というより動き出すとそれは素っ裸の少女以上のものを連想させる。

彼女たちが袋の中で勝手に手足を動かし胴をくねらせて踊ると、その度肩や尻や肘が被(かぶ)されたビニールを押しつけて突っぱり、押しつけられた体の部分を誇張した印象で浮き出させる。

肌に張りついたビニール越しに眺める肉体の一

部は、それだけが別の生き物のようにも見えた。

動きにつれてビニールの袋の立てる音も気にはならない。むしろかえって中に収われたものの生々しさを感じさせ、今にも袋がはちきれ破れて中から正真の裸の体が勢いよく飛び出してくるような気にさせて、眺めている者を妙な緊張に誘う。

間近に眺める者の目には、ビニール越しに誇張される肉体の部分がグロテスクにさえ見える。客たちは目の前に飛び出してくる部分が尻や下腹や太ももだったりするとその度歓声を上げ手で触れようとし、少女たちもビニール越しのせいか臆せずに、それを待つように大胆に振る舞ってみせる。

もっとも、客がきわどい部分にまで手を伝わせようとすると、彼女たちはすかさず腰を振り、厚いビニールの弾力で相手の指をはね飛ばしてしまった。その度にまた歓声が上がる。

誰かの手が幸運にも、挑むように突き出された彼女の恥丘のヘアを捉える。しかしその瞬間それを狙いすましたように腰を引き、滑った男の手はだぶついたビニール袋を握りしめて終わる。男の他の仲間がそれに代わり、少女はまたその手を挑発してみせる。

すこし離れて眺めると、踊っている少女たちを包んだスモークのかかったビニールの袋は、形のすこし崩れた巨きなクラゲのようにも見えた。

何に見えようと、目の前にあるものがビニール袋に包装された少女の素裸であることに違いはない。違いはないが、客と彼女たちの間を色つきのビニールが一枚隔てているということでの黙約のようなものがあった。

同時にそれは今限りの法律の範囲でも、ただの素裸ではなくあくまで包装された品物ということにもなる。それ故にも客も少女たちもくつろいで見える。劇場で客たちが参加してする生々しいショウとは違って、ここでは両方に遊びの余裕がある。

「これは一種の金魚掬(すく)いですよ」

沖山がいったが、掬う客と掬われる少女たちもそれなりに結構興奮している。

「これはあたりましたよ」

「なら、どれくらいもつかな」

「一月(ひとつき)はもたせたいね。評判が立てば奴等はすぐ飛んでくるだろうけど。こうなると、まったく知恵くらべですな」

法的な言い訳は考えてはあるが、相手がそれを認めるかどうか。なんだろうと目の前にあるものが、たとえ包装されていようと若い女の素裸であることに違いはなかった。

法律の定めるところによれば、素っ裸の女は猥褻(わいせつ)なものということだが、包装されている限り猥褻物陳列ということにはならず、だからそれに触る客の行為も猥褻ということにはならない、というのがこちらの理屈ではあったが、この町にやってくる客たちが喜ぶ限り、それは連中にとって目ざわりであり、目ざわりなものを法で規定して裁くということに関して、こと自分たちの面子(メンツ)がからめば相手は手段を選びはしなかった。

いずれにせよ遠からず目の前の光景も、権威なるものの手で、好ましからざる光景としてやがて淘汰(とうた)されるだろうが、今限り健は満足していた。なによりもこの思いつきを客も、それに女の子たちまでが楽しんでいる。店の雰囲気も決して深刻ではなしに、うきうきと、皆んなして何やら共通の冗談を楽しんでいるようなところさえあった。

思えば今までいろいろなものを考え出してきた。それなりに出来不出来もあった。そしてそんな試みを通じて、健にはこの頃、人間なる者たちについて何やらわかってきたような気もする。

この種の商売を続ける商売人やその客たちも、そしてそれを取りしまる官憲も、実は同じものを忌避し、同じものを恐れているような気がする。いや、あるいは、結局みんな同じものを求めているのかもしれない。

それはいってみれば、ある完璧な逸脱、完全な冒瀆(ぼうとく)といえるかもしれない。

そして、それが出来るほど強くも巧みでもない人間たちが、結局は至らざる極の周りをうろうろ走り回っているだけのような気がする。

それにしても、愛というものを殺(そ)いでしまった性に関わり蠢(うごめ)く人間というのはみんななんと剝き出しにのっぺりとしたものだろう。実はこれほど無機的で人間らしからぬ風景は他に在(あ)りはしまいに。何かの戦争で行なわれる大虐殺の方がまだしも人間的なような気さえする。

この仕事に手を染めてから健が得た確信は、性は人間にとってなんの始まりでも究極でもありはしない、ということだった。

人がなんと呼ぶかは知らないが、ともかくもこれが、彼が新規に創り出した商品だった。客は楽しみ、多分仲間は喝采し、揚げ句に当局は条例の一つも改正するかもしれない。それは彼の想像力のささやかな得点かもしれないが、もう今ではそれで心ときめくこともなくなった。

人間の性欲という範疇の中で素材と状況を組み合わせながら、彼は今まで幾つかの人気の商品、というか商売の手立てを考え出してはきた。それは、その趣向に満足する客たちにとっては新鮮な一種の劇のようなものだったかもしれないが、彼にとってはいつの頃からかもうただの生活のための術でしかなくなっている。

そうした努力の中で、凝れば凝るほど何か肝心なものから遠ざかっていくような気がする。それが何なのかはよくはわからぬが、この術にむらがる人間の大方は、それを心して求めている訳でもないだろうに。

そう知れば知るほど、自分が講じている手立ての中でいつか彼等にもっと、あっというような、何か絶対的なものを与えてやりたい、いや必ず出来るはずだと思ってはいるのだが。そんな自分を健気にも思うことがある。

つまり、俺は昔から仕事熱心だったものだ、と。

今回の趣向は前にくらべて、やっている人間たちが息づきいきして見える。その限りでは満足だった。前回は遊びのメカニズムが基本的に違うが、ただ奇をてらっただけのものでしかなかった。

喫茶店と称する店の中に白木の棺桶を並べて、

客たちがその中に横になる。

棺桶の蓋は下半分と顔の窓だけが開いている。肩口から腕の辺りを封じられた客がどうにも自由がきかずに横になっているのを、女たちが希まれるままに弄び、手淫と口淫をほどこしてやる。


生きている人間が縁起でもない箱の中に入るのが倒錯。その中で、注文はしても手を封じられたまま一方的に女たちに冒されるのが倒錯。

それをはたで酒を飲みながら眺めて笑っているのも倒錯、ということでこれも結構繁盛した。

参加している連中はどんな気分かは知らないが、作者の彼にはなんとなく陰気なものにしか思えなかった。

あの新商売も、真似た店が狭い町に他に三軒も出来たところで予想通り潰された。


客のふりをして覗いてみて、作者として満足、というかいかにも微笑ましかったのは、パンティの試着のショウだった。

ショウといっても客と売り子一対一で行なう他愛のない視姦ごっこだが、それでも根強い人気があった。

喫茶店の壁に派手な飾りのついた色とりどりのさらのパンティが飾りつけてある。もの好きな客がその一枚を二千円という金を出して買う。そして店の中で物色したウエイトレスに、裏の密室で一対一でそれを着衣させ、それを土産に持って帰る、というだけのことだったが。

密室での数分間に、最低限、客は目の前で彼女が着ていたものを脱ぎ、新しい下着を身につけ、また外して手渡すまで視覚的には彼女を占有することが出来る。その間、彼等の間に他のどんな契約が出来上がるかは保証の沙汰ではない。また彼等がその後どうなろうと店は関知しない、ということだ。

　しかし報告では案外に、客のほとんどは素直に個人的なショウを楽しむだけで、実は透明に汚れたその下着を誰かに何かの口実で土産として持って帰るようだった。

　この商売は案外に流行って、あちこちで真似されながら今でも続いている。その筋も、程度の問題ということで取りしまりからは外しているようだが、健には、ささやかな興奮と満足の後土産を持ち帰る男たちの、帰りの電車の中でのポケットの中でかさばる紙袋の感触がわかるような気がした。

　あの思いつきは、彼の内にある自分でも定かではないが、ある期待のようなものを裏切らなかったと思う。なんというか、こんな仕事を通じての客たちへの奉仕の可能性を信じられるような気さえした。

　やる限りは人間たちを喜ばせなくてはなるまい。彼等を喜ばせるということがその先何に繋がり、彼等に何をもたらすのかはわからぬにしても。

　その筋をふくめてほとんどの人間たちがまだ、この世界での新しい商品の開発者としての彼については気づいていない。自分なりの沽券もあって知られぬようにもしてきた。法律に触れて罰をくらいそうな作品はいつも沖山の名義にしてきたし、この男にはそれに見合う給料を出してもいる。その筋との関わりは彼等にとって一種のゲームみたいなものだった。しかしこんなに分の悪いゲームもありはしない。あくまでルールは一方的に相手が作るのだから。

もっとも憎まれるのは相手の方だけで、こちらは客を喜ばせこそすれ、誰になんの被害を及ぼしていもしない。

「功徳ってものですよ、この商売は。たった二千の金で手前の娘よりも若い子の裸を間近で拝めるんだ。裏本にしたって、一万の金で同じ若い子のあそこの穴までしげしげ眺められるんですからねえ。彼等にとったら明日のための活力ということよ」

いつか沖山がいっていたが、その限りでは間違いともいえまい。

健がこの仕事に倦きずにきたのは、いってみればそうした奉仕のための想像力の競争のようなところがあるせいだったのかもしれない。勿論危険を踏まえての実利はあるが、しかし取りしまる方はこの商売のお陰で失うものなど何もありはしまいに。それでも一々目に角をたててくるのは、その筋としての沽券ということだけでもなさそうだ。

第一、連中とてこれを本気で犯罪とは思っていまい。人間たちが喜ぶことをしていて、それが何かを犯しているという意識など誰にもありはしない。だから連中との関わりは、ただ一種の追いかけっこのようなものだった。つまり、彼等も彼等なりに楽しんでいるということか。

何年か前、映画界がすっかり不況になった頃、大学を出てからずっとある大監督の助監督を務めてきた後、金の工面までしてようやく一本自分で監督して撮った。作品は評判にはなったが、それきり会社を解雇された。映画界は最早新しい可能性を求める余力もなくなったほど、押しひしがれて狭まり荒れはてていた。

その腕を見こんでとりもつ人間がいて、生活のために名前を変えてソフト・ポルノを一本仕上げたがそれが評判がよく、続いて二本撮らされた後、頼まれるままに居なおったような気持ちになって、ハードな、それだけにさしたる工夫もいらぬ、しかし彼なりに凝った作品を撮った。そしてそれも、ひと味ふた味違う品物として世間ではたいそうに受けた。

そしてそのまま、変えた名前のままに、その世界では顔の知られぬままいっぱし名の通った存在となってしまったし、いったん金のためと割り切り、名前も違えてしまえばそこにはもう初心とはまったく関わりない別の自分しかいなかった。

そうしたハード・ポルノの販路について、その頃から家庭で普及し出していたヴィデオ・デッキの販売に、他にくらべればいささかは上品な自分の作品をサービスの景品としてくっつけて売るシステムを彼が思いつき、大学時代の友人で二流のメーカーに勤めていた男と計ってやってみた。結果は大成功で、たちまち、隠れた、しかし全国的な組織にまでなった。揚げ句が、この町を根城にして、彼が昔の仲間の中心に座った小さな会社までが出来上がったということだった。

健にすれば、事をただ金のための商売と心得れば、仕事は頭さえ使えば数限りなくあった。法の規制もかなえられる欲望にとっての一種のスパイスとなった。客たちにとっても、健たちに委ねてきわどい商品を買うということで、何かを犯しながら願いをかなえるという二種の楽しみがあったはずだ。

周りの人間たちは彼の思いつきをいつも手を打って迎え、狭い世界だけにその真似もすぐに現れたが、商売の発想は健にとっては単調とも思われるほど、同工異曲の域を出ていなくともなお、簡単に成績を上げた。

いずれにせよそれは、かつて彼等が憧れ信じもした視覚と映像の世界の一部ではあった。裏本にせよ、ハード・ヴィデオやこうした店での見世物にせよ、健の自分自身への言い訳は、自分が今しているることはしょせん自分のための代行でしかないということだろうが、皮肉なことに自分が人生をかけてもと信じていたかつての方法への冒瀆に違いないこの手の商売は、映画というまともな映像の世界が彼等の人生と生活をずたずたにしてしまったのにくらべて、経済的には信じられぬほどの恩恵をほどこしてはくれた。

そんな皮肉なシテュエイションの中で彼等は、昔いた世界の名残というか郷愁のせいか、それとも一種の後ろめたさでか、今している仕事の中でも時折それぞれ互いに健のことを監督とか、彼のチームのアシスタント・プロデューサーだった沖山のことを（制作）主任とか、事務所の社長を務めるかつて彼といっしょに一本立ちしてカメラを回した大津のことをチーフ（カメラマン）とか呼んではいた。

彼等が今ものしている仕事の中での作品（？）たちは昔志し夢見たものとはいささか異なっていたが、そのことでの屈辱なり不本意がいつも彼等が手がけている商売の中での何か復権などを意図させていた、などということはもうありはしない。今やっていることで金を貯めぬいて、三人していつか世間をうならせるような映画を作って見せよう、などと話し合ったことなど決してありはしなかった。

へとへとの地獄から這い上がってくるのに夢中で、その過程で昔手がけた仕事が食って生きつなぐために役に立ったということそのものが意外にも思えるほど、彼等が昔にいた世界はあっという間、加速度的に失墜消滅してしまい、中に巣くっていた人間たちを無慈悲に放り出した。

ようやく最初の監督作品をものして、それが何かの当てになるかのような錯覚で、長い恋愛の末に結婚してしまい子供も生まれたが、彼があの世界に所属している限り、そこでの一人前という資格は外の世界ではまったく何の証しにもなりはしなかった。結婚していようとこれからするつもりだろうと、およそ同じ年頃の彼等にとって、映画という信じ切っていた世界の瞬間的な没落は、皮肉なことにその外側の世界全体は俄かに息づき新しい活況を呈してきているのに、彼等が今までいた世界に執着する限り極限的な困窮を強いるだけだった。

ある活動屋たちは自らを昔太平の世に没落貧窮した侍に例えてもみせたが、あの特異な世界に巣くっていた人間たちの一人よがりの矜持だろうと、それが昔落ちぶれて傘張りをして食いつないだ侍たちにとってほどのたつきの足しになるはずもなかった。世の中には、もはや人々の嗜好の対象にもならなくなった映画という仕事にかまけさえしなければ、働いて食って楽に生きていけるための生活の術などあり余っていた。

そして、しかし、健たちの今は、映画というそれに関わったある人間たちにとってみれば、麻薬じみた魅惑とも思えた人工の映像という、人間のある種の本能の表示のための手段とのしがらみで、過去を捨てるに捨て切れなかった人間の、ぎりぎり最後の避難場所といえたのかもしれない。

だからこそ彼等は、同じ撮影所を追われて今は保険会社の勧誘員になったり、どこぞのスーパーマーケットの宣伝員になったり、あるいは車のセールスマンをしているかつての仲間たちよりはどこか昔の活動屋の臭みを残しそなえて、無頼そうながらも自由な雰囲気を纏(まと)えていたのかもしれない。

しかしなお、昔の仲間に今何をしているのかと問われれば、結局妻や子供たちに答えるのと同じように、どこぞの名もない中小企業の企画とか宣伝の一翼を担ってなんとか食ってはいるとしかいいようはなかった。

といって今手がけている仕事に最早なんという不満のありようもなかった。それはある意味で、国民の嗜好の対象から外され寵(ちょう)を失った、つまり現代からずれてしまった映画たちよりは、彼等の嗜好に適(かな)って喜ばれもしていたし、つまりその限りで、極めて人間的な方法ともいえるはずだった。

要するに、彼等の視覚の内にある映像を与え、彼等の羞恥心を剝(は)ぎとり、欲望の素肌を逆さに撫でてやるのだ。撫でる手の内に何が収われているかが、たずさわっている人間の才覚次第ということだろう。その限りで、この世界にも感覚をかざした競争はあった。と少なくとも健は心得ることにしていた。

　そして客たちにとって意外な縷々思いつきが、彼らの羞恥をそぎ落とし、感覚までなくしかけていた連中を強く、ある時は乱暴にも揺すぶり引き回して、官能に向かって呼び戻してやるのだ。それがかつて手がけていた映画が彼等に与えていた感動と、本質どう異なるというのか。

　性ほど生きるということに、直截に結びついている感動が他にあるというのか。沖山がいっていたように、わずか一万の金で飽かずに眺められる、自分の娘よりも若い女の股の奥の奥の映像が彼等にどんな活力を与え、次の日の生きがいを与えてやるか、当人にしかわかりはしまいに。

　それにしても、一体人間というのはどこまで羞恥心を剝ぎとることが出来るのだろうか。その上でどこまで官能をきわめることが出来るのか、とふと思うことがある。いやそも一体、羞恥心とはどういうものなのか。それが彼等の商売の成り立つ所以であるにしても、性に関して人間は一体何のために羞恥するのか。

　商売のためには必要な思いこみだろうが、さすがに、そう思いながらも自分が娼婦の陰部のようにざらついてきているような気もする。

　俺のやっていることは想像力などではなしに、ただの他愛ない手品でしかない、と思うこともあった。ならば、俺自身がこんな仕事を通じて願っているもの、そして客たちが気づかなくとも実は本当に願っているものを完全に合致させる、もっと何かがあるはずだ、と時折しきりに思うことがある。

そして自分が今なおこんな仕事の中でも、あの頃と同じように、日に日に狭められてくる条件の中で苦心していることで、誰にでもない、自分自身に対する愚かな誠実さのようなものを失わずにいることに意外な気がすることもあった。

それにしても性を楽しむことを覚えた人間というのはそれだけ幸せのようで実は不幸せのような気もする。なにしろ、繁殖という、存在のための不可欠な方法に耽溺（たんでき）することを知ってしまったのだから厄介な話だ。それは生物としての一種の進化には違いなかろうが、しかしそれで何か新しいものがもたらされるということなどありはしまい。

こんな方法で生きていくことを覚えてから、自分の仕事を意識して眺めなおすつもりで医者や学者の書いたものをいろいろ読んでもみたが、人間が性に関して他の動物たちから分化してしまったのは一体いつの頃からなのか。

例えば人間の二〇パーセントは性に関して完全にホモで、その対極の二〇パーセントは完全なヘテロ、そして残りの六〇パーセントはその両方に可能だそうな。他の動物にはそんなことは有り得はしまいに。

その他性に関するいろいろな偏執は、一体なんの目的で人間にだけ培われたというのだろう。人間が性を意識で捉えるようになったからこそそれが官能の対象になったので、動物たちのようにただ本能のままのことなら繁殖のための手立てでしかありはしなかったのだろうが。そしてその方が性は崇高かつ神秘でもあったろうに。人間だけが性を意識で弄ぶようになって初めて性は猥褻ともなり、嗜虐（しぎゃく）や被虐の手立てにもなり、たった一人での、あるいは不特定な複数での耽溺の方法にもなり得たに違いない。実際この種の商売をしているとこと性の中には人間の異常さが驚くほど普遍的に潜在しているのがわかる。嗜虐性、被虐性、露出への願望、狩りたてて屠る（ほふる）という端的な快楽の一番簡単な願望成就の術としての性。

　しかし、それぞれの手段の中でそれぞれが満足出来るなら、少なくともそれは人間的とはいえる道理だろうに。

　そして人間の意識に際限のあるはずはなく、ない限りで、他の意識が、たとえ官憲だろうと、それを規制したり裁くというのは実は不自然なことのはずだ。官憲は世の安寧を求め、世の秩序はそのためのものとしても、猥褻なるものが世の秩序と本質どう関わりあるというのだろうか。

　などなどと考えたこともありはしたが、今では性は抑圧されるが故に高揚するのだと割り切ってのいたちごっこのゲームに専念するようになった。となるとこの先はいつまでも切りのないもののような気もする。

「今度はちょっと、なんだかやばいような気がする。要件は先月出した裏本だそうだが、相手の声のかけてき方がいつもと違うんだ」

「どう違う」

「こないだ出したものの内のある一冊について

だけ聞きたいとさ」

「それは変だな」

「あれがうちの仕事だということは間違いなく摑んでる。しかしそれが、カメラマンからたぐってきたというのが、わからない。あれを撮ったのが誰だと、連中にもどうやってわかる」

沖山は首を傾げてみせた。

「いつもの係長が、今度だけは誰かあいつの上が、ただ会って聞くことがあるからというんだよ。しかし、何かでパクる、挙げるという様子じゃないんだよ」

「カメラマンの名前は正しいんだな」

「調べてみたが、間違いない。藤野だ、藤野正彦。あいつがあのモデルを連れてきて、あの本が出来た」

「いい子だったたな。だからあれはよく売れた。一週間で二万売り切ってすぐに再版したものな」

仕事の一切を心得ている大津がいざという時にだけどこからか取り出してくる手元のメモを調べながらいった。

「カメラマンの名が出るとすれば、当人以外ではモデルしかないな。あの男、再版の分の金を女に渡さずにいたのか」

「いや、それも当人を調べた。絶対にそんなことはしていないという。彼にしても、あの子を使ってこれからのこともあるからね」

「となれば、いわれた通りすぐに顔を見せてみるしかないな」

大津はいった。

「俺もそう思うが、何か見当ぐらいつけていかないとね」

「もう一度聞くが、どんな様子だったのかね」

「いつもとは違ってね、いくぞという感じじゃなし、何なのかな、何か持ちかけたいみたいな口ぶりだった。それも急いでな。とにかく今日の昼に会って、今夜必ずに来いというんだよ。何かの罠か」

「ご苦労だが、行ってみるしかないわな」

大津にいわれ、

「わかった」

小さく首をすくめながら沖山はいった。そんな様子は以前いっしょにまともな仕事をしていた頃、天候でロケが遅れ次のセットに食いこんで何日かスタジオを無駄にしなくてはならなさそうな気配を知らされた時のように、彼だけの胸の内に何か別の算段がありそうななさそうな、そんな憂鬱を手なぐさみにしているようにも見える、いわば昔ながらの商売柄の表情にも見えた。

「ま、いきなり泊められるということはないような気がするがね」

いって自分を急かすように腰を上げる彼へ、

「一応田沼には電話しておくか」

大津が抱えている弁護士の名を口にし、

「ん、まあ、要るようだったら向こうから電話するよ」

いって沖山は出ていった。


夜の十時半に沖山から電話がかかり、三人はまた町から離れた杉並のビジネスホテルで落ち合った。

最後にやってきた沖山は二人の顔を見るなり、

「ひでえ話だ」

そんな様子は厄介事を解消しスタッフにいささか勿体（もったい）つけて報告する時の昔の癖がにじんで見えた。

「なんだったと思う」

「気をもたすにはもう遅すぎるよ」

手元の時計を確かめて大津がいった。

「あの裏本を、あのモデルの子の親父がどこかで買ってしまったんだ」

「なるほど、しかし有り得ることだわな」

沖山は気をもたせるようにうなずいてみせた。

「ところがだ、その親父というのがH県の警察協力会の会長なんだとよ。県の医師会の会長でな」

「それはいかにもまずかったろうな」

健は思わず笑い出しながらいった。

「東京での会合にやってきて、誰にそそのかされてか、土産に買って帰った一冊に自分の娘が素っ裸で股を拡げて出ていたということ。それでとりもなおさず察（サツ）に相談して、これ以上人目に触れぬ内になんとか潰してくれと。回収といったって今さらどうにもなりませんよといったら、増刷して配る前の分だけはすぐに押さえろ、その分は全部親父が買い取るから損にはなるまいがとね」

「残りはまだ三千あるがね」

すかさずいった大津に、

「金は耳を揃（そろ）えて出すそうな。相手はなにしろ金持ちだそうだよ」

「察が間に入ってるなら、間違いはなかろうが」

「その内なんぼかは、間に入ったここの署に寄付させてもらうんだな。とんだ保険になるぜ」

健がいい、沖山はうなずいた。

「次長と警視庁の偉いのが来てたが、そいつがはっきりといったよ。これは互いの面子の問題だ、あの子の親にしても、そしてそれを協力会の会長に据えている警察にしても、そこから持ちかけられた本庁にとってもなと。それをわかって協力するなら一切何もいわない、今後の何かの相談にも乗ってやると。だから俺は、ようくわかりましたといってきた。一切何も書かされず、それ以上何の念も押されなかった」

「結構じゃないか」

「結構じゃないのは、あの子の親父だわな」

いった大津に、

「奴等はもうその親娘の対面をすまさせていたんだよ。本庁の偉いのが帰った後、次長がいったよ、見ものだったってな。俺には女の子供がいなくてよかったよと。親娘を会わせて泣き出したのは娘じゃなしに親父の方だったそうな。娘の方はけろっとして、お父さんには十分してもらってるし、これ以上の小遣いはせびれないと思った。どうしても車を買い替えたいから足りぬ分は自分で稼ぐしかないと承知して、例の藤野が持ちかけた話に乗ったんだとさ」

「その子は藤野の女なのか」

「いや、彼が新宿の西口で見つけて声かけ拾ったただのモデルだ。前にもう彼のカメラでヌードは撮らせているが、もっといい仕事があると持ちかけたら、間をおいてやりますと返事してきたんだそうな。限られたものだし、絶対に世間に割れるものじゃないといってやったんだそうだ」

「それを親父が買ったという話か。世間は狭いわな」

「物はいつどうやって渡す」

「俺から次長に連絡して、どこかで察の誰かに渡すことにしてきた」

「金は」

大津がいい、

「間に入ってるのが警察だもの、いわれるまま信用する以外にないだろう」

たしなめるように健がいった。

翌日大津は増刷の残りをまとめてバンに積み、それを受けて沖山が次長に電話し車はいわれた通りの地点で見知らぬ男が運転してきた青い小型のトラックに荷物を積みかえた。車の男はまったく何もいわずに走り去ったが、翌々日次長から沖山に電話がかかり、署に出向いた沖山に次長は黙って封筒を渡した。

「まったくな、うちがお前らの商売の手助けをする羽目とはな」

次長は皮肉にというよりうんざりしたような顔でいった。

「しかしいずれにせよ、全部売れたろう品物ですがね」

「モデルが警察協力会の会長の娘と銘打てばもっと売れたろうよ」

持ち帰って開けた封筒の中には一千万円ずつの小切手が三枚入っていた。

報告した沖山に、

「さすが警察相手の商売は手堅いな」

健がいった。

「連中の手間賃はいくらくらいにしておくね」

「まあ、一割というとこだろう。それ以上だと取らないと思うな。それもうまく置いてこいよ」

　翌日、

「すべて終わったよ」

　沖山から報告があった。


　それから二月（ふたつき）が平穏に過ぎた。連中の約束のせいか、例のビニール袋で女の子を包装した品物への手入れもなかった。

　そして突然沖山が失踪した。と思ったら四日してまた突然健の隠れ事務所に刑事がやってきて、有無いわさずに健と大津に手錠をかけた。

「なぜ、なんで。逮捕状は」

「向こうへ行って聞けよ。お前らここでぶっ殺されても文句ないんじゃないのか。人をなめやがって」

　刑事はせせら笑っていった。気配が尋常でないのだけは二人にもわかった。連行されたのは所轄の署ではなしに、どこかの警察に関わりありげな殺風景な建物で、人目のない裏口から刑事は突き飛ばすようにして二人を招き入れた。連行というより拉致（らち）に近い仕種（しぐさ）だった。

　ほとんど家具のないがらんとした部屋のパイプの椅子に大津と離して一人座らされ、相手を見上げなおして、

「弁護士を呼ばせてくれ」

　いった健の顔をまったく見知らぬ別の小太りの刑事がいきなり殴りつけてきた。

「お前さんしか知らぬことを聞かせてもらいたくてな。先に来てもらった相棒はどうやら何も知らなさそうだ」

「何についてだ」

「とぼけるな、警察の顔を潰したらどんなこと

になるのか考えたことがあるのか」

　半ば背を向けて立ちはだかったままいうと、体をひねって振りむきざまに握った手の甲で払うようにして殴りつけ、その拳がまともに鼻に当たって驚くほどの勢いで鼻血が吹いた。そして、それを拭おうとして上げかけた彼の手を男はひどく敏捷な動作で足で蹴上げ、健は平衡を失い椅子から転倒して床に落ちた。

「なんのことなんだ」

　訳がわからなかったが、相手の剝き出しの敵意だけは伝わってきた。日頃手がけている仕事の上の厄介などではなしに、自分が何か理不尽な罠にはめられようとしている気がし、恐怖のようなものが流れている生温かい鼻血といっしょに喉を塞いで息がつまっていく予感がしてきた。

「お前に顔を潰されたということなんだよ。相棒から説明させようか」

　健がうなずく間もなく、男は外に向かって声を上げ、しばらくすると扉が開き顔が腫れ上がり頰と顎に切り傷と額に黒い痣をこしらえた沖山が後ろ手錠のまま小突かれて入ってきた。さらにその口の中に何かが押しこまれている。

「こいつもしぶとかったが、なんとかお前の名前までは割った。後はお前が知ってるそうな。そうだなっ」

　刑事が促し、沖山は何かいおうとしたが口にものを詰めこまれたまま抗うように首を振った。

　その首を手で髪の毛を握って後ろに反らせ、刑事は彼の口から何やら詰めこまれていた紙切れを取り出し、健の目の前で拡げるともう一度丸めて顔に向かって叩きつけた。拡げられたものはそれぞれ百万と記された三枚の小切手だった。

「お前ら、こんなもんで警察をこけに出来ると思ったのか」

　拾いなおした小切手をわざと丁寧に揃えて畳むと、紙の端で彼の鼻をくすぐるようにひらひらさせた後、刑事はうやうやしそうな身振りで紙切れを健の喉元のシャツの下に押しこんだ。

「俺たちは知らない、少なくとも俺は知らない」

「何をだ」

　質した健に、

「あの藤野が、同じあの女を撮って、また裏本を出した」

　喘ぎ喘ぎ沖山はいった。

「そんな」

「そんな、なんだ」

　たたみかけるように刑事がいった。

「お前ら警察をだしにしてもう一度うまい商売をする気だったわけだ」

「馬鹿な、俺たちはそれほど間抜けじゃあない」

「じゃあ誰がやった。カメラマンは吐かないが、ということはこちらとの約束を破ったということを承知してのことだろうが。というよりお前ら、もう一度警察をゆすろうとした訳だ」

「それは違う、あの男には訳を話してある。あの子はそういう事情だから二度と使うなといってある」

「ならお前らの誰かが自分だけの余禄を目論んだんだな」

「そんなことは絶対にない。もう一人の大津を痛めても無駄だ、彼も知りはしない。それよりあの藤野の奴があの子をまたそそのかして、どこか別のルートに持ちかけたに違いない。あのモデルであの出来の本なら、どこでも買う。大きな組織なら、事情を知っていてもやる。あるいは何かで、向こうからあんたら相手の取り引きに使ってくるかもしれない」

いった健を刑事は白い目で眺めなおした。その目には今までのようにいたぶり脅しながら楽しんでいるような様子がなく、彼がいったことが彼等の内の何かに触れたかのように不快げで憎々しげでもあった。

「よしそれなら、お前らがいったことを証すために、手の内を全部見せろ。隠してる事務所、使ってきた仕事場や倉庫を調べ上げた上でならいうことを聞いてやる」

「それで白とわかれば、前と同じつき合いにしてくれるんだろうな。こちらは前に一度間違いなくあんたらの顔を立てて協力はしているんだから」

いった健を刑事は同じ白い目で見やると、

「なめるなよ、お前、それで警察を脅しているつもりなのか。誰がまたやったにせよ、こっちの面子は潰されたんだ。場合によりゃ、あの親娘を挙げたっていいくらいだ」

吐き出すようにいった刑事の顔を健はなぜか思わず故の知れぬ恐怖で眺めなおした。

そのまま追起訴のための捜査ということで勾留を延長され四十日間泊められ、その間警察は健たちの仕事関係をすべて洗って、あの娘を使っての裏本をまた出した当事者が彼等でないことだけは確かめたようだったが、三人はそのまま起訴され、健と大津はこの種の犯罪の初犯としてはかなりの重罪の、執行猶予つきだが懲役一年半を判決された。

　裁判は手っ取り早かったが、その間警察は新聞雑誌を使って、健のかつてはその評判の処女作品から前途を期待されていた新進監督という前歴を踏まえての、堕落譚について書き立てさせた。世間にとっても、才能あった新進映像芸術家の猥褻映画監督への転落物語は格好の読みものだったろう。それを読んで同情した者がいたとしたら、かつて無慈悲にその世界を奪われた活動屋の誰かぐらいしかなかったろう。

　途中で差し入れ面会に来た女房が唇を嚙みしめるようにしてうつむきながら、彼が今までどんな仕事をしながら家族を養ってきたかを知らずにいた迂闊さを詫びたが、今さらそういわれてどう救われるものでもなかった。

　そして、九つになる娘が学校で仲間から記事の出ている雑誌を見せられて事を知っていたともいったが、いわれても妙なもので、今さら子供を介しての気恥ずかしさも後ろめたさもありはしなかった。ただしばらくぶりにあらためて、自分に家族があり、それをこれからまたどうやって養っていくかについてふと思った。しかしかつての頃にくらべれば、なんとでもなるような気分ではあった。

　それでも彼女が帰った後の俄かな憂鬱について考えたが、こう知れてしまったことで今さら昔いた世界への復帰が絶望的になってしまったというものではなかった。帰るところがないからこそこうやってきたので、こう知れてあらためて失うものが何かあるものでもなかったろうに。

名が知れ身元が割れようが、今ではしょせん慣れて知った、効率もいい生活の手立てなのだから同じことをやっていく以外にあるまいし、それが一番楽でもあった。しかし自分にそういい聞かせれば聞かせるほどあらためてうんざりするものもあった。

それを塞ぐために、こちらは今の身分は隠しながら以前に再会した昔の仲間たちのことを一人一人思い出してみた。歩合で食っている保険の勧誘員や、東京近辺では名前も聞かぬ地方のスーパーのチェーンの宣伝員、車のセールスマン、夜警、どれもぞっとしないというよりこの自分には出来そうもありはしない。となればということだ、と思いなおしてみたが、いざ猶予つきの刑を背負わされて世間に出なおしてみたら事はそう甘いものではなかった。

大津がいた事務所はなんとか閉じられたままであったが、沖山に任せていた店は最早ビニール袋を被って踊っていた女の子たちも他の従業員も姿を消したまま、ドアは破られ中には三人の浮浪者が住み着いていた。

彼等を追い出して、店をどう作りなおしとりあえず何をしようかと見渡しているところへ地元の署の刑事が来た。沖山とは見知りだが、何度か客を装って眺めていた健の身元を相手はとうに知っていて、

「お前ら、またここで何するつもりか知らねえが、執行猶予ってのが何か知ってるんだろうな。他の誰の名前を立ててもおんなじことだぞ。法

律に触れればその途端たっぷり一年半務所（ムショ）に行くことになるんだ。というより、いいか、これからはここで何をやろうと挙げてやるからな。理屈はお前らが今まで潜（くぐ）り抜けのために考えてきたと同じくらい、こっちにもあるのよ」

「それはどういうことだね、ここで何をやってもとは」

「なら、この町のここでこれから夜学でもやるつもりなのか」

「何をやろうとこっちの勝手だろう。文句つけるのはやってからのことにしてもらいたいな」

「それがそういくと思うのか、お前さんら」

「どういうことかね」

「まだわかっていないみたいだな」

「何をよ」

いった沖山に被せるように、

「いいか、こっちは今いった通りのことをするんだ」

「なぜ」

「立場がなくなるからだよ」

「誰の」

「お前は馬鹿か、こっちら警察のだよ。だからもうこの町では足を洗った方がいいということよ」

「しかし俺たちは実際には関係ないよ、今度のことには。警察も裁判所もそれはわかったはずだ」

「そうかね、それにしちゃたっぷりした刑だったよな」

間を置き、

「お前らわかってないなあ」

同情するように刑事はいった。

「お前らがなんだろうと、うちにはうちの立場があるんだよ。うちの署と向こうの県警との間の貸し借りというものがあるのよ」

「そんなこと、俺たちには関係ないよ」

いった沖山を憐れむように、

「お前、わかってねえな」

その時だけくたびれたような表情で刑事はいった。

「つまり」

いいかけた健に、塞ぐように、

「そうよ」

刑事はいった。

「警察だってしょせんよりかかっているのよ、互いのためにな。お互い世間の信用でもってる商売だろうが。猥褻なんてのは警察にとったら屁みたいなものよ。しかしそれとて面子のよりどころの一つなら、場合によれば黙ってもいられないということなのさ。ましてあいうことになればな。世の中狂ってるといやそれきりのことだ、しかしこっちはそういってすまされない立場なの、わかるだろ」

刑事は沖山を無視したように健に向かって促すようにいった。

「ま、執行猶予がすんでその後のことなら、世の中も変わって何がどうなってるか知らないが、少なくともそれまでは、悪いがお前らだけばっちり、徹底してやることになるからな」

「なるほど」

いった健に、

「わかる」

「わかるような気はするが、わかりたくはないね」

「それがわかるのが大人だろが。俺は、いや、警察は嘘はいわないよ」

　諭すように刑事はいった。

　刑は健や大津より少なかったが土地では顔の知れた沖山を立てての新規の仕事は、その準備の段階ですぐに警察からの横槍が入った。その度顔を覗けた件の刑事が、

「いっとくが、これ以上その気でやると執行猶予の方がパアになるぞ、俺が出向いてくる内はいいが、次にはもっと偉いのが動いて、それで終わりになるぞ」

　念を押すようにしていった。

　大津が他に人を探してその名義でことを計ったが同じことだった。何かへの顔立てで警察が意地になり執拗に周りを見張っているのがよくわかった。あの件に関して警察のどんな立場の人間の間にどんな貸し借りがあったかはわからぬが、刑事がいっていたことに間違いはなさそうだった。

「こっちは本気でいってやってるんだぞ。余所の所轄の土地でやるなら知らねえが、ここじゃ無理だと悟った方が早いぜ」

　担当の刑事は多分親切にだろうくり返してみせた。

　そして、判決が下り外へ出てきてから二月ほどして沖山はとうとうこの町での仕事に見切りをつけ、宮城の実家の仕事を手伝うことにしたといって姿を消した。彼がいなくなれば健がいくら次の新手を考え出してもそれをやる人間はおらず、それ以前に沖山がこの町に見切りをつ

けた判断は正しかったに違いない。

そのすぐ後に大津と相談して、町に持っていた店を含めての資産は整理して売り払った。かなりの金は手元に残ったが、それで他の町でまた何か始めるというつもりにもなれなかった。

その後仕事のふり出しに戻ったつもりで、その道の仲間のつてで他人に雇われ大津といっしょにソフトのポルノを一本撮った。出来た作品は好評で狭い世界なりにすぐ話題となり、すぐに次の仕事の依頼があったが、今度はもっとひねった道楽をさせる約束で作品の箱を、といってもしょせん見せ場は決まっているのだから、大津が受け持つカメラの方で何かやって見せよう、まさか濡れ場をソラリゼイションでもあるまいが意趣ばらしに何をやろうかと、久し振りにはずんだ話し合いをしている内に、警察から呼び出しがかかった。

出向いたのは以前いた町とは違う所轄だったが、とうに横の連絡がついているのだろう、まったく見知らぬその道の係りの責任者が、きわどいところだから一度だけは見逃すが、あの程度のものだろうと仕事として手を出したら次は有無いわさずに挙げてやるからといった。

法の中で許され巷（ちまた）で料金をとって見せている作品ではないか、あれはこちらの昔習った芸の手管の内のことで、我々に限ってそれまで縛るというならそちらが法律に触れることになるといった健に、やる気ならそれでもいいがお前ら世間体からしてそんな身分かと相手はせせら笑った。

「憲法違反か何かは知らないが、お前さんたちがそんな訴訟を起こしても同情する人間はいないし、ただの居直りにしか見られないだろうな。それでまた極端に警察の心証を悪くして何になる。あんたらわかっていないみたいだが、執行猶予がついていても前科者には変わりはないんだよ。くだらん雑誌あたりは喜ぶかもしらないが、ま、家族のことも考えるんだな」

相手は突き放すようにいい、

「お前さんらいきさつについていくら不本意だろうと、まさか、喜ぶ奴がいるから人助けしてきたともいうまいが、世の中には建て前というものがあるんだからな」

「というより、警察の面子でしょう」

相手は確かめるようにゆっくりと健を見なおし、

「そうさ。いいか、警察にとっちゃ猥褻なんてどうでもいいことよ。だがな、それをお前らに勝手にいじくられ、世の中をくるくる変えられちゃ、世間も困るということなんだよ。向こうで何を聞かされていたか知らないが、それならわかりも早かろうが」

「いや聞かされていませんよ。我々の後同じ女を使って裏本を作り、警察の顔を潰したのは誰だったんだ。そいつらの身代わりをなんでこっちが務めなきゃならないんです」

「聞いて成仏出来るんなら教えてやるよ」

「聞きたいね」

「お前らより悪だ。奴等は犯罪のプロだ」

「やくざか」

「お前らもやくざな奴だと世間がいわないとは思わないがな」

「で」

「奴等もちゃんと挙げたよ。当の娘を痛めたりしたからな」

「どんなことをして」

「無理に薬を使わせたりしてな。だから奴等の刑の方がお前たちよりはずっと重かったろう。しかしいってみれば、そんなこたぁ世間じゃありきたりすぎる話でな、だからお前さんたちと合わせて一本ということになるんだよ」

「つまり警察同志の心証ということかね」

相手はもう一度彼を見なおし、黙って促すようにゆっくりうなずいてみせた。

「警察はいつも世間が納得する犯人が要るということですか。そういえば死刑囚の平沢てえのは噂じゃ本物の犯人じゃなかったそうだよね」

健はいい、相手は黙って薄く笑っただけだった。

立ちぎわに、

「だから、本気で慎んでいた方が身のためだよ」

念を押すように相手はいった。

出てきた建物を振り返りながら、

「畜生、どういうことなんだ」

いった大津に、

「聞いた通りのことよ。あの町の所轄の刑事も今の責任者も、察は正直といや正直だわな。恐らくあの娘の親父は親父で向こうの県じゃ沈んじまったんだろう、どこまで世間に知れてのことかは知らないが。となればますます警察の面子ということにはなるさ」

「その巻き添えでこちらまで潰されてしまってもいいというのか」

「そうじゃなきゃ公平じゃないというのが奴等の理屈なんだ、と本気でいっていたじゃないか」

「ならどうする、この先」

「俺は、考えてみた」

反芻しつぶやくように健はいった。

「何を」

「こうなりゃ、いつか冗談半分にいっていたことを、本気で考えてもみようか、とな」

「何をだ」

「俺はこのままじゃどうにもすませられない気でいる」

「俺だってそうだ。あの奴等の鼻ぁ明かせるなら、何したっていい。いってくれ頼む」

「覚えてないか、いつか外国での噂を聞いたっていったただろう。警察が腰を抜かし、世間がひっくり返るような本物のな」

「ああ、そんなことを聞いたよな。なるほど、よし、いいじゃないか、それをやって奴等の鼻をぶっ潰してやろうぜ」

「まだ金もある、こうなりゃ時間もうんざりするほどある。奴等が忘れた頃、足を掬われて度肝ぬかすような、そんなざまに晒してやる」

「いいっ、やるんだよそれを。このままじゃ俺は生きていく気もしないよ」

むきになったようにうなずくと大津は咳をして口一杯にためた唾を、何か叫びながらもう一度振り返ったあの建物に向かって吐きつけた。

「俺はいつもあんたのカメラのルーペを覗きながら思ってた。俺たちがこのフレイムの中に覗いている世界が、本当はどんなイメイジなのか結局他の誰も知りはしない、知れもしない。監督とカメラマンの間でさえもずれることがある。その点俺たちはほとんどうまくいっていたな。

「しかし、かなりやばい仕事じゃあるな」

「やばいからこそ、やれるんだ、こうなりゃな」

いった健から目をそらせ、しばらく宙に目を据えていたが、乾いた唇を舌でしめして嚙みなおすと、

「とにかく俺は、なんとしてでも奴等の鼻を明かしてやりたいんだ」

呻くように大津はいった。

「俺を殴りつけたあの刑事が、どんな面をしてそれを眺めるか見てみたいぜ」

いって笑いかけたが、

「しかし、こいつは完璧にやりおおせないと、下手を踏めばどうなるかはわかるだろう、一生もんだ。その気でかからないとそれこそ家族ごと元も子もなくなるぞ」

「ある時はあんたが俺に、実は俺が何を願っていたのかを逆に教えてもくれたな。とにかく俺たちはこの手で別の世界、別の人間を作り出した、そう信じてやっていたよな」

大津は黙ってうなずいてみせた。

「あのフレイムの中の世界は俺たち次第で地獄にも天国にもなった。映像の中じゃ俺もあんたも神様みたいなものだった。だから、この仕事をやってまたあらためて神様になってみせてやるのさ。奴等のいう罪だのなんだのを、この俺たち神様が映像の中で超越して見せつけてやればいいんだ。それ以上の仕返しがあるか。奴等は見て腰を抜かすだろう、クレジットタイトルもキャストもないまま出回ってしまうプリントの一本一本が奴等の偽善、奴等の嘘をひっぺがすことになるんだ」

自分にいい聞かすように大津はいった。

「だからゆっくり、時間かけてやろう。そのためにどっかで夜警に勤めてもいいくらいだ。スタッフは俺たち二人、キャストも二人、それでもあんたと俺が組めば、昔々あの最初の作品で出来なかったことも出来るぜ」

「この企画は沖山とはしたっけかな」

ふと思い出したように大津はいった。

「いや、してはいない。あいつがいてくれた方が便利かもしれないが、やっぱりいない方がいい。あいつは元々俺たちとは立場が違う」

「そうだよな。あいつは作品を作ることで一々痺れるような立場じゃなかったからな」

「俺たちだけが選ばれたる者ということで、あんたも俺も本気でそう信じて長いことやってきた訳じゃないか。今思えば、胸が痛くなるような話さ」

「その二人が、あらためて、神様になるということだよ」

陰ったような微笑みを浮かべた後、また唇を噛むようにして大津はどこか遠くを探すような目つきをしてみせた。

何よりも大切なことは、二人を神様にしてくれるための格好な役者を探すことだった。

それも、箱書きからいえばなんといっても男の方の役者だ。与えられた役を完全にこなしてくれないと、後の始末を監督とカメラマンがするという訳にはとてもいかない。昔よく現場で筋書きが変わってスタッフがスタンドインをすることもあったが、気のせいだけではなしにその分だけ作品は薄くなった。

あの役だけに性格的な演技と、ある程度、いや並み以上のスタントもこなせなくてはなるまいが、何よりも大事なことはまず彼自身がこの役を好むかどうかということだ。主役の選び方は作品の成功にいつも決定的だが、今度の場合にはそれ以上のはずだ。

そしてまたこの筋書きともなれば鉦(かね)や太鼓で探し回るという訳にもいかない。旧人でも新人でも、すべての中から探し出して、いかなる意味ででもミスキャストということは許されない。探し方にも工夫がいるはずだった。町で見かけてひらめいた相手に声をかけるにしても、それですぐにその役柄のために不可欠な精神、というより感性の有無を確かめられるという訳にはいくまい。下手に他人に相談すれば折角の企画を出し抜かれる恐れもある。

「その筋の医者か、学者に相談するのが率かな」

大津はいったが相手がこの企画をどれほど理解してくれるかも心もとない限りだ。第一そんな種の知り合いを二人とも持ってもいない。結局それとなく裏から探すしかありはしまい。いっそ警察に協力を求めれば連中なら喜んで力も貸してくれるかもしれないが、それはいかにも業腹だった。

結局今までのいつもと同じように、新しい、未曽有(みぞう)とも気負う作品を志すスタッフとしては何よりも大事な主役を忍耐強く探しつづける以外にありはしない。

世間に新しい戦慄(せんりつ)を与えるような作品の主役は、いつも奇跡のように発見されてきたものだ。それから先の成功は当人次第だろうが、最初は世間の発見の前に当のスタッフが彼等の目で、世間に代わって世間の中を探し回るものだ。しかしそう信じて期待しつづければ、世の中にはいつも思いがけない才能、というかスタッフのそれとぴったり重なるような人材は必ずいるものだった。

二人してその気で手分けし世間を眺めなおしてみた。広い世間も表よりも裏の方がこの種の物色は効率がいいはずだ。表というのは広いが、いかにも浅い。そこではいろいろな意識が構えられすぎていて、物事を解くのに手間暇かかりすぎる。世間の裏でこそ人間たちは自分を解いて素のまま近くでいる、ということだけは今までの商売で摑んだ極意のようなものだった。

しかし、それぞれが物色してきた主役の候補を示し合わせてそっと下見しつづけたが、どれも一長一短だった。が、それを重ねる内に二人とも段々静かに興奮してくるのがわかった。主役が見つからぬということこそが、二人が神にもなろうとしている作品の意味合いを明かしていたともいえる。

健が昔仕えていた「巨匠」は既成の俳優たちを信じておらず、作品の度に地位を借りて得手勝手な人あさりをしたものだ。その度彼も助手としてつき合わされたが、恩を着せてやる立場で、自分の勝手な好みで人を探すというのはいい気なものだった。その作業自体に神の特権を代行しているような快感がある。

まして今度の作品ならば、好みが重なり合えば主役の男の感性を完全に満たしてもやれるものなのだから、相手は一生幸せということにもなるはずだ。と思えば、今度の作品の主役探しは、今夜買う女を眺めて探すなどというよりも遥かに官能的な作業でもあった。

しばらくして大津が彼としては六人目の候補者を見つけてきた。

「今度のはどうやら線に乗ってると思うがな。今までのどれよりも感じだと俺は思う。というよりあいつには、これをやるしか残されたものはないという感じなんだよ」

「えらい思いこみだな。で、条件は満たしているのかね」

「満たしているね。第一にあいつには金が要る。定職がない。定職を持てないタイプの人間だ。それにな」

思わせぶりに大津はいった。

「なんだ。それより何より経験はあるのか、それともただやれそうだというのか」

「経験はある」

「すると前がある」

「違う」

「なぜだ」

「病気ということだったんだな」

「どんな」

「少なくともあいつは二重人格だな。とにかくそう聞いて眺めると、いかにもという感じだよ。それとどうも何か薬をやっているな、何とは聞いてないが」

「それが原因なのか」

「いや、みんなすぐにそうくっつけたがるが、もっと根が深いんじゃないのかな。あの男の本性みたいなものが他とは違うって、そんな感じがしたよ」

「いくつだ、年は」

「三十ちょっとだろう、二枚目だよ」

「そりゃあその方がいいが。で今何をしている」

「江東区のスナックでバーテンの手伝いともつかぬことをしてたよ」

「周りは知ってるのか」

「知らないだろうな。昔俺たちの事務所に出入りしていたその筋の男からたぐっていって、そいつの仲間のそのまた仲間から聞いて、間をおいてから会いに行ったのさ」

「で、どこまで話したんだ」

「まだまったく。最後は監督のあんたが決めることだからな」

「しかしお前もルーペでそいつを覗いてみたんだろう」

「見たよ。指で作ったフレイムの中に収めて眺めてみたさ。これならいけるかもと思った。俺に教えた奴の仲間は、連中は連中で別のことで彼を使おうとしたらしいが、使い切れぬと悟って止めたみたいだ」

「何に使うつもりだって」

「映画じゃなしに、その道筋での本番、つまりまあ実演でということか。ああした経歴というのは、奴等の世界では解釈次第じゃ大したものらしいからな。とにかく滅多にいる人間じゃないということさ。よく見るとそれがわかる」

「ということは、あれをこなしたことがあるんだな」

「そうだ、ということで当たりをつけてきたんだから」

「何人だ」

「二人、といってたな。聞いた限りのことだが、やり口が俺には気に入ったんだがね」

男はカウンターの向こうの隅で手にしたグラスをナフキンで磨いていた。仕事というよりはそれしか他にすることがないように、目は客たちを越えてどこか遠くを眺めるともなしに、同じ姿勢でいつまでも同じ一つのグラスを手にしたままでいる。健と大津が目の前に座っても目礼もせず、店の主人に呼ばれてようやく気づいたように向きなおった。

男は二人に促すようにただ首を傾げてみせ、大津は飲みものを注文した後、質すように健を振り返った。健はなお確かめるように男の後ろ姿を目で追ってみた。男が二人の前にビールを置き、物憂げな仕種で思い出したようにグラスを置いた時もう一度視線が出会った。大津から聞いていたせいだけではなしに、出会った相手の視線の内に確かにあるものを感じたと思った。しかしそれが何なのかはすぐにはわからなかった。

相手の目は健と出会いながら彼を見るつもりもなさそうだった。しかし彼は引き戻し確かめるように男を見つめ、それでようやく相手は応えるように彼を見返した。それでもなお、男の目は健を見つめてはいなかった。焦点の定まらぬというより、男が見つめてきてもなぜかこちらの視線が相手の目の内に拡散されてしまうような、とっかかりのない、それでいて妙に深い色合いの、底に何が潜んでいるのか得体の知れない深い水の底のような目だった。奇妙なことにその目にはなんの光も感じられなかった。

もう一度確かめようと、つまみを注文に男を呼び返してみた。男は振り返り戻ってきて待つように彼を見なおす。そして健はなぜかぞっとした。自分の体の内を走ったものを健は信じようとした。この男について聞かされた昔の出来事の時も男はこんな無表情でいたのだろうか。いや、そんな時だけ彼は今見ているのとはまったく違う人間になったのだろうか。こうして眺める男の印象は、自分の今の居所も定かでない、というよりそんなことはどうでもいいように、心も体も実はここには在りはしないというような雰囲気だった。それは聞かされていた男の経歴にいかにも符合してみえた。

手探りで、なんでもいい男の何かを確かめようと、注文を運んできた相手に勇を鼓して声をかけてみた。

「どう、この頃」

馴染み(なじ)でもない仲でどうにもとられそうな言葉だったが、せいぜいの愛想でか男は首を傾げ、

「まあね」

とだけいった。物憂げに投げたような声の底にあるものを聞き取ろうとその目を覗いてみたが、目は見返しはしたが男は健を見つめてはいなかった。

何かをきっかけに何かを通わせるような会話を進めたいと思ったが、何を話しかけていいのかわからなかった。出来るならすぐにも聞いて確かめたいことはいくらもあったが、男を前に自分がなぜかすくんでいるのを健は感じていた。

それに相手の印象は、この店に夜っぴて立っていても、誰も話しかけなければそのまま同じ

ように誰にも見えぬどこかを眺めて突っ立ったままでいるようにしか見えない。

そう悟って、今ここでこの男に急いで繋がろうとするのを思いとどまった。健が彼を無視してかたわらの大津と話し出しても、男は他の誰かに呼ばれるまで黙って目の前に立ったままでいる。その内カウンターの端の二人づれの女客が彼を呼び、男が狭いカウンターの中を店の主人と互いに背を反らせてかわし合っていくのを健は窺うように見守っていた。

女に何かいわれ男はうなずき後ろの棚から何やら手帳を取り出して覗き、相手に何かを告げている。女がうなずいて笑い、彼もうなずいて慇懃(いんぎん)に笑い返しはしたが、その仕種は妙に機械的でまったくなんの気持ちもこもっていないのが眺めていてわかる。女がまた何かいって連れを振り返ると、それで許されたように瞬間に笑みを収め、そのままの視線で今相手をしていた女を見なおした。その瞬間健はまたぞっとした。なぜか男の横顔はたった今とはまったく別の人間に見えた。

かたわらの大津も同じように男を見つめていた。

「気味が悪いな、なんとなく」

「感じっこだろ、いかにも」

「ここへはすこし通ってみるということだな」

大津は黙ってうなずいた。

「通って気を通わすのはお前の役、俺はあいつの履歴を確かめてみる。聞いたことが本当なら、どこかに記録もあるだろうし、余所にも覚えている奴がいるはずだ」

「察の筋よりも、まず医者とか関係した学者あたりから踏んでった方がいいんじゃないか」

「なるほど」

周りに聞こえぬように潜めた声で次の段取りについて、男を眺めながら話した。

「面白くなりそうな気がするがね、俺は」

「俺もそんな気がしてるよ」

「考えてみりゃ、久し振りだよな」

嘯（うそぶ）くように大津はいった。

いわれて健の体の内にもときめくものがあった。それを確かめるように目をつむり自分を窺ってみた。昔々、まだ一本立ちする前にも、スタッフとして乗り気になった作品に取りかかる前にこんな気分に近いものを感じたことがあったような気もする。いやそのもっと昔、子供だった頃にもあったはずだった。

自分を促すように、

「つまり、明日への期待というやつだよな」

いった健へ振り返ると、

「活動屋というのは結局それだけで生きおおせてきたんだわさ」

いいながら大津は大袈裟（おおげさ）にうなずいてみせた。

図書館の旧（ふる）い新聞の縮刷版に男に関する記事があった。十年も前のものだが、その記録からすれば彼はもう三十五歳にはなっている。思い返してみると男の印象は年よりも若い。世の中にはいろいろな出来事がひっきりなしに起こるようで、新聞でたどりながらの調べは、とうに時間がたちすぎていてはかどらなかった。

健はあらためて十年という歳月について思ってみた。自分にあてて考えなくとも、世の中には計り切れぬほどの変化があったはずだ。ましてああした出来事の後に今まで過ぎていった十年という時間はあの男をどう変えたのか、あるいは変えはしなかったのか。一度見たあの男の放心に似た表情は、彼の内側の何の風化、あるいは何の造成を教えているのだろうか。

事件そのものについては確認出来たが、公式の詳しい記録を確かめるのは不可能なことがわかった。裁判所は十年以上前の事件の記録は結審以外の部分は原則的に破棄してしまっているし、特異な例として保存されてはいても事件の利害者以外の閲覧は許されない。残る方法はあの男の弁護をした側の人間たち、弁護士とか彼を病気と鑑定した医者なりその種の誰か専門家しかなかった。

それが誰で今どこにいるのかを調べるために、身分を詐称した名刺を作り、電話帳で調べ隣県の町で開業している弁護士に、仕事の上での調べものに必要なので知りたいとかつての関係者の所在の調査を依頼した。名刺の肩書きは当節流行りのルポライターにしておいたが、相手にとっては簡単な仕事だったようで半月後には依頼した通り、男の精神鑑定にたずさわった医師たちと当時出来事を担当した刑事の名前と居所がわかった。

教えられた二人の医師の内の一人はすでに病没していたが、もう一人の高松医師は当時いた東京の大学病院を出て隣の県都の郊外にある私立の精神衛生クリニックの院長を務めていた。

構内の立ち木が紅葉し尽くしてそれが建物の明るい壁の色で映え、病院は予想していた陰気な印象とは逆に何か進んだ技術の研究所のようにも見えた。午後の明るい陽射しの差しこむ自室に健を招き入れた相手は、差し出された名刺と彼を見比べながら、

「あの事件になんで今頃興味をお持ちなんですか」

首を傾げてみせた。様子では健の身柄についてはそのまま信じているように見える。

「今すぐにということではないのですが、ある雑誌での企画がありまして。まあ、いくら科学が進んでもまだ一向に解けぬ人間の謎についてといった、それも主に精神面からの切りこみでと。その中で私は現実にあった出来事を洗いなおす方を受け持っているのですが」

医師はうなずいてみせた。

「ほんとに偶然にですがあの出来事について知りましてね。あれだけのことがありながら、彼は咎められずにすんだ。その陰では学術的な見解と司法の、まあ常識的な見解の対立があったのでしょうが、結果は先生方の主張が通ったということですね。病人は罰せないということで。しかし同じようなケースがこの頃あちこちにあるようですね」

「同じようなとは」

高松は確かめるように聞いた。

「いえ、私は素人ですから世間並みの印象しか口に出来ませんが」

「まあそうでしょうが、同じようでも違うことが、決定的に違うことがあるのですよ、この世にはね」

ゆっくりと、むしろ自分をたしなめ念を押すように医師はいった。

「疑わしきは罰せずというのが法の原則なら、完全にわからぬものにもみだりに白黒つけるべきではない、と私は思っています。あの時も私と亡くなった隠岐先生が主張して結果がああなったことで、あちこちから非難や危惧が寄せられました。世間の危惧についてまで私たち医者が責任は負い切れませんが、そのための治療もしたはずですし。実は私には苦い経験があるんですよ」

一度目を閉じ、思い返すような表情で高松はいった。

「大分前のことですが、相手の拳銃を奪って警察官を殺した犯人の鑑定をしましてね。犯行の動機もやり方も馬鹿馬鹿しいほど子供じみたものでしたが、殺した相手が相手だけに調べる側の心証はとても悪かった。しかし犯人当人には歴然とした異常がありましてね、今まで一度も発作を起こしたことはないが、脳波にははっきりと癲癇（てんかん）の蓋然（がいぜん）性があった。それを確認するためにある薬を注射すると、癲癇患者とまったく同じ強い反応を起こす。彼もそうでした。つまりいつか将来必ず癲癇の発作を起こしたはずなんです。しかしその既往症だけはなかったために、犯行の病的な要因とは認められずに死刑になりました」

「その犯人は治療をすれば治ったんですか」

「さあそれはわかりません。しかし病人の一人であったことだけは確かだと思っています」

「彼の場合は、随分長い間病院にいたようですが、治ったわけですか」

「一応ね。だから病院も出たのですよ」

「先生がここで看ておられたんですか」

「いや、ここは最近出来たものですから、他の病院でです。周りの要請もあってどこか離れたところだったはずです。しかし専門の医師がついての治療ですから、すべきことはきちんとされたと思います」

「彼は二重人格ということだったんですか」

ちらと咎めるように見返しはしたが、許すように微笑うと、

「正確には多重人格、彼の場合には四人の人格が重複して収われていましたがね」

「四人。そんなことがあるんですか」

「あります。あの後アメリカでもよく似たことがあった。いろんな人が本に書いて評判になったが、その男の場合にはたしか二十四の人格が潜在していました」

「二十四」

「人間というのは不思議なものですよ」

相手はたしなめるように微笑ってみせた。

「でその複数の人格が何をどうするんです」

「本体の人間を他の人格が他の衝動で動かしてなんでもさせる。むしろ本体の人間の道徳観なり良心をも他の人格が縛りつけて、違う人格の中でも特に強い衝動が本体を使っての行為になって出てくるんですな。アメリカでの犯行のケースは、レイプと殺人でした」

「それは一種の心神喪失ですか」

「ま、一種のね。しかし私たち専門家から見れば正確には違います」

「その男は治ったんですか」

「というと」

「いや、つまりもう二度と同じようなことはしない」

「今まではね、しかし遠い将来までのことは誰にもわからない。これからの彼の生き方次第でそれは保証されてもくるはずです」

「生き方次第ね」

「過去に問題がありすぎましたからね」

「二十四の人格が一つ人間の中にいっしょにあるなんてのは、何か先天的なものじゃないんですか、霊がかりだとかなんとか」

「それもわかりませんね。しかし医者がそんなことに頼っては患者を看られない」

「過去の出来事が、元々あるものを刺激してしまうというようなことは」

「当然ありますよ。アメリカの場合も彼もその点は同じですな。世間には病気そのものよりももっと酷い事実が、まともとされている人間たちの間にも沢山ありますからね」


健の申しこみを受けあらかじめ手元に揃えておいてくれたらしい過去の鑑定資料をゆっくりめくりながら医師はいった。

「それを拝見出来ますか」

「いや駄目です、患者の人権がありますからね。聞かれて私の判断で許される限りではお話ししますよ。それとあの後私が学会に資料として発表したものならコピーして差し上げます」

「私は素人ですから端的にお聞きしますが、彼が病人だったというわかりやすい証拠、というか説明は何なんでしょう」

「それは難しい質問だな」

小首を傾げた後、

「例えば脳波というものがありますね。症状によっていろいろ変化するが、多重人格の患者はね、ほとんど同じ時に脳波を計っても、他の人格が表出してくると突然まったく違う脳波を示すんですよ。それが人格の複在のあきらかな証拠でもある」

健を信用したのか医師は彼が質したことについて、大方は学会での公の報告にも記載してあるといいながら話してくれた。

聞いた限りあの男の過去に、特に幼少年期に身の周りに起こった出来事は無残なものだった。失踪した父親、母親が引っ張りこんだアル中で酒乱の継父、その継父の幼い子供たちへの度を過ぎた暴力、そして四つ年上の姉を彼女がまだ十三の時に母親の留守の時酔った継父は犯し、姉を守ろうとした彼を継父は殴りつけ突き飛ばし家の柱で激しく頭を打って彼は失神した。失神から目覚めても骨折したまま朦朧（もうろう）として動けずにいる彼の目の前で継父は姉を犯しつづけたそうな。

その後姉は家を出てしまい、継父もいなくなり、母親は独身の叔父に彼を預けたが、その叔父から彼は同性性交を強いられた。

「あの種の出来事を起こす人の共通点の一つに、幼時に何かで頭を強く打ったということもありますが、しかしそれが絶対とはいえません。あの出来事の要因のどこまでが先天的、どこまでが後天的というのは難しいが、幼少年期の体験だけがあの出来事に結ばれるということも有り得ないと私は思います。

その後の世の中の進み方も、ある種の人間たちにとっては厄介なものかもしれない。一概に文明のストレスとはいうが、人によってはそれに対する精神的な抗体も違いますからね。ある学者は、ストレスの原因の最たるものはこの社会の混みすぎとまでいいますよ。確かに世の中混みすぎてきてはいますな。人間に限らずある種のねずみなんぞは一つ檻(おり)の中で数が混み合いすぎると、あるものたちが集団を作って子供や雌を食い殺すそうです」

「すると混みすぎのストレスが人格を複数化もする」

「いやそうはいいません、それはまた別の次元のことでしょう。それは彼にとって一つの他与的条件だった。人格の多重化も幼い頃の体験や世相のためだけで進んだともいえないでしょう。しかし確かだったことは、彼本体の中に複数の人格が歴然としてあり、本体がある時には本体の中にいる、いわば他の人間によって動かされたということです」

メモをとりつづける健を見なおすと、角度が変わり今では自分の額に射しかけている陽射しをまぶしそうに仰ぎ手元の時計を確かめながら、

「お役に立ちましたか」

促すようにいった。

「ええ、大変に」

そして逆に健に向かって、

「今彼はどこでどうしていますかねえ。治療した医師とは連絡はとれているんでしょうか」

「気になりますか」

「なりますな。滅多にないことでしたからねえ」

懐かしいとも疎ましいともとれる口調でいい、なぜか小さく肩をすくめてみせた。

そんな様子は健にはふと、あの男のこれからについて彼は専門の医師としてとうに承知しているのではないかと感じられた。

この数日の天候ですっかり色づいて、明日にも強い風が吹けば散りそめてしまいそうな立ち木に囲まれた精神病院のたたずまいは、今聞かされた事柄の印象とはまったくそぐわないものにしか見えなかった。それ故にかなおいっそう健は、誰が作って与えたのか知れぬこの世の中の本当のからくりに触れられたような気がしていた。そしてそれで満足だった。

刑事である永山にとってはあの男との関わりについて触れられるのは屈辱でさえあるように見えた。

「で、あんたはあいつに会ったのかね」

「いえ、どこにいるのかも知りません。ご存じだったらそれも聞きたいと思って」

「大分前に病院も出たと聞いたな。向こうの医者に聞けば居所はわかるかしれないが」

「警察は承知してるんじゃないんですか」

「そんな暇なとこじゃないよ。奴等が病人といって匿ったんなら奴等が責任もって見張ってればいいんだ」

「生きてるんですかね」

「長い間向こうでのうのう暮らしてたんだから、太って生きてるだろうさ」

刑事はそれから先に出かかる言葉を嚙んでとどめるように口を歪めてみせた。

五十すぎの、額の生え際辺りが少し薄くなりかけ、あちこち贅肉は突き出しているが大柄の体はまだがっしりとしたいかにも刑事らしい風体の男だった。建物に入り名刺を差し出して案内を請うた時、健はふと目の前にいつかいきなり自分を殴りつけたあの男が現れてくるのではないかと、身震いのようなものに襲われたが。

名刺の肩書きをどうとったのか、柄の割には愛想のいい顔で相手が現れた時、健は詐称した肩書きでこんなところにやってきている自分をあらためて見なおすような気分だった。

わずか言葉を交わしただけでこの男を相手にする会話の要領がすぐに摑めた。多分あの出来事に関して当事者以外の被害者はこの刑事だったに違いない。あるいはあの高松医師も彼にとっては敵のようなものだったかもしれない。

「どうも調べれば調べるほど、私にはあの出来事の結末が気になりましてね。この頃あちこちしきりにああいう出来事があるような気がするし」

「出来事なんかじゃない、あれはヤマだよ、立派な事件だよ」

突っかかるように永山刑事はいった。

「するとあなたはやはり、あの裁判の結末についちゃご不満なんでしょうね。医者たちの言い分が通ってしまったことには」

「医者なんて奴等はどうにでもいうさ、理屈はどうとでもつくよ。人間てのはどいつもそれぞれ訳のわからないところもあるからな。でもな、現場を見た人間でなきゃ絶対にわからないことがあるんだよ、勘なんてものじゃないんだ、なんてのかな現場にしかない真実というのかね。そこにいって吐き気をこらえながら無理やり自分を落ち着かせて眺めれば、じわじわわかってくることなんだ」

「どういうことです」

永山はじっと言葉を探すように宙を見据えていた。

「つまりだな、奴はなぜあれをやったかということだよ」

「なぜ」

「そう、なぜにだよ。何かの衝動だとかなんとか、そんなものじゃないんだな。絶対にそうじゃないという雰囲気があの現場にははっきりとあったんだ。俺だけじゃなし仲間の誰もがそれを感じていたよ」

何かもう一度自分の内に思い起こし確かめなおすように、ちらとだけ健を見やると、刑事は健には見えぬ何かを見つめたままでいた。

「あんなヤマは見たこともなかったな。なんといったらいいのかね、ふざけてる、ふざけてやがると思ったよ」

彼が今何を見つめなおし、何を感じなおそうとしているのかが健にもわかるような気がした。

「どういうことです」

促すようにいった健に、

「いいか、奴はな、楽しんであれをやったんだよ」

押しつけるように刑事はいった。

「間違いないよ」

健を見据えながら永山はうなずいてみせた。

「つまりな、あれをやらなきゃ奴は、生きていけなかったんだよ。そんな人間なんだ。貧しさだけじゃなし、泥棒しなきゃ生きていけないという奴がいるのさ。つまり生まれつきの犯罪者という奴等がな」

「だから異常、病気ということになったのじゃないんですか」

「そうじゃない、そうとは違うんだ、逆なんだよそれは」

もどかしそうに呟きこみながら彼はいった。

「素人にはわかりにくいだろうが、いろんなヤマを見ていろんな奴等を面通ししてきた俺たちには感じられてわかるんだよ。確かに奴は異常だよ、しかし病院に入れて治るような異常じゃないんだ。奴は本物の気違いだ」

いった後、焦ったように、

「いや、あんたらにはわかるまいな。勘じゃない、人間としてはっきりとわかるんだよ」

「でも、医者もいってましたが、彼の生い立ちというのは相当なものじゃないですか。聞いた限りじゃ誰でも同情しますよ」

「そうじゃない、あんな生い立ちの奴は世の中には大勢いるよ、それを聞けば誰だって同情するさ。しかしそんな生き方をしてきた奴が全部あんなことをするか、奴だけだ、奴だけじゃないか。それはあいつが芯の芯で狂っているからなんだ。芯から狂っているものを、神様でもない医者が治せるのかね。医者に扱える病気とは違うんだよ」

もどかしそうに刑事はいった。

「じゃあどうしたらいいんです。死刑ですか」

「それは他の誰かが決めることだろうさ。何年食らわせるにしても、病院に置くよりその方が世間のため当人のためでもあるんだよ。本当はな——」

いいかけたが、なぜか次の言葉を呑みこんだ。そして思いなおしたように、

「いいか、奴は必ずその内に前とまったく同じことをやるよ。俺は賭けてもいい」

健は黙ってうなずき返した。しながら彼もそう思っていた。

彼に関わりあった医者と刑事の二人に会ってみて、それがこれからあの仕事を持ちかけていくためにいかにも必要だったことがよくわかった。健には最初あの店であの男を目にした時以上に、事の成就に自信が持てるような気がしてきた。

男を相手に大津だけの持ち場もあることだから、その時の会話のためにも健は二人から聞き出したことの詳細と、その折節に自分が感じたこと、そして大津がいっしょにいたとしたら聞きたかっただろうことも質させた。

「刑事が最後にそういったというのは心強いこったな」

「まさか、その通りですともいえなかったよ」

「いずれにせよ医者も刑事も、奴こそ本物の気違いだということなんだな。しかしあの様子は、もう治ってしまってるということじゃないんだろうな」

「それはこれから確かめていくしかない」

「案外まともになっていたりしたらどうするね」

「俺たちの勘も落ちたということだろうな」

「ま、俺は祈るよ」

「俺もだよ」

「しかし気が違ってた男を使ってしか出来ない芸術作品というのは皮肉なもんだな」

「だからこそ奴等の鼻を明かしてやることになるんだ。こいつはいってみりゃ文明批判というものだ、いかにも神様の意にそったな。つまり、お前のいう通りとてつもない皮肉なのさ」

それからおよそ半年近く通っている内に健も大津も男と冗談までいい合うようにはなった。そうなればなるほど、妙なことに男の印象は段々いかにもまともに見えるようになってきた。

「あいつは本当に治っちまってるんじゃないだろうな」

ある時、首を傾げながら大津がいった。

「最初見た時の印象は、まだ後遺症とでもいうのだったのかね。医者はなんていってたんだ」

「それは誰にもわかりゃしないと。しかし俺は刑事のいってくれた言葉を信じているよ」

「今さらそれしかあるまいが、そろそろ頃を見て持ちかけるなり何かして確かめてみる必要はあるな」

大津はいった。


しばらくして二人は意を決し、かさんだ店のつけを払うからといって昼間男を余所に呼び出した。流行らない喫茶店の隅で金を手渡した後、

「実は俺は妙な縁で、あんたの昔のことを知ってるんだよ」

健はいきなりいって相手を見澄ました。男の表にある表情が走る、というよりはゆっくりと兆してきて、なぜかその場で二人を前にしながらまた夢でも見ようというような目つきで宙を見据え、男はゆっくり微笑ってみせた。

「どうして、何を」

怯(おび)えるでも咎めるでもない、いいながら健に関わりなしに一人で何かを思い出そうとするような目つきでいった。

「あんたを鑑定して庇(かば)ってくれた医者がいたろ

う、高松という、あれが俺の親戚なんだよ。大変だったんだなあんたもさ」

　いわれてもどう身構える様子もなく男は黙って笑ってみせた。

「いつかいろいろ聞かせてくれよ。俺もすこしものを書いたりするんでね。勿論迷惑はかけないし、絶対他人にもいわない。しかし、ああしたことだからな、思い出すのも嫌ならいいんだ。とにかく、あんたは本当に苦労したんだろうな」

　何かが男の目の内をゆっくりと過ぎ、一度ちらと微笑いなおすと、

「何をいったって、誰にもわかりゃしないよ」

　投げ出すようにいった。そんな様子は他人からそんな詮索をされることにとうに馴れきったようにも見えた。

　そして、ひと息おいて、

「忘れようとも思ってないし、忘れられもしないよ。子供の頃から段々にああなっていったことは、何もかもみんな覚えているよ」

　その声にはようやく、健に対してというよりもっと他の何かに向かって身構え抗うようなものがあった。

「いや余計なことをいっちまった。でもそう聞いて俺には興味があってね、出来たらいつかあんたのことを作品にしたい、あんたのいうままを別の形にして残したいと思って」

　男は黙って待つように見つめていた。

「悪い話にはならないと思う、金にもなる。案がもうすこしまとまったら相談しに行くよ。勿論あんたの名前は一切出さない。考えといてくれよ」

「それはあんたが考えることじゃないの。それだけじゃ俺にはなんのことだかさっぱりわからないよ」

男は窺うようにいい、

「いやまったくだ」

頭を叩いてみせた健に男は肩をすくめただけだった。


「あれだけじゃなんともわからなかったろうが、まずあれでいい。しかし奴にとって俺は少なくとも他の客とは違うものにはなったろう。それにしてもろくに顔色も変えなかったな」

「どうとったらいい」

「どうととるも、次を仕かけていくしかないだろう」

「しかしこいつはじわじわ洗脳してうなずかせるというものでもないな。まず普通の仕事の役者でも持ちかけてみるか。それでいいとなりゃ別に一本撮って、そこで馴れさせてさらに本篇をということかな。持ちかけて最後にふられりゃ縁がなかったということか。時間もいい加減たったし、これで駄目なら我々の傑作も永久にお蔵だ」

「俺もそう思う。多分奴が最初で最後の候補だろう。となればなんとか落としてみよう。今日また、最初見た時と同じようにいけそうな気がしたんだがな。あいつはまだ確かに病人だと思うよ」


借りたホテルの部屋のテレビを使って映した外国製のハードな作品に男はただ黙って見入っていた。道具だては白人好みのおどろおどろしい嗜虐趣味で、しょせん作り物でしかない。実は人間というのは誰しも驚くほど感覚的で、どこかに仕かけたカメラで盗み撮りしたおぼろげな映像の方が、セットやライトを凝らした作品よりもずっと官能的に見える。むしろ素人の客の方がずっと鋭い。男に見せた作品が大袈裟な仕立てのせいで彼にとっても嘘にしか見えないだろうことに健は賭けていた。

　画面が消えた時、男が小さく肩をすくめるのを健は横から見届けた。

「これが嘘っぱちなことは、あんたならすぐにわかるだろう」

　いった健を相手は黙って待つように見返していた。

「俺は出来る限り本物本番に近いものを作りたいんだよ、それが夢なんだ。後にも先にもたった一本でいい完璧なものをな。金のためだけならそんなことはしない。やがて誰かが見るだけでいい。だから、本当なら以前あんたがやったことをそのまま写しておきたかったくらいだよ」

「俺のやったことを」

　諳(そらん)じるように男はいった。

「俺が何をやったか、あんたは本当に知っているのかい」

　咎めるというより低いが嘯くように彼はいい、見返す健に、

「あれは誰も、俺しか、知りゃあしないよ」

　またゆっくりと諳じるように男はいった。そしてその目が最初健が見た時と同じようにどこか遠い、他人には焦点の及ばぬところを見つめてかかるのを感じていた。

「やるかね」

「何を」

「あんたが前にやったと同じことを、もう一度」

「どうやって」

「カメラの前で」

「だからどうやって」

「あんたの好きなままに」

　何かを呑みこむようにうなずいた後、

「相手は」

　男は聞いた。

「誰かいるかい。こいつが、こいつこそがというような」

「いないな。女はみんな同じだ、どいつもうす汚いよ」

　その瞬間だけ男の目の内に走る、闇のように暗く険しい影を健は信じようとした。

　一人で何かを考えて反芻し、何かを自分に問いなおし、自分に答えるように首を傾げ、何かに向かってうなずくと、

「いいよやっても、面白ぇな」

　健ではなしに、健には窺えぬ他の何かに向かって男はもう一度うなずいてみせた。

　しばらくして男は健にもう一度さっきのヴィデオをかけるようにいい、やがて途中でくすくす笑い出すと手を上げて画面を消させ、その後宙に目を据えたまま、今度は傍目（はため）にも楽しげに彼だけにわかる何かを思い出そうとして見えた。

「あんたがあれをやった時は、どんなだったのかね、これからのために俺にだけは詳しく教えてくれないか。とにかく想像もつかないんだよ」

媚びるようにいった健へ向きなおると、

「いいよ、なんでも」

男はその時だけ蔑むような目つきで首を振った。

役者の彼にシナリオの最後について確かめる前の段取りとして、もう一人彼の相手をする女の役者を誰にするかがあった。

「ちょっと因縁めくが面白い案があるよ。この女の方の役者に見覚えあるかね」

いって大津はどこからか持ちこんだヴィデオをセットしたテレビにかけた。

出来の良くない、ただ剝き出したという感じのありきたりの代物だったが、いわれて見るとどこかで見た気のする女だ。といっても画面は飢えたみたいに、交わっている二人の部分ばかりを追っていて女も男も役者の印象などほとんど目にとまらない。

首を傾げた健に、

「ならこれとくらべてみろよ」

取り出したどこかの裏本の頁をめくって女の性器のクローズアップを突き出し、テレビの画面を途中で止めたまま二つをくらべるように目で促す。

「顔の方はいろいろあったらしく大分老けて変わったが、あそこだけ見てくらべるとどうかね」

「わからないな、誰なんだ」

「だからいささか因縁めくといったのさ。もっともこの世界じゃままある話だろうが」

いいながらまた画面を動かし、

「ほら」

手にした本を閉じ表紙を見せた。

「思い出してくれよ。こいつのお陰で俺たちもここまで来ちまったんだからな」

「あっ、これは」

「あの娘だよ。この世界は狭い、というよりいかにも世の中狭いということさ」

「すると」

「落ちるところまで落ちたみたいだな。俺たちを挙げた奴等がいってたろ、この子で二度目の絵本を作ったのは質の悪いプロだと、そのために薬までも使ったとも。どうやらこの子に泣かされた故郷の親父とも切れちまって、そっちの筋とはまだ繋がっているみたいだな」

「なるほど」

「いっそこの子を使っちまったらどうかと思ってね」

「それは――」

「なんだね、今さらひるむいわれもないぜ。俺たちが庇う筋でもないだろう。因縁の決着としたら出来すぎた落としどころだと思わないか」

手にしなおしたものに見入っている健に、

「今さらの良心でもあるまいが。俺たちの知れざる傑作にこの子がもうちっとはましな形で出演して歴史に残るのは功徳だと思うがね」

笑っていったが目だけは笑っていなかった。

「この子を恨んでもしかたなかろうが」

いった健へ、

「俺はどいつもこいつも恨んでいる。あの刑事にさんざ殴られて曲がったこの鼻の通りが良くならない限り、俺はあのことを忘れないよ。あれは不運なんてものじゃなし、間違いなく誰かの悪意だぜ」

「自分への自分の悪意ということもあるぜ」

「馬鹿な」

その時だけむきになったように大津はいった。

「どうかね、となればこいつは因縁の豪華配役というもんだ。別に素人をかどわかしてきて裸にする訳じゃない。筋からしても女の方は誰を連れてきても同じことだ。俺が黙ってこいつを連れてきてもあんたにはわからなかったと思うよ」

促すようにいった。

「わかった。そっちはお前に任すが、要はあの男次第だな」

「あいつにも好みがあるのかな」

「それは誰でも、乗れる相手とそうでない奴がいるだろう」

「今さら昔の誰かを思い出させる面影でもとはいわないだろう」

「一度この本を奴に見せてみるか」

男は健が手渡したものを一枚一枚ゆっくり頁をくって眺め入っていた。見終えると肩をすくめ黙って笑ってみせた。

「いいんだな」

「可愛い子じゃないか」

「惜しいかね」

何かいいかけたが口をすぼめながら首を傾げただけだった。

その後男はもう一度本を開くと、一頁一頁画面の上に何かを重ねて思いをはせるように見入っていた。見守る健には男のそんな様子は、なぜか突然まったく年も顔も違う別の人間を目にしているように見えた。

女の交渉は大津が終えた。彼女の今からすればば彼が口にした金の額に異存のあるはずはなかった。彼女のつけた条件はその金をなんとかそのまま自分の手に入るようにしてほしいということだった。

そのためにもこの仕事を引き受けたことは誰にも絶対に話さぬこと、仕事の準備がつき次第彼女にだけ連絡するから必ず一人だけで出てくること、その手筈（てはず）がつきにくければこちらが手を貸してもいいといったが、女はそれはなんとか出来ると思うと答えた。

キャストのめどがつけば最後の課題は撮影の舞台の設定だった。芝居の筋が筋だけに、ある意味では男の役者を探す次にこれが一番の難事だった。限られた人数で行う撮影の最中よりも、むしろその後の後のことを考えなくてはなるまい。野犬、他の動物たち、猟師、山菜狩り、あるいはハイカー。

東京近辺の地図を拡げて二つ三つあたりをつけ、次にまずその周囲の条件を調べ、撮影の前後の動きを想定し近くまでは便利に行け、その後多少不便でも周りの目に晒されないような地点を探さなくてはならない。

最初から接近の不便すぎる地域は、むしろ逆に何か特別の仕事のためにその種の専門の人間が踏みこむ恐れがある。本篇の中に壮麗なパノラマがいるという種類の芝居でもないから、完全に外界から隔てられた地点ならどこでもいいはずだ。むしろどこか室内で撮り終えた後始末だけを外へ移してもいいとも思ったが、その方が手間もかかりそうだ。それに役者たちも外気の下の方がのびのび演技出来るに違いない。

上越沿線は山が険しく混んでい、進入路も限られていてあきらめた。次いで北と南二つの広大な富士山の斜面を探してみた。南側の観光ハイウェイは北にくらべて車の量は少ないがそのため逆に目につきやすそうで、北側は観光で混む時期もあるがそれも季節と天候次第、周囲の森の木も高くて深く霧も出やすく冬の降雪も多い。

山腹を目指しているハイウェイの北側には、入りこむと地上の溶岩の磁気で磁石も狂い方角のつかぬために自殺者で有名になった広い原生林もあったが、どんな理由だろうと名の知れた場所は避けることにした。地元の消防団も年に一、二度気ままな自殺者たちの死体の捜査に山狩りもするそうな。

そことほとんど同じ高度の反対側にも、道路から急な角度の土の壁を上ると奥行きの知れぬほど深い原生林があった。入ってみると外側から見た目よりも地上の凹凸も激しく深い森が続いていた。あちこちに巨きな溶岩もあり、森の木立ちはこちらの方が混んでいる。

いくつか候補地点を見つけ、一人がそこに残り片方が周りを確かめながら離れていき、合図し合って互いに声を上げ、どの程度の声なら届きどの辺りに何があるかを確かめた。

「仕事でやるんだからそう馬鹿な声は出すまいがな。ましてここなら三方は完全に遮られているよ」

大津がいい健もうなずいた。

春に解けて流れる雪が作ったらしい地面の幅

広い亀裂の横手に浅い窪地の草むらがあり、その上に被さるように、水が通ったために足元をえぐられた太い木が茂っている。

「この木は間もなく足元が崩れて倒れここへ被さるな」

健がいい、大津はうなずくと手にしてきた小型のシャベルで足元を掘ってみせた。

「岩はない。土は割と楽に掘れる」

うなずいてみせながら、

「こんなことという勘じゃないかね、監督」

「チーフとしてはどうかね、時間によっては明りはかなり暗くなりそうだが」

「俺たちの頃にももうトライエクスはあったよ。当節機材その他たいそう進歩しているのよ」

「じゃあ、ここということにするか」

「いいね、まったくもって感じっこだよここは。風も通らぬ日だまりだし、役者も喜ぶんじゃないの、何も気にせず晴れ晴れ芝居が出来るって」

もう一度ゆっくり辺りを見回しながら大津は深くうなずいてみせた。

立ち上がり、来た時よりも時間をかけながら二人は次の時のアプローチのための彼等にしかわからぬ印をあちこちにつけ、それを手帳に詳しく書きとめながら戻ってきた。

すべてが整ったところで二人は、事前に半額渡すと約束していた金を用意して男を呼び出した。

「いよいよということなんだが、考えてみたけど、芝居は二手に分けて、最後のシーンとその前を別々に撮った方がいいのじゃないかな」

いった健に、

「なぜだ」

怪訝(けげん)というより不服そうに男はいった。

「まあ有り体にいえば外でいきなり裸になって女と向き合って、慣れないあんたの体が効かなくなったら困るからな。話の段取りからして撮りなおしが効かないのはわかるだろう。ラストのためにも前半の売りは絶対に要るのよ。だから前の夜にでも泊まるホテルでそこだけ撮ってもいいんだ」

「いや俺は大丈夫だ。そんな必要はないよ」

男はゆっくり首を横に振ってみせた。

「しかし部屋の中とは違うしな、それに――」

「なんだね、あんた俺をあっちの方の病人とでも思ってるんだろう。俺はどんな女ででも立つよ、ただな、それだけですまなくなるんだよ、それだけなんだ」

「なるほど、そういうことなのかね」

顔を見合わせる二人に、

「俺に任してくれ。間違いはない、俺は何も金のためだけにやるんじゃないんだ」

「じゃ、なんのためにだね」

「仕返しだよ」

二人がどうとも口を挟めぬほど、男はきっぱりといった。

「なるほど。それなら存分に凝ってやってくれよ」

「わかった。で、小道具はどうしよう、あんたが使う」

気にかけていたことを尋ねた健に、

「要らない。俺が自分で持っていくよ」

「どんな」

「任してくれ。いいか、俺は素人じゃないんだ」

大津がうなずき、二人はまた黙って顔を見合わせた。

「確かにあんたは素人じゃないわな」

いった健へ、

「それより確かなんだろうな」

「残りの金かね」

「そうじゃない。これをどうやって見せるんだ。必ず人が見るんだろうな」

被せるように強い声で男はいった。

「なぜ」

「俺は人に見せたいんだよ。たとえ俺とわかったっていいんだ」

「そうはいかない。第一、話した通りの芝居の筋からあんな衣装と面もつけるんだから、あんたと割れることは絶対にない。割れたらこちらも困るからな」

「ならどうやって出来たものを世間に流すんだ」

「それは任しておいてくれ。あんたと同じように俺たちだって素人じゃない、これには十分元手もかけているんだ。まさか電車に広告を掛けて売り出しはしないが、その道というのは世間が考えているより広くて深くて便利なものさ。噂だけでこれを見たがる奴はごまんといるよ」

「本当はどいつもな」

吐き出すように男はいった。

「でもな」

思いなおしたように首を傾げて、

「いよいよだと思うとさ、興奮してるんだよ俺は。久し振りに本当だよ。大丈夫必ずうまくやるよ」

急にはしゃいだ声で二人を慰めるように男はいった。


女は電話してきた通り、街道のスーパーマーケットの駐車場に目印の黄と黒の格子柄の紙袋を下げ緊張した顔で立っていた。彼女の方は知るまいが、あのカメラマンの藤野が町で拾って撮った写真にくらべるともう十近くも老けたように見える。誰とのどんなしがらみで生きているのか知らないが、目の下の隈(くま)や年に似合わぬ肌の色艶を見れば大津が聞いた噂もうなずけた。

大津が健を紹介し、健が先に乗りこんでいる彼女の相手役を紹介した。健も男も、当然大津も、そして彼女も名乗った名前は皆んな嘘ばかりだったが、そんな四人を乗せて走る車の素性を知る者も多分この世にはいまいと嘯くように健は思った。

健には男が女を初めて見る時の様子が気になったが、男はこれから何をしに行くのか互いに知っているはずの相手にひどく慇懃だった。女の方もまだ何かに怯えているようで、そんな様子はふと彼女を初々しくさえ見せた。

走り出して気がつくと後ろの席で男は女の手を握り、女はその手を預たようにシートにもたれ目を閉じたままでいた。なおしばらくして見ると、無事車に乗れて安心したのか、それまでどんな緊張があったものか、彼女はその手を預たまま男の肩に頭をもたせかけ眠っていた。

確かめるように体を入れ替えて眺めなおした健に、男は得心させるようにゆっくりうなずいてみせた。

車は夕刻今夜泊まるペンションに着いた。宿のレストランからは、目の前に聳(そび)えるというより、頭上から塞いでのしかかるような富士山が見えた。山の向こうに陽が沈んでしまうと黒い影となった山はますます間近に迫って見える。稜線の肩の空がまだかすか夕映えしているだけにいっそう山は黒く凝った闇のように、眺める者を呑みこみ押しひしごうとするようにも見えた。

「私、見ているとなんだか怖いわ。あれに潰されて殺されてしまいそうな気がしてくるわ」

顔を見合わす二人の前で、

「そんなことはないさ。夜だからそうだけど、朝陽が昇ると紫色に染まってそりゃあ綺麗だよ」

男がいった。

「あなたここへよく来るの」

「ああ、親戚があったけど」

「どんな親戚」

女が尋ねると男はなぜか急に顔をそらすようにして目の前に聳える黒い影に見入っていた。女も何かを感じたように口を閉ざし、ちょっとの間突然の妙な沈黙があった。

「ここらの親戚なら土地持ちだろうが。この頃すっかり開けてきたからえらい金持ちになってるかもしれないぞ。たまには顔を出しといたらどう」

けしかけるようにいった健に、

「親戚なんぞもうどうでもいいよ」

口を歪め吐き出すように男はいった。

「でもあなたの家族は」

女は思わずいって、尋ねてしまった後気づいたように健を窺いなおした。

そんな気配を察したように、

「そんなものないよ」

何かを押し殺したような無表情な声で男はいった。

「ごめんなさい余計なことを聞いたみたい。でも、私も家族は捨てたのよ」

「なぜ」

聞いた健に、

「捨てられたのよ」

「なぜだね」

なお質した健を塞ぐように、

「いいじゃないか、捨てられた方が」

男がいった。

その夜、健は隣の部屋の男が扉を開けて出て、さらにその向こうの女の部屋の扉を小さく叩いて入っていくのを聞いた。

まさかと思って耳を澄ましたが、その後なんの物音も伝わってはこなかった。


翌日の朝、大津の回したマイクロバスに男と女は手を繋いで乗りこんできた。

質すように見つめた健から女は目をそらし、男の方は無表情にだがはっきりと彼に向かってうなずいてみせた。

見た目よりは急な角度で上る観光道路は行くにつれて周りの森の木の植生を変え、それが明かす高度のままに辺りの木々の葉の色も変わっていった。決めておいた辺りの高みでは木々はすでに紅葉しかけていて、健は男について質しに行ったあの白い病院の構内の木立ちが赤く染まっていたのを思い出していた。

あれからもう一年近い時間がたっていったことになる。あんな出来事のはずみに思いこんでしまったことのために、随分むきになってとうとうここまで来たなという感慨があらためてあった。

そしてここまで来れば、人間、時と場合で、なんだろうとむきになるものがあれば結構ではないかと嘯くように思った。

車を止め撮影のための機材を下ろし、健と男と女三人だけが降りて勾配も高さもゆるい斜面の辺りで道から上って森に入り、大津は念のため車を二キロほど離れた休業中の遊園地の駐車場に止め、後は屋根に積んだ自転車に乗って戻ってくる。そして自転車を森まで引きこんで三人の後を追う手筈だった。

三人はそれぞれ手分けした荷物を持って、予定通りかなり迂回した形で決めていた地点にたどりついた。

「ここがあの入ったら出られない、自殺しても人に見つからないという何とかが原」

辺りを見回しながらすがるような声で女がいった。

「いや違う、ここじゃないよ、あれは道路の反対側だ。ここは溶岩があまりないから磁石も効くし迷うことはない。一人で深く入っても、木の梢と太陽の方角さえ見れば必ず元に戻れるよ。この間来た時磁石をあそこに忘れていったけどな」

あの後の人の行き来を計るためにわざと近くの岩の上に置いていった磁石と水筒がそのままあるのを指していった健に、

「なるほどここはいいな、いいとこだよ」

男はいい、

「急がずに落ち着いてやろうよ。あんたらには悪いが俺たちは楽しましてもらうかもしれないぜ。ここまで来りゃあんたらはあんたらの仕事をして、俺たちは俺たちで勝手にやると」

女にも笑ってみせた。

大津も二十分ほどして追いついてきて、自分で運んできた三脚を選んだ場所に据えて立てた。

「昨日いったように、二人がここへ来るまでの部分は後で撮るが、その繋がりの衣装と仮面をつけてもらうからな。二人でお楽しみ願って結構だが、最初だけはきちんと衣装は着けていてくれ。ここへたどりつくカットだけは本番の前に撮るが、その後はせいぜい時間かけてやってくれ。カメラはマスターショットと部分カット用の三台を二人で回すから、そこらを多少跳ね回っても大丈夫だ」

いった健に促されると二人はうなずき、着ていた物を脱いで健たちが用意したラメ入りのマントのようなガウンに着替えた。女はとうに馴れているのか二人を無視したように裸になったが、気がつくと男の翻す衣装の下で彼の部分はもうすでに怒張していた。

二人が抱き合う地点までの踏み入れのカットのために彼等を二十メートルほど退って立たせ、カメラを確かめ、大津がうなずくと、

「よし行こう、スタートっ」

健は久し振りに自分のその声を聞いたと思った。

二人が手を取り合いながら近づいてき、このシーンだけは音声を無視して健のかける声のま

まに演技して立ち止まり、向かい合い、抱き合って唇を合わせそのまま草むらに倒れこむ。

「よし、カットだ。後は気ままにいこう、こっちをまったく気にせずにやってくれ。いくらでもカメラで追うからな。いいなチーフ」

かけた声に大津はその時だけルーペから目を離し健に振り返ると、なぜか長くゆっくり笑ってみせた。

ズームが効くのか大津は二人からかなり離れて三脚を据えている。そのせいでか、二人の動作は段々周りに他人がいることを忘れたように、男がいっていたように彼等だけの勝手で進んでいった。目の前に繰り広げられることにはもう見飽きていたが、選んだ場所のせいと、彼等だけの昨夜の出来事の余韻にまた火がついて燃え出したようにたちまち見境のないものになっていった。

この種の作品にはどうしても要る寄りのカットのために健が声かけて男と女の位置をずらさせたり逆さにさせるのにもためらうほど、二人は健や大津を忘れたように彼等自身の遊びに溺れこんでいるように見えた。

しかし、手にしているカメラの角度を変えようとして健が大津の後ろを回り二人の反対側にかがもうとした時、一瞬だが男は確かめるように彼を見やり、その視線は何かを促すように瞬いた。その瞬間健は、男が約束した通りのことを間違いなくやるだろうことを信じた。

そして間もなく女は健と大津の見守る前で獣じみた声を上げ、芝居ではなしに間違いなく頂点に達してのけ反った。

「こいつも、病気かね」

ルーペを覗きながら大津がいった。

そんな声も届かなかったように、男はなおいっそう女を攻め立てていった。二人の間に何がどのように高まっていくのか、健が声をかけても二人はまったくひるまず、その声で逆に高ぶったように上下の形を変え、そしてまたさらに男が女の両股を抱えて敷きなおし、やがてまた女は前よりも高い声を上げて大きくのけ反った。

その体を外さぬように引きつけながら、男のもう一方の手が脱ぎ捨てていたガウンをゆっくり引き寄せ内側に止めていた小道具を引き出すのを見た。

小さな痙攣（けいれん）の後女が自分を取り戻し、健や大津を忘れて目の前の男にだけ微笑みかけようとした時、男は取り出した刃の反った料理用のナイフでいきなり女の喉を真横に切った。女の頭が崩れるようにして後ろへ反り、外れかけていた仮面が飛んで何かが弾けたように信じられぬほど太く激しく血が吹き上がった。その感触が何なのかまだわからずに、自分で自分の喉の辺りを確かめようと女は自由の効かぬ顎を引こうとして出来ずにただまじまじと真上の男の顔を見つめていた。

次の瞬間男は何か叫んで抱いていたものから身を離し、手にしたものを見せつけるようにして女の顔の上に両手でかざすと物もいわずに彼女の胸の真ん中に向けて振り下ろし突き立てた。

そのまま女から離れて立ち上がった男の股間に彼の部分は先刻よりも激しく怒張して突き立っていた。男は手にしたものを健に向かってかざし、その刃の先で今足元で真っ赤な噴水を上げながらのたうっているものを指してみせた。

「こっちを、向けっ」

大津が叫び、男はうなずいてマスターショットを収めているカメラに向かって刃物を突き出し、次いでまた何か叫ぶと女の足元にうずくまり、痙攣している女の左足を抱えて上げると、手にしたものを女の両股のつけ根の部分にえぐるようにして突き刺し、何の手応えでかまたそれを引き出すとそのまま股間の繁みに突き立て真上に向けて切り上げ腹を裂いた。

信じられぬほどの切れ味で刃物は女の白い腹をたち割り、詰めこみ収われていたものの腹圧が、とぐろを巻いた何かを突然膨らませ盛り上げるように薄紫の内臓をはみ出させた。女はとうに動かなかったが内臓だけは神経の痙攣のままに蠕動（ぜんどう）していた。

男はさらにかがみこみ、手にしていたものをかざしながら空いた片手で女の腹の内にあるものを引きずり出し、途中で切り離しては辺りに放り出していた。

手にしたカメラを回しながら自分が吐くのを健は感じていた。

男はまた彼に向かって振り返り、何か叫びながら摑み出したものを振り回してみせる。健がうなずくと、男は手にした刃物を放り出し、女に向かってしゃがみこむと両の手ではみ出してくるものを掬い出そうとしていた。

その男の頭を、後ろから近づいた大津がカメラを外した三脚を束ねて力一杯殴りつけた。思わず前に崩れた男の首すじに、健が持ち上げてぶつけたぎざぎざの溶岩の破片が狙った頭から外れて当たり、首の皮が裂けて血が飛び、男はなぜか怪訝に確かめるような目で彼を振り仰ごうとしていた。その額を横からもう一度大津の三脚が打ち据え、男はそのまま潜りこむように開いた女の腹の中に顔から崩れ、健が抱えて落とした二つ目の岩が今度は確かに男の後頭部を砕いた。

しばらくの間二人は喘ぎながら吐き、吐きながら喘いでいた。

どれほどしてか、

「こいつあ、やっぱり本物の気違いだったな」

つぶやくように大津がいった。

「そうだよ、間違いない」

まだ喘いでうなずきながら、

「でも、俺たちは何なんだ」

無理に笑いながらいった健を大津は疎ましそうに見返しただけだった。

車から自転車で運んで途中に置いていたシャベルで、傾き倒れかけている木の足元に夕方までかけて背の埋まるほど深い穴を掘り、男と女と、周りで汚れたものをすべて穴に落とし、着ていたものもみんな外して焼いて混ぜた土を被せて埋めた。

土をかける前にもう一度覗いた穴の底に、男と女は互いに抱え合うようにもつれてうずくまって見えた。

二人で一つ自転車に乗って車に向かいながら、ペダルを漕ぐ健を後ろから抱えた大津がしばらくして、

「これで何もかも終わりということだわな」

前後に合わせた体をその時だけ離すようにしていった。

「ということだろうな。二人してオスカーを貰

林を切り開いて作られた駐車場まで戻って仰ぎなおすと、昨夜見た山はもっと間近にもっと黒々と聳えて見えた。それから逃れるように背を向け、車の扉に手をかけながら、

「これでなんとか家に帰れるな」

何かを確かめるように大津がいった。


うことにはなりそうもないしな。完璧無比の作品でも、作者が不明じゃあな」

いった健になぜか抗うように、

「しかし、これは一体どういうことだったのかね」

大津はいった。

そんな気配に応えるように、

「さあ、なんといったらいいのかね、そいつは後になっての方がよくわかってくるんじゃないか」

「何が」

「つまり、あの刑事がいってたみたいに、俺たちも、あの男も、女の方も、みんなそれぞれ、こうしなけりゃ生きていけなかったということだよ」

山からの声

国道から横に折れてしばらく行き小さな村落を過ぎると、突然目の前が開けゆるやかな直線で登っていく道の彼方に北アルプスの山並みが見えた。

そこまでどれほどの距離があるのかは知れぬが、もう頂きに雪を帯びて輝く山々ははるか遠くにありながら間近なもののように、早くも雪に覆われた山稜（さんりょう）の起伏や陽に陰り出した尾根から険しく落ちる峡谷を微細に際立たせて見せる。それはふと、何か巨（おお）きな太古の獣の背のようにも見えた。

辺りの木立ちはようやく紅葉が盛んなのに、遠く高い山々にはもう二度三度雪が来たのだろう、まだ陽射しの温もりも感じられる辺りの明るい風景と対照にあくまで白く、山々の頭上の空は抜けるように青く澄んでそれを光背にして輝く山脈は、この地上とは位相の違う夜空に眺める他の宇宙の星雲のような別世界にも見えた。

それは以前何かで読んで覚えたシャングリラという外国の言葉を思い出させた。たしかあれも、どこかヒマラヤの山の中にある小さな王国のことを書いた文章の中にあった言葉だったと思うが、海はあっても高い山などない隣県に育った私には、物好きな人間たちがわざわざ登っていって時折遭難を起こしたりするような高く険しい山は、自分の生活とはおよそ関わりもないものにしか思われていなかった。

この県のある総合病院に内科の医長として転勤してきて、病院が定期の回診を受け持っている養老院に赴任の挨拶がてらやってきたのだが、日頃市中の病院に勤めながら遠くに目にすることのある、アルプスと呼ばれる山並みに向かって今自分一人で車を駆っていると、職場が変わったことで自分の人生にもまた予期せぬ変化がもたらされるのではないかと漠たる期待が兆すほど、初めて目にする遠く鮮やかな風景は私の体の内の何かを満たしてくれた。

時折道がゆるやかに曲がる度、視界から外れた山並みは間近な辺りの木立ちや手前の低い山や丘を前景に据えてまた蘇(よみがえ)り、その度急に近く見えたりまた遥かに遠くも見えたりする。生まれて初めて、まだそのどれが何であるのか知れぬままに、名だたる山脈に向かう気ままな運転は久しく忘れていた旅の味わいを思い出させてくれた。それは予期せぬ時、予期せぬ形で、自然の美しさや巨きさに触れた人間の、今まで眠っていた本能が呼び起こすものなのかもしれない。

それを確かめるように途中の峠で車を止めて道端に降り、煙草に火をつけながら反対側の路肩まで歩いていって、そこからまた前方に開ける小さな盆地の収穫のすんだ田と畑の向こうに拡がる山脈を眺めてみた。不思議なことに何度となく山並みは前よりも突然間近に見え、そしてまた前より遥かに遠くに望まれた。

辺りに行き交う車も人の影もなく、どこかを渡る甲高い鳥の声だけが聞こえている山間のしじまの中で眺める山々は、眺める者を耳には届かぬ透明な声で誘っているようにも、また揺るがぬ静謐のまま、眺める者を遥かに隔てているようにも見える。

あそこに登る人間たちは一体どれほどの時間をかけてこの道を歩き、その上またどれほどの時をかけあの陰って暗い峡谷を這い上がり、白い尾根を伝って頂きを目指すのだろうかとふと思った。

私のような素人がただ茫として眺める遠く高い山々は、ただただ歴然として彼方に在り、人間たちにはおよそ関わりもなく揺るぎない存在の姿はなぜかしみじみ懐かしく、私は妙に安心した放心で煙草をくゆらせながら立ちつくしていた。

手にしたものを吸い終わりようやくきびすを返しながら、昔の人間たちはこんな風にして旅をしたものなのだろうなと得心していた。

車に戻りドアに手をかけた時すぐ前の藪の小道から、背負子一杯に枯れ枝を載せた年配の男が出てきた。いぶかるように見つめる相手に、念のために聞いてみた。

「養老院はもうじきですか」

「この坂を降りると、左に入る道がありますよ」

男は後ろを振り返りながらいった。

ついでに、

「この土地は初めてなんですが、向こうに見えているアルプスはなんという山です」

男はなぜか物憂そうにまた振り返り、

「右が常念、その次が蝶ケ岳、奥に見えているのが穂高、左は焼岳だな」

その名の所以(ゆえん)の知れようもなかったが、その名前を告げられた山々はそれでまたあらためて、人格に近いそれぞれのたたずまいで目に映った。

それ以上どんな会話を交わしていいのかわからず、会釈して車の扉を開いて別れた。


いわれた通り養老院は坂の下から折れて入る左手の小さな丘の中腹に、木立ちに囲まれるようにして建っていた。もう自分の過去の大方を忘れてしまいながら、残された最後の限られた人生の時間を費やす者たちの住まいにふさわしく、外から自らを遮り引きこもったような雰囲気があった。周囲の木立ちが見事に紅葉しているせいか、白い建物は時と季節を選んで移っていく船のようにも見える。

建物の裏側にある駐車場に車を止め、なだらかな坂を回って上って玄関に入りかけた時、左手の二階から張り出した小広いテラスに座っている人物を目にした。外はもうそろそろ肌寒い頃なのに、その老人はもう陽の陰ったテラスに一人座ってどこかを一心に見つめている。

年とって惚(ぼ)けての放心というより、何かしきりに気にかかるものを寒さも気にせず懸命に見つめているという様子だった。身を凝らしたまま動こうともしない姿には、こうした施設に入っているような老人らしからぬひどく真剣で何かを思いつめているような雰囲気があった。

事務局に挨拶を終え初めての建物の中を案内されて回った時、入居者たちが集まる二階のロビーの外のテラスに、依然として、さっき見たと同じすこし身を乗り出すような姿勢で座ったままの老人を見た。

「あの人は？」

尋ねた私に、

「ええ、入居者の一人ですが」

案内につき添った主任の看護婦がいった。

かなりの広さの建物を一巡し三階からまた元のロビーのある二階まで降りて外のテラスを覗(のぞ)いてみたら、老人は依然同じ姿勢で座ったままどこか遠くを眺めていた。

その背後に立ちなおし眺めてみると、この室内からも遠くの山脈が見えた。建物の周りにある木立ちが丁度そこだけ開けていて、テラスの前方のはるか彼方に山脈が望まれる。

この辺りの上空はもう陽が陰り曇っているが、遠い山脈の後ろの空はまだ抜けるように明るく晴れ上がってい、傾きかけた陽射しを受けた山脈の稜線だけが白く輝いていた。

遥かなる山並みにくらべて黄昏(たそがれ)は一足早く辺りに忍んできていて、周りの木立ちを揺すって風も吹き出した様子に、案内していた看護婦が気をきかしてガラス戸を開けて老人に近づき肩に手をかけ、

「山神さん、もう寒くなってきたから中に入りましょうよ」

促していったとたん老人は振り返りながらもの凄い剣幕でその手を払った。

「風邪引くわよ、知らないから」

いいはしたが看護婦は慣れた様子で室内に戻

ると、近くのどこかに置いてあった毛布を持ち出してきて老人の全身を包むように肩からかけた。

「あそこに座ると、日が暮れるまでああやっているんです」

　老人に代わって言い訳するようにいった。

「山を眺めているのかね」

「でしょう。でもなんのつもりなんでしょうか。もう惚けてしまって何も覚えてはいないのに。痴呆が大分進んでいるんですよ」

「しかし馬鹿に熱心そうに見えるけどねえ」

「でも、ここじゃ一番手のかかる入居者の一人なんです」

「暴れるの？」

「いえ、暴れるというよりすぐにすごく怒るんです。雨でも降ってきてテラスから中に入れようとすると。それからお風呂の時」

「風呂？」

「あの人、年寄りの癖になぜだかお風呂を嫌がるんです。手伝って裸にしようとすると嫌がって手を払うの。あの年で裸見られて恥ずかしいこともないだろうに」

「へえ、裸を恥ずかしがるのか」

「そうみたいですわ」

　肩をすくめながら、

「わがままというのか、はたが余計なことをするととても怒って。とにかくここでも一番手のかかる人なんですよ」

「まあ、年寄りというのは皆そんなところがあるけどね。どんなに惚けてるように見えても、その人なりの思いこみがあって。で、どんなことをすると怒る？」

「どんなって、決まった時間ですから食事をさせようとすると、まだその気でないと嫌がったり、一々そんな相手に合わしてると切りがないから、罰に出したものを引っこめてしまっても、我慢比べみたいにこちらからいってあげないと自分からは絶対にほしいとはいわないんです。ああやってテラスに座っているのを見ても、変わってるでしょ」

「しかし最初に、玄関に入る前、あそこに座っているのを見た時には、そんなに惚けているようには見えなかったけどなあ」

「いいえ、あの人もうなんにも覚えていないみたい」

「家族の顔も？」

「あの人、家族がいないんですよ。というより、本当の名前が何なのか誰も知らないんです。ここに来る前、どこから来たのか行き暮れて松本の駅の前でお腹すかせてうずくまったままでいるのを、お巡りさんに保護されてここへ連れてこられたんです」

「どういうことなのかね」

「とにかく身元がまったくわからないんです。預かってから警察でも、新聞社にも頼んで随分探したんですがまったく手がかりがないんです。当人も自分の名前からして他の何も覚えていないし」

「しかし、君はさっき名前を呼んでいたじゃないか」

「ああ、あれは皆でつけた仮の名前、山神さんて、渾名（あだな）みたいなものです」

「なぜ」

看護婦はその時だけ気をもたせるように私の

顔を見なおしながら肩をすくめてみせた。

「その内いろいろわかりますわ」

「何が」

「渾名の訳も」

「山神という?」

「あの人の手がかりといえば、見つかった時着ていた洋服だけなんです。ポケットにも何も入っていませんでした。その上着の内側に名前の、イニシャルっていうんですか、K・Nって刺繍(ししゅう)がありましたが」

「なるほどK・Nか」

「その洋服がとっても洒落(しゃれ)たものだったんです。厚いツイードの上着で、ああそう、それとその時帽子も被(かぶ)ってました。横に小さな鳥の羽根の飾りのついた、チロリアンていうんですって。あんな洋服や帽子を被る人はこの辺りにはあんまりいませんからね。それに言葉がまったく土地の人ではないの、言葉使いが上品でね、きっと東京から来たんだと思いますわ。でもなんで一人で列車に乗って松本まで来たんでしょうね」

「不思議だね、面白い話だなあ」

「でしょう」

いった後思い出して、

「あ、それとね、あの人足の指が、右足ですけど二本ないの。ひどい火傷みたいな跡があって」

「火傷」

「前の先生は凍傷でだろうっていってました」

「凍傷ね。一体何をしてた人なのかねえ」

「私たちも以前はよくそんなことといってました。きっとどこかの会社の社長さんでも務めたことがあるに違いないなんて。でも、それならなんでまったく手がかりがないんでしょう」

「ここに入ってから、もうどれくらいになるの」

「もう二年近く」

いわれて私はもう一度振り返り、テラスに座ったままの老人をガラス越しに眺めてみた。老人は前とまったく同じ姿勢で山並みに見入っていた。辺りはますます黄昏れてきて、建物の前の木立ちを揺する風の勢いも増しているように見えた。

「もうそろそろ中へ入れたほうがいいんじゃないかね」

いったが、

「いいえ、寒くなったら自分で入ってきますわ」

慣れた様子で彼女はいった。


事務所で小さな用事をすませた後、なぜか気になったので一人でロビーに引き返し外を覗いてみた。老人は依然同じ姿勢で遠い山脈に見入っていた。

ガラス戸を引いて外に出たが、テラスを吹きぬける風はもう肌にしみるほど冷たかった。老人の後ろに立って肩に手をかけ、

「どうです、もうそろそろ中に入りませんか」

声をかけた私に振り返ると、確かめるように私の顔に見入った後小さくうなずき、見納めるようにもう一度視線を山並みに戻した。

この季節の夕闇は足早で、すっかり暗くなった辺りの木立ちの彼方につい先刻まで白く輝いて見えた山脈は暗く霞んで遠ざかり、一番高い山の頂きだけが最後の光芒（こうぼう）を浴びてほの白く眺

められたと思う内、消えていく何かの明りのように残照の空に吸いこまれ、その空もあっという間に闇に変わっていった。

それを見届けたのが切りのように老人は一人でゆっくりと立ち上がり、間近に立っている私を無視してそのまま背を向け建物の中に入っていった。

間近にすれ違いながら初めて、老人がその年配にしてはいかにも大柄でがっしりした体つきなのに気づいた。そしてその高い鼻と彫りの深い面長の顔立ちが、あの看護婦たちに彼の前歴についてあんな想像をさせたのがよくわかった。

翌日の診療の折に昨日テラスで見た例の老人のカルテをことさらの興味で眺めてみた。添えられている、保護された直後撮られたらしい脳のＣＴの写真では、看護婦のいっていた通り老人性痴呆を示す脳の萎縮がはっきりと見られた。しかしその他に関しては老人の体は概して健康そうだった。

他の入居者といっしょに診察を受ける老人は、どうやら事が何たるかを心得ている様子で、順番で連れてこられても何かに不服を唱える様子もなかった。

聴診器を当てるために着ている物を外して胸をはだけさせた時、着ていたジャンパーの後ろに何やら字の書かれた大きな布切れが縫いつけられているのに気づいた。背中を向けさせるとズボンの後ろにも同じものがつけられている。布切れには、『この老人を見つけたら右の所へ至急ご連絡ください』とあり、養老院の番地と電話番号が記されてあった。

「これは?」

横で診療を手伝っていた主任の看護婦に質すと、

「これがその証拠なんですよ、昨日申し上げたことの」

「なんの?」

背中を向けている相手をはばかったように声を潜めて、

「ここで、一番厄介な一人だっていったでしょ」

「すぐ怒る?」

「それだけじゃないんです。家出」

いった後、目で計って、

「はいっ、山神さんもういいですよ」

促して元に向きなおらせ、はだけた胸を閉じ外した上着を着せて立たせた後、

「あの人ね、ちょっと目を離すとすぐに家出してしまうんです」

「しかし、それは惚けた年寄りにはよくあることだろう」

「違うんです、うっかり外へ出て迷って帰れなくなるなんてのじゃないんです。隙を見て飛び出していっちゃうんです。そのまま真っ直ぐもの凄い勢いでどこまでも歩いていって、一昼夜も飲まず食わずで歩き通すんですよ。それで最後にお腹が空いてくたびれ果てて動けなくなって、道ばたに座りこんでるのを報されて連れ戻すんです」

「何度もかい」

「もう何度も」

「町に戻って、また列車に乗ってどこかへ行こうとするのかな」

「そうじゃないの。それがいつも町とは逆、もっとこの奥に向かって、山の方へ向かって歩いていっては行き倒れてるんです。これから先じゃ行き交う人も少ないし、見つけるのが遅れるとどうなるかわからないでしょ。いつかなんか雨に降られて濡れっぱなしで、もうちょっとで肺炎を起こしそうになったんですよ」

「そいつは危ないな」

「それもね、暖かい頃は出かけないの。もうそろそろ、山の方に雪がきて寒くなりかけると、必ず家出の癖が出るんですよ」

「なるほど、しかしそれはどういうことなのかな」

「わかりませんよ、そんなこと。あの人にだってわかってないんじゃないですか」

「そうなのかな」

「どうしてです」

「いや、私にもわからないが、しかし」

「なんです？」

「いや、何か訳はあるんだろうね。惚けてはいても、かろうじての記憶もあるんだろうし」

「どんな？」

そう聞かれても私に答えられる訳もなかった。

診察が終わった後、また思い出して看護婦に聞いてみた。

「昨日、君がいっていたあの人の山神という名前、渾名といったけど、そんな名前で呼んでいる訳は何なの。何かあの人の家出の癖と関係でもあるのかね」

「ええ、そうです」

「どんな」

「二度目の時だったかしら、家出したあの人が歩いていくのを途中で見た人がいたんです。もの凄い勢いで、脇目もふらず飛ぶように歩いていったそうです」

「それで？」

「見た人も、次の部落に住んでいる結構年寄りでしたが、細い山道をその人を突き飛ばしそうな勢いで、大股に、まるで飛んでいくみたいに、その人が子供の頃聞かされた山の神様が山から山へ移っていく時みたいに風を巻いて。その人思わず腰を抜かしそうになったっていってました」

「なるほどそれで、山神さんか」

「でも先生信じられます、あの年で一昼夜歩きに歩いたといったって、見つかったところは萩野っていう、ここから二十キロも離れたところだったんですよ」

しかしなぜだか私には、あの老人が脇目もふらず大股に何かに向かって歩いていく姿が想像出来そうな気がしていた。


それから足掛け二年の間にさらに二度、定例の出張診療で山神老人と会った。そしてその間彼は看護婦が予告した通り四度養老院を脱走しては、疲れ果ててうずくまっているところを救出され連れ戻された。発見された場所は養老院からの距離も方角もそれぞれ違ってはいたが、彼女がいっていた通りいずれも町とは逆の山の奥に向かう山間の狭く険しい道の上だった。

そして、四度目の脱出の折に重いみぞれ混じりの雨に打たれて風邪を引いた老人は、それが引き金になって肺炎を起こした。週の初め緊急に私が呼ばれて出かけたのもそのせいだった。

山神老人は高い熱を出していて症状は危険なものだったが、私としては病院での次の日の診療があり立ち会う約束の手術もあって、注射をし抗生物質の投薬をして一度市内に戻った。

そしてその週末近く養老院の事務長から、老人はまだ熱が引かず昏睡状態が断続していて素人目にも危篤のような気がするといってきた。午後の後半の診療を部下に任せて私は四日前に行った道をもう一度車で走った。

一目見て老人の命が尽きようとしているのがわかった。高熱が続いて点滴も間に合わず、衰弱が進んで痩せ衰えた患者の顔には生命の後わずかの限界を示す濃い隈が浮かんでいて、荒い息づかいは見ていていかにも苦しそうだった。

「こんな目に会うのはわかってたんだから、おとなしくしていればいいのに、なんのためにあんなことをねえ」

訴えるように主任はいったが、私にはただうなずくしかなかった。

「今夜、もちます？」

「無理だろう」

「先生、それまでいて頂けますか」

私はうなずき、それを見越したように、

「向こうにベッドは作っておきました。何かあったらお呼びしますから」

看護婦はいい、私は立ち上がった。

それから一時間もたたずに看護婦が私を呼びに来た。

「先生、早く来て。様子が」

「どうした」

「それが変なんです。急に目を覚まして、はっきりした声でしきりに何かいってるんです。今にも床から起き上がりそうみたいで」

駆けつけた隔離病室のベッドの上で、山神老人ははっきりと目を見開き頭上のどこかを一心に見つめなぜか右の手で何かを握るようにしてかざしながら、はっきりした声でくり返しいっていた。

「カンメイありますか、応答してください。カンメイありや、応答してください。カンメイありや、応答してくれ」

そして一杯に見開いた目を、何かを待つように宙に据え、

「頼むっ」

つぶやくようにいった。

「先生、カンメイって何っ、さっきから同じことをいってます」

看護婦が囁き、私にはなぜかその瞬間、老人がかざした手に握っているのが無線の電話機で、カンメイというのが無線の感度の明度なのがわかった。前の職場にいた時、釣り好きの仲間に他のどこかのグループとの対抗の試合があって病院側のメンバーが足りず員数合わせに誘われて出かけた折、その男が釣りの合間に相手の成績を気にして船から船へ手にしたトランシーバーで話しかけながらそんな言葉をくり返していたのを思い出していた。

「感明ありますか、応答してください、応答してください」

老人はまた叫ぶように繰り返した。

「感明、ありますよ、感明あります。聞こえま

すか」

私は思わずいってしまい、そしてそれに応えるように、

「聞こえる、聞こえるぞっ、感明あり、感明あります。いいかっ、無理をするな、来年がある、もう一度必ず来るんだ。聞こえるかっ」

「感明あります、聞こえますよっ」

「この風は止まない、風は止まない、今年のモンスーンは早すぎる。明日のアタックも無理だ。キャンプを引き返せ、第七キャンプはまだ安全だ、第七に戻れ、戻るんだ」

私にはそれにどう答えていいのかわかりはしなかった。

「応答、応答してくれ、感明ありや、感明ありますかっ」

「はい、感明あります、続けてください」

「いいか、キャンプを引き返せ。第七に戻るんだ。聞こえるかっ」

「聞こえます、聞こえますよ。了解しました」

看護婦が間近で窺うように私を見つめているのがわかった。私も見返しながらうなずいていた。

自分が医者としての何かから踏み出しかかっているのはわかっていた。今この臨終の間際に、閉ざされていた老人の意識に突然何の光が射しかけ、彼が一体誰に向かって最後の会話を試みているのかはわからなかったが、もう医師としてなんの手立ても出来ぬ今、その代わりに彼の最後の会話を助けることが僭越なのか、あるいは冒瀆なのか、それとも責任なのかは俄かにわかりはしなかった。ただ端的に私はこの最後の機会に、間もなく死んでいく者の過去を誰かに

代わって覗いてやりたいと思った。

ためらいながら、

「聞こえますよっ」

私はいった。

そしてそれに答えるというより、耳元の私の声がやはり幻覚でしかないのを悟ったかのように、

「死ぬな、引き返せ、ムラキ、死ぬなよツネオ、引き返すんだ」

祈るような声でいった。そして今まで射していた光が陰って薄れるように、老人はゆっくりと目を閉じた。

昏睡のままに彼が息を引きとったのはそれから一時間ほどしてだった。

遺体を霊安室に安置した後、私はさっき聞き取ったあの老人の言葉を反芻していた。立ち会っていた看護婦も事務長も同じだったに違いない。互いにそう察し合ったように、

「あれは、どういうことなんでしょうな」

事務長がいった。

「時々あんなことがあるんですよ」

待つように窺う二人に私はうなずいてみせた。

「あれが、最後まで残っていた、あの人の記憶だったんでしょう」

「すると」

「みんな、以前どこかであったことなんでしょうよ」

「実際に？」

「でなければなんであの時だけ意識が戻るんです。死ぬと決まった重症の患者が、ある日突然、このまま治ってしまうのじゃないかと思うほど

健康そのものの状態に戻ることがよくあるんですよ。山神さんのように記憶に関しては知らないが、いつかも、長いこと昏睡しつづけていた末期の癌患者が夜中に突然起き上がって、つき添っていた家族や看護婦の手を握って感謝してみせたというようなこともありましたよ」

それは医術そのものとは関わりのない、というより、もうその関わりが切れた時点で初めて起こり得ることなのだろうが、それを何度か目にしてきた老練な医師たちにいわせれば、燃えつきる寸前に突然光芒を増す蠟燭のように、死に臨んだ人間がこの世での最後の仕事として、他人や自分自身との和解のために寸時完全に近く蘇ることが時折あるのだと、以前先輩のある医師に教えられたことがあった。

「自分との和解、ですか」

「そうさ、自分に何もかも満足して死ねる人間なんて滅多にいるものじゃないよ」

私に教えた医師はいったものだ。

実はそれは医術とは関わりない、というよりそれを超えた次元での人間の真実ということなのかもしれない。ならば私のこの症例について、一体誰に何のためにどう報告したらいいのだろうか、とふと思った。

医者としては一々そんなことをしていては切りのない話だが、なぜか私は山神老人の慎ましい葬儀には町から出てきてつき合った。骨は町に戻る途中に一軒だけある最寄りの寺の隅に埋められた。その寺の西に開けた墓地からも、老人が飽かずに眺めていた遠い山並みが見えた。

その後、養老院によって収われていた、老人が松本の駅で保護されていた時に着ていたという洋服を見せてもらった。着こまれてはいるが、主任がいっていたようにいかにも洒落た分厚いスコッチのツイードの上着だった。そして同じ緑がかったツイードのチロリアンの帽子があった。帽子の横の飾りの羽根は、それだけ月日を感じさせぬように艶やかに光って見えた。

丁寧に収われていた上着も帽子も、手にすると強いナフタリンの匂いがした。その匂いは、それらの物が老人の体から離された時から今まで以上の、あるもっと長い時間を感じさせたが、匂いの強さは逆に喪われたものへの手がかりを遮るように感じられた。

それからしばらくたってようやく思いたち、あらかじめ地元の新聞社に尋ねておいた先に電話をかけてみた。その相手を確かめてから一月ほどの時がたっていたが、なぜか急がずにいた。その間私は、あるいは迷っていたのかもしれない。それを詮索することが、あの老人の何かを乱すことになりはしないかと思っていたような気もする。

日本山岳協会なるものがどんな組織かは知らないが、尋ねるにせよ記録をたどるにせよ、そこしか当てはないような気がした。電話は協会の海外登攀委員会なるところに回され、私は身分を名乗り、出来るだけ気持ちを交えずに用件だけを話した。

「年の頃は七十半ばから八十近く。イニシャルはＫ・Ｎですね。彼が呼んだ隊員の名はムラキにツネオ。同一人かどうかはわからない。第七キャンプに戻れ、ということは、彼等は少なくともその上の第八なり九にいたということですな」

メモを取りながら復唱するように相手はいった。

「わかるような気もするし、難しいような気もしますが、とにかく調べてみましょう、こんな依頼は初めてですがね。何か手がかりらしきものがあったらすぐにお知らせしますよ」

相手はいった。

半月ほどして医局にいた私に東京から電話がかかった。相手は海外登攀委員会の彼だった。

「わかりましたよ」

のっけから彼はいった。

「多分間違いないでしょう。こういうのをなんというのか知りませんが、ただの状況証拠というにはどれもきちんと符合していますからね。K・Nは、名取宏一郎、でしょう。ムラキは村木光治、ツネオは名取恒夫でしょう。二人は別人です。名取恒夫は宏一郎の弟でした。一九七一年のK2登攀で、二人は遭難しています。頂上近くで行方不明です」

声の様子は私には不本意なほど事務的だった。もたらされた報告を手元に控える私を待つように間を置いた後、さらに、

「名取宏一郎は登攀隊長でした。記録では宏一郎自身も第六キャンプまで行っています。この人はその前に、一九六二年のナンガパルバットの登頂成功の時のアタック隊員でした。その時も遭難があり、当人は奇跡的に戻りましたが登攀のパートナーが死んでいます。その名前も要りますか」

「いや、結構です」

　それだけで十分すぎるほどだった。

「必要なら一九七一年のK2の登攀パーティの写真もありますよ。もう時間がたってしまってるから、関係者も散らばっていてどれが誰かはわかりかねますがね。お送りしましょうか」

「是非」

　と私は答えた。


　三日して病院気付けの速達で写真が届いた。キャビネ判に複写された、ベースキャンプらしい雪の中の大きなテントの前で整列した二十人近い男たちの写真を私は拡大鏡をかざして覗いてみた。

　長い歳月がたっているはずなのに山神老人がどれなのかはすぐにわかった。黒白の写真だけにいっそう、面長で彫りの深いあの老人の顔の印象に通うのがわかった。

　前列の中央近くの椅子に座り、雪の反射避けのゴーグルを額の上に跳ね上げたまま笑っていた。カメラを見ている仲間の中で、彼だけがすこし視線をそらせて斜め右上のどこかを眺めている。そんなせいでか、その印象は自信を秘めてかどことなく不敵にも見えた。

　しかし、老人が死に際に呼んでいた村木隊員と弟の恒夫隊員がどれかはわかりはしなかった。

　複写されやや輪郭のぼけた写真は眺めれば眺めるほど、これこそがまさしくある事実を明かすものであるような、同時に何かの幻覚のようにまったく非現実のものにも見えた。そんな二つの感慨を自分にどう収っていいのかわからぬまま私は写真に見入っていた。

そしてなぜかまた、人間のまさに死のうとする際での自分自身との和解について教えてくれた先輩の言葉を思い出していた。

誰も自分の人生について満足しきって死んでいく者なぞいはしないと。

しかし抗（あらが）うように私は思っていた。

『そうかもしれない、しかしあの老人は、最後の最後に、頂き近いキャンプにあの無線が繋（つな）がった時、死んでいった仲間と、弟と、最後の会話を交わした時、本当にほっとして、満足して、死んでいったのではなかったろうか』、と。

（この作品は鈴木秀子氏の『死にゆく者からの言葉』の一章に想を得て書きました）

海からの声

今回私は花嫁側の主賓だった。前回には私が彼女の母親の結婚の媒酌(ばいしゃく)を務めたのだ。それはつまり、あれからもうそれだけの月日がたったということだった。

主賓としての挨拶は一応考えてあった。しかしそれに加えて、あの時のあのことをいおうかいうまいかまだ迷っていた。最後に添えるつもりの冗談まで考えてもいたが、下手をして私の一存で肝心の式をぶち壊しにしてしまったら主賓の面目のたたぬ話にもなりかねまい。しかし私は、そのことを知らぬはずの相手方に、特に新郎には知っておいてもらいたいとなぜか勝手に思いこんでいた。それにしても私が最後に、この式の最中にまたあの電話が式を祝ってかかってくるかもしれないなどといったらそれこそ怪談になってしまうだろうが。

と思って、その冗談は式の始まる前に、来賓たちが会場に入る時立礼している花嫁の母親にだけ耳打ちするようにして告げてやった。

「このおめでたに、彼から電話はかかってきた？」

彼女は一瞬その意味がわからなかったように

私を見なおしたが、次の瞬間二人だけの秘密が通じたように目を見張り、あらためて私を見つめなおすと、「ええー」、とうなずき晴れ晴れと笑ってみせた。そしてそのすぐ横であの夜にはまだこの世にはいなかった花嫁は、緊張に上気した顔で懸命に微笑んでいた。

　私と花嫁の母親、死んだ永瀬の妻の礼子がその瞬間に二人だけで分かちあった遥かな回顧をあの席で他の誰と誰が知っていただろう。

　あれは不気味な海鳴りの轟く一夜だった。海に近い辺りに住むようになって久しかったが、海があんなに鳴り渡るのを聞いたことがなかった。冬場に西からの季節風が吹きつのり、浜辺に立つと砂が飛んで痛いような時もあったが、そんな夜とて波が入江の奥まで強く打ち寄せる気配はあっても、あの夜のように遠くで海全体が大きく渦を巻くようにおどろおどろしく轟いていたことなどありはしなかった。

　一晩中屋根を潰すような豪雨が断続的に降っていたが、その音ではなしに、むしろ重い雨が一時止んだ折々に、流れこむ雨を収い切れずにのたうちでもするように海は夜っぴて腹に響くような不気味な声を上げて遠くで鳴っていた。

　そして春の嵐の過ぎた翌日は快晴となった。午後の三時にスタートする初島レースにそなえるためにクルーたちも、他のホームポートの船たちも早いものは昼前からスタートラインに近い油壺や小網代のハーバーに集まってきた。

　昼すこし過ぎて油壺にやってきた私は丁度その頃コミッティがあちこち聞き合わせて下した、どうやら『鳳洋』が遭難したらしいという報告を聞いたのだ。

　彼等は横浜の港を昨日の午後八時に出て観音崎と城ケ島をかわし、翌日早朝油壺に入る予定だった。彼等と同じように横浜や東京湾の他の泊地を出てスタート地点に向かった船は他に何艘もあったが、どれも無事回航を終えている。中には『鳳洋』よりも小さな船や旧くて危ういの船もあったが、そのいずれもあの荒天の中を無事に回航を終えてそれぞれの仮泊地に到着していた。

『鳳洋』は前年の暮れ近くに進水した三十五フィートの新艇で、当時としては艇長も大きく、船の性能に関して懸念されるものは何もなかった。

　ほとんどが同じ頃同じ方角からやってきた他の船の報告では、昨夜の海は波や風よりも重い雨のせいで視界が極めて悪く往生したという。海上には吹いていた風とは別の方角から、前日通り過ぎた低気圧の残したかなりのうねりもあったが航行にさしつかえることはなかったとも。

「昨夜は一晩中海鳴りがして、いやな夜でしたがね」

　ハーバーの管理人もいっていた。

　それからしばらくして『鳳洋』の回航要員の名前が発表され、私は息を呑んだ。回航の艇長は永瀬亮、そして他の五人のクルーはすべて彼の後輩のJ大ヨット部の学生だった。永瀬は船を油壺に運びそのままレースのスキッパーを務めるはずだったという。彼は長い間私の船のクルーをしていたが、先輩たちの好意が実って待望のオーシャンレーサーが進水し、みんなの推輓で初代の艇長兼監督に就任した。J大の大先輩のD氏がわざわざ挨拶に来られて、私としても手放したくない有能なクルーだったが、激励して暖簾を分けてやったばかりだった。

たかだか小さなカップだけが代償の船の試合に時には命懸けで出ていると、年齢や立場を超えて、地上では滅多にない信頼とか友情とかで結ばれる関わりが出来てもくる。この男となら人生の他の部分も分かちあえるなという気のする仲間が時折現れもする。私にとっては永瀬もそんな一人だった。そんな訳で頼まれるままに、前年春の彼の結婚の媒酌を私が務めた。花嫁も彼に似合いの明るくて気のいい、リスみたいな感じのするテニスの選手だった。

そしてつい最近仲間の溜まりの飲み屋で会った彼から、どうやら自分も父親になれそうですと報告されたばかりだった。

レースは中止となり、みんなはそれぞれの船を仕立てて辺りの海の捜索に出た。その日は行方は知れずに終わったが、翌日、三崎の漁船が三崎に近い剣崎の下の干出の暗礁にぶつかった船の白いペンキの跡を発見してその内側を探し、暗礁と剣崎から入りこんだ金田湾の水の底に沈んでいるヨットを発見した。

一週間たってくり延べられたレースの準備に油壺に出かけた私たちは、サルベージが来て簡単に引き上げられたという『鳳洋』を見た。マストが折れたまま水を掻い出して再び浮かされた船は、春の陽を浴びながら入江の隅のブイに繋がれ静かに浮いていた。私たちは足船のテンダーに乗って近づき舷側に手をかけて覗きこんでみたが、デッキの根元近くで折れたマストの傷跡さえなければ遭難の気配など感じさせぬくらい、船は白い船体を輝かせて浮いていた。

しかしよく見ると、右舷の船腹にはのし上げ叩（たた）きつけられて横転した際に暗礁の岩に削られた深い傷跡があり、ささくれた木の地肌が目についた。さらによく見ると手摺（パルピット）には水底の藻がからみついたまま干上がって枯れ、右舷のキャビンの窓は破れていた。そして船にはどことなく泥の匂いがまつわっていた。

そう知って眺めなおすと、マストなしで繋がれた船は大きな棺のようにも見えた。

その後私たちはあらためて船のチャートを拡げて眺めなおしてみたが、彼等がのし上げて遭難した剣崎下の暗礁は観音崎をかわして城ケ島の手前で三崎港に入るコースのほとんど線上にあった。

あんな夜どの船だろうと城ケ島の外側を回る遠回りは嫌って、灯台もあり航路も確かな三崎の港の中を抜けようとするに違いない。そして急いだばかりに彼等は直線航路（ラムライン）のわずか内側にあった暗礁に、沖から来る大きなうねりに乗せられて横流れ（リーウェイ）していき衝突してしまったのだろうか。

今とは違ってもう二十年もの昔、ボタン一つ押せばたちどころに船の正確な位置が出るＧＰＳ（グローバルポジショニングシステム）だとか、あらかじめ設定したコースから船が現在どれほどそれているかがわかるなどなどもろもろ便利な航海用の電子機器なんぞ想像外の時代で、航海のためのナビゲイション計器といえば原始的なクロスベアリングの方向探知機くらいのものだった。

結局遭難の訳を知る者は死者しかいはしなかった。

そしてレースを終えて帰ってきた翌日、私たちは遭難者たちの遺体が上がったことも報（しら）された。四人の遺体は暗礁に近い金田湾の岩場の水底から浮き上がり、他の一人は潮に乗って遠く運ばれ房総半島のはるか先端の野島崎沖で発見された。いったん沈んだ遺体が何かの加減で再び浮き上がる丁度の時期だったようだ。

しかし、永瀬だけはどこにも発見されはしなかった。遺体の捜索はなお続けられたが十日後には打ち切られ、ただ関東南部の漁業組合に漁にかまけての捜索への配慮が、永瀬の同窓の大学の部会の名で文書で配られた。

その頃になって私は仲間内から妙な噂を聞かされた。他にも確かめたが噂は本当だった。

近々予定されている、遭難した『鳳洋』のクルー全員の大学ヨット部主催による合同慰霊祭に、永瀬の細君だけが出席を拒んでいるという。その訳は彼の遺体だけがまだ見つからずにいるということだけではなく、彼女は彼が必ずどこかにまだ生きていると信じているという。はたの者としてもその気持ちはわからないではないが、と思ったら訳はそれだけではなく、彼女は遭難のあったあの夜の宵の口に彼からの電話を受けたのだそうな。

時刻は九時を過ぎた頃、一人留守を守って家にいた彼女へ電話がかかった。出てみたら彼が、「船は多分明日朝早く油壺に入るから、俺は一度家に帰って一眠りしてから出かけなおす。だから寝る前に風呂に入れるようにしておいてくれ」といったそうな。そして彼女はいわれた通り翌朝の六時には起きて彼のために風呂を沸かして待っていた。

それが本当なら、午後の八時に横浜の木場の横にある泊地を出発した後、彼はどこかで船をもう一度陸に着けて上陸しその電話をかけたことになる。よほどの急用ならともかく、回航の責任者の彼がそれだけの伝言のために、しかも不慣れなクルーを抱えて夜間煩わしい寄り道をする訳はなかった。

ということを周りの者たちがいくらいっても、彼女は自分が受けたという電話を盾にかたくなにいうことを聞こうとはしないという。そしてある日、永瀬のもらい受けのために私を口説いたD氏がまたやってきて、二人の媒酌を務めた私に彼女の説得を頼み、媒酌人なる者の責任がどこまでのものかは知らぬが断る訳にもいかず私も一応引き受けた。

礼子とは遭難の後の捜索本部で顔を合わせたきりだったが、今あらためて何と話しかけていいのか私には俄かにわからなかった。同じ町の新しい団地に住む彼女を電話した上で訪ねたが、彼女が落ち着いて見えるのには安心させられた。

「なんで来られたのか、私にはもうわかっていますわ」

微笑みながら彼女はいった。

「でも私にはまだ、彼についての気持ちの整理が出来ていないんです」

「あの夜、彼から電話があったんだって?」

「そうなんです。誰も信じてくれないけど、私は間違いなく聞きました」

「しかしどこからかけたんだろう。ホームポートの連中の話では、船は八時すこしすぎに横浜を出ていった。その後一時間ほど走って彼が電話をするために船を着けるとすれば横須賀か久里浜の走水（はしりみず）の港くらいしかないけど、それはかなり厄介な仕事でね。慣れないクルーを乗せての回航で、彼がわざわざそんな寄り道をするだろうか」

「そうなんです、彼も乗っている連中は頼りにならないからきっと徹夜になるだろう。だから一度家に帰って寝るといったんです。でも電話のことは信じておられないんでしょ、あなただって」

逆に私を試すように彼女はいった。

「いや、僕はただ彼からの電話の可能性についてだけ考えてみただけだよ」

としか私にはいえなかった。

「でも私は聞いたんですよ、間違いなく。あの時一人で食事を終えて、洗い物もすませてからテレビのニュースを見ていたんです。どこかで火事があって老人の夫婦が焼けて亡くなったといってました。その後すぐ電話が鳴ったの」

彼女はいった後もう一度試すように私を見つめなおした。

「なるほど。としてもね、彼だけがあの事故に巻きこまれずにすんだとはいえないだろう。有り得ないことだと思うけど、彼がどうしても君と話したくて電話したとしても、その後に起こったことはもう誰も否定出来はしない。彼にとっても無念なことだが」

私がいったら突然彼女はうつむいて静かに泣き出した。それまで、彼女だけが聞いたという電話をよすがに張りつめていたものが俄かに途切れたように、嗚咽の声が段々高くなって礼子はそのまま私の前で泣き崩れてしまった。つい一年前に媒酌を務めた者が今度は変わって引導を渡さなくてはならぬ羽目に、私は黙ってその肩を抱いてやるしかなかった。

彼女にかかってきたという不思議な電話と、見つからぬ遺体と、その二つが彼女に自分の愛する者に起こった出来事をかたくなに認めさせずにきたのを、この私がやってきて突き崩したのだ。

私の腕の中で体を震わせて泣いている彼女が、多分今ようやく自分が失ったものについて覚悟しなくてはならなくなったことに、私に出来ることといえば自分が二人の媒酌を務めたことに故のない後ろめたさを感じることくらいしかなかった。

それから数日して行なわれた合同慰霊祭に彼女は喪服を着て出席してくれた。葬壇に並んだ遭難者たちの写真の前の遺骨が一つ足りないままに。

遭難の後の四十九日の法要も彼女は周りからいわれるままに行なった。その直会の後声をかけた私に、話したいことがあると彼女はいった。翌日の午後私たちは町の駅に近い喫茶店で落ち合った。

「まだ周りの人には見えないでしょうけど、この頃自分ではお腹が大きくなってきたのがわかるんです、もう五か月ですから。そのせいなのか、最近よく彼の夢を見るんです」

彼女は窺うような目で見つめながらいった。

「どんな？」

「いろいろです。でもそれがすこしずつ変わってくるんです」

「どんな風に？」

「最初の頃は、彼が急に帰ってきて、例えば最初の夢では忘れたデッキシューズを取りに戻ってきて、やっぱり生きていたんだって安心してそれで目が覚めました。でもこの頃は違うんです、気がついたら彼が私の横に寝ていて私が思わず抱きついたら抱きしめなおして接吻してくれて、あの人の体がとっても暖かいの。私夢中で彼の頬っぺたに触ったり、手を握りしめたりしてました。そしたら急に彼が、『なっ、お前だってわかってるだろう』っていって、何かの時間が来て帰っていきました。

　次の時も、また帰っていく時間になって、彼がいい出す前に夢の中で私の方が自分に向かって、そうなんだ、あの人は今帰らなくてはならないんだったといい聞かせていました。そうしながら、こうやって会えたんだからいいんだいいんだって、しきりに自分で思ってるんです。でもその夢から覚めた時枕が濡れてるほど知らない間に泣いていました。

　その後なかなか寝つけなくて、やっと眠ったら夢の中で空から何か白い花が一杯降りかかってきて、花だと思ったらそれが雪で、思わずあの人のことを呼んで探したのに、雪の中に私一人で立っていました。そしてあの人を探すように手の平で落ちてくる雪を受け止めて、手の平の雪を見るとそれが彼の顔をしているんです。でもすぐに溶けて消えてしまうの。同じことをくり返しながら、夢の中でも今自分が泣いているのがわかってました」

密（ひそ）かに記していた日記を私だけに読んで聞かせるように、気持ちを抑えるようにゆっくりとしっかりした声で彼女はいい、待つように私を見つめなおした。

「それは、きっといいことなのじゃないかな。僕はそう思うな」

「どうして、いいんですか？」

「夢というのはとても大切なことだと思うよ。夢が一番正直なんじゃないかな。君はそうやって、やっと君自身が納得してきて、君一人の喪をあいつのために尽しているんだと思う。彼もそれに応えて君の夢にちゃんと出てくるのじゃないかな」

探るような眼ざしで見なおすと、間をおいて彼女はうなずいてみせた。そしてゆっくり微笑みなおしながら、

「私、今日腹帯を巻いたんです」

「そうか、おめでとう。しかしこれからいろいろ大変だろうな。でも何かで迷うようなことがあったらかまわずいってくれよ」

「ええ」

うなずいた後、

「私の方の叔母が、まだ彼の法要の前なのに、お腹の子をどうするつもりだなんて聞いてくるんです」

「しかし、それとて君のことを思ってのことなんだろうが」

「ならあの人のことはどうなの」

その時だけ抗（あらが）って咎（とが）めるようにいった。

「だから君たちのことは君たちだけにしかわかりはしないんだよ。電話のこともそうだ。でも、

僕はこの頃段々あの電話のことを信じるようになった。彼はね、明日帰るといって君にだけあらかじめ、実はもう帰ってこれぬことを教えたんだよ」

「そう、そうなんです。あの電話で彼のいったことを取り違えたのは私なんです。それでみんなにご迷惑をかけました」

「いいんだよ、そんなこと。でも、不思議だね、なんの回路もない海の上からあの一瞬にだけ彼の声は届いて、君だけがそれを聞いた。しかし、必ず有り得ることなんだと僕は思うよ」

いった私を食い入るように見つめなおすと、何かをこらえるように彼女は懸命に何度もうなずいてみせた。

誰かがいっていたように、死んだ彼をまだあくまで生きている者として思いこもうとする心と、時とともにやむなくも死んだ者として迎えなくてはと思う心の二つの流れが、今彼女の中でようやく混ざり合って不条理な調和をもたらそうとしているのが私にも感じられてわかった。

そして、彼女の胎内でまぎれもなく育ち育まれているものがそのためにも、もう彼女に自分の不在をじかには告げることの出来ぬ父親に代わって尽していることも。

人はさまざまな条件の中で思いがけなくも愛する者を失うのだろうが、彼女の場合には彼女自身が彼の分身を育むということで、恐らく他の誰よりも豊かな喪をとげることが出来るに違いないと私は思っていた。

「お腹の帯のお祝いに、彼はまたきっと夢に出てくるよ。それともまた電話してくるのかな」

いってしまった冗談に悔いて彼女を窺ってみ

たが、彼女は得心したように笑っただけだった。

永瀬が海で死んでから八か月して礼子は女の子を生んだ。命名は彼女のたっての意思で私が受け持たされた。お七夜にも夫婦して出かけていった。三人して生まれたばかりの赤ん坊を囲みながら上げる祝杯の間にも、私たちは今このささやかな祝いの席にいるべき彼の歴然とした不在を感じない訳にはいかなかった。

しかし今それを誰よりも強く知っているのは彼女に違いなかった。それを言い訳するように、

「病院で看護婦さんに、枕元に置いていた彼との新婚旅行の時の写真のことでひやかされて。院長には母があらかじめ彼のことはいっておいてくれたんですが、彼女は知らなかったみたい。その後泣いてあやまられて、私の方が困っちゃいました」

いわれて私としては、

「どう、この子を見に彼夢に出てきた？」

尋ねてしまい、横で家内が思わず身じろぎするのがわかった。

しかし、

「いいえ、まだです。私にはこの子、鼻から目の辺り彼にそっくりのような気がするけど、それがもっとはっきりしてきたらきっと見に来ますわ」

「いいえ、もうとっくに天国から見届けているわよ」

抗うように家内はいったが、それでもう何がどう損なわれることもなさそうなほど彼女は得心しているように見えた。

それからしばらくして駅前のスーパーの前で、

赤ん坊と実家の母親を乗せた車で買い物に来たという彼女と行き合った。わずかの間の立ち話で、

「一昨日お宮参りに行ったら、昨夜久し振りにあの人の夢を見ました」

晴れやかな顔で彼女はいった。

「お宮の鳥居の下に立って私たちを待ってました、手を振りながら」

「そうか、そうだろうな。よかったな」

としか私にはいいようがなかった。それから先夢の中で彼がどうしたのかを聞くのが酷なこともわかっていた。そしてまたこれから赤ん坊にかまける彼女から彼が夢の中ででも遠ざかっていくだろうことも。

それからさらに一年ほどして彼女とまた同じ駅の前で行き合った。その時は彼女一人だったが、いきなり、

「この間、あの子の一歳のお誕生日の後二人で剣崎へ行ってきたんです」

彼女はいった。

「遭難の時、船に乗せられて現場に行ってから初めてでした。風は強かったけど、晴れていてよく見えました。最初の時は動転していて、それにあんなこともあったし――」

「あんな？」

「ええ、あの電話が」

「なるほど」

「あそこで、この海であの人は亡くなったんだなって、初めてそう感じました。でも綺麗なとこですね」

「しかし怖いところなんだよ。実はあの時、僕もある人の大きなクルーザーを借りて仲間と捜

索に行ったんだが、剣崎の懐に近寄りすぎて、気づかなかった暗礁にのし上げ片方のペラが折れてひどい目に会った」

「でも私あの子を抱きながらあの海を眺めていて、この子が大きくなったら彼と同じことをさせてもいいなって思ったんです。私、あそこに行ってみて初めて海って素晴らしいものなんだなって思いました。あの人いつも、遭難の何年前でしたか、あなたの船に乗せて頂いて太平洋を渡る試合に出た時のことを話してくれましたわ。何もかもあんな楽しい、あんなに満足させられた航海はなかったって。太平洋の真ん中ではスコールが過ぎると船の周りに十も二十も、沢山の虹が立つんですって？　そんなこと想像出来るかって」

「そうなんだよ、海じゃいろいろ思いもかけないことがあるんだ」

「それから、青と赤と、同じ星なのに交替に光る星も見たって」

「そう、そんな星もあったよ」

「あの岬の上に立って海を眺めていたら、この海のずうっと向こうにそんなことが実際にあるんだろうなあって思えたんです。それにあそこで眺めて、あの人のいってたことが本当だったってわかりました」

「何が」

「海って流れるんですね。海も川みたいに流れていくんだって、そんなことをいっていたのを思い出しました」

「あそこからなら辺りの潮の流れが見えるだろうな。なにしろみんな泣かされる難所なんだから」

「そうなんです、太い潮の流れが海の中の川みたいにはっきりと見えていました」

「あそことか、伊豆の先端の石廊崎とか爪木とかあちこち怖い潮があるんだよ」

「流れてる海の中に、あの暗礁も見えてました」

いいながら彼女は真っ直ぐ試すような目で私を見つめてきた。

「なるほど、それはいい供養だったと思うよ」

「ここからすぐ近くなのに、今までなんであそこに行ってあげなかったのかって思ったわ」

「しかしあんなところ、漁師かヨット屋じゃなけりゃおよそ用はないからね。でもそうなんだよ、彼はあの海のずうっと向こうの太平洋を僕らといっしょに渡ってきた。そしてあの海で死んだ。それを君がそうして見届けてやったことで、あいつはきっと喜んだと思うよ」

「だから、私あの子にも同じことをさせてやりたいって。いいでしょ」

駄目を押すように微笑みながら彼女はいった。

「それは、あいつも喜ぶだろうさ」

「あの子を抱いて灯台の陰の日だまりに長いこと座ってましたが、風の声と波の音だけがよく聞こえるの。後ろの松林の梢を鳴らして風が固まって過ぎると、間をおいて下の海に小さな波が立って風の姿が見えるんです。なんだか別の世界にあの人といっしょにいるみたいで、私、ずうっと座ってました」

私はただ黙ってうなずき返していた。そうやって彼女の長い喪がようやく明けていくのが私にもわかった。

それからまた何年たってのことだったろう、突然彼女から電話がかかった。

「本当ならお目にかかってご報告しなくてはならないのですが、私近々再婚することにいたしました」

彼女はいい、私を待つようにちょっとの間黙ったままでいた。私はようやく自分の立場に気づいて、

「そうか、それはよかったじゃないか」

慌てていった。

「いろいろ考えた末にですが、決心したんです。別に何に困っていた訳じゃないんですが、その方があの子のためにもいいような気がしまして」

「そうだろうな、いくつになったの」

「今年から小学校です」

「ああ、早いなあ、もうかい。で、どんな相手の人」

「すこし年は離れていますがある会社の部長で、向こうも五年前に奥さんを亡くして、うちとは五つ違う男の子が一人いますの」

「なるほど、それはいい決心をしたと思うな、君のためにも子供のためにも。君は死んだあいつのためにも君自身の人生をまっとうする責任があるはずだもの」

「そういって頂けます？」

「当たり前だよ。彼に代わってもそういうよ」

「ありがとうございます」

「本当によかったね」

いいながらも私は思わず彼が海で死んでからの年月を思いなおしていた。あれから『鳳洋』は縁起を担いで船体（ハル）の色を青に塗り替え、名前

も『ノクターン』と変えて走っていたが、間もなく船のデザインのルールが大きく変わり既存の船にくらべて格段に速い船が次々に登場するようになって彼女も地方に売られていき、Ｊ大は代わりに尖鋭（せんえい）なワントナーを進水させ活躍していた。

「式は簡単にすませるつもりですので、お招きもいたしませんから」

「結構だとも、その方がいいよ」

「本当にありがとうございました」

なぜか彼女は借りが返せたようなほっとした声でいった。

電話を切った後あらためてあれから過ぎていった時間について思いなおしながら、私はふと昔よく耳にしたアメリカのあるポップスを思い出していた。男と女の関わりも、何もかも時間といっしょに移り変わっていくといった、渋いがちょっと洒落（しゃれ）た文句の歌だった。すべてが「as time goes by」という人生の公理にどんな思い出だろうと逆らえるものでありはしまいに。

そう思いながら私は、自分が今彼女たち親子の新しい出発を本気で祝福しているのだろうなと心に確かめてもみた。そうだその通りだ、と思ってみながら、しかし心のどこかであの夜、あの海で死んだ彼のことをまた思い出してもいた。

〝あんな電話をわざわざ海の上からかけてこようとこまいと、なんだろうと、ああやって死んだ奴が悪いんだ〟

彼女のために確かめるように私は思ってみた。

それからさらにまた月日がたっていった。私は新しい仕事のために住居を東京に移して、湘南の家には週末だけ帰るようになっていた。そしてそれも段々億劫になり、特に海が混み合う季節には逆に居慣れた町を敬遠して、船に乗る時も東京から直接三浦半島の先端のホームポートに出かけていた。

　十年ひと区切りというが、その区切りを重ねた時の流れは海を汚し陸を汚し、人間たちの心もたいそう変わってしまったように思える。若い乗組員たちは海流を突っ切り南の島を回って夜っぴて走るような荒くて長い試合など好まなくなり、陸のすぐ沖合に打った同じブイからブイをただぐるぐる回るだけのデイレースのためになんでこんな大きな船を仕立てるのだと思うような、手がこんではいても退屈な試合ばかりで、海そのものに自分をぶつけて晒すような機会は少なくなった。夜書斎に一人きりでいて、仕事の合間に思い出してみる海での試合は昔のことばかりだ。

　昔のクルーたちもそれぞれの人生を歩いていき、永瀬の後私が媒酌した幾つかのカップルの中にも離婚したり、同じ船の仲間の女房と出来てしまって仲間の亭主を追い出してしまったり、仕事で成功した者失敗した者、中には年に千億近い売り上げの会社を自分一人で作り上げた男もいる。艇長として一応船を仕切ってきた私の目に届かなくなった仲間もある。そんな相手のことを何かのはずみにふと思い出して、懐かしさのままに、今どうしているのだろうかと詮のない想像をしてみるのもこちらの年ということかとも思う。

　世の中が変わっていくというのは当たり前の

ことだろうが、大分汚れはしても本質は変わりはしない。私は自分の人生の光背のつもりでいるあの海とのつき合い方までが人間の側から変わってしまい、それをきっかけにしているはずの同じ船に乗り合う仲間同士の関わりまでが陸の上のそれとさして変わらぬものになってしまうなら、少なくとも私には、もっと小さな船に自分一人だけで乗っている方がましな気さえしてくる。

そんなこの頃、海での試合の後湘南の家にある書庫から必要な本を探しに立ち寄った後電車に乗ろうとしたら、思いがけなくまた駅に近いスーパーの前で礼子に出会った。彼女から声をかけられなかったら気づかずに見過ごしていただろう。

しばらく見ぬ内に彼女もそれなりに年をとって、まじまじ相手を見つめるようにして微笑(わら)いかけるいつもの表情は変わらなかったが額の上の辺りには一はけ描いたように白いものが見えた。

「やあ、久し振りだなあ、君もこっちに何か用事があったの？　僕もまだ家はあるんだけど滅多に来なくなってね、ちょっと要る本を取りに寄ったんだ」

「いいえ、私は戻ってきたんです、こっちへまた」

悪びれまいとするように、姿勢を真っ直ぐに直して微笑って見せた。

「だって君は」

いいかける私を遮るように、

「頑張ってみましたけど、駄目でした。いろいろありました。で、もう一度決心して、止めました」

「いつ」

「もう二年前です。前の部屋はあのまま人に貸してましたので、お願いして出ていただいて。こちらに移ってすぐご報告に上がったんですが、もうあまりおいでにならないって、留守番の方が」

口ぶりでは彼女のもう一度の決心というのは再婚の後の離婚に違いなかった。互いに子供を連れての再婚の家庭に一体何があったのかは想像出来そうで出来はしなかった。彼女がそれを止めたという決心について、私が今さら何をいうべき立場も責任もありはしまい。

「なるほど」

とうなずいてやるしかなかった。


「また親子二人きりですけど、お陰で落ち着いていられます」

そんな言葉の中から拾えそうなこともあったろうが、それももうお互いに無用のことに思えた。ただ私には彼女があんな出来事の後子供を生み、その子を育てながら再婚を決心したことも、またそれをあきらめる決心をしたことも、ともになぜか自然で当たり前のような気がしていた。

「いくつになったのかなあ、あの子は」

正直いって私は自分が永瀬の娘のためにつけた名前を忘れていた。

「洋子ですか、もう二十一です。来年大学を卒業しますわ」

「なるほどねえ」

私の慨嘆をどうとったか知らぬが、彼女はこれでまた何かの借りを返したように晴れ晴れ微笑ってみせた。

花婿が花嫁を見初めたという同じ職場の上司の常務が相手側の主賓としての挨拶を述べた後、私は花嫁側の主賓として呼ばれて立ち上がった。目の前の壇上に華やかな白いレースの花嫁衣装に包まれて座っている娘と、私の背の奥の末席に立っている母親を見比べながら話し出したら、私は躊躇もなく自然に花嫁自身も知らぬ彼女の父親との関わりから、その彼がまだ生まれる前の娘を残してどのようにして死んでいき、そしてその寸前に彼女を身ごもっている妻に最後の愛をどのようにして伝えてきたかを話していた。あんな昔、いかなる回路のあるはずもない海の上から断ちがたい愛への彼の無念さは電話の声となって伝わったのだ、人間の本物の愛とはそうしたものだろうと。

話し終えテーブルに戻る時、一番隅のテーブルでハンカチで目を押さえている礼子が見えた。私は結局あのことまでを話してしまった自分に満足していたし、あの夜海で死んだ仲間との関わりと、そしてその媒酌人としても、これですべての責任を果たせたような気持ちでいた。

結ばれた二人が一週間の旅に出かけていったという翌々日礼子が事務所に過日の礼にやってきた。

「もういいのといってたけど、成田まで見送りに行きました。二人の乗った飛行機が飛んでいってしまったら、なんだか本当にがっくりしましたわ。ああこれでまた一人になっちゃったって」

小さく肩をすくめながら彼女はいった。

そして思いなおしたように、なぜか悪戯を明かすように微笑しなおすと、

「あの時、式の始まる前に私におっしゃったこと、覚えておられます？」

「え、なんて？」

「このおめでたに、彼から電話はかかってきたかって」

微笑をおさめ、正面から私を見つめてみせた。

「そんなこといったかな」

「ええ、おっしゃいました」

待つように見返す私に、

「かかってきたんですよ、本当に」

ゆっくりうなずいてみせた。

「本当なんですよ。私だけにはわかったんです」

「僕も迷ってたが、ついいってしまったんだ」

「いえ、別に今度もまた、電話がかかってきたんです」

「どういうことだい」

ゆっくり微笑みなおすと、

「お式の前の夜、あの子がお母さんに電話って取り次いだんです。誰からって聞いたら、男の人からお母さんいますかって」

「で？」

「出てみたら相手の声はしないの。女だけの家庭だと時々変な電話がかかってくるけれど、でもそれとは違うんです。わかりますでしょ、電話がかかっているところの雰囲気っていうか、受話器を通して向こうの周りの音で。あの時、はっきりと風と波の音がしていました。耳を澄

ましながらなぜだか私、電話がかかっているのがあの岬からなんだなって、感じでわかりました」

私を促すように見つめなおすと、じっと耳を傾けて澄ますように彼女はゆっくりと目を閉じてみせた。

空からの声

その年の秋口になってようやく、協会がすでに決めていた沖縄から三崎まで全長千マイルの画期的な外洋レースのための無線周波数の許可が下りた。

　レースそのものも日本で行なわれるものとしては最長であり、コースの長さもさることながら東シナ海から蛇行して北上する黒潮に乗って、未(いま)だ詳細な海図も不整備な灯台もろくにない吐(と)噶喇(から)列島に沿って走る行程(レグ)は、どの地点まで黒潮の流れを利用して走りその上で船をいつどこで列島を横切って太平洋に出すかというタイミングの判断と、その間数珠(じゅず)繋(つな)がりに連なる、周りに海図にも載っていないような多くの暗礁をそなえた島々をどう縫って走るかというコースの選択からして外国でも例のないほど厄介なものだった。

　土台海図を必要とするようなオーシャンゴーイングの本船が、ろくな港もない、住民の数も少ない島々に近づいて走る必要のありようないから吐噶喇周辺の海はいわば見捨てられた水域で、そんなところを好き好んで走る手合いは酔興なヨットマンたちしかいない。

長いコースもどこかの地点で吐噶喇列島を抜けていったん太平洋に出てしまえば後はどれほど吹かれようとヒーブツーするなり流されるなりしてさほどの危険はないが、前半三分の一の行程は考えただけで空恐ろしいものだった。

故にも、それまで行なわれていた遠くともせいぜいが八丈島を回るレースなどとは違って今回は行程に沿ってレースの保安を担当する海上保安庁の管区も沖縄から鹿児島、鳥羽、田辺、横浜と変わっていき、参加する船の速度や練度を含めた性能の違いで協会も、いざという時に対処してくる保安庁も船と陸との無線連絡を欠かす訳にはいかない。

ということで郵政省に、さらに今後のこともあろうから協会プロパーの無線の周波数への許可を申請していたが、無線の周波なるものを国民の財産というより国家ならざる自分たち役所の持ち物と錯覚している役人の不見識で申請への許可は遅れに遅れていたが、協会を所管する運輸省からの要請もあって、ついにアマチュアのスポーツ団体に独自の無線周波数使用の許可が下りた。無線の周波は一般の漁船が使用しているのと同じSSBの2メガ・ヘルツ2182。これは大袈裟ではなしに、日本の電波に関する歴史の中で画期的なことだった。

役人たちは天下国家の貴重なる無線の周波をヨットレースなどにうつつを抜かす者どもに心ならずも分け与えてしまったという感慨だったろうが、それまでもいろいろ世間の無理解の元に我慢を重ねながらそれぞれの船が命懸けのレースを行なってきていた日本外洋帆走協会としては、無線の周波数の付与はオーシャンレースというスポーツへの国家的認知の証（あか）し、とまではいかなくともまさに画期的なことで、これを機に沖縄からに限らず世界で一番変化の激しい、それ故魅惑と危険に満ち満ちた日本周辺の海を舞台にしての国際レースの主催が可能になることになった。

郵政省からの許可が伝達された時一番喜んだのは、それまで無線周波数獲得のために特別委員会の委員長として悪戦苦闘してきた落合理事だった。

日頃、郵政の馬鹿役人どもはヨットの何たるかがわかってない、海の何たるかがまったくわかってない、彼等にはいかなるスポーツもたかだか遊びに過ぎず、そのために国家権力が掌握している電波を分かち与えるなどということは屈辱にさえ感じられるのだろうと、役所の石頭を罵（ののし）りつづけていた落合さんにしてみればヨットレースのための独自の電波付与は革命的なものにも感じられたようで、定例の理事会でも相好を崩しっぱなしだった。

沖縄レースのための無線局をどこに設置するかから始まって、局が常設された後には他の近海レースでもそれがいかに有効に使われ得るか、そのお陰でレースの安全は確保され、陸にいるスタッフも定時通話（ロールコール）で陸にいながらレースを楽しめるし、これによってあのトランスパックレースに見られるようにヨットレースのパブリシティのためにも極めて有効と、それが癖の分厚い若白髪を掻きむしるように掻き上げながら一人で長広舌をふるっていたものだ。

結局協会の無線局はとりあえず葉山の郊外の丘陵地にある落合さんの家の庭に設置されることになった。

　ここなら受信状況も必ず良好という彼の言い分に他からの異存もなく、誰かにいわせれば、落合さんのそれまでのもろもろの努力への論功行賞とすれば安いもの、というより協会も手間が省けて結構極まりないということだった。

　彼は早速自費を投じて庭の片隅にプレハブだが機材のためにさらに内張りしなおした小屋を建て高さ十メートルもあるアンテナもしつらえ、ついでに小屋の横に旗竿を立てて日本外洋帆走協会の旗を掲げたという。

　そのせいで、後から近くに引っ越してきた人が挨拶に来て奥さんに、おたくのご主人は海上自衛隊の方かと尋ねたそうな。その年の暮れ近くの協会の綜合表彰式のパーティで会った奥さんがそういっていた。

　ちなみに日本外洋帆走協会の旗デザインはかつての軍艦旗から取っている。

「主人には格好のおもちゃですわ。この頃休日は、犬も忘れて一日小屋に入ったきりで何かしてますの」

　晩婚で子供のない夫婦の奥さんとしては何かもう一言いいたげだったが、会長の私としては協会のためにせいぜい感謝しておいた。

　落合理事の督励というより号令で、協会に登録している船は全艇必ず乗組員（クルー）の中から一人無線通信士の資格を取らしむべしということになり、協会の会議室で特別講習会ももたれ沖縄レースに参加不参加を問わず多くの船が代表を出して講習を受け資格を取った。

もっとも落合さんにいわせると、

「なあに誰か一人が取って船の無線機の横にステッカーを張っておけば他の誰がやったってかまやしませんよ。官憲どももそこまで調べに来やしませんからね。本来外国ならこんなことで無線の資格なんていいやしないのに、日本は後進国ですからな。でもとにかく周波数を取っちまったらこっちのもんです」

ということだった。

確かに私たちが日本から初めて参加した一九六三年のトランスパックではレースに必要な無線機を取りつけにやってきた無線屋が最後に局を呼び出して交信してみせ、それで終わりだった。お陰でレースの最中私たちは無聊（ぶりょう）のままオークランドかホノルルの海岸電話局を呼び出し国際線経由で日本の女友達を呼び出しては楽しんだものだ。

落合さんの熱意にかまけた道楽はますます高じていって、正月早々から無線を設置した船に命じて一艇一艇テストのために海から本局を呼ばせて交信し、そのために自分は休日は終日海にいる仲間につき合って無線小屋にこもりきりだった。

そんな日々、通信委員会の他のメンバーや彼が艇長を務めている『ジュピター』のクルーたちにもやってこさせ受信送信の練習をさせていた。休日の度昼から夜にかけてそんな手合いの飯や酒の接待に奥さんはいささか音を上げていたようだ。

元々技術屋の彼は凝り性でこと機械に関わる

ことにはいかにも緻密で妥協や杜撰を決して許さぬ質だった。そしてそのはね返りでか、ヨットとなると時によってひどく乱暴で周りがはらはらすることがよくあるという。

　彼が協会の仕事でも自分の助手として使うために同じ委員会に入れていた、職場でも彼の下で働いていた協会のメンバーの一人がいっていた。

「レースでもつらい時は自分で真っ先に立って頑張ってくれるんですが、何かの時、思わずどうしてっと驚いちまうほど乱暴なことを、平気でというか、まったく見境なしにやっちゃうんですよ。

　例えば、ちょっと回ればいいのに亀木の暗礁と荒崎の間を突っ切らせてあの間にある根に船をぶっつけちまったりね。

　レースだともっと怖いことが年中です、神子元島レースでは無理して潮を突っ切ろうとして今まで何度ぶつけたろう。でもあそこは潮が強いからのし上げても船は必ず離れるからってね。こちらは恐ろしくって文句をいうと、大丈夫俺は不死身だからって、確かにあの人体中あちこち傷だらけなんですよ、いろんなことでいろんな事故を起こしてきたみたい」

「不死身ねえ。自分でそう信じていられれば幸せだよな」

　いった私に、

「その内に、それで巻き添え食った方だけが死んじまったりしてね」

　クルーは肩をすくめながらいっていた。

　確かに以前一度、私もレースで競っていて彼から怖い目に会わされたことがある。

何年度のことだったろうか、毎月恒例のポイントトレースで小網代湾(こあじろ)を出て逗子(ずし)沖のマークを回って戻るデイレースで、冬場の北東風(ナラエ)の微妙な角度のふれで途中の亀木の暗礁をかわすのがぎりぎりになってきた折、上手にいた彼の『ジュピター』が、こちらはプロパーコースを引いているのに強引に被(かぶ)せてきてしかたなし水を空けてやったことがある。

誰の持ち物かは知らぬが彼が艇長を務めていた『ジュピター』というのは水線長の長い当時としては大型のヨールで、微風では鈍感だが風が強いとのしてくる船だった。

その時も風が急に強まってき彼の船は水線長に任せて追いこんできて風上から抜こうとしたが、隠れ根の散らばっている亀木の暗礁がもう目の前の上手にあった。

こちらの船尾(トランサム)に触りそうになっている相手に、私は立っていた後ろの手摺(パルピット)から振り返って大きく手を振り、

「駄目だあ、水はやらないぞおっ」

怒鳴ったが舵(かじ)を引いている落合さんは知らん顔をしてますます被せてくる。

「ゆずるな、水はやるなよっ」

船の舵を引かせていた古手のクルーに怒鳴ったが、日頃乱暴なこともするその男が後ろを振り返りながら頭を振ってなぜかいうことを聞かず、結局コースを落としてしまい風に乗った相手に先を越されてしまった。

艇長のいうことを聞かぬクルーを叱りつける私の横を、こちらの船の気配を察して間近に眺めながら、舵輪(だりん)を握ったまま知らぬ顔で薄笑い

を浮かべたまま落合さんは通り抜けていった。

相手のそんな様子にますます腹が立ち、舵引きをなじる私に、

「止(や)めときましょうよ、あの人とにかく乱暴なんです。レースになるとクレージーで平気でぶつけてくるんですよ。僕は前に預って初めてレースに出た船にぶつけられてオーナーに怒られたことがあるんです。船の胴っ腹破られたら損ですから。ルールで抗議してもあの人変な理屈で引かないんだから」

「そうなんですよ。いつかも危ないじゃないですかって文句いったら、俺は不死身なんだからなってしゃあしゃあぬかしやがった」

別のクルーもいっていた。

その日の夜の成績発表の懇親パーティで、その後変わった風をうまく摑んで『ジュピター』を抜き返し溜飲(りゅういん)を下げていた私が、

「亀木の沖じゃ危なかったじゃないの、あんな被せ方はないよ。こっちは最初からプロパーなコースを取っていたんだから抜くなら下から行きなさいよ」

いったら落合さんはまったく悪気もなく、どういう意味でか、

「いやあ、あれはぎりぎりでしたなあ」

ただいったものだ。

「どういうことよ。そっちの船には権利なんぞなかったよ、あのままこちらが水をやらずにいたら、あんたらどこかの根にぶつけて沈んでたかもよ」

いったら相変わらずにこにこしながら、

「いや僕はとにかく不死身ですからね」

いいつつ左手を突き出し、

「この指もパラシュートの事故でなくしたんですがね。あの時も本当なら死んでましたよ」

どんなつもりでか真顔でいった。

「しかし船が暗礁に当たって沈めば、あんたは助かってもクルーの誰かは死ぬかもよ」

いってやったら、何かまったく理解出来ぬことをいわれたように相手はただまじまじ私を見返しただけだった。

そんな相手を眺めながら私は突然この男の何かを理解し、何かを結局理解出来ないと悟って肩をすくめてしまったものだ。

そしてその春先、沖縄レースを目前に突然、落合さんは遭難して死んだ。

私はそれを明け方まで書き物をして昼近く起きた遅い朝飯のテーブルで、何気なく拡げて読んでいた新聞の最後の頁の写真で報(しら)されたのだった。

「打ち上げられたヨット」というキャプションのついた写真の説明に、昨日の春二番の強風が止んで波もおさまった茅ケ崎の海岸に大きなヨットが一隻打ち上げられていた。ヨットの名前は『ジュピター』で、船には人影がなく、船室はまったく水に濡れてはいなかった、と。

それは眺めるにいかにも不思議な写真だった。本来水に浮いているはずのヨットが海岸の砂浜に静かに横たわっている。潮が引いて波打ち際まではかなりの距離があり、その後ろには、昨日は瞬間風速は優に二十五メートルにも達したろう春二番の吹き荒れた海が今日は嘘のように静まりうららに凪(な)ぎわたって見える。

ディープキールの船底は、いつもなら喫水線の下に見えぬはずの船体のまろやかな稜線のすべてをあらわに晒したまま動こうとはしない。それはまるで寝乱れてまとっていたものをすべて剝いだまま眠っている美しい女の禁断の寝姿のように、静謐ながらいかにもなまめかしいものだった。

強風下でのレースの折々破走して激しく傾斜し船底のキールまでを見せつける船はあっても、それはあくまで風の作り出す荒れた海の上でのことであって、その光景は眺める者に息を呑ませはしても船はすぐに復元して立ちなおっていく。

しかし私がその朝新聞の紙面で目にしたものは船にとってなんとも不自然な、というより不思議な不思議な姿だった。背景に見える海がうららに白く輝き凪ぎわたっているだけにそれはこの世に在り得ぬものが映し出されているような、眺める者の側の錯覚と覚えさせかねぬほどだった。

そしてそれが船にとって本来在り得ぬ姿である限り、難破し座礁した巨きな本船と同じように打ち上げられたヨットには、その姿態がいかにもなまめかしくとも、何か不条理な運命に行き当たって敗れてしまった者の悲しさが漂っていた。

誰がそうしたのか、船が再びまた何かの力ずくで海にさらわれて戻らぬよう船首から一筋ロープが先に錨を結んで砂浜に下ろされていた。

落合さんの身に何が起こったのか、結局今日の今日までまったくわかっていない。

その日の昼前落合さんは千葉の館山に置いてあった『ジュピター』に船にはまったく経験のない客を三人乗せて出たそうな。そして午後二時前東京湾を渡って来た船は前帆（ジブ）も主帆（メインスル）も下ろして帆走の許されていない三浦半島先端の三崎港の中を機走で通過していった。そこまでは、彼を知っているある船のクルーが三崎の港の中に止めていた船の上から目撃してわかっているが。

港を過ぎる間だけ他の誰かに舵を持たせ、若白髪の落合さんはマストステップの辺りで何やら帆綱（シート）の整理をしていたという。そして丁度その頃から日本海を通過している低気圧に向かって南から吹きこむ強い南西風、その年の春二番の風力が俄かに増してきていたそうな。

後に関係者が気象庁に確かめたところ、相模湾では瞬間の最大風速は二十五メートルを超えていた。

しかし彼等が通過していった三崎の港から『ジュピター』のホームポートの小網代湾までは目と鼻の先で、途中の諸磯（もろいそ）湾の西側から突き出ている暗礁をどんなに遠回りしてかわしても二マイルに足りない。

その途中で彼等はいったん下ろしていた帆をまた上げたのか、そのまま機走していったのか。

三崎港の北口から小網代湾までの行程（レグ）で彼等が暗礁や他の障害物にぶつかって遭難したということは、茅ケ崎の砂浜に横たわっていたヨットの船体に衝突の痕跡なぞまったくないのからして考えられない。ともかく打ち上げられたヨットのキャビンには海水は一滴も入っていはしなかった。

しかしどんな具合に波に洗われさらわれたのか、船の甲板には取りつけられていたはずの帆の姿はなかった。三角帆（ジブ）や主帆（メインスル）を繋いでいたシートの先端もちぎれた様子はなかったが、それは強い波が力の弾みでシャックルを外したのか、それともすでに帆は取りこまれ畳んで置かれてそのまま波にさらわれたのかわからない。

ただ遭難の原因へのたった一つの手がかりとして、デッキから水にたれたシートの一本がスクリューに巻きついていた。となれば最早機走はおぼつくまい。

手慣れたクルーがいれば時化（しけ）の中でも帆を上げなおしてなんとか帆走で最寄りの泊地に逃げこむことは出来たろうが、落合さん以外の三人は全員ずぶの素人だったという。

スクリューががんじがらめになってエンジンの効かなくなってしまった船に一体何が起こったのか。

自由の効かぬまま強風下での高波に弄（もてあそ）ばれ、帆を上げる暇もなく落合さん以下全員が波にさらわれてしまったのか。しかしともかくキャビンの中には一滴の海水も見られず部屋の床も乾いたままだった。

そして乗員四人の姿だけが消えてしまった。

そんな報告はなんとはなし、未だにその謎が解けぬ、例の忽然（こつぜん）として全乗員の姿が消えたまま船内はまったく何の手もつかぬままで漂流していたという『マリーセレスト号』に似てもいる。

かつてのある日、大西洋の近海で無人のまま蛇行しながら航行していて発見された『マリーセレスト号』も広い船内のどこにも血の一滴も流れておらず、発見された時船長の部屋のデスクには書きかけの日記が開いたまま置かれてい、船の台所では作りかけのシチューがまだ煮えていたというが。そして乗員十八名の行方は今日まで杳として不明である。

そしてヨット『ジュピター』の乗員四人の行方も同じようにまったくわからない。一人としてその遺体は上がらなかった。

遭難の地点もわかりはしないが、それにしても同じ相模湾内とはいえ小網代沖からはるか離れた茅ケ崎海岸まで、強い南西風の下をどうして遠く斜めに船だけ流されていったのか。

そしてその途中のどの辺りで四人の乗員はどのようにして船から引き剝がされ海に沈んでいったのだろうか。

相模湾や相模灘での遭難は時折ありはするが、潮のきついこの辺りでも発見の遅れていた遺体が時として思いがけぬところで発見されたりするのに全員の遺体が上がらぬというのはめずらしいことだった。

協会所属の船たちも協力しての捜索は続いたが時のたつまま遺体の収容は絶望とされていった。

『ジュピター』の遭難から一月近くほどして、第一回沖縄レースに参加する船は落合さんの努力で新規に使用可能となった無線を積んで長駆沖縄に向けて発っていった。

そしてレースの期間中本部コミッティは未亡人の好意で、落合さんが家の庭に設置していた例の無線小屋をそのまま交信基地として使うことが出来た。

無線の効用は絶大のものだった。

　私自身はすでに太平洋を渡るレースで経験していたことではあったが、あのように手慣れたコーストガードの本船が終始伴走して試合を見取ってくれるのとは違って、いったん出発してしまえば後は各艇ばらばらにコースをとって走り、その途中には例の難所中の難所吐噶喇列島がある。その間気象の変化の激しい行程（レグ）をそれぞれが孤独に厳しい帆走を続ける船たちにとって、無線でとはいえともかく呼べば届く当てが陸の上に確かにあるということは、たとえ互いの間が数百キロあろうと余人はわからぬほど心強いものだ。

　レースは最初日本海を通過する低気圧に向かって春一番に似て強い南西風の吹きこむ荒れ模様で始まり、後半は北東からの向かい風下での真上りとなった。特に前半の九州南端の緯度までの丸二日近い行程（レグ）は未知の難所の連続で緊張の絶えることがなかった。

　常時風速二十メートルの強風下、波高七、八メートルの海を走る船は波に乗ると船体を軋（きし）らせ危険なほどの速度で滑走（プレイニング）してしまい、滑走（プレイニング）が終わって失速状態になる船をなぜかどれも角度が不揃（ふぞろ）いの次の波がいきなり横から突き上げたりして、むしろ波の姿の見えぬ夜間の方が心が安らいだ。

　最初の夜の定時通話（ロールコール）ではスタート後わずか十時間しかたっていないのに各艇の位置はばらばらになってい、ある船はすでに、時化の中での夜間の帆走で暗礁の多い奄美（あまみ）諸島や吐噶喇列島に迷いこむのを避けて沖縄諸島の最北端の伊平（いへ）屋（や）島を過ぎるとそのまますぐに太平洋に出てしまっていた。

　またある船は基本作戦に忠実に黒潮を追って一隻だけ東シナ海の真ん中を走っていた。

　それだと彼等はいずれの時点でか吐噶喇を横切って太平洋に出る黒潮に乗って海図もろくに整備されていない一番厄介な中之島、口之島といった難所の辺りで列島をクリアしなくてはならない。彼等の船の速度だとまともにいけばそれは多分明日の夜半にもなる。

　私たちの船は奄美を過ぎてからコースを東向きに変え喜界島(きかいしま)の南をかすめて太平洋に出た。いずれにせよそれぞれの船にそれぞれの思惑あってのことだが、初めてのレースだけにその選択を保証してくれるものは何もありはしない。

　ただ夜と朝の十時に行なわれる定時通話(ロールコール)だけが広大な水域で行なわれている危険な試合の全体のイメイジを鮮明に映して教えてくれた。それは今までの日本水域で行なわれていた、それぞれ手探りに近い試合運行にくらべて新しい興奮と確かな手応えを与えてくれた。

「これが当たり前なんだよ。これが近代国家のヨットレースというもんだよなあ」

　周りで身を乗り出しながら定時通話(ロールコール)に聞き耳をたてる仲間に船の無線係りの中岡がいっていたものだ。

　行程(レグ)が進むにつれ定時通話(ロールコール)の相手基地は那覇保安から鹿児島、鳥羽、そして田辺と移り変わっていった。そして経度が紀伊半島近くに進んだ頃、今までのレースでは有り得なかった無線の効用が発揮される出来事が起こった。

　私たちの前を行っていた大型艇『イリス』のクルーの父親が突然倒れ容体が危険で一人息子

の彼をせめて死に目に会わせたいという母親のたっての願いが無線で船に届き、寛容なオーナーはその男を至急陸路で帰郷させるべく船を反転させて紀伊半島先端の串本に入港させた。

　そして彼等がそのために費やした延べ五時間のロスのお陰で私たちの船の順位が一つ繰り上がった。


　さらなる無線の効用は、各艇が折り重なってフィニッシュした六日目の払暁、フィニッシュラインのもうけられた三崎沖は時ならぬ異常気象でかなりの追い手の風が吹きつけるにもかかわらず濃い霧が海を覆い、海上の視界は五十メートルもなかった。

　しかもフィニッシュラインは港の入り口近くに設置されてい、強風の陸が下手（リーショア）のフィニッシュは間違うと周囲に多い岩礁にそのままのし上げかねない。コミッティは陸から各艇にフィニッシュには細心の注意を払うようにと異例の警告を発してきていた。それがいかに有意義な情報だったかを私たちの船自身がつくづく知らされたものだ。

　今のように瞬時にして船の位置が知れるGPS（グローバルポジショニングシステム）なんぞなかった当時では、視界の効かぬ際の位置確定はせいぜい旧弊で性能の悪い、陸からの複数の電波を捉（とら）えての方向探知機によるしかありはしなかった。

　三崎港の周辺は何度となく出入りしたり過ぎたりしてきたところだからと高をくくって近づいてはきたが来るほどに驚くほど濃い霧で、船首（バウ）に見張りを三人も立ててみたが視界が塞（ふさ）がれていて役に立たない。

恐る恐る進む内突然、一瞬だけ霧が風に散らされて前方の視界が開けた。そしてその瞬間に私たちは前方わずか五十メートルの間近さで見慣れた岩礁を見て捉えた。

船はフィニッシュラインのリミットマークからわずか二百メートルほど横流れしてい、すかさず反転して岸を離れマークに向かったが、その間に串本に寄り道して後から追い上げてきていた『イリス』に先に滑りこまれ、成績の順位は互いのハンディキャップもあって負けはしなかったが着順を一つ失った。

後で聞けばクルーを親の死に目に会わせてやるために寄り道した『イリス』はその善行のお陰でか、目の前にいた私たちが霧の中フィニッシュラインからそれてしまっているのをこちらの突然の反転を見て悟り、そのままコースをわずかに変えて一気に突っこんでいったそうな。

六日間の死ぬ思いの帆走の最後のゴール間際、霧のせいとはいえその寸前あえなく敵に抜かれてしまったという口惜しさは拭い難かったが、あれであのまま突っこんでいき六日間の努力の報酬として勝手知ったるホームポートの真横の磯にのし上げて船を沈める思いにくらべれば、私としては無線の産みの親の落合さんにあらためて感謝しなくてはならなかった。

かくして第一回の沖縄レースはともかく無事に終わりそれによって協会全体が勝ち得た自信はさらに、沖縄レースと隔年に行なわれるより遠い小笠原からのレースの創設に繋がり、日本の外洋帆走レースの新しい歴史の展開に繋がっていった。

日本のヨットマンの多くがもの怖じせずに大挙して外国でのレースに出かけていくようになったのもあれからのことだった。


夏前に行なわれた沖縄レースの表彰式では、レースの成功の要因の一つといえたヨットレース用の無線資格の獲得に功労あった落合さんへの感謝の表彰も併せて行なった。

その後のパーティでの中頃、人が乱れて行き交う会場で私は横から声をかけられて振り返った。相手は先刻表彰状を手渡した落合さんの奥さんだった。


表彰状の入った額を抱きしめるようにして抱えた未亡人はなぜか辺りをはばかるように、

「ちょっとお話しさせて頂いていいでしょうか」

潜めた声でいった。

様子を察して立食のテーブルを外し横の壁際に二人して立ちなおした私に、彼女は不思議な微笑を浮かべながら、

「これ、本当に有り難うございました。落合もの凄く喜んでいると思います」

何かを確かめるように手にしていたものを胸に抱きなおしてみせた。

「いやただの表彰状ですが、でも会員全体の本気の感謝です。実はこの僕も最終日のフィニッシュ寸前にあの無線のお陰で助けられました」

私は手短にあの朝の海の模様について話した。

聞き終えうなずいた後微笑しなおし、なぜか試すように、

「それでね、お願いがありますの」

真っ直ぐに私を見つめながらゆっくり言葉を選ぶようにしながら彼女はいった。

「あの無線の建物をどこかへ移して頂けませんかしら」

いわれて、

「ああそうだ、あのままではご迷惑でしたね」

いった私に、

「いえ、そうじゃないんです、そんなつもりで申し上げたんじゃないの。でもその方が主人のためにもいいと思って。私これを頂いた時にそう思ったんです」

待つように彼女を見返すだけの私に、

「私ね、これでやっと彼のお葬式を出す決心がつきましたの」

「あ」

忘れていたものを思い出しながら私は絶句していた。あれだけの月日が過ぎた今ますますのことだろうが、その後落合さんたちの遺体がどこかで見つかったということはまずもってなかったに違いなかった。

そしてあの時あの船に乗り合わせていた他の人たちの家族は知らぬが、落合さんの奥さんは彼の葬儀をあのまま先延ばしにしてきていたということをようやく思い出した。

「私、実はあれから初めて、今朝彼の夢を見たんです。結婚してから彼の夢を見たなんて初めてです」

試すように見つめながら、

「それでそう決心したんです」

「なるほど。で、どんな夢でした」

聞いた私を許して迎えるように、そしてなぜか少し嬉しそうに彼女は微笑(ほほえ)みなおした。

「あれは一体どこなんでしょう。どこかの海岸の、ずうっと岩場の続いているところに彼が一人で立っているの、私にも見覚えのある古いレインコートを着て。私が思わず呼ぶと、にこにこ笑って私を見たままそのままゆっくり海に向かって歩いて行ってしまいました」

なお見つめてくる相手に、

「なるほど」

私はただうなずくしかなかった。

「あれはどこの海岸だったんでしょうね」

首を傾げながらつぶやくように彼女はいった。

「あるいは、僕らが危うくのし上げそうになった、あの港の入り口の横の磯かもしれないな」

いった私をまじまじ見返すと、言葉よりも強くはっきりと彼女はうなずいてみせた。

その後しばらくの間二人は黙って見つめ合ったままでいた。

やがて彼女は子供が何かを得心してするようにあどけない顔をして微笑み、ゆっくりうなずいてみせた。

「そうなのよ、それであの人やっと私のところへ帰ってきたのね。私、夢の中でそう思っていましたの」

私も同じように得心してうなずき返した。

「でしょうね。どこへよりも、彼にとって一番大切な人のところへ真っ先に帰ってきたんでしょうね」

いった私に、

「でも本気にされないかもしれませんが、私、彼が今朝帰ってくることを知っていたんです」

黙って見返す私に、

「昨夜、不思議なことがあったの。夜中に気づいて起きたんです、庭のあの無線のための小屋の中に誰かがいるって。あのレースが終わってから誰も来なくなって鍵を下ろしたままの小屋に、はっきり人の気配があったんです。起きて行ってみたら鍵はかかっているのに中に気配があるんです。鍵を外して覗(のぞ)いてみたら誰もいないのに、無線の機械だけが動いていました。私には機械のことなぞわかりませんが、スウィッチが入って赤い明りが点(とも)っていて、雑音の中で誰かが遠くから呼んでいる声がしてました。確かめて応えようかと思ったけどどうしていいかわからずに、そしたらそのまま声が薄れて消えていきましたのよ。私ね、あれはきっと主人の声だったと思います。そうなんです。でも、おかしいかしら」

覗くように見つめてくる相手に、

「いやいや」

とだけ私は答えた。

「ですから私、この手で電源のスウィッチを切ってやったのよ。おかしいかしら」

「いや、おかしくはない。僕にはわかる」

いった私に、

「そう、有り難う」

もう一度腕にしたものを抱きしめながら彼女は微笑んでみせた。

そして、

「私ね、結婚してから昨夜初めてあの人の何かがやっとわかったような気がしたの。遅すぎたのかしら。でも本当によかったわ」

彼女はいった。

しばらくして仲間みんなに、誰にも案内はせずに彼女が一人だけで彼の葬式を出したという便りがあった。

　近くの寺の海のよく見える墓地を求めて、骨の代わりに彼の遺品の幾つかを埋めたと。

　そしてお寺に次の沖縄レースまでと断って彼女は、墓の後ろにあの庭の小屋の横にあった無線用のアンテナを立てたそうな。

沢より還る

来る度に思うがここから先はまったく別の世界だ。というより位相の違う宇宙だ。それを全身で感じ、自分がそこに在(あ)ることを満喫するにはやはり一人だけの方がいい。二度目の時からそう思って単独行に変えた。

最初にある仲間に誘われて来た時は、ただただ妙なところに迷いこんだものだと思ったが、沢の中に七日いて、帰る頃には自分の内側のどこかが変わってしまっているような気がしていた。

以来気ままに、体が空いた時家の者だけには行く先を告げて、後は何かの目を盗むように夜中に一人で車を走らせてきた。今度で四度目になる。

東京から二百キロたらずだが、周りを高い山に囲まれた奥利根の沢にダムが築かれ人工の奥利根湖が出来たために、ダムサイトから奥はよほど酔興な人間でなければ足を運び切れぬ別の世界になってしまった。

正面に越後山脈の二千メートルに近い小沢岳、下津川山を仰いで湖面を渡り、本流の流れこみに取りついて川を溯(さかのぼ)れば辺りはもうまったく別の世界だった。

狭い沢を覆うように茂った森とその下を流れ落ちる川、そして立ち入ろうとする者をはばむように入り組んで聳（そび）え立つ険しい岩と滝。それは最早人間のための土地ではなしに、何かの精気、それも険しいほどのただならぬ気配の立ち込めた世界だった。

しかしなお、最初に誰がいつ踏破したのか知らぬが、どんな意味なのかシッケイガマワシとか、最大の難所のオイックイと呼ばれる厄介な地点を過ぎれば、その先には釣人たちの夢にも出てくる天然の、尺を超すイワナが沢山いるのだ。

無人のダムサイトに近い最後の民家、民宿の『やぐら』に、野良での今朝の仕事に起き出した様子の明りを確かめ声をかけて過ぎ、湖の際に車を止めて積んできたカヌーを下ろした。

単独行にしてからは、幅三キロの湖面を小一時間かけて渡る補助にバッテリーで回す小型の船外機を使うことにしていたが、最初はいつものようにゆっくりとパドルで漕（こ）ぎ出す。一漕ぎごとに水面の靄（もや）が払われ薄らいでいき、わが身を迎えるように朝が明けていく。この靄の彼方で、自分にとって今までとまったく違う一日が始まろうとしている予感がひしとある。

それを証（あか）すようにどこからか隼（はやぶさ）が一羽姿を現し、輪を描いて頭上をかすめて飛んでいく。

それを目で追いながら、

〝ああ、またやってきたな〟

という強い実感がある。

対岸の利根川源流の湖への流れこみは幅十メートルはあるが、溯行し出すと場所によってはかの利根川を一跨ぎ出来るほどの幅に狭まっている。

流れこみから目的のポイントまで、例のオイックイを越えておおよそ十二、三キロの道のりを三日かけてこなすつもりで、現地でのビバーク（野宿）を入れて六日の旅のつもりで来た。

米、味噌、固形ラーメン、玉葱半個、長葱一本、ビーフジャーキ一袋と食料は最低限に抑えはしても、ツェルト（小型テント）、岩場でのトラバース（横断）用のザイル、ハーケン、カラビナそして釣道具等々荷物もかなりの量だがとにかくそれを背負って歩き出す。

しばらく行くと、もう九月なのになぜか辺り一面に野生の紫陽花が咲いていた。ここまで来ると、下界での季節も時間も意味のないのが感じられてわかる。

さらに三時間ほど歩いて、ブナの密集した原生林まで来て一息つくが、立ち止まってみることであらためて自分が今どこに我が身を移して置いているかがしみじみわかる。

わかるというより、それは思わず眩暈を覚えそうになるほど濃い、日頃とはまったく別種の自分自身の味わいだった。四度目ではあっても、いや度を重ねれば重ねるほどいっそう、自分というものがこんな風に在ることが出来るものかとつくづく思う。

自分を押し包んでいるすべてのものが、川の水も、森の茂みの木の一つ一つの幹も、枝も、葉の一枚一枚も息づきながら声を発しているのが、鼓膜にではなしに体の奥の五感を超えた何かに伝わる、というより確かに聞こえてくる。

　そして自分がその中で、この世界のまぎれもない一部として組みこまれて確かに在るというのが感じられてわかる。

　いや、自分を包んでいるもののすべてがそのまま自分の体に浸みこんできて、この体を今までと本質のまったく違うものに変えていくのが、渇いた喉を水で浸す時以上によくわかるのだ。

　それは蘇生とか解放とか、あの下界での自分の身に起こり得るかもしれぬどんな変化とも違って、それこそまったく位相を変えた我が身の本質に関わるような出来事だった。

　それを証すように、前回四十センチを超したイワナを釣り上げた時、竿をかざして向ける前にまさしくそこにあの魚が自分を待って潜んでいることを感じ知っていたし、魚が餌に向かってにじり寄る気配を感じとれた。

　そして自分がそれに合わせて息をしているのを感じてもいた。あれはもはや釣りなどというものではなしに、自分と魚との、この世界の中でしか在り得ぬある繋がりの、ひしひしとした感触だった。


　行程の四分の一をこなした辺りで最初のビバークにツェルトを張った。

　川の水を汲んで沸かして味噌汁を作り、飯盒で飯を炊き、ビーフジャーキを齧りコーヒーを飲んで寝ついた。

　膨らませたマットの上にツェルトが作る狭い空間感覚は、この森と沢を包む山全体の果てしもない空間を逆に強く感じさせる。その中でたった一人で眠ろうとしている自分がまるで、一夜の眠りの内に百光年の距離を走ろうとしている宇宙船のカプセルに眠る人間のように感じられる。

　下界では決して有り得ない、自分を完全に解体してしまって夢さえ与えない眠りが襲ってくる前に、ツェルトの中で今瞬時瞬時にも、何光年かの速度で移っていく外界を証すように、森の木々を揺する風と、川を流れて落ちる水の音や夜鷹（よたか）の声が一つに溶け合い自分を包む山全体が心地よく鳴動しているのがわかる。

　目覚めはいつものただの目覚めなどではなしに新しい誕生だった。

　ツェルトを払って起き上がる自分が、昔母親の胎内から現れた自分よりも遥かに新鮮で確かなものに感じられる。毎朝が新しい誕生で有り得るような世界を、ここでは誰でも信じることが出来る。

　それは一種の解脱（げだつ）のようなもので、それを逆に証すように、朝の習慣でした排泄の跡を眺めると、自分が下界でしている生活がことどれほど異質なものか、そこで口にしているものがどれほど不自然なものかを悟らせるように、たった今排泄したものが異様な蛍光の色合いでどこでいつ見るよりも醜く汚く目に映る。

　行程がはかどり高度が高まるにつれて植生もわずかだが変わっていき、辺りの景色も変わっていく。沢は狭まって谷のようにそそり立ち至るところで険しい岩が行く手をはばみ、激しく蛇行する川の水の飛沫が進んでいく者の体を濡らすようになる。

それはこの沢に押し入ろうとする者を迎える、山という別の宇宙の意志を感じさせる。

「また来ました、また、来させてもらいましたよ」

訴えるようにつぶやきながら上っていった。

行く手はさらに険しくなり、沢に被さるように茂っていた木立ちも遠のき、歩行はもっぱら岩やその間を潜るようにして流れ落ちる川の流れとの闘いになっていく。

午後、最初の難所のシッケイガマワシをなんとか過ぎた。

ここまで来ると森の茂りは頭上遥かに遠く、辺りは岩ばかりのゴルジュ帯で、両側は急角度にそそり立つ岩壁となりあちこちから水が湧いてしみ出し、岩は湿って滑りやすく、沢というよりも谷の深さは十五メートルを超している。

そこを過ぎる作業の中で、慣れているはずのザイルの回収でザイルがからんで手こずり余計な時間を食った。

思い返せばそれがあの出来事の引き金になった。

川はますます急な角度で流れ落ち、周りの地形はいっそう険悪になってくる。行程のピッチは落ちてきてはいるが、第二のビバーク地点になんとか予定していた時間には到着出来た。

いわば思い出の地だった。

前々回その近くまでやってきた折、一服して足を止めた時、丁度頭上の切れている茂みの間から行く手の上に聳える山の高みの肌を隠して雲が、それも思いがけなく濃い雨雲が、山を過ぎるとか包むとかとは違って頂きを囲んでひしめき蠢(うごめ)く様子が見えた。

予報からして有り得ぬことに思えたが、妙だなと思っている内に足元の流れに今まで見なかった枯れ葉が急に沢山浮いて流れてきた。

上では思いがけぬ雨が降っているようだなと思う間もなく、足元の川の水量が見る間に増えて血管が膨れ上がるみたいに水位が上がり出した。その場からともかくも岩の壁を這(は)い上がって、流れから四メートルほど上にあった畳一畳ほどの岩棚にツェルトも張れずに横になって過ごした。

予感した通り川の水量は棚に取りついたかつかぬかの内にさらに膨れ上がり、見る見る五十センチ、一メートル、さらに二メートルと水位が上がり、やがて川鳴りがし出して、上から大小無数の岩が流れの中を鈍いが大きな音を立てて転がり落ちてきた。

皮肉なことにビバークしている岩棚には一滴の雨も降らなかった。しかし山頂の辺りの豪雨のために、身動き出来ず結局一日半その棚に寝ていた。

そしてその間、すぐ目の前の水量の増した流れの中を、それを利用して大きな尺を超すイワナが何匹も溯っていくのを見た。それを目にすることであらためて、自分がやってきているところがどんな世界なのかがわかった。

とにかくあの岩棚の上に座っているだけの間に、十匹を超す大きな魚の姿を見たのだ。目にしたものの姿を確かめ数を数えながら、何かを恐れながらぞくぞくするほど幸せでもあった。

それは決して、異形ともいえる自然の姿へのただ驚きだけではなしに、実は釣師という、これもかなり変態な人間の欲にからんだ、というより後天的にそなわった特殊な本能の反応ともいえたろう。

あの岩棚の上で眺め味わった光景は、この山の世界がそなえている気性、というより端的にその感情の現れだったと思う。それが恐ろしくも嬉しくもあったし、安全も期して、二晩目はあの時と同じ棚に寝た。

三日目の朝も前日と同じように、新しい誕生のように目が覚め起き上がった。

今日の内に難所のオイックイを越えれば明日は竿を取り出して魚に向けることが出来る。

湖への源流の流れこみから分け入ったこの別世界が、そこではさらにまた位相を変えて訪れる者を包みこみ、人間も何もかも完全に自然に同化されて、岩や森の木と同じその一部となり、その一部を芯に据えて宇宙が拡がっているのが感じられるようになる。

あそこまで行くと人間は、自分が宇宙という全存在の中の何であるかがはっきりと感じられてわかる。この自分なくしてこの川も山も世界全体は在りはしないという、不遜なようだがしみじみした、すべての物事への懐かしさのようなものが身を浸してくれるのだった。

オイックイの少し手前のところで、春先山の雪が解けて大水が出た時に落ちてきたのだろう、前にはなかった岩が幾つか以前のルートを塞(ふさ)いでいた。辺りの沢は一跨ぎ出来そうなほど狭まって見えるが、全体はかなりの傾斜で、次に取りつくはずの沢の左側のルートに渡るためには塞いでいる岩を避けて右側の崖を上り上から左に向けて斜めに高巻きして渡ることにした。

初めての状況で念のためにザイルを使おうかと思ったが、昨日のトラバースの折のへまを思い出し、余計な時間を食うよりも手と足だけ使って慎重に進むことに決めた。高巻きして降りる壁はほとんど垂直に近いが岩質からしてあちこちかなり凹凸もありなんとかなりそうに思えた。

しかし渡り出してようやく半ば近くまで来た時、それから先の岩が垂直に近いと見た目よりももっと険しくオーバーハング気味にせり出しているのがわかった。しかし、なんとか手と足をかけてホールド出来そうな裂け目(リス)や窪みも見えた。背にしたザックの重みは気になったが、今までよりももっとゆっくりと、慎重に支点を探して確かめながら進むことにした。

トラバースのために体を手と足の三点で支え、空いた手か足の一つで次の支点を手探りして進む作業は、取りついている岩が逆傾斜しているために予想以上に難儀なものになってきた。四、五、六度と体を支える三点を変えながら進む内、背にしたザックの重みが想像していた以上に、体全体を岩から引き剝(は)がすようにかかってくるのがわかった。

後一点だけ移ってみて、その先がもっと悪くなるようなら引き返そうと決めて次のホールドを探して手を伸ばし、手はあきらめて代わりに左足で探った先に格好の深い窪みがあった。その前に伸ばしてみた手と腕の感触では岩の角度もそれまでよりはわずか易しくなってきている ように感じられた。

左足が捜し出した次の窪みをもう一度確かめ、それまで危ういほど浅く掛けていた右足を引きつけ左足に揃えて迎えようとした瞬間、掛けていた右足が滑った。

滑って岩からはずれた足が宙を掻いて迷った途端、それまでの作業で疲れていたのか高めのホールドを捉えていた右手が呆気なく外れ、次の瞬間体全体が背にしたザックの重みが遠心力のように働いて左の手と足だけで岩に取りついたまま扉を開くように岩から直角に離れ、それをこらえてホールドを摑み切れずに左手が滑るようにして外れた。一瞬、体は前にかけて傾いている岩の途中で左の足一つで立っていた。

そんな体を、背にしたザックの重みを加えた体全体の重量が当然の働きとして宙に向けて引き剝がし、すべてが解放されたように全身が宙に浮き、次の瞬間自分が何かの巨きな手で放り出されたように真っ逆さまに墜落していくのがわかった。

落ち切る寸前頭が何かに当たり、その衝撃で気を失ってしまった。失神の中で墜落が止まったのを感じてはいたと思う。

どれほどしてか気づいた時、河原の岩の上にザックを背に敷いたような形で仰向けに倒れている自分がわかった。真上に雲のはだけた遠く高い空が見えた。しかしなぜかその空全体への目の焦点が合わぬような感じがしていた。

それを確かめるように顔を巡らせ、たった今高巻きしかけて落ちてきた岩壁を仰いで見た。十二、三メートルほどの頭上の岩の形も妙に歪んで見えた。

　目を閉じなおし、試すように片方ずつ、まず手と足の指を、そして次に手と足全体を動かしてみた。どれもなんとか動いた。

　ひっくり返された亀のような姿勢でいる自分を右の手を伸ばしてついて支え、なんとか体を起こした。岩の上に座りなおしてみたら、胸が血だらけで、頭か顔のどこかからさらにかなりの勢いで血がしたたり落ちている。

　頭のどこかが割れているのがわかった。傷の痛みというより墜落の衝撃で体全体が鈍く痺れていて、頭は痛いとか重いというよりも今この自分の意識そのものが確かなものかどうかが判じ切れぬようにもどかしいほどぼうっとした感じだった。

　ただ、血がしたたり落ちる感触だけが強くあった。

〝ということは、生きてはいるんだな〟

とも思った。

　あの高巻きのトラバースでしたように、ゆっくりと慎重に流れ落ちている血の源を探りあてようと脳天からまず後ろへ指を伝わらせ、次いで同じ右手で右側の頭から額と顔を、そして今度は左手の指で逆の側の頭と額と顔を探ってみた。

　血は左側の目にかけて吹き出し流れこんでいた。左目の上の額と目の下と鼻の左側の骨が割れた、というより全体がぐじゃぐじゃに砕けているのがわかった。左の眉の上を触った指には骨の硬い感触がなく、指はそのままずぶっと二センチ近く頭の中に向かってめりこんでいった。

　気がつくと左の目が霞んでいて物がよく見え

ない。怖々探ってみると、周りの骨が砕けて凹(へこ)んだせいで、左の目が逆に押し出されたように飛び出している。それをそっと手の平で押し戻すと、飛び出しかけたものはなんとか元に戻るが、すぐまた怪我で頭の内側に溜(た)まっているらしい血液の圧で押し出されてくる。

　腰を落としたまま流れの側まですさっていき、手で汲んだ水で洗ってみたら、血に浮いていた左目の視力だけは確かなのがわかった。

　そう確かめた瞬間、

〝なんとか助かるかもしれない〟

と他人事のようには思った。

　しかし添えていた手を離すと、左目はすぐにまた押し出されるように飛び出してくる。そのせいでか左右の目の焦点が互いにずれてしまい周りの遠近感が歪んでくる。その度指で砕けている目の上の額の骨を押して傷からの血を外に出して流すと、目の後ろに溜まった血の内圧が減るのか飛び出した目は元に戻って歪んでいた焦点が直る。

　どれほどそこでそんなことをくり返していたろうか、やっと気づいて時計を眺めてみた。午後四時をわずかに回っていた。

　時計を確かめてようやく、

〝この先、どうしよう〟

と思った。

思うだけで何も思いつかない。

　怪我のせいで頭がものを考える力もなくしたのかと思ったが、時計の文字盤も判読出来ているのに、と思いなおした。

　中気の人間が不便を引きずって歩くように、

のろのろと思い回し、

〝ともかく帰ろう〟

とようやく思いついた。

しかし、その帰るという作業のために今何としたらいいのかがまだるっこいほど浮かんでこない。

〝落ち着け〟

といい聞かせながら、

〝俺は、落ち着いているぞ〟

自分に逆らうように思ってもみた。

いい聞かすように、今の自分に一人で帰る以外他に何をすることもありはしない、出来もしないはずだと悟らせようとしていた。

下界の誰に対して何の連絡の方法もないこの世界から、かなうかかなわぬかはわからないが、生き残りたいと思うのならとにかくまず、また来た道を確かに戻るためにも目だけはどうし

一人で帰ろうと決めてかかるしか他に何の手立てもありはしまい。

座ったまま背にしていたザックを外して中身を取り出して捨て、ザイルと一泊用の最低限の食料だけを残して背負いなおした。案じていたよりは足に力があってすぐに立ち上がれはした。

〝ともかく、行けるところまで行くしかない。そこで倒れたら、骨だけになっても多分いつかは誰かが見つけてくれるだろう〟

自分にいい聞かすように思ってみた。

傷からの血は相変わらず止まらずに、その量の限度や、それが頭の中に溜まっていってしまっての結果を思ってみたが、それもここにいてはしょせんは無駄なことだと思いなおした。

ても要る。左の目が揃わぬと右だけでは距離感が摑めず、下りとはいえ険しい沢をまともに降りることはとても出来ない。そのためには傷からの血を外に押し出して鬱血(うっけつ)を減らし、飛び出しかかる左目を絶えず押しこんでやるしかなかった。

出血の量はわずかずつ減っているようだったが、どこがどう切れているのか止まる様子はなかった。そんな辺りに大きな血管が通っているはずはないが、しかしわずかな出血ででも目は圧迫され、すぐに視界が歪んでくるのがわかった。

それは眩暈に似た妙な錯覚をもたらしてきた。歩を止めてただ立っているだけでも、自分が真っ直ぐ立っているのかどうかが危うく感じられる。目だけではなしに、頭のどこか、例えば耳の奥の三半規管でも傷ついたのかと思ったが、そんな様子はなかった。

とにかく目の後ろの鬱血が進んでいくと、目の周りのどこかの靭帯(じんたい)でも切れたのか眼球が段々前に押し出されてくる。そして今まで正常に見えていた周りが遠近感を失って歪んでくる、というより同じものがダブったように霞んで見え出し、自分がどこか違う世界に引きこまれ囚(とら)われていくような気分になった。あの湖の下にある世界とはまったく位相の違うところにいながら、その自分がさらに何か怪しい力に惑わされて、このまま目が霞んでいき夢でも見させられるのではないかというような気がしていた。

それに抗(あらが)うように、

〝とにかく今はもう一度あそこまで帰るんだ!〟

自分にいい聞かすように思いつづけた。

沢を下る途中厄介な地点にかかる度、とにかく二日がかりで上ってきた沢をわずか五時間で下り切ったが、合わせて一体何度、飛び出しかける自分の目を自分の手で押しこんできたことだったろうか。そしてその度、目の働きはなんとかまともに戻ってくれた。その目を頼りに、険しい岩を滑り落ち、流れの激しい場所を横切っては近道していった。

ともかく歪んでいた焦点が元に戻る度、自分のしようとしていることがなんとかかなうのではないかという自信が湧いてはきた。初めの頃は、また押し出されてくる目をそっと念入りに押し戻してやる度、ひょっとするとこれが限度で目はもうまともな視界を取り戻してはくれないのではないかと恐れていた。しかしくり返す内に、妙なもので壊れかけた目とそれをなだめて押し戻してやる手との連動が、新しい機能のように今は間違いなく自分の体を支えて働いているのが感じられてわかった。

それにしても物がまともに見えるということの安堵(あんど)を、何度となくだったが、あんなに新鮮に嬉しく思ったことはない。二つの目の焦点がまた合って重なり物が確かな距離に見えてくる安心は、直截(ちょくせつ)に、自分がまだ生きているということを証してくれた。

しかしあの五時間の間、飛び出してくる目を押しこみなおしては沢を下りながら何を考えていたかまったく覚えていない。

覚えていないというより、考えられるはずもなかった。まったく何を考えもしなかった。

だからこそ、歪みかかる視界を操りながらも他に新たな怪我もせずになんとか沢を下り切り流れこみまでたどりつけたのだ。それにしても、もし足でも手でも、その指一本でさえ折れていたらとてもあそこまで戻れはしなかったろう。

後になってあの行程の中で、家族とか仕事とか何かを考えていなくてはならなかったのではないかと自分を咎めるように思ってもみたが、しかしそんなことを考えていたらきっと死んでいたろう。

水際に引き上げておいたカヌーを押し出して水に浮かべ、車を置いてきたダムサイトを目指した。

単独行になってから取りつけていたバッテリーで動く軽馬力の船外機があんなに有り難いとは思わなかった。水面三キロの道のりを果たしてあのままパドルだけ漕いで渡れたとはとても思えない。

機械に任せて湖を渡りながら唯一気にかけたことは、初めての暗闇の中での渡航で対岸の位置を間違わぬことだけだった。

そのためにも湖の水で手を洗いながら左目をまた何度となく押しこみなおし、暗い空とおぼろな周りの山の姿を確かめながら湖を渡り切った。カヌーはなんとか、車を置いた地点から百メートルもそれずに対岸に着いた。

車に這いこみシートに座りなおして、背から外したザックの中で確かに車の鍵を探り当てた時、なぜかぞっとした後ほっとしたのを覚えている。

運転のためにもう一度目を押しこんで視界を整えてから車を出した。

二十分後、来る時声をかけておいた民宿の『やぐら』の前に着いた。十時を過ぎていた。鍵もかかっていない戸を開けて土間に入り声をかけると、まだ床についていない奥さんの声が返ってきた。

その声に向かって、

「奥さーん、やったあ、やっちゃったよう」

姿を現した奥さんがこちらの姿を確かめ、

「あんたあ、何をしたのよっ!」

「救急車、救急車を頼みます」

いわれて奥へ振り返り、

「お父さん、大変だよおっ!」

奥さんが叫ぶ声を確かめながら、意識が薄れていった。


気がついた時は病院の手術台の上に寝ていた。

それを認めて、

「これから手術を始めるからね。もう安心していいですよ。しかし、よくここまでもったもんだねえ」

白衣の医者がいい、うなずきながら、なんで手術の前にもう一度意識が戻ったのだろうかとしきりに思っていた。


手術後一月(ひとつき)して体は、ただ一つのものを除いては完全に元に戻った。何度となく飛び出してきては押し戻された目の視力は前とまったく変わりなかったが、鼻の横が潰れたせいだけではなしに、怪我のせいで頭の中の神経のどこかが傷ついたのだろう、匂いへの嗅覚だけが完全に消えてしまっていた。

　しかし、自分が住んでいる下界のそれにくらべてあの湖を越えた彼方の山の沢の森と水の香りが何だったかを思い出せなくとも、とにかく後悔はしないことにしている。それが大きな代償だったのか小さくてすんだのかはわからない。

　それを確かめるためにも、またあの湖を渡りあの沢を一人で溯りたいとは思っている。

海にはすべて

K島は県都から目の前の小さな群島を跨いでおよそ百キロほど西にあり、島で一番高い山の頂きには自衛隊のレーダー・サイトまであるかなりの大きさの島で、本島から北東に延びた全長およそ十キロの砂州で出来た細長い半島は間断にちぎれながら続いていて、他所のどこにも見ないめずらしい地形を成している。

以前はアメリカの空軍がこの砂地の半島に標的を構えて銃爆撃の演習をしていたが、本島にホテルが建ち砂州の半島が観光客の格好の遊び場になってからはそれも止んだ。しかしその周囲がダイビングにとっても変化に富んだ絶好の海だということは案外長い間世間には知られずにいた。

砂州の続く半島の西側、東シナ海側の海は砂州から五、六十メートル幅の珊瑚礁の岩場を渡った先がいきなりのドロップオフで、水中の崖は深いところでは五十メートルほど落ちこみ、その先は角度を変えて海溝の底に繋がっている。ドロップオフの水中のエッジにはかなり凹凸があって、大型の回遊魚の姿もよく見られた。

逆の東側の海岸線には不規則に暗礁が点在し

ていて、よほど馴れた者でないと潮の干満の具合では、そこら中に在る暗礁に船をのし上げかねない。こちら側も東シナ海側では見ない種類の地つきの魚たちもいて、点在する暗礁に遮られてあまり潮の流れはなく、不馴れなダイバーたちには格好のスポットに事欠かない。

それにホテルに近い船溜まりからわずか五キロほど離れた沖には、トゥンバラと呼ばれる周囲四、五百メートル、高さ六、七十メートルほどの巨きな岩が海中からほとんど垂直に聳え立っていて、ここも潮によってはとんでもなく大きな回遊魚の現れる経験者向きのポイントだった。

ホテルの近くの西と東の海岸にはそれぞれ小さな港があって、風を見て船を回させておくとポイントまでさして時間をかけずに行き着くことが出来る、たいそう条件の整った島だった。

どんなスポーツにも好みの場所というのがあって、プロの選手なんぞはそれぞれゲンを担いでそれを決めているが、タンクを背負ってあちこちの深い海に潜り、魚も漁るという、地上で生きている人間としてはかなり不自然な遊びに凝る者の一人として、私にとってK島は水中の地形の変化や東京からの足の便も加えて格好の場所だった。

それに何よりもホテルに近い港のすぐ前に住んでいるMという漁師の一族が、めっきり漁獲の減ったこの頃でもなお漁をあきらめずに、兄弟して厳しい水中の漁にいそしんでいるお陰で、私たちは彼等のいわば助手ということで水中の漁の相伴に預かることも出来た。

もうこの頃、大方の島の漁師がモズクの栽培や沖にしつらえた人工の漁礁の周りでの釣りの案内に転向してしまっている中で、昼夜分かたず水中電灯をつけての潜水漁をする漁師は彼等しかいなく、銛(もり)で魚を仕留める漁の味の忘れられぬ私は、彼等の助手ということで能率の上がらぬ漁の手伝いをしては海に潜っていた。

県都の近くの大きな漁港からやってくる貪欲な漁師たちが地獄釣りと称する新しい仕かけで島の根についていたハタだのコショウダイやイシダイなど値の高い魚をほとんど根こそぎさらっていってしまった後、残った魚の方も気づいてか深場に隠れてしまい、彼等のように手馴れた漁師でなければ二十五メートルを超す深場の岩の根元に潜んでいる魚を、昼間でも水中電灯を点(とも)しても簡単に見つけられるものではなかった。

夏も過ぎて東京では冷たい雨も降りつづき、大方の観光客が砂浜から姿を消し観光ダイバーたちの数も減った頃仲間を二人連れてK島に行った。連れは昨年の春先この島で初めて潜水を覚えて以来病みつきになったゴルフ仲間の建築デザイナーと、これもごく最近潜水を覚えた私のヨットのクルーをしているある広告会社の部長で、彼等は、今回はただの漁の観客ではなしに是非是非自分たちにも水中の助手として銛で魚を突かせてくれと僭越(せんえつ)にも申し出ていた。

私は日頃、自分で食べない魚はたとえどんな大物でも手にはかけぬことにしている。水中の銛での漁が自由な外国であろうと、例えば、図(ず)体(たい)の割には食べる部分の少ないイソマグロのような魚には興味が向かない。

それでも以前はただのゲームとしての興味で魚を狩ったりはしたが、魚そのものの姿が目に見えて減ってきた今、他人はどうだろうと自分の食欲の対象にならぬ魚には手を控えている。それがせめて陸の上でなり水中でなり猟をする者の矜持(きょうじ)といおうか、節度だと一人勝手に決めている。

だからむしろ釣りの方が行なう人間の側の勝手が過ぎて、資源の確保のためには有害だといい張ることにもしている。水中で銛で狩る魚の数など知れているが、コマセなんぞをばらまいて魚を騙し引き寄せ、釣れるだけ釣り尽くしてその後上げた獲物を持て余すようなやり口は外道というよりない。

その証拠に、釣師たちは何か特定の魚を目指して講じた仕かけに、思惑に外れた魚が掛かってくるとそんな相手を外道などと呼ぶが、釣られた魚にしてみれば迷惑千万な話だろうに。

いつか、パラオの属領としては南端に近いメリルという孤島に立ち寄った折、この島に居着いて回遊してくるキハダマグロを潜水の仲間だけで苦労して一匹仕留めたことがある。

マグロの群れは潮に乗って一時間ほどのサイクルで、必ず流れの激しい島の北のリーフの突端にやってくるというので、水中の斥候が群れの通過を確かめた後時間を計って四人して潜り待ち構えた。

一番銛、二番銛の順を籤(くじ)引きして決め、時間通りにまたやってきたおよそ三百匹ほどの群れの中から、大きすぎると中の身が割れているので、味わいのためにも手頃な中ほどの大きさの魚を狙うことに決めてかかったが、一番銛の男がハンターの本能的欲望に駆られて、群れの中での位置もあったが、むしろ大きめの引き上げてみたら六十キロを超す魚に銛を立ててしまい、狙いも致命傷となる魚の側線から外れたために相手が大暴れし、二番手の私の銛もいいところに当たらず、暴れ回る魚にとどめを刺すはずの三番銛はもろに外れ四番手の銛も勘どころを外れて、三本の銛が突き刺さったまま上下左右激しく暴れ回る魚に、銛を立てた三人が手にした銃ごと引きずり回された。最後は狙いを外した男が魚にしがみつき手にしたシーナイフでなんとかとどめを刺したものだ。

気づいた時は四人とも、自分たちの背丈に近い魚にまつわりついたまま四十メートルを超す水底の棚まで落ちていた。水中での悪戦苦闘でタンクのエアはもう空に近く、あれで魚が棚の横に開いた穴に逃げこもうとせずもっと深いところへ逃げこんでいたなら、下手すると誰かが死んでいたかもしれない。

キハダとはいえマグロはマグロで、闘い終えてその底力にはあらためて恐れ入ったものだが、船に戻ってみたら上がり口の甲板になんと、私たちがようやく仕留めた相手よりももっと大きなキハダが八匹も横たわっていた。

聞いたら別のテンダーボートでトローリングに行った連中が、島を周遊している群れを追い回しながら釣り上げてしまったそうな。

「こんなでかい魚をこんな数釣ったって食い切れるものじゃないだろうが。勿体ないな」

私が咎めていったら、

「だって、釣れちまったんだからしかたないよ」

釣り屋の一人がいったが、船のオーナーが、

「我々を見てその内この島にいる家族が米や飲み物を貰いにくるから、連中にやったらいい」

いった通り、船を風下のリーフに寄せてアンカーを打ったら濃い木立ちの中から五人の人影が現れ、岸に置いた小さなカヌーを引き出し船に漕ぎ寄せてきた。

かなり年配の男が一人、その息子というまだ十代の男の子が二人、さらに年下の女の子、そして彼女が手を引いたまだ五、六歳の男の子と、彼等一家族がこの島の全住民だそうな。父親というのはその年を明かすように、日本の統治時代に教わった片言の日本語を話した。

すでに何度かこの島に来たことのある船のオーナーが、

「この子供たちは皆もらいっ子だそうだよ。前に来た時にはこのちびはいなかったけどね。子供好きなんで、なんでもパラオの本島に行った折々、貧しい家の子供を貰って連れてくるんだそうな」

いいはしたが、その後相手には聞こえぬように、

「とかなんとかいってるけど、こいつらの関係ってのは本当はどうなってるのかねえ」

首を傾げてみせた。

「ということは、この女の子は連中共有の嫁さんということですか」

誰かがいい、

「そうね、わかったもんじゃないよ」

オーナーもいった。

いわれて眺めなおすと、物珍し気に辺りを見

回している彼等一族の様子はそのまま都会に移して想像してみるに、いかにも不自然というか、いささかグロテスクといおうか、そしてまた、こんな島では当然有り得ることにも感じられた。

　島の当主は食料を管理しているコックと何やらしきりに話し合ってい、その内コックがオーナーを振り返り、

「社長が来る度甘やかすから、こいつらの要求、段々かさ張ってきますよ」

「ま、いいじゃないか。こっちはもう帰る船だし、余ってるものがあったらやりなさいよ」

　オーナーがいったら、

「じゃ、条件つけてやりますよ」

「どんな条件」

「だってこのキハダ、どうやって食うんですか、食べ切れませんよ。捨てるのは勿体ないから、こいつらに持っていかせますからね」

「ああ、それがいいや」

　オーナーにいわれてコックが身振りもいれて相手にそう伝えたら、案に反して島の住人は大袈裟な身振りで拒んだ。

「なぜよっ」

　オーナーが咎めて聞くと、男は手を振ってこの魚は食べられないという。

「なんで。刺身とはいわないがさ、焼くなり料理して食ったらとても旨いよ」

　いわれた言葉がわかったのかわからぬのか、相手は肩をすくめて一向にうなずかない。

「こんな大きな魚、連中の道具じゃとても取れないだろうし、食ったこともないんじゃないの」

　私がいったら、

「いや、パラオでは食堂にも出ていて、連中も向こうに行った時は食ってますよ。こいつらただ横着なのよ。わかった、もしこの魚を持って帰らないなら米も何もやらないといってやれ」

気ままなオーナーは急に不機嫌になると、いい捨ててキャビンに入ってしまった。

いいつかったままの条件をまた身振り手振りで伝えるコックに、いわれたことを理解したのか男は急におもねるように笑ってうなずいてみせ、転がされているキハダの内の三匹を肩にしてカヌーに積みこみ、これを見届けた上で持ち出されてきた他の食料をこちらの気の変わらぬ内にと慌ただしく運びこみ、ろくな挨拶もせずに舫(もや)いを解いて漕ぎ去っていった。

見送りながら、

「まあ、この連中にしたらあんな図体の魚を下ろして食うより、そこらにいるテングハギだのトガリエビスだの取って食った方がずっと旨いんじゃないの」

世界中潜り歩いていて魚にも一番詳しい男が、狭いカヌーに大きな魚を積みこみ、一番小さな子供は船のアウトリガーに跨がって帰っていく連中を眺めながらいっていた。

そして彼等は、私が舷側(げんそく)から手にした望遠鏡で眺めながら半ば予測していた通り、リーフに漕ぎ上げたカヌーから積みこんでいった大きなキハダマグロを、背後で眺めているかもしれぬ私たちの目をまったく気にせぬように、にべもなくリーフの波打ち際に放り出してしまい、貰った米やその他の物資だけを大切そうに抱えてリーフを渡り茂みの中に消えていった。

眺め終わった後私は念のために、彼等にくれてやる時横に外しておいた、体にいくつも銛の傷のあるキハダを目で確かめなおしてみた。そしていつも気むずかしいコックに取り入って、その夜の食事に、自分たちで刺身に下ろした魚の残りの棚の部分を焼いて食卓に出してくれるように頼みこんだ。

ことほど左様に、私は海で取る魚に関しては、ストイックな実利主義者でしかない。ともかくその度命懸けで潜って仕留める魚を無駄に扱っては罰が当たる、という信条でいる。

だから昨今魚のめっきり減ったK島では取った魚は漁師たちといっしょに食べるか、さもなくば、それは当然市場に出されて競り落とされ彼等のたつきの種になる。それがこの日本では今や限られたプロの水中漁師の助手たる銛持ちとしての矜持でもある。

今回のK島行きは欲張って、東京から着いたその日の昼からすぐに始めてその日はツー・ダイブ、翌日、翌々日は少なくとも三度、そして船で本島に戻る四日目も早起きしてフェリーの出港までさらにツー・ダイブのつもりでいた。

島の季節はまだ夏で、冬場に吹く季節風の北風の気配はまったくなく南からの微風つづきで、水温も二十七、八度あって水の中は実質夏だった。

南風の立てるわずかな波も砂州に遮られ西側の海はまったくの凪ぎで、透明度も素晴らしく、ポイントをわずかに変えるだけで水中の地形の変化に応じて行き合う魚の種類もいろいろに違い、漁師や私の後ろで眺めているだけの新参の二人にも満喫出来るダイビングが続いていった。

岩礁の湾曲に沿って外海に向かって張り出した水中の崖からそのままさらに沖に向かって離れてみると、水の彼方に何やら霞んだものが見え、確かめに近づいてみると巨きなカマスの群れがわずかな潮に乗って漂うようにゆるやかに過ぎていく。そのさらに向こうを、カマスの群れを窺うように私たちの背丈ほどあるイソマグロが数匹かすめて過ぎていった。地魚は一時の乱獲で姿が減ったが、大きく潮の当たる東シナ海側の海には潮の加減によっては回遊してくる魚たちの姿がよく見られた。

もっとも電灯潜りで主に地魚を狙う漁師たちの銛では大きな回遊魚は仕留めるに無理で、そうした獲物は上でトロールしている漁師たちの対象ということになる。

他所から来る漁師たちの乱獲で数を減らし深みに潜むようになった魚たちは、大方が深みのさらに岩の根の陰に隠れているが、水深が十五メートルを超すと光の届かぬ水中は暗くなって色を失い何もかもモノクロームの世界になって魚の姿を見つけるのはいっそう難しくなる。

日中でも水中電灯がこんなに効果あるものかと思うほど、岩の根の陰に差しこむわずかな明りが、肉眼ではとても見つけにくい魚を探し出してくれる。コショウダイのような全身白と黒のあざやかな斑点を帯びた魚でも深みの岩の下に入ると見分けがつかぬが、人工の明りの一閃(いっせん)で手品みたいに、暗い岩穴の中に幻覚かと思うほど思いがけぬ魚が浮かび上がってきた。

深みでの電灯潜りであらためて知らされたことは、魚の擬態の見事さだった。光のまったく届かぬ深みになると魚の擬態も浅場でよりはずっと容易なようで、なぜかどれも皆値打ちもののハタだとか、他のかなりの大きさの魚までが、砂地ではなしにあくまでいろいろ凹凸や柄を帯びた岩の上に、まったく無警戒に全身を晒し、ある者は寝そべるように体を傾けたまま止まっているのだ。

私が水中での銛を使っての漁の醍醐味を覚えたきっかけの一つは、味のある魚の乏しい南の海で唯一食べて旨いハタの水中での見分け方を、那覇で歯科医をしている男に手解きされて教わったことからでもある。

だからいつの間にかことハタに関しては仲間の誰よりも目が早くなって、かなり遠くにいる相手もそのシルエットと泳ぎぶりでなんらかのハタとわかるようになった。種類が異なり大きさがかなり違ってもハタはハタで、不思議に他の魚との見分けがつく。

それにしても今まではただ、岩場の下に砂地の拡がったような地形が勘所と心得てハタの姿を探し求めていたものだったが、ある深みまで行くと擬態とはいえ、地形の条件に応じてあの高価な魚があんなにしどけないほどの姿でいるものかと感心させられた。

する内、兄の方の漁師がタンクの背をナイフで叩いて、弟の銛を預かっている私を呼び寄せ明りで照らした穴の中を指すので覗きこむと、大きな、しかし何やら得体の知れぬ魚が確かにいる。こちらを向いている目だけが見えるが、その目からするとかなりの大きさで、穴の外から覗きこむこちらの気配に気づいて魚が身じろぎし出したのでとりあえず間近から引き金を引いてみたら、仕留めた相手はなんともグロテスクな針千本でうんざりさせられた。しかし船に上がって聞くとハコフグに似たこのげてものは、当地では何よりの美味とされている。故にもっとも高値で売れる獲物だそうな。

　ということで以来私の魚に関する限られた知識、というより偏見は捨て去り、水中で指して教えられるまま闇雲に引き金を引いて彼等の収獲に役立つことにしたが、二日目の午後の潜水でいわれるまま仕留めたあの獲物には驚かされた。

　かすかな潮に乗ってポイントを探しながら移っていく途中、先行していた漁師の兄の方が立ち止まり背中のタンクをナイフで叩いて私を呼び寄せ、斜め前の水中に浮いたまま止まっている何かを指してあれを仕留めろという。水の透明度のせいではなしに、指されてもなお私にはそれが一体何なのか見当がつかずにいた。

　形はハコフグに似ているが色合いが違って全身が白っぽく、かなりの大きさだが魚のように泳いではいない。宙空に浮いたようにゆっくり漂っているが、近づいてくる人間を感じて急に動くという気配もない。まさか水中のごみを射たせる訳はないし、眺めた様子は生物に違いなく、銛を手にした助手としては相手に質（ただ）しなおす立場ではないので、いわれるまま狙いすまして引き金を引いた。

　動いている相手ではないから、銛はかなり大きな相手の胴体の真ん中を射抜いたが、そのとたん何かの手品みたいにその獲物が、信じられぬほどの量の何やら黒く濃い壁を一瞬にして水中に張り巡らした。横五メートル、縦三メートルほどの水中に忽然と出現してそそり立つ黒々とした壁で、それが相手の吐き出した墨の幕と気づくのに時間がかかるほど膨大な量の、質感の厚い、幕というより石を積んで作ったような水中の壁だった。

銛が突き通した獲物はその真っ黒な壁から外れたところで漁師の手で押さえられ、暴れながら胴体から突き出した短いが沢山の足をばたつかせている相手を眺めてようやく、自分が仕留めたものがどうやらイカの一種らしいと気がついた。

それにしても、相手の吐き出した墨の壁はしばらくの間、石で築かれたように水に溶けることなく水の宙空にそそり立っていた。私たちがそれを通りすぎてもなお、振り返ってみると、墨の壁は水中に放り出された黒いコンテナのようにいつまでも崩れることなく動かなかった。

船に上がって教えられたが、私が仕留めた獲物はこの辺りに多いコブシメで、重さも二十キロあったが、その墨も土地料理の原料として珍重されているそうな。

それを証すように、次の潜水でまた目にしたコブシメは突きどころを心得た漁師が、貴重な墨をたれ流してしまうことのないよう墨袋を外して仕留め、船に上がるとすぐ念を入れて胴を切り開き、中の墨袋を糸でくくってしまっていた。

同行していた初心者たちにも、連日の潜水は目にするものの変化からしても刺激的だったようで、中の一人は次は自分にも銛を射たせろというう。しかたなしに翌日の最初の潜水で、岩の間にいた動きの鈍い体型そのものが格好な的のようなツバメウオを射てと手にしていた銛を渡して促してやったが、生半可な知識を持ち始めた相手は指された魚の形を眺め不満そうで、こんなものを射たせるのかという顔でいたが、手真似で「食べられる、とても旨いから」と説明し、ようやく引き金を引いたら、外れだった。実際に知る者は知っているが、ツバメウオというのは色が派手派手しく熱帯魚めいていてよも食には適しまいと思われがちだが、刺身にした味は淡白で、特に洗いにして食べると実にいい。それを知る地方ではわざわざ養殖しているところもあるほどだ。

上がった後にそう説明してやったら、件（くだん）の男は、「それならもう少し真面目に狙うんだったな」と負け惜しみをいった。

その日の最後三度目の潜水にはある予感があった。

最近私は、仲間のある男がそのソフトを考案した新型のダイビング・コンピューターを腕にするようになったが、正直いって私にとってはかなり煩わしい道具としかいえない。この機械が伝えて教えるもろもろの表示はそれなりに科学的根拠があるに違いないが、それでも自らの体験に照らしていえばいささか大袈裟なものでしかない。

ということがこちらの非科学性の証左であって、従来なんともないとされていたことが、実はそれが積み重なっていくことで結果としてダイバーの健康にいつかは良からぬことをもたらしかねない。いや必ずもたらすのだ、という医学的所信からソフトが組まれたのだろうが、例えば潜水を終えて浮上する際の速度に関してもコンピューターは敏感というより神経質すぎる。従来いわれていた、自分の吐き出した泡の速度よりゆっくり上がればいいのだという俗説（？）を裏切り、その程度の速度で上がっていくだけで手元の機械は水中でもよく聞こえる甲高い発信音で鳴り響き、限られた狭い画面の中になぜか大きく構えられている警告用の矢印が点滅してどきっとさせる。

さながらそれはこのままでいくとお前は間違いなく死んでしまうぞと脅すように、水中ではそれぞれ孤独でいるままに眺めるせいか妙に親身な迫力がある。

私が遠い以前に教わった限りの、しかしいかにも納得のいった教訓としては、昔の潜水艦はごくごく幼稚なもので水中五十メートルも潜ると水圧で故障を起こしてしまって浮上出来ず、沈んだきりの潜水艦から脱出する折には艦員は事故を想定してしつらえられた気密室に入り、そこで空気を胸一杯吸いこんだ上ハッチを開け脱出する。とはいえ深さによっては吸った空気に限度があるから、ともかく出来るだけ早くしゃにむに水面まで駆け上がり、水面に躍り出る瞬間大声で叫ぶ、という訓練をほどこされていたそうな。称して『吹き上がり』という。

ということで、昔の潜水のレッスンにはフリアセントといわれるこの吹き上がりが取り入れられていたが、この頃ではそれそのものが慣れぬ人間には、練習とはいえかなり危険な作業だということでマニュアルから外されてしまった。今ではインストラクターのライセンスを持つ人間でさえ、フリアセントなどという訓練の名前も知らない。

いつか知己のある男がダイビングを始めたいというので、新宿のスポーツ・クラブの深度十メートルある潜水プールでマン・ツー・マンで教えたことがある。金持ちのせいかひどく臆病な男でレッスンの過程でもいろいろと手こずったが、最後に水深十メートルのプールの底から胸一杯に吸った空気を、レギュレーターを外して口からじかにすこしずつ吐き出しながら水面まで上がるフリアセントをやらせたら、最初の一段上の五メートルの底からはことなく上がれたのに、さらに十メートルの深さになったら途中で何に怯(おび)えたのか突然速度を上げ、自分の吐き出した泡を追い抜いて浮上し出した。

驚いて追いつき捉(とら)えようとしたが寸前で捉え損ね、彼の方は何やら叫びながら浮上してしまったが、私の方は彼を捉える作業に慌てて溜めていた息を吐き出す暇がなく、目の前にせまった水面を見て慌てて胸の空気を吐き出したが、相手に追いつこうとする速度の弾みで、空気を吐き切る前に浮上し切ってしまった。

その瞬間、まだ中に空気を残していた胸が一瞬にして多量の空気を注入されたように大きく膨らむのがわかった。教えていた相手は突然の恐怖に駆られわめき叫んで上がったため、結果としては浮上の前に空気を吐き切って何のショックもなかったが、空気を残していた私の方は肺破裂直前のショックがその後しばらく胸一杯に残っていた。

あれは日常決して味わうことのない実に異様な感触で、打ち身というのはあくまで外側からの衝撃によるものだが、逆に肺の内側から外に向けての、一瞬だが激しい力で胸が無理やりに押し拡げられる不気味な感触だった。

あの時になって初めて私は、以前誰かが肺破裂の恐ろしさを証すためにやって見せた、普通のプールの優に背の立つ深さの水底でタンクから空気を移して膨らませた風船を底から持ち上げ、水面に出た瞬間風船がさらに膨らんで呆気なく割れてしまう実験を思い出していた。

下手をするとこの風船と同じようにお前の肺も一瞬にして膨らみ過ぎて破裂してしまうぞということだが、あれはいかにも呆気なくしかし無残な印象の実験だった。

つまりあの時、私の胸はあの風船と同じ原理で割れてしまう寸前の状態にあったのだ。ともかく自分の胸がやっとたどりついた水面で突然膨らんで裂けてしまい、そのまま血を吐きながら死んでしまうというイメージには誰とてぞっとする。

それにしても肺破裂の原理との脈絡でだが、しばしば聞かされてきた、いやしたり顔に私も他人に説いてきた、無理した潜りの後の水中での同じ減圧でも、水面に浮上する寸前深度三、四メートルに止まってする減圧と、いったん水面まで上がってしまってから、あらためて潜りなおしてする減圧ではその効果が著しく違い、同じ効果を上げるためには必要な時間も違ってくるという原理が実は未だによくわからないでいるが。要するに、期待をこめて行う潜水にくらべ、なんとか水中では無事だったが、それから水の上のまともな地界に戻っていくという、浮上の作業に実はこめられた危険と不安を象徴するものなのだ。丁度馴れてきたパイロットにとって、実は着陸よりも離陸の方が不安で恐ろしいのと同じことか。つまり、潜水よりも潜水という不自然な作業を終えて浮上するという行為の方にこそ、もろもろ危険な罠があるということなのだ。

でいつか、件のコンピューターのソフトを作った男に質してみた。彼自身がしたたかなダイバーで、昔は素潜りで魚を取るコンテストのブルー・オリンピックの日本代表に、予選が四位でなり損なったことのある、今は地方の大学病院の消化器外科の医者だが、私が浮上速度についての機械の警告は過敏すぎるといったら、

「まあ市販する機械だからすこし大袈裟になってはいるがね。あまり気にせずにいていいよ」

彼もいった。

「それに、あのコーヒー・カップみたいなゲージから、体の中に溜まった窒素が溢れて出てくるという表示もあまり気持ちいいものじゃないよな」

加えていったら、

「ま、あれも人によって反応の差のあるもんだからな」

「なら、あんなもの使ういわれはないじゃないか」

「でも念のためにつけといた方がいいよ。あんたも決して安全なダイバーとはいえないからな。つけとくだけで、いつかきっと何かの役に立つことがあると思うよ」

ということで進呈されたまま、身につける道具が当節ますます多くなって煩わしいが、彼の進言に従って残圧計のホースに取りつけたままにしている。

そのコンピューターを覗いた限り、午後の二度目のダイビングでもすこし深く長く潜りすぎ、時間のせいで間を一時間しか置かずに行なった次の三度目の潜水の直前に眺めてみたら、体内に残っている窒素の量を示すコーヒー・カップ型のゲージマークの中にはまだその底に二本のバーが残っていた。

ということで、その日の最後の潜水は軽めのものにして終えようと決めて潜ってみたが、その潜水に限ってまたいろいろ魚に出会ってしまい、いろいろな収穫もあって、気づいた時にはコンピューター・ゲージの窒素カップには窒素がほとんど一杯になりかけていた。

タンクの空気の残りも三〇を切りかけてい、もう浮上の頃合いと思っていたら、下で漁師の弟の方がタンクを叩いて報せるので確かめたら、砂地の水底にぽつんと離れて一つある直径四メートルほどの小さな根に彼が追いこんだかなりの大きさのハタが逃げこむのが見えた。

私のいた水深が二十八メートル、根のある水底はおよそ三十五メートル。空気の残り具合からすればいかにもきわどいが、一発で仕留められばなんとか間に合うかもしれない。とは思ったが、ここから下まで降りて行くのが億劫で、すぐに下にいる連れの、昨日はツバメウオを射ち損なった建築デザイナーに、追いこまれて動きの取れぬ魚だから今回は花を持たせてやろうと銛を渡して代わりに行けと促した。

　しかし降りていった仲間を見て漁師の方が、お前では駄目だと首を横に振っている。それはそうだろう、先般の腕を見ては漁師としては、眺めた獲物はかなりのものだから自らのたつきにも関わることだし、肩をすくめて戻ってきた仲間からしかたなし銛を取り戻し急いで降りていき、漁師の照らす岩の根元の小さな穴に潜んでいる魚を仕留めたが、魚から銛を外して銃を持ちなおした時は残圧のゲージは一〇を切りかけていた。

　一度大きく吸いこんだ後空気は胸に溜めたまま急いで駆け上がったが、三十五メートルに近い深場からの浮上は道のりが長すぎ、途中しかたなしに二度三度呼吸した時点でレギュレーターのマウスの吸いこみが渋ったと思ったら、次の吸引ではもう空気が出てこなかった。

　今でもあの浮上の道のりについてはよく覚えている。仲間に代わって潜りなおす時からあらかじめ予期し、それでもなおなんとかなるかもしれぬと思いつつしたことだからあわてもせず恐怖もありはしなかったが、三十五メートルの水底から七メートルの辺りで空気がなくなるまでの旅で、私は実にいろいろなことを体中で感じとり、というより全身で計算しつづけていた。

　片脇に銛を挟み、空いた片手で残圧計とコンピューターのついたホースを持ち上げて握り、残圧計の針の微妙な動きを確かめつつコンピューターの水深の目盛りと、その横にある体内の窒素の量を示すカップ型のゲージに目を凝らしていた。その三者をうまく折り合いつけながらなんとか無事に水面にまで届く上がり方はないものかとしきりに思いつつ、それでも結局は、最後は潜水艦の吹き上がり方式でもいいからと思って水を蹴っていった。

その途中で、当然のことながら体内の窒素量を示すカップ・ゲージからついに窒素が溢れ出し、溢れただけではなしに激しく横の画面に向かってこぼれつづけていた。

眺めながら、〝ま、これはなんとかなるだろう〟とは思った。

〝減圧も考えずにまたあそこまで潜っていくほど俺は馬鹿じゃないからな〟

負け惜しみではなしに自分にそういい聞かせていた。

思いなおしてみても、ある意味で自分が今まであんなに落ち着いて緻密に凝縮してものを考えたことはなかったような気がするが、結局水面まで後七メートルのところで空気は完全に切れてしまい、魚に向かって潜りなおしていく前に手真似で伝えておいたメッセージを勘よく理解して、私に雁行(がんこう)して斜め上を浮上していた仲間を手で呼び寄せ、彼の残りの空気を分けてもらいながら上がることにした。

誤算は、彼のつけていたギアにはいざという時のための救急用のサブのレギュレーターがなく、しかたなしに二人は一個のレギを交換しながら浮上していき、互いのコンピューターが指示しているような水面下三メートルのところでの最低五分間の減圧に入った。

幸いだったのは相手が初心者の割には落ち着いていてくれて、交換の度一々うなずいては間合いを取り自分を自分で落ち着かせていたことだった。

がしかし彼のタンクの空気も三分もたたぬ内に切れてしまい、そのまま浮上した二人は、前に上がってしまっていたもう一人のタンクを借りて抱え、また水に潜った。

その空気も五分ともたずに切れてしまい、それ以上減圧の方法もなしに上がったが、

「もうこれで十分じゃないの、大分やったよ」

建築デザイナーは根拠もなしにいったが、二人の漁師はまだ水の下にいて、その日の最後の潜水だったため船には次のタンクもなく、私だけがつけているコンピューターのゲージでは相も変わらず窒素はカップから溢れつづけていた。

やがて私が彼等に代わって最後に仕留めた十五キロはあるスジハタも袋に入れて上がってきた漁師は様子を聞いて、

「そんな、心配することはまずありませんよ」

これもさしたるいわれもなしにいいはしたが、私としては毎日無理な潜水を平気でくり返している連中の体の仕組みに自分をなぞらえて安心する訳にはいかなかった。

港から近いホテルに戻ってシャワーも浴びずに、コンピューターのソフトを作った仲間の医者に電話してみたら、幸いその日は大学病院の勤めがオフだった彼が自宅で摑まった。

まだ塩水も切っていないコンピューターを操作しなおし、その日一日の水底での行動記録を反復して書き出し、さらに念のため前日の記録を並べて相手の診断を待った。

「上がって今でどれくらいたった」

「小一時間だな」

これもコンピューターを確かめ、

「正確には五十三分たっている」

「だとすると、もう頭に来る心配はないよ」

「頭に来る、というのはどういうことかね」

「頭にというより、中枢神経にだがね。一時間以内に来る減圧症は脳神経とか脊髄を壊すから重症になるわな。歩けなくなったり、体の他の部分が麻痺しちまったりね。でもあんたはもうそれは大丈夫だよ」

「だとすると、後は」

「後はだなー」

いった後、電話で告げたデータを確かめた様子で、

「また随分がつがつと潜ったんだねえ。んー、これはどうも大分きわどいわなあ」

「きわどいってのは、どういうことよ」

「だから、きわどいところだなあ。俺は行ったことないけど、そこはどんな島なの」

「まあ、一種の離島だな」

「人口は」

「せいぜい三千てとこかな」

「病院はあるの」

「わからない。前に来た時風邪を引いていてどうしても耳が通らず、通気してもらおうと思って耳鼻科を探したらなかったよ。歯医者は一軒あるとかいってたが」

「もし病院があって、酸素吸入の機械があったら一時間吸うことだな」

「なかったら」

「なかったら、あんた、今夜は我慢して飯の時に酒は飲んじゃ駄目だよ。その前に、いいかい、

ぬるい風呂に一時間半はつかっていることだ」

「酒は駄目か」

「酸素がないなら、酒は駄目だ」

「わかった」

「本当にわかってるのか」

「わかってるよ。この年で片輪になるのはぞっとしないからな」

「わかってりゃいいさ。ま、幸運を祈ってるよ」

電話を置き、あまり当てにせずフロントにどこか酸素吸入の装置のある病院か何かないものか聞いてみた。隣の村に島でたった一つの診療所があるということだ。酸素吸入について問い合わせてもらったら、間もなく、あるという返事が来た。

貴重な最後の空気を分け合った建築デザイナーと二人してホテルの車に乗せてもらい、低い峠を越えて隣の村にあるという診療所まで出かけていった。

今まで気づかなかったが村の商店街の裏手にある坂の途中に二階建てのあばら屋の診療所があり、医者はもう二階の住居に戻ってしまっていたが、いいつかっていた年配の看護婦が待っていてくれた。内科と外科とちょっとした病気や怪我は県都から一年交替で来ている医者が看るが、それ以上のものはすぐに皆自衛隊のヘリで県都の病院に送ってしまうそうな。

酸素吸入器は二つもあって、私と仲間はそれぞれ栓のひねり方を教わった上で、空いているベッドまで引いていきマスクを口に当てて横になった。

診察室の横手に廊下を挟んで小広い病室があ

り、薄暗くてよく確かめられないが、六つほどの簡易ベッドが置かれてある。それぞれのベッドの間には仕切りのカーテンがあり先客が何人かいたが、彼等は仕切りを開けて廊下側の壁の上に取りつけられたテレビを眺めている様子だった。

　私と仲間は並んだベッドに寝て、引いてきた機械の栓を回して酸素を吸い出したが、間もなく突然、一番奥の明りを消したままの暗い隅から何やら甲高い叫び声が起こった。女のそれも年寄りらしい声が、意味の知れぬ言葉で大きく叫んでは呻き、テレビの何やらクイズの番組の音声がかき消されるほどだった。

　救急の酸素を吸っているこちらの身の上もあるが、なんとも陰惨な声で、叫んでいる言葉が方言のせいかまったく意味がわからず、しかしどうやら声の主は痛みか苦しみのせいで錯乱してしまっている様子だった。

　相手には悪いがそんな声を向こう一時間聞かされてはかなわぬから、立っていって何やらはしゃいで冗談をいい合っているテレビのボリュウムを上げてベッドに戻った。

　しかし奥のベッドの声はますます高くなってきてどうにもたまらず、私はまた機械を引っ張って、廊下を隔てた、何の手術のせいでか壁や床に飛び散った血の跡のある薄汚い処置室の緊急ベッドに移った。

　その途中、手前隣の診察室でコミック雑誌を読んでいる看護婦に、

「あの声を上げてる人はどうしたの、何か重い病気ですか」

　尋ねたら、

「ああ、あの人もう年でねえ。ずっと老人ホームにいたんだけれど、一昨日血吐いて連れてこられたのよ」

「血を吐いて」

「癌か、潰瘍でしょ。あそこまで行くともうねえ。でも、寝る時は静かになりますから」

まったく気にせぬ様子で、本を眺めたまま振り返りもせずに看護婦はいった。


廊下を隔ててはしても、吐血して朦朧としているらしい老婆の叫び声はまともに伝わってきて、それが収まっている間、テレビ番組の若いタレントたちの笑い声や叫び声が間断なく聞こえてきた。

薄暗い隅に埋もれたように置かれている患者の声は、時として驚くほど長くうねるようにして続き、最後に何かの言葉を叫んでは終わり、そしてまた今度は叫び声で始まっては長い呻き声に変わっていった。看護婦がいった、寝る時は静かになる、というのは死ぬ時はの間違いではないかと思わすほど、声は次に止んだ時には声の主が死んでしまっているのではないかとさえ思わせた。

それから一時間、私は瀕死の老婆の叫び声とテレビの嬌声を交互に、ある時は二つ重ねて聞きながら、なんとかそれを耳にしまいと、こちらもむきになって叫ぶような大きな呼吸で酸素を吸入しつづけた。

ようやく時間が来て起き上がり、機械の栓を閉じ料金を払って部屋を出る時、なんとはなし気になってあの奥に寝かされている患者の身元についてまた尋ねてみた。

「ずうっと一人でいるんですよ。一人いる男の子供はやくざになって島を出て、向こうに行ったきり帰ってこないんでねえ。知ってます、この島から出た者にはやくざと板前になるのが多いのよ、なぜだかねえ」

看護婦はいった。

呼んだタクシーに乗りこみながら、

「いや、まいったな今日は」

思わずいった私に、

「どうかした」

仲間はいった。

「だってここまで来た揚げ句にあの声だものな」

「どんな」

「聞こえたろうが、目一杯。すぐ隣で、死にそうな誰かの」

「死にそうな」

「気にならなかったのか、俺より近くにいたのに」

「そういえば、誰か奥で叫んでたな。でも俺はあのまますぐ眠っちまったからわからなかったよ。とにかくダイビングってえのは気持ちよく疲れるもんだよなあ。でさ、酸素を吸ったんだからこの後、酒はかまやしないんだろうな」

仲間はいった。

「ああ、だろうな、そのはずだと思うよ」

私もいった。

青木ケ原

俺はもう四十にもなって青年団は卒業したし、今年から村の議員にもなったからあの仕事はもう止めにしてくれといってたんだけど、消防の方からほかに慣れた人間がいないから、今年で最後ということで村から出かける仲間の指揮をたってと引き受けさせられてしまったのよ。

年に一度、富士五湖周辺の町や村の消防団あげての作業だがあまり楽しいともいえない仕事だしな。一日ただ働きで三、四百人もの働き手を揃えるのは並大抵のことじゃない。

しかし、とにかく皆んなしてあの中に入ってみれば、年によったら十人をこす遺体が見つかるんだからな。季節を問わずわざわざあの中に入っていくもの好きなハイカーや、自衛隊のレンジャーの練習なんぞで、延べ何十もの遺体が上がるんだ。

俺は読んじゃいないが、もう大分昔なんとかいう作家があの森のことを聞いて、あそこを主人公が自殺する舞台に仕立てた小説を書いてから変な流行り(はや)になっちまい、どうせ死ぬならあそこでということになったんだ。

しかしそれが読まれたことだけでなんであそ

こが自殺の聖地になっちまったのか、何につけ世の中には流行りってもんがあるんだな。

ましてて五、六年前『完全自殺マニュアル』なんてふざけた本が出て、その中にも、あの森に行けば巧く死ねるなどと書いてあるもんだから死人が急増して、去年なんぞ前の年の五十五人から七十四人にまで増えちまった。それとて全部見つけられたという訳じゃない。

確かに、いつか誰かが持ってきてた磁石を使ってみたら、溶岩が爆発の時に帯びた強い磁力のせいで磁石の針がくるくる回ってしまって方角がまったくわからなくなる。だから一人であの原生林に入ってしまったら簡単には元に戻れない。

昔は自殺の名所は熱海の錦ケ浦だったが、今じゃすぐその横を拡幅された県道が巻いて通っているし、すぐ手前には大きなホテルも建ってしまって、あれじゃ身投げする方も気が散るだろうからすっかり流行らなくなった。代わりに、東京から近いということで、今じゃあそこが名所になっちまった。


あの森で収容した遺体は事件性がない場合は「行旅死亡人」として発見場所の自治体が引き取ることになってる。樹海にくっついてる南都留郡の鳴沢、足和田、西八代郡の上九一色の三村が火葬した後引き取って保管している遺体は、それぞれ毎年少なくとも十から多い年は二十を超すんだよ。鳴沢じゃ納骨堂が満杯になっちまって去年スペースを拡大した。

足和田じゃ八年前に納骨堂を建てたが今までに六十箱の骨を預かってる。内の二つは身元がわかったのに遺族が、こんな奴もう家族じゃねえって引き取らないんだそうだ。死んだ奴も浮かばれねえわな。何にしたって地元には迷惑な話だよ。

青木ケ原ってのはどこからどこまでという区分がある訳じゃないが、富士スバルラインの三合目辺りの展望台から見下ろした北西麓斜面に広がってるおよそ三十五平方キロほどの原生林だけど、確かに眺め下ろしてみると、なんかこう引きこまれるような気がしないでもない。自分で死んでしまおうなんて気になった人間でも、やっぱり場所を選びたくなるのかね。どうせなら錦ケ浦の断崖の下の綺麗な水だとか、青木ケ原の真っ青な樹海だとかさ。

そうなんだ、あそこにしても、あの樹海が紅葉を過ぎた頃にはもう死にに入る人間は少ないそうな。やっぱり樹海が青々してる時が最適ということらしい。

あの晩、俺、富士吉田の親戚に用事があって出かけたついでに久し振りに月江寺のカッちゃんのバーにいった。奥のテーブルに三、四人の客が一組、そしてカウンターには吉田の市会議員の古株の中村のトミさんが一人でいて、先輩面されていろいろ説教を聞かされてまいった。適当に相手を立てて聞いていたらいい気になりやがって、明日ゴルフをつき合えという。

明日は例の青木ケ原の捜索で村の若い者を連れて出かけなくちゃならないからといったら、

「なんだ、議員になってまでそんなことさせられるのか。ならしゃあないな。選挙運動と心得てやれや」

「そうなんですよ。県警は人を駆り出しといて酒一本出す訳じゃなし、終わった後の慰労は全部こっちの持ち出しだからね」

「ま、それも功徳だわな」

「功徳？」

「そうよ、見つけた仏へのよ」

「あんなとこで勝手に死んだ奴等に、こっちゃあ何の関係もねえよ」

「関係なくてもそれが世の中ってもんだ、しょうがねぇさ」

「どう、しょうがないのよ」

「世の中、持ちつ持たれつということよ」

したり顔でトミさんはいったが、

「どう持ちつ持たれつなのかね。ただ人騒がせというだけのこったぜ」

「あそこは、中へ行けば行くほど森が深くって方角がわかんなくなるっていうが、捜索してて二重遭難なんてないのかね」

カッちゃんが聞いた。

「それはないな。数多く出かけていくし、互いに声をかけ合ってるから」

「でもさ、誰かがどこかで先に見つけて呼んでくるとほっとするよ、手前が行き合わずにすんだって。去年は十一も見つけたが、運のいい奴は一つも行き合わずにすむからな」

いったらトミさんも黙ってうなずいていた。

「しかし誰が見つけようと、見つかったものを眺めずにすむことはないんだろ」

カッちゃんがいったら、

「ああ。でもお前そりゃ、どれもみんな半端な姿じゃねえんだよ」

諭すようにトミさんがいった。

「そんなに嫌なもんかね」

「松茸を探しにいくんじゃねえんだよ、なら明日でもこいつについていってみろ」

「だってあんた、功徳だっていったじゃないの」

「とはいえ、こっちはただお上にいわれて行くだけのことだ、そうでもなきゃやってられねえよ。大体、死ぬなら何も酔興にあんなとこまで入りこんで死ぬことはねえ、こいつがいう通りはた迷惑な話だぜ。やるなら手前の家の中で首吊るなり、近くの鉄道に飛びこむなり、どっかのビルの上から飛び下りりゃいいんだ、死ぬのは同じよ。

何にせよ死にたての仏とは違うんだよ、さんざ雨風に晒(さら)され、獣に食いちらかされたりしてな。土左衛門と同じで、人間でもこんなに変わり果てるもんかと思うよ」

「一番いやなのは、動物に食われてる代物だよな」

「そうだ、ありゃひでぇ。あれを見ると情けなくなる」

「どうして」

聞いたカッちゃんに、

「どうしてって、あれ見ると、人間も畜生も結局同じ動物なんだなって気がするのよ。お前ならわかるだろうが」

「わかるね」

「食いつくされて骨だけというならまだいいが、獣も勝手でな、適当に食っちまって後は残してる。だからいっそう無残なのよ」

「動物って、どんなのがいるのかねあの辺りには」

「そりゃ山犬や、狐も、狸も」

「狸が人を食うかい」

「飢えりゃ食うだろうが。鳥たちだってな」

「鳥もかい」

「鳥だって食うさ。奴等が好きなのは目ん玉だよ」

「ふうん、死んじまってても鳥に目玉を食われるのは嫌だろうな」

カッちゃんは肩をすくめてみせた。

「そうなんだよ、いつか木で首くくってたのがあって、足が地べたに届いて膝つくみたいな姿勢でいてさ、獣はなぜだか地面に着いてる足だけ食って膝から上の方はそのまま残してやがった。けど鳥が、その上のぶら下がったままうつむいてる顔の目ん玉だけ食っちまってたよ」

俺がいったら、磨いていたグラスをカウンターに下ろして眉をひそめ唾でも吐きたそうな顔をしながら、

「あそこで死にゃあ、そんなことになるのはわかりそうなのに、なんでわざわざあんなとこに入りこんでまでして死ぬのかね」

カッちゃんがいった。

「だから当節の流行りなんだよ。原宿の竹下通りにそこら中の餓鬼が集まってくるみたいに。どうせ死ぬならあそこでとな」

「いつだったか、俺が見つけた仏の身元がしばらくしてわかったら、なんと遠く九州の長崎の人間だったぜ。向こうにも、いい死に場所くらいありそうだがな」

トミさんがいった。

「それにしてもなんでわざわざ、あんなとこま

で出かけていくのかね。やっぱり流行りか。連中もそれなりに凝っているということかね」

磨きかけのグラスを手にしなおしながら首を傾げてみせるカッちゃんに、

「だろうな」

「でも、どうせ死ぬんだろうにな」

「そりゃまあ、どうせならいい病院で死にたいというのと同じじゃか」

「雰囲気かね」

「そりゃまそうだろう。最後は自分一人しみじみ死んでいきたいということだろうよ」

したり顔でいうトミさんに、

「どうせ死ぬのにかい」

かぶせて聞くカッちゃんに、

「うるせえな、俺にそんなこと聞くな」

「でもねトミさん、あんたほどじゃないけど俺も長いことあの仕事につき合わされてきたけど、後で身元のわかったのは何人かはいたが、身元がすぐわかるように、側に遺書を書いて置いているって奴はいなかったな。なぜだろ」

「そりゃお前、人目忍んで死にたいからだよ」

トミさんはいったが、

「でもそうかな、あの作業をやってて俺が今までに感じたことは、矛盾した話だけどさ、わざわざあそこまで出かけていって死ぬ癖に、死ぬ奴はみんないつかは誰かに見つけてもらいたいと思ってあの森に入っていってるんじゃないのかってね。どうもそんな気がするな」

「そりゃどうしてよ」

カッちゃんが聞く。

「だってさ、俺たちいつも入った限りは行けるところまで徹底して行くんだよ。でも遺体が見つかるのは結局どれも比較的世間に近い、つまり周りの道からそんなに遠くないところばかりなんだな。連中は結局、一人で死ぬ気になったところで最後は誰かに見つけてもらいたい、やっぱり世間には繋がっていたいということじゃないのかね。

その証拠にっていうか、不思議に遺体を見つける途中で結構いろんなものを見つけるじゃない。どっかのコンビニの袋とか、煙草の空き箱とか誰の持ち物か知らないが、やっぱり死んだ当人のものじゃないのかね。いつかは見つけてほしいってことでの手がかりじゃないの」

「そういえば、そうだな」

うなずいたトミさんに、

「そりゃ、自殺する人間ほど孤独だろうが、だからこそということなのじゃないのかね」

カッちゃんがいった。

「なら、なんでもっと簡単に見つかりやすいところにしないんだ。わざわざ長崎からあそこまで出かけてきて死ぬことはねえ」

「そこらが矛盾しているけど、なんだかわかるような気もするな」

「どうわかるんだ」

トミさんがいう。

「遺書がほとんどないってのは、連中はやっぱり途中迷いながら来るんじゃないのかね。だから一度あの森に入っても引き返してきた奴も大勢いたと思うよ。でもふん切りのつかない自分を前に引っ張るために、一度入ったら滅多に元には戻れないというあの森を選ぶんじゃないのかね」

「わかるようなわからぬ話だな。何だろうと手前で死んじまうような奴は俺ぁ嫌いだ」

　多分今まで一度として自分で死ぬ気にどころか、自分もいつか必ず死ぬということなんぞ考えたことのなさそうなトミさんは吐き出すようにいってみせた。

「でも明日はどんなことになるのかねえ、こんな時世だしなあ」

「そりゃお前覚悟していけよ。景気はひでえし、癌も増えてるからな、今年は例年になくってことだろうぜ」

　明日はゴルフというトミさんは他人事でいってくれた。

　間もなくトミさんは帰っていったが、俺はそのままだなんとなくカウンターで飲みつづけていた。そしたらまたカッちゃんが前まで来て、何か躊躇した揚げ句のように、

「実はな、俺の一番上の兄貴ってのは自殺しちまったのよ、ずうっと昔のことだけど」

「あそこでか」

「いや、北海道の河っ原でさ。真冬に雪の中で睡眠薬を沢山飲んでウィスキーを一瓶空け、眠ったまま凍死してた」

「へえ、なんでまた」

「仕事がうまくいってなかったのと、あわせて失恋らしかったな。遺書はなかった。丁度入院中だった親父にいわれて俺が代わりに遺体の引き取りに行ったんだ。

　行くにも不便な石狩川の上流の河っ原だったから人が見つけるまで三日もかかったらしいが、凍ったままの死に顔眺めて、なんてのかな、感動したの覚えてるよ、そりゃあ綺麗な顔してた

な。

　で、その時思った、というより感じたんだけどさ、なんだろうと自殺する人間というのは、それぞれそれなりに筋道立てて死んでいくんだろうなってな」

　首を傾げ、遠いものを思い出そうとするような目つきでカッちゃんはいった。

「筋道ね、どういう意味だい」

「美学、ってのかね」

「美学だと」

「だってあんた、手前で死んじまうってのは大変なことだぜ。ただ普通に自然に死ぬのとくらべればさ」

「人間ほっときゃ誰でもいつかは死ぬんだからな」

「だからそれを自分からしちまうというのは大変なことだよ、勇気もいる」

「勇気ね」

「そりゃ世間じゃ、勇気がない奴だから手前で死んじまうんだといいたがるが。でも考えてみれば、首吊るにせよ飛びこむにせよ、自殺ってのはやっぱり怖いことだよな」

「そりゃま怖いよな、思っただけでも」

「何にしろ誰にとってもまったく初めてで、まったく最後のことだったからな。それを手前でやっちまうということなんだから」

「で、なんでそれが美学なんだ」

「だってあんた、誰も世の中思いの通りになるもんじゃないが、最後の最後だけは自分の思った通り決着つけるってのはやっぱり大したことだと思うよ。俺はあの時、兄貴のあの死に顔を見てそう思ったんだ。ああ、こいつはこいつなりの思いこみで筋道通したんだなあって」

「ま、お前がそう思うのはそれでいいだろう。でもな、明日俺たちがどんなものを見つけるかは知らねえが、あそこで目にするものを見たら、とてもそんな気にはなれないぜ」

いったら、

「いや、見てくれの問題じゃないんだよ。いくら鳥に目の玉を食われていようと、そこまで行ってそうした奴の、なんてのかな、生きざま死にざまということよ。そこまでしちまう奴の心の中での道のりを考えてやれば、大変なこったぜ。死ねずにいる、死なずにすんでるそこらの人間たちよりも倍の倍も一人っきりでさ」

「そんなことというならあんたも明日いっしょに来て、あの森にいる奴等にあんたの深い理解と同情を示してやりなよ」

「いやいや、俺は兄貴一人で沢山だ。そんな酔興はもういいよ。他人のことなんぞどうわかるものじゃないからな」

「こっちは酔興でも同情理解でもなしに、ただの迷惑千万、お上から駆り出されていくだけだよ」

「でもあんたがいってたことは、いいとこ見てるって気がしたけどな。あんなトミなんぞと違って、一人であそこまで死にに行く連中のことを思ってやってると思うよ、一人だからこそ、世間とどこかで繫がっていたいんだろうよ。矛盾じゃないよ、まったくそうだと思うね」

「私もそう思いますね」

後ろから声がしたので振り返って見たら、さっきまでトミさんのいたカウンターの奥に見知らぬ客がいつの間にか座っていて、俺たちのそれまでの話を聞いていたみたいで、話に割りこむように相槌を打ってきた。

「いくら姿を隠して死んでも、心のどこかじゃ、きっと誰かにいつかは見つけてもらいたいと思ってるんですよ、きっとそうだと私も思いますね」

なぜだかえらく真剣な顔をしていう相手に、こっちは戸惑いながら肩をすくめてうなずいたら、今度はカッちゃんに向かって、

「だって人に見つけてもらわなけりゃ、筋道通したってことも伝わらないもの、それじゃいかにも寂しいですからね」

いいながら相手は手元のグラスに残っていた酒を一息で空けて次を促した。

「それにしても、ご苦労ではありますね」

向きなおっていう相手に、

「なんならあんたも、体が空いてたら明日いっしょに行ってみたらどうよ」

笑いながらカッちゃんがいった。

「でもちゃんと決められたメンバーがいるんでしょ」

「そんなことはないよ、手が多けりゃ多いほどいいんだから。年に一度の山狩りをやる前にも、物好きな奴等があそこに入っちゃ結構の数見つけてくるんだから」

「そうですか、じゃ私も一度行ってみようかな。滅多にないことだものね」

いうから、

「おいおい、本気かね」

いったら、

「本気ですよ」

売り言葉に買い言葉みたいに、

「いつどこに行ったらいいんですか」

「じゃ明日朝七時、スバルラインから横に入った、樹海の手前の観光名所の大風穴の前に客用の駐車場があるからそこへ来なよ。明日は一日捜索本部が置かれて看板も出てる、広場にはテントが張ってあるから」

かぶせるようにいったらどうやら本気らしくうなずいてみせた。

あらためて見なおしてみたら、俺と同じ年頃の四十すぎそこらの男で、度の強い薄く色のかかった眼鏡をかけ、何の帰りか黄色の地に胸だけ黒く三角の色合いのビニールのウインドブレーカーを着ていた。

「あんた、どこの人よ」

「東京です」

「俺は忍野(おしの)村の班を指揮してる松村だけど、じゃ俺の班に入るんだな」

「お願いします」

相手は頭を下げてみせた。

ということで俺はそのまま店を出てきた。

次の日仲間との乗り合いで村から出かけていった。朝はめっきり冷えこんでいたが天気は上々で、辺りの森の紅葉は一段と進んでいる。下から仰ぐと五合目から上の瓦礫ばかりの斜面は一面雪に覆われていて山の上はもうすっかり冬だった。

森の始まる風穴の駐車場の南正面にいつものようにテントが張られ、「青木ケ原樹海一斉捜索本部」と書かれた看板が立ち、中に鑑識のための刑事官、調査官、警察歯科委員、富士五湖消防本部長、村長といった連中が座っていた。

集まった連中は七班に分かれて整列し、俺たち忍野村のメンバーは第二班に組みこまれて、副班長の俺は後ろに並んだ仲間に番号点呼させ総勢の数を班長の警部補に報告した。

総勢二十七人だったが、丁度点呼が終わった頃後ろの方から遅れて昨夜のあの男がやってくるのが見えた。男は昨夜と同じ黄色と黒のウインドブレーカーを着てい、黒く太い縁の薄茶の度の強い眼鏡をかけている。皆てんでんばらばらな格好ではいたが、男は着ているものの色からしてよく目立った。

いっていた通りやってきた番外の仲間を、数に加えて班長に報告しなおしたものかどうか迷ったが、慣れぬ相手はこの自分が連れていけばいいと思ってそのままにしておいた。男の方も向こうから俺を認めてやってき、俺の前に並んだ隊列の後ろに来て立っていた。

互いに連絡を取りながら出来るだけ散らばって捜索するよう、歩く途中も何か手がかりの品が落ちていないか注意せよ、目にしたものは注意深く収集せよ、発見した遺体には決して手を触れずに検視官と刑事官を待てと、いつもの訓示があって全員散開しての捜索が始まった。

二班の班長の警察官は初めて見る顔だったが、彼よりも慣れている我々に段取りをまかせてきて、俺が山中湖村から来たもう一人の副班長と話し合って持ち分を決め、皆をさらに散らばらせて作業を開始した。

あそこに行く度に思うけど、富士山という山はとにかくでっかくて、高くはあってもそう急な勾配じゃないから裾野の広がりは都会の人間が考えてるよりはるかに広い。忍野あたりでもそうだが、すこし上の山中湖くらいまでいくと、ゴルフ場でプレイしてても一つのグリーンでもはっきり裾野の勾配がある。ちょっとした別荘だと、建物の山側と裾野側じゃ表の一階の床から延長の先の裏側では地下室がとれるくらいだ。

樹海に入るとそれがもっとどでかくきりない感じで、上に向かって斜めに森をよぎっていきながら、溶岩のつくる激しい凹凸はあっても裾野全体の傾斜がいつも感じられて、奥へ踏みこむにつれ茂っている樹が高くなり山の頂なんぞ見えずに、見えるのはせいぜい空だけだし、いつもの平衡感覚が狂ってきてなんだか位相の違う世界にいるみたいな気がしてくる。ここへ死にに来た人間にとっちゃおあつらえの、浮き世とは違った別世界の感じがするだろう。

とにかく、富士山というこの国一の山が昔、といったってつい最近江戸の頃までは噴火していて、その爆発が広い周囲の裾野をつくった。この辺りがいつの頃噴火し溶岩が流れ出してつくられたのかは知らないが、その溶岩の上にさらに年月経て土がつもり、そこへ樹木の種が飛んできて芽をふき根を伸ばして立ち上がり、この原生林をつくったんだろう。

そう思って見回すと、人間の生きてる間の時間なんか屁みたいなものだとつくづく感じられるんだよな。だから、自分で死ぬ気になってやって来た人間にとっちゃ、自分の生活とか人生とかがしょせんのものでしかないという、しみじみした気分になれる絶好の場所じゃないのかね。

俺だって、死ぬ気なんぞじゃなしに何かで一人でここにやってきてみたら、なんとなく変な気に、ってより日頃考えないようなことを考えたり感じたりするんじゃないかという気がする。

人間にとってこうやって生きているということとか、生きてる間の長さ短さとかさ。つまりまあ、ここに来ると世間一般での広いだの狭いだの、昨日だの明日だのってことをすっかり忘れちまいそうになるんだよ。自殺しようって人間にとっちゃつくづく格好な場所だよな。


磁石はきかないから空を仰いだり、樹木のつくる影で太陽の角度を大方計りながらそれぞれ決めた方角に向かって、溶岩のつくっている丘をかわしたり、深い茂みの間を縫いながら進んでいった。

最初は村から今度初めて参加した高村の政雄と組んで、それに昨夜カッちゃんの店で会ったあの男が後ろからくっついてきて、左右に離れた村の仲間とは声をかけ合いながら進んでいったが、その内皆段々に慣れてきて離れていてもなんとなく人の気配はあるし、なんといったってあれだけの大人数で入っているんだから安心感もあって呼び交わす声もなくなっていった。というより、みんな山の大きさに飲みこまれていったという感じだな。

昼前に呼び子の笛の音が二度ほど聞こえたが、遠すぎて駆けつける気もせず、その内にそれぞれ勝手に休んで昼飯を食ったら並行して進んでいる仲間との距離の間合いもわからなくなってしまった。

飯の時は政雄が側にいて、あの男はどこかすこし離れたところにいたと思っていたのに、午後の分を歩き出したら政雄はどこかに離れてしまっていて、俺のすぐ後ろにはあの男だけがいた。

しばらくして振り返り目で政雄のことを質(ただ)したら、顎で斜め後ろの方を指してみせるので声に出して呼んでみたら、他の仲間の声と重ねて声が返ってきたのでそのままなお進むことにした。

午後の行程は高度も増したせいで、森の勾配も段々きつくなってきてかなりの難行苦行だった。

昔の噴火の具合がどんなものだったのか知らないが、今まで以上に大きな溶岩の塊が行手をはばむように険しい丘をつくって続いていて、その丘を抱えるように岩塊の間にきわどく、しかしがっちりと根を回して張った巨(おお)きな樹木がはびこっていて岩と樹に遮られ辺りも薄暗い。

とても同じ地上の風景とは見えず、どこか違う星の世界にでも迷いこんでしまったような気分がしてくる。今まで何度かこの作業のためここにやってきはしたが、この辺りの風景は特別に怪奇というか不気味な感じで、連れなしにはとてもいたたまれぬ気分だったな。

その内また目の前に小高い溶岩の丘が現れ、うんざりして、ここらで引き返そうと思った。手元の時計を確かめるともう三時を回りかけているし、陽も傾き辺りも冷えてきていて、帰りの道のりもあるから後ろにいる彼に振り返ってみたら、自分はまだ大丈夫というようにまだ前に向かって促すようにして見せる。

しかたなしに、ならばこれ一つだけこなして帰るつもりで、

「よし、この先で帰るからな」

いって、丘の裾を左右二手に分かれて確かめながら登るように示し合わせてから上がり始めた。


険しい傾斜のその丘は下で眺めたよりももっと巨きく長く、登るにつれてさらに横に広がって行手をはばんできて、登りきって上の台地にたどりつくまでに二十分近くもかかった。そしてその行手をさらに塞ぐように、今越えてきたよりも密々に大木の覆った、城壁に似た小高い溶岩の壁が目の前に連なっていた。

ここらがきりだと思って立ち止まり、逆の側からやってくるはずのあの男の姿を探して待っていたが一向に現れない。途中転ぶか足でも踏みはずしたのではないかと案じて、声をかけながら台地を逆側にたどってみたが返事も姿もない。

それで一度立ち止まってみた時、何かの気配を感じたんだ。

気配というより、風だった。こんな深い森の中で風なんぞ吹いてくる訳はなかったが、立ち止まったその地点でだけ確かに風を感じたんだ。で、その風に向かって振り返り、風の吹いてくる方に向かって歩いていった。

何の風道だったのか、立ち止まった俺に向かって細い、しかし確かな風が吹きつけている。山の上とか森の脇の隙間から吹いてくるのと違うんだ。風は間違いなく目の前を塞いである溶岩の壁の中から吹きつけてきていた。

正面の大きなブナの樹と樹の間から風は吹き出していて、樹に近づいて向こうを覗くと、樹の向こうの溶岩の壁に大きな穴があった。穴というより壁が縦に裂けて割れた隙間だった。樹の間を抜けて岩の隙間に身を乗り入れ覗いてみると割れ目の奥は大きく広がっている様子で、ついもの好きに持っていた懐中電灯をともして中を照らしてみた。

顔を入れると髪の毛が乱れるほど強い冷たい風が吹きつけてくる。こんなとこにもこの山独特の風穴があったのかとそのまま穴に入ってみた。奥までは行く気はしないがせめて戸口の辺りだけでも覗いておこうと割れ目から入ってみると中はでっかいドームで、その奥の方から体をよろめかすほど強い風が吹きつけている。手がかじかむほど冷たい風だった。

こいつは夏向きのとんだ新名所を見つけたかと思って、もう一度洞窟の戸口の周りを照らして眺めなおしてみたら、左側斜め上の小高く棚みたいになってる溶岩の上に、回した明りに照らし出されて何か光るものが見えた。

白い、と思ったがよく見ると黄色っぽい何かで、花でも葉っぱでもない人工の何かという気がした。こんなところに何がと思い、近くの壁際の岩に足と手をかけてよじ登り棚と水平の高さから間近に照らしてみたら、そこに男が寝ていたんだ。

うっ、と思ったがなぜだかすぐにそれが誰かわかったんだよ、昨夜のあの男だと。

ここまで来る途中陽の下で見てきたよりは色褪せてみえたが、黄色に黒のウインドブレーカーを着て、両手足を真っ直ぐに伸ばして仰向いたまま、あの黒縁の度の強い眼鏡をかけていたよ。

思わず、

「おいっ」

声をかけてみた。返事は来なかったが、なぜかなんだか納得出来たような気がしていたんだ。声をかけられても男は動きはしなかったが、代わりに着ているウインドブレーカーが棚の上を吹き通っている風に、音は立てないが小さくはためいて揺れていた。

頭の横には空になったワンパイントのウィスキーの瓶と、中身のない何かの薬の瓶もあった。こいつは今までここにどれくらいの間いたのかな、とふと思ったな。

外へ出てみたら辺りは暮れかけていて薄暗く、崖の上で呼び子を吹いてみたが仲間には届かない。しかたなし今登ってきた岩の丘から降りて戻りかけ、気づいて足跡の代わりに所持品を幾つか落としておいて、笛を吹きながらしばらく戻ったらやっと返事の笛が聞こえてきた。

落としておいた道しるべをたどって仲間といっしょにあの風穴に戻った時にはもうすっかり日が暮れていた。

勿論あの男はあそこにあのまま寝ていたよ。

伝令が刑事官を呼んでくるのを待って、その後、長い道のりを五体揃ったままのあの男の体を皆して抱えて本部のテントまで戻ったらもう七時を回っていた。

どうやって判断したのか、検視官の話じゃ遺体は二年以上前のものらしかった。でも、あの冷たい風穴の中に寝ていたせいで、冷蔵庫で保存していたみたいに腐りも風化もせずにいたそうな。

八時すぎての最後の点呼で数を確認し、副班長の俺が班長に、

「忍野村班、二十七名、全員異常ありません」

と報告したよ。

元々、あの男は員数に入れてはいなかったからな。


それからしばらくしてカッちゃんの店に行ったが、なんとなく、彼にはあの男の話はしないでおいた。

なぜって、俺がいってたように、あいつもあそこで寂しくなって、わざわざあの店まで俺を迎えに来ていたのだといってみたところで、誰も信じやしまいからな。それに俺がいってたことがどうやら正しいってことをあの男が教えてくれたんだといったところで、それで何がどうなるもんじゃないよな。やっぱり、死んじまった奴は死んだ奴でしかないから。

わが人生の時の生と死

ライオンと若い女

陽が傾いた園内にライオンの吠える声が響き出した。

巨大な肉食獣ならではのなんともいえず威圧的な、猛々しいというより重々しく不吉なものが迫ってくるような印象だ。その吠え声は、聞く者の腹に響くように伝わってくる。

人間にしてそうだから、他の動物たちにとってはことさらのものだろう。声の届く辺りの檻にいる動物たちが急にそわそわし出している。彼等の遺伝子の中にはアフリカでの恐怖が未だに埋めこまれているのだろう。

風向きによっては、動物園に近い住居にまでライオンの声が聞こえることもあり苦情が持ちこまれることもあるそうな。人間とて同じことのようだ。

確かに、同じ肉食獣の吠え声といってもライオンのそれは圧倒的に他とは違う。大型のオートバイの爆音の中でもハーレイ・ダヴィッドソンのそれが他と違って地面を揺するように響くのに似ている。声そのものが、ある選ばれたものを表象しているような気がする。

新企画の森の区画に放たれていたオランウータンの巣戻りのためのケーブル渡りを眺めたり、初めて目にするあちこちの珍獣を見た後、最後にライオンを放し飼いにしている大きな区画に重装甲の、窓にも頑丈な金網のついたマイクロバスで入ったがやはり間近に眺めるライオンの迫力にかなうものはなかった。

斜面に作られた千坪ほどの広い区画は高い塀で囲まれていてすぐ横のチータの檻のある台地から見下ろせるが、中には小さな木立ちがあったりブッシュや池もあり、ざっと眺めて二十頭ほどのライオンがたむろしていた。

車は今日下ろしたという新車で、他もそうなのだろうが、白の車体に黒い迷彩がほどこされている。つまりライオンの好物のシマウマの印象だが、そう見こんでのことだろうか。

車は敷地の一番低いところにあるゲイトから中に入る。人間に好奇心のある若いライオンたちが車の気配にすぐ集まってくるので、入り口は二重扉になっていて外側が完全に閉まってから内側が開く。

バスが中に入り、外扉が閉まり内側が開くと早くも気配を察して目の前に三頭のライオンが迎えに出てきていた。一頭はまだたてがみの伸びきらぬ雄の子供、他の二頭は同じ大きさからして雌の子供だろう。子供とはいっても、大人になりきる前の子供ということか。いずれにせよ体は遠くにいる大人たちより一回り小さいというだけだ。

「こいつらが、実は一番危ないんですよ。好奇心が強くって、見境がつかずに何をするかわからないの。この頃の手におえない高校生みたい」

運転している若い飼育係がいった。

冗談に笑いながら助手席から見なおしてみたら、横顔の整った透き通るように肌の白い、中背だが華奢な体つきの女性だった。

敷地内を一巡しながら彼女が一頭一頭ライオンたちにつけられた名前と年齢、性格を教えてくれた。巨きな体つきの割に怠け者で臆病な雄のゴンを寝そべっているところから追い立てるように車を近づけてみせたり、からかうとすぐムキになる成人前の雌のハナや、いつも二頭で連れ添っている同じ年ごろの雌のアキコとマキといったライオンの性癖も、いわれてみるとその仕種からしてなるほどとうなずける気がする。

車が新車のせいだったのかどうか、最初敬遠気味にしていたライオンたちも二度目になると向こうから近づいてきて、中にはフェンダーに足をかけよじ登るようにして中の人間を覗く者もいる。

その内後ろで鈍く大きな音がし、

「あっ、やったなあっ」

運転していた彼女がブレーキを踏みミラーを覗きながら車をかなり乱暴にバックさせ、獣たちの飛び退く気配があった。そしてまた始動した車に同じように後ろから何かの当たる前よりも大きな音がし、こちらの体にまで伝わる振動があった。

「ちぇっ新車なのに、すぐにこれだわ」

いいながら彼女は速度を上げ、前方の空き地で車を回転させ今車に悪戯を仕かけてきた三頭のライオンを指して教えた。その内の一頭はさきほど名前を教えてくれたハナだった。

三頭の先頭で車に立ちはだかるように立っているハナに向かって彼女が車を走らせ、相手の鼻先でブレーキをかけ車を急停止させると、飛びすさったがすかさず後ろに回りまた車の後ろのどこかを足で強く打った。

それにどう刺激されてか他の何頭かのライオンたちも小走りに近づき車の周りに集まってきた。そして中の数頭が頭をもたげ車に足をかけて中の私たちを確かめるように覗きこんだ。いつの間にか車の周りには八頭ほどのライオンたちがひしめいてみえた。

「これで今外に出ていったらどういうことになるのかな」

いった私に、

「あまりいいことにはなりませんね」

肩をすくめながら彼女はいった。

「この連中、ここにこうしてる限り決して野性をなくしてはいませんから。こちらもそう心がけていますし」

「どうやって」

「いろいろ」

「例えば」

「そうですね、週に一度は生きている兎を食べさせています」

「ここでかね、そいつは眺めたら刺激的だろうな」

「いえ、さすがにここでは。お客には見えないようにはしています。ここでこうして間近にライオンを見ただけで失神してしまった女の人もいましたからね」

彼女は笑って振り返り、

「兎は、向こうの連中の宿舎の中でですよ。ここへ放したら兎だって夢中で逃げ回りますからね」

「それを眺めるのは凄いショーだろうにな」

「そんなことをしたら、どこかから必ずお咎めがきますよ。動物園というのは原則団欒(だんらん)憩いの場所なんですから」

私の趣味悪な思いつきをたしなめるように彼女はいった。

普通の客たちを乗せた時にはそこまでしないのだろうが、特賓へのサービスでか彼女は悪戯に脅しをかける相手のライオンの名前を口にしながら車を前後左右に操ってみせた。そんな様子は保育園の保母さんが子供たちとふざけ合っているみたいで、彼女の人柄にこの仕事がいかにも似合ってみえた。

それも頑丈な金網で窓を固めた車の中にいていえることかもしれないが、ともかくその内に車に乗せている客も忘れたように時折声を立てて笑ったり、言葉が通いでもするように目の前の相手に叫んで声をかけたりしながら、若いライオンたちを誘って集めたり自在に追い散らしたりしてみせてくれた。

その内こちらは遊びのつもりだが相手はすっかりムキになってしまって、中の一頭は車が止まった瞬間に横から飛び上がって運転席の窓の金網に爪を立ててぶら下がったり、ある者は車の背中を後ろから叩いたりしていた。

その度彼女も大きな声で、

「やったなあっ」

叫んだり、

「ようし、それじゃあ」

声に出しながら相手を蹴散らすハンドルを切ったりしていた。

二十分ほどの間我々も堪能させられてライオン王国を走り回り、二重扉を抜けて出た。

運転席から降りて私たちを見送ってくれた彼女が気づいて突然、

「ああっ、さんざんやられてる！」

声を上げた。

「新車なのにいっ」

指されて見るとマイクロバスの後ろ側があちこち大きく凹んでいた。そして何条か爪で掻いた大きな跡まであった。大人になりかけとはいえ、ライオンの体重をかけた悪戯は鉄板を大きく凹ませ、鉄の地肌を剝き出しにするほど深い傷を作ってみせていた。

「あいつらめ」

それでも楽しそうに、いかにも可愛らしげに彼女は笑ってみせた。

次いで同じ肉食獣とはいえライオンとはおよそ姿態も性格も違うチータを眺め、彼女とは別れ、最後に建物一杯に無数の蝶々が放し飼いにされたドームを見学して上がった。


職員たちとの意見交換のお茶の会で、オランウータンのための人気の新企画を考え出した職員の隣にライオンの彼女は座っていた。彼女の意見はライオンのためにもオランウータンと同じようにもっと広いスペースが与えられればということだったが、

「とはいってもライオンは猿みたいに綱渡りは出来ないからねえ」

との園長の言葉だった。

お開きの前に園長が実は今日が誕生日のライオン係の彼女に皆からのプレゼントが用意されているので、折角だからあなたからあげてほしいということで立ち上がり、テーブルの前に進み出た彼女に手渡した。なぜだか皆から熱烈な拍手が起こり手を差し出した私と、彼女は頬を染めながら固い握手をしたものだった。握ってみた彼女の手はなぜか馬鹿に冷たく細かった。

本館の前で手を振って皆と別れ坂の下の駐車場まで歩いて降りる途中、

「実はね、あの高見さんは癌なんですよ」

園長がいった。

「あのライオンの？」

「ええ、それも悪い癌でしてね、血液の」

「血液の、つまり白血病ということか」

「そうなんです。骨髄の移植が出来ればあるいはということですが、随分待っているのだけれど彼女のパターンがめずらしい型でなかなか見つからないんですよ。最近では骨髄バンクへの登録も大分増えてきてはいるようですが、それでもね」

「で、病状はどれくらい進んでいるのかね」

「二度ほど入院していますが、しょせんその場しのぎの治療でしてね。戻ってきた時は良くなっては見えても、その後また病気が進んでいくのが端で見ていてもわかります、周りもつらくてね。とにかく熱心ないい子でして、動物の扱いも巧いし。でもこのままだとあまり長くないと医者から聞いています、まだ三十前なのに」

いわれてどうにも答えられず、

「なんならライオンから移植という訳にもいかないだろうしな」

いった私に園長は小さな声で笑ってみせただけだった。


半年ほどして来年度の予算の打ち合わせのヒアリングで園長と庁舎で再会した。会議の後迷ったように立ち止まり遠慮の末思いきったように私に向かって近づくと、

「覚えておられますか、前に視察にみえた時ライオンに案内した女の子を」

「ああ、たしか白血病とか。移植の骨髄が見つかったのかい」

問うた私をまじまじ見返すと、

「死にましたよ、とうとう」

「そうか、やっぱりな」

いった私に何かをいいかけ、そのまま目をふせ口をつぐむと、また思いなおしたように向きなおりまじまじ見つめなおし、

「自分で死んだんですよ」

「そうだったのか」

「それも、身を投げて」

「どこで」

「鉄道なんかじゃありません。ライオンの中にね」

「どういうことだ」

「いってたでしょう生きた兎の餌をやると。その代わりに自分をですよ」

「それで！」

「奴等は食いましたよ彼女を、あっという間に。

畜生ですな、やっぱり」

いった後、首を振ると、

「いや、あいつらの恩返しでしょうかね。いや、そうなんですよ、やっぱり」

彼はいった。

キジムナーは必ず来る

そりゃああんたら内地の人間はしょせん外者、ソトナンチュウだからわかるまいが、私らこっちの人間は古い木を眺めればすぐに感じてわかるのよ。この木にはキジムナーがいるかどうかがね。

もっとも この頃みたいに田舎も開けてしまって大きな木そのものが少なくなると、どうだろうかね。キジムナーもいるところが段々少なくなってきて苦労しているのかもしれないよ。

それに最近の子供たちも昔にくらべりゃ、テレビゲームだのなんだのきわどい遊び道具も増えてあんな悪戯もしなくなったろうな。

でも今の何にくらべてもあんなに不思議で面白くって、考えりゃ恐ろしくて、だっていってみれば命懸けのことだものね、あんな遊びは他に滅多にあるものじゃないさ。なんといっても遊びの相手が相手、木の精霊なんだから。

現に、悪さしておいて謝り方が悪く罰が当たったまま頭が半分おかしくなったような子供もいたよ。

なにしろ相手は目に見えない、まあ、一種の神様なんだからね。それを騙して罠にかけて確かめようというんだから、必ず罰が当たった。でもそれにしてもなぜか、誰か大人たちに教えられるまま大方の子供が同じ悪戯をしては同じ目に遭ったものだったな。そうすることで、何か大事なものが皆に伝わっていったということなのかもしれないね。

俺たちがやったのは村の外れの木立ちの中の小道の分かれ道に立ってた大きなガジュマルでね、その前で道が二つに分かれていて木の前が広場みたいになっていた。

教わった通り木の前の地面を綺麗にならして根と根の間の土に箸を一本立てて、皆して両手を合わせ、

「キジムナー様、キジムナー様、来ていっしょに遊んでください」

声に出して拝むんだ。

そしてその後向かい側の木の陰に隠れて声を殺し、しばらくじいっとしていた。五分もそうしていたら元々人気のない辺りが沈んだようにいっそうしーんとしてきてね、なんとなく辺りの雰囲気が変わってきたなという気がしたんだな。

それでみんな目くばせし合って、一、二、三で一斉に大声を立てて何かを追い立てるようにガジュマルの木に向かって走り寄った。

そして木の手前を囲んで皆して確かめたら、さっきみんなで紙の表みたいに綺麗に地ならししておいた地面に、何か小さな動物の足跡みたいなものがはっきりと十以上ついて残っていたんだよ。

今まで反対側の木の陰から覗いて見張っている間、誰の目にもそこを通り過ぎたものなんぞ見えはしなかったのに。

でも砂地の上に点々とはっきりと何かの跡、あれはどう見ても何かの足の跡なんだよな。不思議といや不思議、歴然としたものでね。姿こそ目にはしなかったが、しかし間違いなく何かがそこにやってきて、そこにいた。そして我々に脅かされ慌てて逃げ出していった、ということだけはまったく確かなことに思えた。

皆でそれを確かめ顔を見合わせうなずき合って、なんとなく何かを納得させられた気分で帰ってきたよ。だって皆が聞かされていた通りのことが実際に起こって、目の前にはっきりその跡があったんだから。

でも不思議はどうにも不思議だった。だからか、部落に帰る途中誰かが、俺は何か影みたいなものがさあっと通り過ぎるのを見たといい出し、他の誰かもそういい出したりした。

でも俺はどう思い返してもそんなものを見たという気はしなかったな。気がしないというより、絶対にそんなものは見えはしなかった。俺がこの目で絶対に確かに見たものは、皆で掃き清めた砂まじりの土の上に残っていた何かの足跡、鼠のというより蛙かねえ、今まで見たこともない指が三つに分かれてあるみたいな、そんな足跡だった。

しかしとにかく、誰が何を見ようが見まいが、何もいないはずの俺たちの前に何かが、誰かがいたということだけは確かだった。

それを他の誰かに話して聞かせても俺たちにあのことを教えてくれた者以外に、多分誰も本気にはしまいということもわかっていた。しかしまさに誰かが、誰かにいつか密かに教えられ、それをまた俺たちに教えた通りのものだった、ということも信じていたよ。

でもあれを教えた誰かたちは、一体何のためにあんなことを、してはいけないといいながら、俺たちに教えてそそのかしたんだろう。

そしてあのことが本当だということをその夜の内に覚らされたんだよ。

夜中のいつ頃だったろうか、どこかで皆して船に乗っているという夢の中で、船が沈みそうになっているのに俺だけが身動き出来ずに船から逃げ出せないでいるんだ。誰かが一人戻ってきて俺に起き上がって逃げろと体を揺すっている。

それが兄貴なのもやがてわかった。なのに体は全然動かない。その内目が醒めてきて俺を覗きこんでいる兄貴の顔が間近に見えていても、なぜだか体はまったく動かない。何か目に見えない巨きな手で体を包まれているようで、声は出るんだけど体がどうにも動かないんだ。

それまでも以前のいつか、夢を見ていてその夢の中で体が金縛りになって動かなくなっていたという記憶はあったけど、それとも違う。あの時はそのまままた違う夢を見つづけて朝起きたら普通だった。

でも今度は違うんだよ。はっきり目が醒めてしまっているのに、それでも体が動かない。朝起きてもまだ頭がぼうっとしていて、体が自分のものだか誰のものだかよくわからない気がするんだ。

そんな様子を見て兄貴が母親にいいつけ、母親がやってきて何か声をかけてきたが自分で何と答えているのかよくわからない。

首を傾げた母親が婆ちゃんを呼んで、やってきた婆ちゃんが母親にいいつけて寝たままの俺の体を起こさせ、母親に抱きかかえられたままの俺の顔をしげしげ眺めて、

「お前、昨日何か悪さをしただろう」

叱るように聞かれたんで、当麻の家のカツシ兄いに皆して聞いたんで、森のでかいガジュマルの木のキジムナーを呼び出して脅して遊んだと答えた。

「それだ、そのせいだ」

婆ちゃんはいい、

「それで昨夜何があった」

問われて俺は夢の中で身動き出来なくなってそのまま今でも体が変だと答えた。

「夜中に気がついたら、こいつが両手を突き出して大きな声を立ててもがいていたんだ」

兄貴もいった。

「それはな、怒ったキジムナーがやってきてお前を連れていこうとして、お前が逆らっていたんだ。でもキジムナーはお前の魂は連れていってしまったんだよ」

「こいつの魂をかい」

兄貴は驚いていったけど、頭がぼんやりしたままの俺は何となくそんな気がしていた。

「でもこいつは生きてるよ」

兄貴はいったが、

「駄目だ、このままじゃお前は馬鹿になる」

婆ちゃんはいい、俺を抱いたままの母親に、

「私がこの子をサンジンソーに連れていって、抜かれた魂を取り戻してもらってやるよ」

いわれて、俺を抱いたまま、

「お願いしますよ、早くサンジンソーにいかないとこの子も城間のタカシみたいに馬鹿になってしまうかもしれない」

俺の体を差し出すようにして母親もいった。

「サンジンソーって何だ」

尋ねた兄貴に、

「サンジンソーはサンジンソー（三人相）だ。あれに尋ねれば、この子の魂がどこに落ちているかすぐにわかる」

「ユタのことか」

「そんなに偉くはないさ、ウタキ（御嶽）で悪さしたならユタ（巫女）に頼まなけりゃ助からないが、キジムナーならサンジンソーに頼めばすぐにわかるさ」

いわれて婆ちゃんに連れられてサンジンソーの家に行ったのさ。

行く途中まだふらふらしている俺の手を引っ張ったまま、

「婆ちゃんもな、子供の頃同じ目に遭ったことがあるんだよ」

「本当かい」

「本当だ」

「本当にキジムナーはいるんだよな」

「いるよ、本当に。これでわかったろうが」

部屋の真ん中に座らされて、その男が何やら祈禱してくれ、その後男は取り出した紙に筆で何か書いてみせ、窓の遠くのどこかを指で指した後確かめるように目をつむりうなずいてみせた。

教えられて俺たちが行ったのは昨日のガジュ

マルの森とは逆の方角の、部落の外れの砂糖黍(さとうきび)畑の脇の一本道だった。

　途中まで来て婆ちゃんは先程書いて渡された紙を取り出して何かを確かめ、俺の手を引いて道端にしゃがませると、その脇で手で地面を撫でながら、

「マブヤ（魂）、マブヤ、ウィティリョ（戻ってきてくれ）」

　くり返し唱えていた。

　それでその後近くに落ちていた石ころを一つ拾って俺に押しつけて持たせた。

　訳がわからず、

「これ、何だ」

　聞いたら、

「婆ちゃんがよしというまで、ちゃんと持っているんだぞ。これでお前の魂を拾いなおしたことになるんだよ」

　いわれるままその石をポケットにしまったよ。しまって、家に向かって歩き出した後もう一度ポケットの中で触ってみたら、大きさの割に変に重い感じだったのを覚えている。

　で、いわれた通り放さず持っていたら、二、三日したら頭がぼんやりしたのが治ってしまった。

　だから俺は今でもキジムナーがいるってことを信じてるよ。でもな、こんな世の中になっちまってキジムナーはどこにどうやっているのかねえ。

高射機関砲陣地にて

　こうして今まで元気で来られたお陰で、思っ

てもいなかった曽孫も持てましたな。私の子供も孫もみんな女ばかりでね、こうして初めて男の子に、それも曽孫に行き会えるとはねえ。

人生って何が用意されているのかつくづくわかりませんな。

あの子の一歳の誕生日の贈り物に、今まで私の部屋に飾っておいた九九艦爆のプラモデルを彼の枕元に置いておきました。

予備学生で動員されて艦爆で訓練を受けましたがその頃には戦さも先が見えてきていて、第一もう空母もない、飛行機は古すぎる、せめて特攻で使えということだったんだろうが、それにしてもどの飛行機もボロボロでとても敵地までは飛べない。

で、特攻からも外されて、死なすつもりで集めた人間なんだから一番危ないところへ回せということで、首都圏空襲の往復路にある御前崎の高射砲陣地に送られ、軍艦から外して据えた高射機関砲隊の分隊長にされました。

二十前の者から寄せ集めの年寄りまで隊員十五名。

東京方面に向かう艦載機の通り道でね、連中必ず我々の上を通っていき帰り道にはついでに掃射していくんです。

最初の内は怖々撃っていたけど、その内段々わかってきましてね、彼等の癖というか、突っこんできて掃射し上昇していく角度とかその速度が。

それならこっちもすこし工夫してみようかと、近くに丸太を組み合わせて囮の飛行機もどきのものを作り、木の枝や草で隠してみせたら連中結構釣られてその気になって撃ってくる。

その角度を計って合わせて、正面からまともに射撃を食わぬように機関砲の台座を脇にずらせました。その角度だと敵機の動きがとてもよくわかるんです。で、それならもう一工夫してみようと、正確な計器で計る訳じゃないからおおよその見当で角度を計って、後はサイン・コサイン・タンジェントの計算で照準を決めて待ち受けました。

仕留めるタイミングは、連中急降下で来て射撃の後の急上昇で舵を引いても飛行機ってのはその直後沈下し百メートルは低下して腹を晒しそこからやっと上昇に移る。その瞬間が的として一番大きく確かなんですよ。

四度ほどやってみて少しずつ修正していき、とにかく相手は毎日やってくるんだから、その内肉眼で眺めていてどれくらいの誤差だったかがわかるようになりました。それで三台の機関砲の弾がそれぞれの角度で大体一点の的に向かって集中するように訓練したんです。

五度目の時、弾が吸いこまれるように相手の胴っ腹に食いこんでいくのがわかったな。こっちも口径の大きな銃器ですからね、まともに当たればそりゃあ効果がある。相手も呆気なく火を噴いて身をくねらすみたいにして墜落していきました。

兵隊たちの喜びようったらなかった。何にしろ、あの頃になればもう何から何まで一方的って感じでしたでしょ。それまではただ頭を抱えながら夢中で撃つだけだったのが、一度当てて落とすと欲が出ます。それも目の前すぐ頭の上で狙い撃ちが当ったんだから。

次の日には兵隊たちは相手が来る前から興奮

してしまって、私は銃座の間に立ってタイミングを計り隊員たちに命令するんですが、もうその前に引き金を引いちまうんです。こちらが体を隠す前に横から銃弾が飛び出していっちまって、指揮官の私だけが隠れる前に相手に見られて危ない話でした。

私は猟はやりませんが、あれは飛んでいる鳥を撃ち落とすのと同じ興奮でしょうな。兵隊の一人で鉄砲の猟にくわしいのがそういってました。でも獲物が敵の飛行機だから、訳が違うわね。

最初の獲物は海に落ちていったけど、二度目は反転失速して近くの畑に墜落炎上し、連中が過ぎていった後現場に走っていって確かめましたらグラマンのＦ６Ｆだったが、まだごく若い乗員だった。

二人とも即死、片方の男は右足がもげていました。それで気がついたんだけれど、連中の履いている靴がいかにも立派で我々の靴にくらべると見事というか、しっかりしたものでね、私、悪いとは思ったが戦利品ということでまともままでいた男の方の足から外して持って帰りました。

すこし大きめだったが、軍足を二枚重ねて履いたらぴったりで日本軍支給の品にくらべてずうっと履き心地がよかったな。

ああ、それと、その男の身につけていた拳銃も頂戴しました。拳銃の方は、敗戦の後は近くの森の中に埋めてきたけど。

で結局併せて三機撃ち落としましたよ。そのお陰でわが分隊は感状も貰いました。

あの戦争にいい思い出なんぞある訳もないが、

あの御前崎での体験だけは極めて愉快でしたな。

この曽孫が大きくなる頃にはもう、あの戦争のことなどおよそ関わりもないことになってるんでしょうが、まあ、思ってみるといろいろなことがありましたねえ。

世の中もどんどん変わっていってこの先どんなことになるのかわかりゃしませんが、ずうっと思い返してみると最後にこうして曽孫の男の子、その枕元に九九艦爆を置いてやって、私の人生もそう悪くはなかったような気がしてます。

不思議な旅

その日の朝のリハーサルの時からなぜか頭痛がしていたので氷を包んだタオルで頭を冷やしながら続けていました。

それでも、痛くてたまらぬというほどのことはなかったのでさして気にはしていませんでしたが、ただなぜかタクトを持つ右手ではなしに空いている左の方の腕が右にくらべて重いような気がし、確かめるようにしきりに左腕を振っている私を、コンサートマスターの高木が見とがめて何度か、「どうかしました、大丈夫ですか?」尋ねたのを覚えています。

発作は第二楽章の半ば頃に起こりました。

段々に目が霞んできて楽譜がぼやけだし、その内オーケストラのメンバーの顔が歪んで、というより全体の人間が演奏の動作とは別に陽炎(かげろう)みたいにゆらいで見えてきました。そして間もなく気を失って倒れたんです。その折の光景を後に、演奏中継のテレビ映像のヴィデオで見ましたが、前に譜面台があったせいで助かったのがよくわかりました。

気を失いながらも崩れていく体を支えようとして譜面台にすがろうと屈みこんだお陰で、まともに棒倒しに床に落ちこまずにすんだんです。

その後病院に運ばれて四十日間意識を失ったきりで過ごしました。

その間脳の切れた部分にプラチナのコイルを入れて出血を止める手術をほどこされたそうですが、勿論手術の記憶などまったくありはしません。そのまま眠ったきり。

日本から駆けつけてきた家内も、初めの三週間は微動だにせぬまま反応だけがどんどん落ちていくのを見て、このまま死んでいくのだろうと覚悟していたそうです。

しかし三週間が過ぎて、かけた声に少し反応するような気配が見え出し、周りも少なくともこれはこのまま死なずにはすむかもしれないと思い出したらしい。

四十日たったら意識がすこし戻り、かけられた声にも反応して答えるようになったそうだけど自分がどこにどうしているのかはわからない。しかしなぜか家内に、自分は今北京じゃなしに、アレキサンドリアにいるんだろうと何度も質したそうな。

不思議な話ですよね、私はアレキサンドリアなんぞに行ったことはないんです。行ってみたいと思ったこともなかったのに。

それでその内家内に、いや第一家内が家内だという認識はまだなかったんでしょうが、なぜか、自分はようやく三十七歳になったんでそろそろ結婚しなくてはと思っているんだと打ち明け、しきりにどんな相手と結婚したらいいと思うかと相談したそうです。私が家内と結婚したのは三十四の時だったのに。

そうやって結婚の相談をされた家内は、どんな気分でいたんでしょうかね。

ともかくなんとかここまで来たので日本に運んで戻そうということで、飛行機に寝かされて日本に帰り御茶の水の病院に入れられました。それでもまだいろいろおかしくて、日本に戻ってきたというのは感じてわかっていたようだけれど、なぜか今いるところが土浦だと思いこんでいて、家内にまたしきりにそう確かめるんだそうです。

これも変な話で、私は土浦なんて行ったこともないし、それまで何の関心もありはしませんでしたのに。でも一体何で土浦なんでしょうかね。

その内に周りの者たちも見舞いに来てくれるようになったらしいが、なぜか姉の克子にだけは、相手が誰とはわかってのことらしいが、彼女が来る度にひどく心配した様子で、

「克子姉さん、あなた離婚してしまったそうだけど一体どうしてなの、何があったの」

と何度も聞いたそうな。

彼女は離婚なんかしちゃいませんし、第一そんなこんなの年齢じゃないんです。

そう質されて彼女もいかにも困っただろうと思いますな。迷惑といえば迷惑千万な話でしょ。相手が頭のおかしくなった病人だから我慢、というより適当にあしらってくれたんでしょうが、

当の私にはそんな記憶は未だにまったくありません。

それでさらにしばらくして、という実感も私にはありゃしないんですが、家内たちから見ればそうなんでしょう、ある日停電が止んだように、突然電気がついたみたいに私はまともになってしまったそうです。

思い返してみると私自身は、なんだか頭の中に立ちこめていた霧が段々薄れて向こうに何かが見えてき出したというような実感はありましたが。

しかし頭の中というのはつくづく不思議なものですなあ。多分お医者さんにもよくわからぬことでしょうし、私自身にもまったくわからない。

それにしてもなんでアレキサンドリアから土浦に行ってきたのか、それになんで私自身も三十七歳に戻っていったのか、これはどう考えてもまったくわからない。

それなのに、お陰で私は今はもう何の障害もなしにこうして普通にしています。

とにかく、人間というのは不思議なものなんですねえ。

死にいく者たち

カウンター一つ隔てているだけで、なぜかよくわかるんですよ。この隔たりがフィルターみたいなもんなんでしょうか、それを透かして見るみたいにね。

でもみんな後からの思い当たりで、ああなるほどそうだったのかという具合でしかありませんが。こっちも神様でも占い師でもありゃしないから。

それから、そんな時なぜかこっちも相手の後ろ姿をよく見て覚えているんですよ。どこか気になって眺めていたんでしょうかね。で、思い返してみるとオーラが抜けちまったというのかな、そんな後ろ姿を思い出してやっぱりという感じでね。

そこらのバーならフリの客も多くてわからないでしょうが、こんな高級なスポーツクラブだとメンバーもみんなレベル以上の人たちでしょ、だからそれが際立つんでしょうね。死相が。

あのいっとき世間を風靡して株の風雲児なんていわれてた川本大三郎も、死ぬ前日の夜トレーニングを終えていつものようにここへ来て、そこへ座ってね。見たらいつもの髭がないんですよ。

あれっ、川本さん髭どうしたんですって聞いたら、いや今風呂で剃っちまったんだって。

どうしてまたっていったら、にやにや笑って、いやなんとなくそんな気になったんでなって。

家のバスタブの中で手首を切って死んだと聞いたのは何日か後でしたが、よく聞いたらあの次の日のことでした。

バブルが弾けて世の中いろいろ浮き沈みあったでしょ、あの後このクラブだけでもメンバーを止めちまった人、何十人かいましたよ。止めずにいきなり死んじまった人もね。

覚えていますけど川本さんと同じだったですな、自殺する人というのは。つまり、その間近にここへ来ても、みんないつもと違っていましたよ。

レスリングのメダリストだったあの大影さんも、あれも前の夜でした、ここへ来て座ってレストランへやたらにいろいろ注文するんですよ。いくらなんでも一人でそんなに食べられるんですかっていっても、大丈夫大丈夫って。

結局とても全部は平らげられずに、それぞればあっと手つけただけで帰っていきましたが、翌日事務所で、後輩の目の前で日本刀で頸動脈切って死んじまったですな。

ご存じですかね片山さんて、手広く不動産やってた。東京に大きなビルをいくつも持っていた。あの人はクラブでは皆勤賞のおとなしい紳士でした、ここでもいつもにこにこ笑って人の話を黙って聞いている。

しかしあの人も、考えると変でしたね。

亡くなる直前ここへ一人で来て、同じメンバーですが普段はあまりいっしょでなかった先客に彼の方からしきりに話しかけて、それがまた下がかったえげつもない話ばかりで聞いていて私も驚きました。四つ文字の乱発で、話しかけられた方も笑っちゃいたがいささか辟易って感じで、こちらも驚いて眺めていましたが。

それきり姿を見せないと思ってたら、あの人はマンションの屋上から飛び下りだったな。

大影さんも片山さんも、人間死ぬ間際になると結局食欲、性欲、こらえていたものにまっとうに向かい合うということなんでしょうか。

それにしても、後から思い返してのことだけれど、皆ここを出て行く時の後ろ姿がいつもと違って暗い、というかむしろいかにもしょぼいって感じでしたねえ。

ブラックアウト

一昔、二昔前、スクーバ・ダイビングが今のように流行る前の教習カリキュラムには、フリーアセントという科目があった。タンクを背負って潜ったプールの底から、胸一杯空気を吸いこんだ後くわえているレギュレーターを外して息を吐きながら水面まで浮上していく。

水中では何が起こるかわからないから、緊急事態にそなえての練習だが、実はこれがかなり危険な実技なのだ。ということで最近のカリキュラムからは外されてしまった。

昔々潜水艦がまだ潜水艇と呼ばれていた頃のことだが、その潜水深度はせいぜい五、六十メートルくらいのもので、それでも下手をすると何かの加減でそんな深度からも浮上出来なくなる事故が多々あった。

外国の海軍の教科書にも載った、日本海軍の初期の潜水艇の佐久間艇長の遭難時における責任感の挿話は私の子供の頃の思い出としては印象的だったが、あれとて恐らくせいぜい五、六十メートルほどの水底での事故だったろう。

今の時代で性能のいいギアをつければ素人でも五、六十メートルくらいの深度なら楽にいける。

私も昔、沖縄の慶良間と渡嘉敷の間の水道で大きなヒラアジを仕留め取りこみに手間取っている内に墜落していき、気づいたら水道の底まで落ちこんでしまっていた。驚いて手元の水深計を見たら針は五十五メートルを指していた。

深度も五十を超すと夏の日盛りでも紫外線が通らず、辺りの様子は丁度コンコルドで成層圏を飛ぶ時のように、明るくはあってもインクを溶かしたように濃紺の透明感になる。

たまげた私が獲物を捨てて浮上しようとしたら、バディの私の沖縄での名案内人の城間ドクター、彼からは沖縄では唯一美味の魚赤ハタ、通称アカジンの見つけ方撃ち方を教わったものだが、その彼が折角の獲物を捨てるのは勿体ない、なんとしてでも船までもって上がろうというので、しかたなし二人して深みから四十キロを超す魚を抱えて必死に上がってきた。

当時はまだ、いざという時空気を注入して浮力をつけるバランシングベストなどありはしなかったからその苦労たるや大変なものだった。

水面にたどりついた時には私のタンクの空気はほとんど空で、それを見て城間は減圧処理を命じ、私としては生まれて初めて船の下に十分間ぶら下がって減圧したものだ。

元々は水棲動物だった人間にしても、知恵をこらしタンクに空気をつめて背負い水に深く潜るという不自然な作業の中で、実は一番危険で困難でもあるのは地上に繋がる元いた水の上に戻るということなのだ。

それはそうだろう、空気が切れれば溺れるというダイビングを終えて水の上、すなわち無尽蔵に空気のあるところへ戻るというのはまさに生還そのものなのだ。私のようにかなり慣れた者でも、浮上して船に這い上がった時なんともいえずほっとさせられるのは、どうやらこれでまた命を保証されたという安息以外の何ものでもない。

だからその後開発され改良されつくしたダイビング・コンピューターなる、現代ならではの器材の大事な機能の一つは潜水者が浮上する時の速度の調整だ。急いで早く上がりすぎるとコンピューターのアラーム装置が鳴って浮上速度を遅くしろと警告してくる。

しかし機械のソフトが慎重すぎていらいらさせられるし、場合によっては機械のいう通りにしてもいられないことが多々ある。だから私は浮上に際しては自分で開発したノウハウに従って上がることにしている。それは水面が見えてくるまでは速度を無視して上がってきても、水面下一、二メートルの辺りで一度息を吐ききり、さらに一呼吸して水面に出た瞬間思いきって息を吐ききる。

そのヒントは、佐久間艇長の事故に鑑みかつての潜水艦乗りたちがしていた吹き上がりという訓練だ。

三、四十メートルの水底で事故を起こし動けなくなった潜水艦から水面まで脱出する訓練で、一人一人が脱出用の小室に入り胸一杯の空気を吸いこんだ上でハッチを開けて水面を目指す。浮上の速度などいってはいられぬ事態だからとにかく夢中で水を掻いて浮き上がり、水面に出た瞬間に大声で叫ぶ。

これは至極理にかなっている。空気の膨張率は水面とその間近では他の深度より極端に違っているのだから。

勿論それで間に合わぬ者は途中の水中で息が切れて死ぬ。それをブラックアウトという。

それにしてもブラックアウトとは、人間が死ぬことの表現としていかにも直截なものだ。誰がいつどんな死に方をしようと、死はまさにブラックアウトには違いない。

で、水面に近い辺りで息が切れ水を飲んで窒息したり、その前に炭酸ガスが増えて脳貧血を起こし気絶した人間は、体だけはともかく水面に浮き上がる。

何にしろ水の中で息を詰めるというのは、無理だけにろくなことになりはしない。

その最たる事例としてダイビングの名手ジャック・マイヨールの伝記映画『グラン・ブルー』の中で、彼と彼の手強い競争相手が何かのパーティの後で意地を張り合い、タキシードを着たまま会場のホテルのプールの底に向かい合って座りこみ時間を競い合った。立てば優に背の立つ水の底で一体何分間頑張り合ったのか、最後に二人ともブラックアウトして気を失い浮き上がってしまうというシーンがあった。

今年の正月の三日、逗子の家にいた私の目に気になるものが見えた。

入り江の上に建つ私の家からは逗子湾だけではなしに隣の葉山の元町の海岸や、その沖の名島の岩礁や、さらには遠く三崎沖の本船航路までがよく見える。

前夜に低気圧が通過し朝から西高東低の冬型気圧配置になって強い西風が吹き出した。腕自慢のウィンド・サーファーたちは入り江に繰り出して強風下の帆走を楽しんでいたが、昼前から海上保安庁のヘリコプターが飛んできて逗子湾や元町沖の岩礁の周りでホバリングしながら何かを探している。

町の警察に聞いてみたら何も知らぬと至極のんびりしたものだったが、地元の情報は走り回っているタクシーの方が早く、夕方スポーツクラブに泳ぎに出かけるために呼んだタクシーの運転手の話だと、昨夜葉山の沖で波乗りの選手が獲物を取りに潜っていて行方不明になったと教えてくれた。

さらに次の日、スポーツクラブの常連で私のダイビングの仲間に会った。彼の持ち船の大型のクルーザーは時折我々ダイビング仲間の足となっている。一昨日の遭難の捜索に彼の船も請われて参加したそうな。その彼から出来事の詳細を聞かされた。

遭難者は私もその名を知っている日本では五指に入る名サーファーだった。

ハワイのオアフ島の北端の海岸、いわゆるノースショアで年に何度か押し寄せるビッグウェイブと呼ばれる巨波に乗って危険で華麗な波乗りをこなすことの出来るサーファーは世界でも数限られている。

巨大な波はハワイからはるか離れたアリューシャンの海で起こった大嵐の余波が、途中遮るもののない大海を何日かかけてハワイまで押し寄せてきて作る。その高さは時には二十メートルにも達し、それに乗って滑る人間は小高いビルの谷間を行くように見える。

北から押し寄せた水の塊が初めての陸地に当

たって切り立つ波を作る水底の地形は浅い岩礁に他ならない。波に乗り損なって巻きこまれれば、数千トンの水圧で体は岩礁に叩きつけられ生きては戻れない。

私は友人に誘われ実際にノースショアで彼等の技を眺めたことがあるが、その時思い出したのは、昔人喰いの山とも呼ばれたアルプスのアイガーの北壁を初めて眼にした時、私も一度小説の舞台に仕立てたことがある、今では伝説になっているトニー・クルツたちの遭難の悲劇だった。

人間というのはなんと好奇で貪欲で、身のほどを知らぬ動物かとあらためて思った。

私のヨッティングに関するアルバムの中に好きな一枚の写真がある。沖縄から三崎までの初めてのレースで吐噶喇(トカラ)列島を外れた辺りの海で大時化(しけ)に遭い、追っ手の風だったが高さ二十メートルはある波の中を走った。

舵を引いている私の写真をウォッチはオフのクルーの一人がドッグハウスから身を乗り出して撮った。その時の、高い波の壁を背にして緊張と恐怖に晒されながら舵を引く私の顔は一種の放心のままに妙にあどけなく子供みたいに見えた。

アイガーの北壁を登ったり、ノースショアであの馬鹿げた波の下を滑り抜ける連中もきっと同じ放心の表情をしているのだろうと思った。それが私のああした連中への共感だ。

真冬とはいえ、そんな彼がなんであんな海で死んだのだろうかと思った。

捜索に加わった仲間は、

「あれはブラックアウトでしょうね」

断定していた。

あの夜彼は同じ波乗りの仲間といっしょにシーカヤックを漕いで名島の岩礁に、暮れの内から家にやってきていた婚約者のモデルで女優でもあるHと家族のためにトコブシと石鯛を取りに出かけていったそうな。

特に前日の貝取りの折に大きな石鯛のいるポイントを見つけていて、彼女へのオマージュとして仕留めて献上したかったのだろう。現に彼は手にしていた銛の先に仕留めた石鯛をつけて浮き上がってきたそうな。

後から聞かされたことだが私はそれまで彼の新しい恋人がHであったとは知らずにいた。Hの方が年上だったろうが、そう聞いてある意味で似合いの二人とも思えた。


私のHへの思い入れは、いつか彼女が出場したホノルル・マラソンのルポをテレビで見てからのことだった。

そのマラソン特集の解説では、彼女は日本でのマラソンレース出場の資格を得るためにホノルルで走るのだそうな。ホノルルでの記録が三時間十五分を一秒でも切れば彼女は本物のマラソン・ランナーとして資格づけられ、以後日本での試合への参加資格を得られるという。

私は彼女のモデルや女優としての経歴はまったく知らないし目にしたこともなかったが、何であろうと誰であろうと、モデルとして女優としてすでにかなり著名な女がマラソンという過酷な競技に出て、ランナーとしての正式な資格を得ようというのはなまじのことでありはしない。少なくとも素人芸で出来ることでは絶対にない。

私はマラソンの中継を見るのが好きでいつもテレビの前で釘づけにされるが、特に終盤、四十キロに近いベラ棒な距離を全力で走ってきて、それまでの集中、誤算、想定外の何かなどなど、もろもろの経緯が集積しての末の最終幕に一分一分、いや一秒一秒の間にさらに微妙な起伏があり、試合が逆転して決着したりする。あんな見物というのは滅多にあるものではない。

ということで一人の若い、それもすでに他の分野では名の知れた女が、いわばプロの資格を得たいと発心してことに臨むというのは並の覚悟並の準備で出来ることではあるまいから、ただそれだけで強く共感し他の選手の結果は無視して彼女一人を応援したものだ。

しかし結果として彼女はわずか一分何秒か足りずに目的を果たすことが出来なかった。

普通だったら、つまり他の競技だったらゴールインして唇を嚙むとか涙して悔しがるというところだろうが、マラソンという過酷な競技はそんな感傷を許すほど甘いものではあるまい。

彼女も手元の時計を見やりながら最後の数キロを必死に走り切ったことだろうが、フィニッシュした後の彼女の、きわどい結果に対してノンシャラントな表情が逆に私には感動的だった。

あの表情の意味は、マラソンという四十二キロというとんでもない距離をとにかく全速で走り切った人間にしか理解出来はしまい。

そしてその彼女も、あの厳冬の季節風の吹きすさぶ海で恋人を懸命に探していたそうな。

彼にカヤックで同行していた仲間は、パドルで支えて平均をとらぬと簡単に転覆してしまう船にどうにも彼を収容しきれず波間に彼を残して引き返し、急いで連れ帰り手当てすればまだ間に合うと、彼女や他の仲間を連れて捜索に出なおした。

探しながら彼女は浮上してきた彼にとって残されている時間について考えたに違いない。ブラックアウトなら早い手当てがあれば命は取り戻せるはずだと。あのホノルル・マラソンで正式なランナーとしての資格を取るため三時間十五分を切るため残りの何キロかを一分、いや一秒を小刻みに数えたように。

しかし彼はついに見つからず、翌日あの強い西風が吹いていたのに、どんな逆流に乗せられてかはるか南東の荒崎の辺りの海岸で溺死体として見つけられた。

ならばその前、無理な潜水の後必死に浮上してくる途中、息が切れる寸前彼は何を考えていたろうか。

マストから甲板に墜落して死ぬ水夫は、転落の際の短い瞬間に自分の一生について想起するそうだから。

いや、何も考えることはなかったに違いない。なぜなら、墜落よりはやや長くもある瞬間ながら、それはまさしくブラックアウトなのだから。

カロリンの島々にて

それは一種悦楽の旅ともいえた。

ともかく同じこの地上ではありながら、私たちは位相の違う世界を旅することが出来たともいえる。

第一次大戦の後日本が統治していたカロリン諸島は第二次大戦の後いわば見捨てられた土地となって当節の文明からは取り残された島々となっている。

私たちが目指した旅程、マリアナ最南端のグアム島からさらに百マイル南に下ったウォレアイ島を経て東におよそ三百マイルの世界最大の環礁にあるトラック島まで、名前どころかその存在まで大方忘れられた島々は、物好きで貪欲なダイバーたちにとってもほとんど未踏の水域だった。

世界の軍事主導権に貪欲なアメリカにしても、戦略基地のグアム以南の水域にまでは興味が及ばず、せいぜいがハワイに近い原爆の聖地ビキニ辺りまでは放射能汚染の償いを免れ得ずにいるが、そこと至近のトラック島の世界一の大環礁はとうに見離されてしまっている。

もっとも連中のやり口は現地人の頬をドル札で叩いたくらいのもので、その後ろくなものを残しはしなかった。

一応の政府はあるとはいえ島々の実権を握っているのは昔ながらの大酋長（ハイチーフ）たちで、彼等をさておいて作られた政府なるものがアメリカ追従に徹してろくな結果を残さなかったため、島々での物事を決めて行なうのはある場合は政府、ある場合は政府を無視してハイチーフたちの合議でということだ。

かつてトラック島で出会ったトラック本島のハイチーフのアイザワはその名の通り日本人の

血を引くタフガイで、以前は日本のプロ野球高橋ユニオンズのピッチャーで鳴らしたこともある男だが、備えた教養なりの痛烈なアメリカ批判をしていた。

「昔の日本人は我々に仕事の仕方を教え、新しい仕事を与えてもくれたけれど、アメリカ人はただ金をばらまくだけで結局この島の人間を怠け者にしただけだ。種さえ蒔けば後はほうっといても立派に育つレタスまで輸入させ、日本人の作った農事試験場は荒れたままだ。

日本人は島の祭りでは我々といっしょの酒を飲んで騒いでくれたが、連中はただお高くとまって、やってきたキリスト教の牧師は島の祭りを禁止し、祭りの音楽も禁止、代わりに教えたのは賛美歌だよ。昔からあった日本と同じ収穫祭もなくして、収穫は教会に持ってこさせて奴等が食ってしまう。

この今になって昔を取り戻そうと思いなおしても、島の伝統の音楽や歌を覚えている年寄りは皆死んでしまってもう昔を取り戻す術(すべ)もないよ。まったくアメリカというのは野蛮な国だなあ」と。

トラック、マジェロ、ポナペといったマーシャル共和国にくらべて、ウォレアイからマジェロまでの間に点在する島々は一応カロリン連邦なるものを形作ってはいるが、マーシャルや西のパラオ共和国にくらべるとはるかに文明から外れたものでしかない。その証左にカロリン連邦に属するグアム西南のヤップ島は、少なくともその頃はまだ巨きな石の通貨を使っていたし、飛行機の定期便も来るのに島の女たちは皆上半身裸だった。

仲間はグアムに参集し、私の先輩の富豪の森氏が所有する昔のミシシッピーのフェリーを改造した分厚いアルミハルの四百トンの豪華汽船に乗りこみ南下した。

丸一日走って昼すぎ船はウォレアイの島影を望み、リーフに囲まれた島の周囲で泊地を探す私たちを案内しにカヌーが漕ぎ出され、乗ってきた男がたどたどしい英語で島のハイチーフに会えという。

これからの船旅のためもあろうから森氏と私と船長がプロトコールに上陸し、待ち受けていたハイチーフに会った。
四、五人の幹部に囲まれたハイチーフはかなり年配の痩せぎす盲目の老人で立派な日本語を話した。
「ああ、日本人か懐かしいね、よく来たね。大勢かね」

「ええまあ、二十人ほどですが」

森氏が答え、

「よく来た」

ハイチーフはおもむろにうなずいてみせたあと、

「日本の人に相談があるのだがね、私の島たちは、日本人がいなくなってからすっかり貧乏で困っている。だからお金を置いていってください」

表情も変えず、淡々といった。

それでこちらは思わず顔を見合わせて、

「来る前この国の領事館と話したが、そんなことはいわれませんでしたけどね」

私がいった。

が、同じように淡々と、

「領事館など、関係ないよ、この辺りの島は、私がとりしきっているんだから。見ればわかるが、どの島も貧乏しているんだよ」

「お金ってどれくらいですか」

尋ねてしまった森氏をつついたが遅く、即座に、

「五百ドル」

相手はいった。

「たいした額じゃないか」

並んでいる相手の様子を眺めなおし、いった私を逆に森氏が手で制して、

「いいですよ、差し上げますから。その代わりよろしくお願いしますね」

「そうか、有り難う」

大酋長はその声に向って大きくうなずいてみせたが、その様子に媚びたものがまったくないのにこちらは納得させられた。

森さんが財布から百ドル札を五枚取り出し老人に手渡すと、盲目のハイチーフはおもむろに受け取った後横に座った島の幹部を促し確かめさせた。

男が確かめ何か囁(ささや)くと、

「有り難う、確かに頂きました。皆、とても喜ぶよ」

その声にはいかにも真摯なものがあって、私としてもいささか心を打たれた。

「安いものじゃないですか」

小声で森氏も囁いてみせた。

で、私は念を押して、

「これで、あなたの島のどこへ行ってもいいん

ですな」

「ああ、いいです」

相手は大きくうなずき、

「魚をとってもいいですね」

「いいよ」

「沢山とりますよ」

「ああ、いい。どこへいって、何をしてもいい。私が許す」

東京で会った、スーツを着こみタイをして、ぺらぺら国の自慢をしてみせた総領事よりも、端然とゆるがぬ威厳に満ちて盲目半裸の大酋長はうなずいてみせた。

そして、

「ただし、いいかね、女には手を出すなよ」

最後に重々しくいい渡し、我々は粛然とうなずいた。

ウォレアイを出て次の日に着いたイファリク島では、不思議なことに彼等は我々の来島を事前に知っていた。偵察に上陸した仲間の報告だと、一人だけ片ことの英語を話す若い男が、今夜歓迎の踊りを見せるので村に来るよう誘ったそうな。

「どうやってウォレアイから連絡が届いたのかねえ、昔のトツートツーの電信を打つにしても、島には一切電気なんかないんだぜ、ゼネレイターの一つもない。夜の明りはせいぜい松明（たいまつ）だろうな。とにかく浮き世ばなれした島だぜ、男も女も皆上は裸だよ」と。

しばらくしたら島から漕ぎ出したカヌーが一隻船に近づいてきた。

乗っているのは十代半ばの女の子ばかりで、偵察隊がいっていた通り、腰には何か巻いているが上は皆裸だった。思春期にかかっている少女たちの胸はそれぞれ半ば膨らみ出していてどの子も実に可愛らしかった。

言葉も通じず、互いににこにこ笑い合っているのも芸がなく、思い立って船室から取り出してきた食べかけのチョコレートの箱を、私も一つ食べてみせながらカヌーに放りこんでやった。

促されるままチョコレートを口にした彼女たちの反応たるや凄まじいものだった。

私は今まで何か思いがけぬ美味を口にして感嘆する人間を目にもしてきはしたが、この島の少女たちがこれまでの人生の中で、そして多分これからもこの島にいる限り味わうことのないだろう、口中にとろけて広がる香り高い甘味を口にしての感動の様は、眺めていてこちらもたじろがされるほどのものだった。

彼女たちにとってそれは正しく初体験というべきものだったろう。

口にした甘美なるものが口中から多分全身にまで伝わっていく恍惚の衝撃に誰もが身をもみ体をよじって、今味わっている悦楽をわずかも逃すまいとするように両手で胸を抱きしめ、言葉も出ずにただうめいていた。

その感謝と驚きをどう伝え表していいのかわからぬまま、少女たちは懸命に顔一杯で笑み、叫び出すのをこらえているように見えた。

それは眺めている者にとっても思いもかけぬ至福な瞬間だった。

「いいねえ、可愛いねえ」

思わずいった私に、隣で手摺にもたれていた

船長が、

「こういう人間たちを見ると、何が幸せなのか、わかりませんなあ」

慨嘆していった。

「これでもし、あの中の誰かを誘って島で悪いことをしてそのまま明日離れていって、翌年来てみたら子供が生まれていたってのは罪な話かねえ」

うっかりいったら、

「やめてくださいよ、まさか本気じゃないでしょうね」

船長は向きなおってしげしげ私の顔を覗きこみながらいった。

「でもさ、ちょっとそんな気にさせるようなところじゃないか、この島は」


彼女たちが島に戻って何を伝えたのか、間を置いて今度は同じ年ごろの少年たちがカヌーでやってきた。

物欲しげに船を見上げて漕ぎ回っている男の子たちに、コックが、

「こいつらにはオーナーがグアムで買いこんじゃったかき氷をくれてやってよ。あんなに沢山詰めこんだら、魚とっても冷蔵庫が満杯だよ。電気もないなら、こいつら氷なんか食ったことないだろうからさ」

ということで今度は舷側に着けさせたカヌーに頭数以上のかき氷のパックを放りこんでやった。

食べろと促されて彼等はまず手にしたものの冷たさに驚いていた。コックのいう通り、氷の冷たさそのものも彼等にはまったく未知なるも

のだったろう。そしてその甘味もまた。

というこことで少年たちは未知との遭遇に興奮し、がつがつと甘い氷をむさぼり食った。そして間もおかずに氷の冷たさが彼等の首筋から後頭部に襲いかかった。それもまた彼等にとっては未曽有の体験だったろう。

突然の頭痛にうろたえ、頭を押さえて七転八倒する連中を我々は最初げらげら笑って眺めていたが、やがて気の毒さに気づいて誰かが頭に水をかけろと手真似して伝え、もっとゆっくり食べろと教えてやった。

いわれるまま慌てて被った海水は頭痛を治めたらしく、連中はその後恐る恐る手にしたものを口にしなおし、食べおえた後先刻の少女たち同様かき氷の初体験に満足しきって帰っていった。

招待された夜の歓迎式なるものは仰々しい割には退屈で、当人たちは準備に興奮しているのかもしれないが待たされる時間の長さに辟易させられた。

その間、一人だけ片ことの英語を話すという青年が私のところへやってきて、私の時計を指し、「あなたの時計では今何時ですか」と質してきた。

確かめ時間を告げたら、やおら自分が手に巻いた時計を示し、「私の時計でも同じ時間だ」と大きくうなずいてみせる。

ならわざわざ聞かなけりゃいいのにと思ったら、またしばらくしてやってき、同じことを尋ねる。どうやら彼は私のに似たウォータープルーフの時計を一種のステイタスシンボルとして、この島で自分だけが所有しているということを示したかったようだ。

　こちらもついでに、早くことを始めるようにいいつけたが、踊りが始まったのはそれからさらに小一時間してのことだった。

　半裸の女たちが列をなして乳房を揺すりながらの踊りは、最初はかなりの迫力にも見えたがどれもこれもほとんど同じ振りと同じ歌声で、それが一時間近く続いた後次は男たちの踊りということで、私は森氏に仮病の腹痛を理由に船に戻りますと打ち明け、森さんも、

「いや、それなら私も腹痛ですな」

　ということで主なゲストたちに腹痛が伝染し、船員たちは儀礼的に陸に留めて島から脱出した。

　沖舫(もや)いの本船に戻るボートに水路を教えてくれた夜目のきく島の老人が戻る途中、これもしっかりした日本語で、

「あんたら、おなか痛いの？　島で水を飲んだのかね」

　尋ね、

「ええ」

　と答えたら、

「それは駄目だよ、船に帰ったらすぐにセイロガン飲みなさい」

　いってくれたのには驚き恐縮させられた。

　船は翌朝イファリク島を離れ次の島を目指し出港して三、四時間してから船内で騒ぎが起こった。誰かがとんでもないものを見つけ出したのだ。

　彼女たちは床下の階の一番隅の部屋に隠れて

いた。二段式ベッドの船室で、仕切られた船室が四つほどあり、この航海では一、二階の船室でこと足りていて水中撮影班の器材の置き場にされていた。

撮影のスタッフが何か器材をとりに降りていき、物音に気づいて部屋の扉を開け確かめようとしたが内から鍵がかかっていて開かない。鼠でももぐりこんだかと船員に質したがそんなはずはということで、皆して確かめに戻り乱暴にドアを叩いてみたら中から鼠ならぬ可愛らしい密航者が三人現れた。

昨日チョコレートを与えた少女たちだった。元より言葉は通じないが、質さなくても彼女たちの思惑は知れていた。当然あのチョコレート以上の何かに期待してのことだったろうが、それにしても三人とも多少ばつの悪そうな顔はしていたが、まったく悪びれたところはない。私としてはそんな彼女たちに心から共感せざるを得なかった。

そんな様子を察してか、船長は極めて不機嫌な顔で、私が何かいい出すのを封じるようにこちらは無視してオーナーの森さんに、

「これは早く戻って引き渡さないとえらいことになりますよ。ウォレアイであのハイチーフがいってたじゃないですか」

強張った顔でいい、森さんもうなずき船は即座に元来た島に向けて針路をとりなおした。

元の泊地まで戻ると錨を落としもせず、船長は島に向かって汽笛を鳴らし、現れた人影に向かって手を振ると引き立てて舷側に立たせた少女三人をあっという間もなく海に向かって突き落とした。

彼女たちも叫びもせずそのまま島に向かって泳ぎ出していった。

眺めながら、

「おーい！」

私は思わず大声で叫び、その声に振り返った彼女たちに私としてはいろいろ思いをこめて手を振ってやった。そして彼女たちも手を振り返した。

「で、また一年たったら来てやるつもりですか」

船長は笑いながらも咎めるような目でいい、

「気持ちはわかるがねえ」

いった私に、

「えらい勇気だとは思うけど、我々が来たこと自体が罪ということなんだろうかねえ」

とりなすように森さんがいった。

エベレスト

高校生時代に親しい仲間に誘われて入った山岳部での経験がきっかけで、外交官だった父親がカイロ、ロンドンに赴任したのに同行してロンドンの大学に在学中に、勉強は片手間にスイスの山にはよく登っていました。ある年の夏休みには父親にせびって、仲間とアフリカ旅行をしキリマンジャロにも登りました。

仲間は馬鹿にしてかかったがキリマンジャロはタフな山で、旅行業者が商売の効率のために組んでいる登山のローテイションも極めてハードで、結局仲間四人の内で頂上まで楽に行けたのは登山の要領をそなえていた私一人でした。

そんな旅からの帰りに仲間から、お前なら世界の各大陸の最高峰を十代で登りつくす記録が作れるのではないかとそそのかされ、すっかりその気になったのです。

ロンドンに戻り父親には内緒で大学は休学しトラックの運転手をして金を稼ぎ、足りぬ分は最後に父に頼んで調達しヨーロッパ・アルプスのモンブラン、新ヨーロッパ大陸のエルブルース、北米のマッキンレー、次いで南米のアコンカグアとオーストラリアのコシアスコは割と楽に征服出来ました。

その後日本に戻って、南極のビンソン・マッシーフを攻めるつもりになって、父親に自分は将来プロの登山家になるつもりだと打ち明けました。

それまでの私を眺めて何を感じていたのか父親は、

「今さら止めてもいうことは聞かないだろうな」

と肩をすくめましたが、父から聞かされた母親は強く反対しました。それでも姉に説得されて、

「その内何があっても私は知りませんからね」

というだけですみました。

最後のエベレストに向かったのは十九の時でした。

飛行機がカトマンズの空港に降りる前、はるか彼方に初めてヒマラヤの山脈が見えてきた時、なぜか思わず固唾を呑んで見入りました。眺めながら背中に寒いものが走ったのを覚えています。

それは、私が今まで登ってきた山たちとはま

ったく違う位相のものに見えました。

人がよくいうように、まさにこの地の果てに聳(そび)えて連なる山並みは、その高さその巨きさ、そしてその研ぎすまされた鋸の刃のような凶々(まがまが)しい印象からして、まさにこの地上で比類ないものに違いありませんでした。

「なるほど、こいつは」

と自分に諭すように思わず一人つぶやいたのを覚えています。


あの時思わず独りごちた通り、エベレストはそれから三度私を退けました。

最初は、ベースキャンプの上のアイスフォールで私だけを残して三人のシェルパの遭難。そしてその翌年のチベット側から登攀(とうはん)の折の凄まじい風。あの時の最大風速は瞬間百メートルを超していたと思います。

そして三度目の一九九八年、頂上直下八五〇〇メートルの地点での突然の天候悪化。最後のアタックでナイフリッジにかかる直前に嵐が襲い、雪の中でうずくまりながら進むか退くか小一時間思案し続けた末に引き返しました。

パートナーを組んでいたスペイン人は私を置いて突っこんでいき、途中であきらめて野宿(ビバーク)し、そのまま身動き出来なくなって翌日サポート隊に救出されはしたが凍傷で指を七本なくしてしまいました。

そうやって、頂上を極めるまでに四年かかりました。


チベット側から攻めた二度目の折、皮肉にも、ネパールルートを選んだパーティはどれも簡単に頂上を極めて、それがエベレストブームの発端となりましたが、チベット側から攻めた中国隊は悪天候を無理して突っこんでいき三人の遭難者を出していました。

一九九九年の春、ルクラを出てから十日のキャラバンの末にアイスフォール下のベースキャンプ地に着き、キャンプを設けて五日後無線班を残して出発し、高度順化を兼ねて第一、第二、第三とキャンプを増設して上がり下りしながら、三十日後イエローバンドを越え標高約七九〇〇メートルのサウスコルに第四キャンプを張りました。

そこから目指す頂上までおよそ八〇〇メートル。

その距離はそこまでやってきた道程にくらべれば極めて短いようで、実ははるかに遠い。遠いというより、八〇〇〇メートルを超えた上空では、たとえそこが足で歩ける地上の一部だろうと、足で歩む距離そのものの質も意味も歴然と違うのです。というよりまったく位相の違う極所でした。

サウスコルまでたどりついてあらためてわかりますが、エベレストという山はただ世界一高いというだけでなく、とにかく巨きい。対の門神のように手前に聳えるヌプチェ、ローチェを従えてそそり立つ無類の偉容は、その高さよりもまずとにかくその巨きさにありました。

八〇〇〇メートルを超した高みなるものが、並の地上と明らかに異なる場所だというのはそこまで登ってみなければ決してわかりません。

第一に、七五〇〇を超える辺りから体が訳もわからず芯が抜け落ちたように虚脱してきて、へろへろになってしまう。夢遊という言葉がありますが、誰もそれを体験も説明も出来はしまいが、多分あんな具合のことをいうに違いない。

晴天の折には高地の鞍部から見渡す限り人工物は一切目に入らず、空はインクを薄く溶かしたような紺色に澄み渡って、耳を澄ましてみても、一切音が聞こえてこないのです。

地上から眺めると純白の氷河も、風の作ったヒマラヤひだに覆われくすんで灰色にしか見えません。

嵐の前に風が立ち、やがて雪が運ばれてくると自分の体に当たって流れる雪の音だけが初めて聞こえる、というより感じられ、地上にいた頃の五感の一つがようやく蘇ったような気がしてくる。そしてようやく、自分がまさしく極の極にいるのだなという実感が蘇ってきます。

そしてさらに、匂いがまったくない。

エドモンド・ヒラリーは「サウスコルには死の匂いがする」などとはいいましたが、実際の匂いはまったくない。

死を証す死体は雪に覆われたままそこら中に散乱してはいるはずですが、その匂いなどまったくありはしません。テントの中で雪を溶かして湯を沸かしお茶やコーヒーを入れても、なぜか匂いが感じられないのです。

そこで私は思い立ち三度目のエベレスト行きの時、選んで女ものの甘くきつい香水を持っていきました。香水を嗅ぐ度に女をというより、彼女たちのいる地上と自分の繋がりを確かめさせてくれるような気がしました。

九九年、サウスコルには他に何組か登頂を目指してキャンプを張っているチームがいました。そのどれもが最近流行りだした趣味の登山家たちでした。

中に私と同じように単独でシェルパを雇って登頂を目指している若者がいました。ビル・ノートンという私より二つ年上のイギリス人で、同じ年ごろからの気安さでその男とはテントを出て顔を合わす度気軽に口をきき合うようになりました。

しかし、天候を予測し出発を決めた前日あたりから彼の様子がすこし妙に感じられるようになった。

テントの外で辺りを眺めながら話し合っていてもなぜか落ち着かず、しきりに周りをきょろきょろ見回し何かを確かめようやく納得したようにまた向きなおる。その訳を質しても聞かれたことがわからぬように曖昧に微笑ってうなずき、突然話題を変えて話し出したりしました。

彼にとっては初めてのエベレストだそうで、人によっては緊張が高じて半分頭がおかしくなる客もいるとシェルパの一人はいっていましたが。

そしてそれを彼は最後に、私の目の前で証し出しました。

五月二日の夜九時半、基地に連絡した後第四キャンプを出ました。同行するのはシェルパのニオ一人。近くにテントを張っていたビルは私と同じようにシェルパと二人だけで三十分前に出発していったとニオはいいました。

ラストキャンプを張ったサウスコルから頂上までの標高差は八〇〇メートル。これが短いようで圧倒的に長い。長いというより、実質この道程こそがエベレストそのものなのです。

ベースキャンプから始まるあのアイスフォールも、氷の河そのものがいつも動いているだけに、そこら中に張られている落とし穴の罠は誰にも予測も判断もつきませんが、頂上までの八〇〇メートルの道程には、世界の最高峰の沽券をかけた険しい罠が幾重にも仕かけられていました。

頂上直下の南峰の、突風が襲えば体をどう支えも出来ぬ狭隘なナイフリッジ。

そしてその途中にあるロック・クライミングに近い苦労で登るヒラリー・ステップ。

それらは酸素を希薄にしてしまう高度とあいまって、登ろうとする人間たちの判断を敢えなく狂わせてしまい、勇気を殺ぎ、生命という最高の代償をいとも簡単に奪うのです。

それでも無数に近い人間たちがあの頂に憧れながらあそこで簡単に死んでいくのは、しょせん、あそここそがこの地上の最高の極みであるということのせいだけでです。

月は昇って来ず、晴天なのになぜか地上で見るよりも星の光は薄く、額にとりつけた小さな明りだけを頼りに足元を確かめながら一歩一歩を踏みしめて登る、というより喘ぎながらただただ重い足を前に繰り出して進んでいきました。

日中ならば目に入る景観が他の力を与えてもくれるでしょうが、この登攀の仕上げは、冒険の名などにまったく値しない単調な業苦のくり返しでしかありませんでした。

　前日、前々日キャンプから晴れ間に仰いで確かめた頂へのルートをもう一度イメイジとして思い起こそうとしても、目の前に在るものはただ暗黒の巨大な塊で、どんなイメイジも浮かんではこない。あるものは前をいくシェルパが浅い雪に記した足跡だけです。

　そしてそればかりを眺めていると、自分が一体前へ進んでいるのか、果たして確かに登っているのかもわからなくなるような気がしました。

　しかしそうしながらも、一体なんで俺はこんなところでこんなことをしているのだという疑問だけにはとうに慣れて忘れていました。

　五時間ほどしてか、前を行くニオがなぜかふと立ち止まり、かすかな気配で頭のランプをわずか右に振ってみせました。促され私も立ち止まり正面の足下から明りを外して右手の前を照らしてみました。

　赤い登山服を着た足が見えました。靴は雪に隠れていたが、前を行っていた誰かがへたって座りこみ休んでいるのかと思ったが、男は仰向けに寝そべって腹から胸にかけて雪が覆っていました。そしてニオがすぐに促すように明りを前に振って歩き出しました。

　しかし私は気になり、なお半歩踏み出して寝ている男の横に並んで頭の明りの角度を下げて見下ろしてみました。

　フードを被った顔が見え、髪の毛は残っていたが顔の肉はほとんど剝がれて白骨化していました。

「これは、いつの死体だ」

酸素マスクの下からとどかぬ声で思わず彼に尋ね、それを察したようにニオは振り返って届かぬ声で何かいい、うなずいてみせました。

しかし、それが何年前にここで死んだ誰と知れても何の感興もありはしなかったと思います。

そして、夜が白み始めやがて南峰にかかるまでに蘇った明るみの下でさらに十をこす死体を目にしました。ニオがいっていた通り今年は雪が少なく風が強かったせいで、今まで埋もれていたものが急に露出してきたのでしょう。

しかし先人たちの死体を眺めても、その度彼等がいつどうしてここで倒れ、あるいはどうやってここまで滑落してきたのだろうかとはちらとも思いませんでした。

なぜかそれは当たり前、このエベレストにとってはごくごく当たり前のものにしか感じられませんでした。

中には頂上間近でのやむを得ぬ一人きりのビバークのテントを、死に装束のように巻きつけている者もいました。その男の顔も雪に伏せた片側には肉があり、上に向けて晒された左側は何かでそがれたように白骨でしたが、それを見て彼の身になっての何の同情もありはしなかった。

今思いなおせば、あれこそこの地上で最高の極みに在る地獄ということでしょう。

眺めながら何も感じぬ自分に茫然としながらただ見守っている私に、酸素マスクを外してニオが、

「鳥。今年は、雪がないからね」

いって前へ促しました。

そういわれてみればサウスコルで時折鳥を目にすることがありました。

何の匂いを嗅ぎつけてか、彼等は八〇〇〇メートルの高度まで上がってきていました。人間と同じように酸素が足りずに苦しいのかその動作は鈍かったが、それでもテントの周りのゴミの中からしきりに何かをあさろうとしていました。

テントにくるまった死体を前に瞬時立ちつくしていましたが、立ち止まったままでいれば、目にしている物と同じことになりそうな気がしてきて引きずり上げるようにして次の一歩を踏み出しました。

南峰にかかる頃辺りがようやく白みだし、やがて夜が明け世界最高の頂に近い尾根からの世界が見えてきました。

チベット側は山脈に遮られてまだ明りが届かず、ただ茫漠となだらかな灰色の連なりとして在り、ネパール側は若い太陽の届いた高い山たちの無数の山頂が闇の裾を引いて姿を現し始め、現在のこの地上が太古に出来上がった折の大地の壮大なうねりと、そのうねりが他のプレイトとまさにこの足下で壮絶にぶつかり合い何を作り出したのかを証していました。

それは腰を据えて眺めれば見飽ぬ景観だったでしょうが、そんなものよりも目の前間近に険しくそそり立つヒラリー・ステップが現れてきました。それはここまでの登攀での疲労困憊を無視したように、行方を塞ぐようにそそり立っていました。

ナイフリッジとも呼ばれている最後の、今までのどこにも勝る難所は、刃物を立てたように屹立して続いていました。

幅のあるところでも二メートル足らず、場所によっては足の踏みようもなく、馬の鞍にまたがるようにして尾根を跨ぎながら手と足で漕いで進む。そして行程一時間半にもおよぶリッジの途中には、仰角八十度に近い壁まであって、それが頂上の真下五十メートルほどの辺りまで続いている。

陸上競技の中で最長のマラソンの最後に、とんでもなく急な坂が待ち受けていたなら倒れる寸前のランナーは何を感じるのでしょうか。いや第一、そんなコースの設定は有り得ぬことに違いない。しかしエベレストにはそれが在りました。それ故にエベレストなんです。

昨夜、私たちより前に出発したチームがどれほどの数あって、すでに頂上に何人の人間たちがいるのか知らぬが、すでに頂から下り出した者たちとすれ違うにもリッジはあまりに狭く危うく、互いに声をかける余裕もなく、すでに登頂を果たしたらしい相手に羨望も祝福も何の感情を抱く暇もないまま、酸素マスクの下で互いに息をこらすようにしてのろのろと、かろうじて互いをやり過ごしました。

そんな作業とて、しくじればそのまま凍った雪の上を滑落して数千メートルの断崖の下に消えていくのです。

ナイフリッジの上だけで二組の下山者たちをいき過ごさせました。一体この上に何人の人間たちがいるのだろうか。かろうじてすれ違い急斜面を下りていく者たちの背中は見る間に遠くなるが、構えなおして見上げる斜面はここにきてなお来る者を威圧しはばむように聳え立って見えました。この地上の最高の極みはもう目の前にはありながら、それでもなお不可能に思えるほどの遠さに感じられました。

さらに二時間かけナイフリッジを登りきり、山頂にたどりついた。

感動はなくただもうこれ以上登らずにすむという安堵だけがあった。

その朝、畳二畳ほどしかない世界最高の極みに、驚いたことに二十人を超す人間たちがひしめいていました。

たどりついた私たちを迎えて隙間を作るように、入れ違いに三人が下りていきました。下りかける前、彼等がすくんだように下を見なおし、何かを決心したように踏み出していくのがわかりました。それを眺めながら私は、ようやく果たした登頂の瞬間なのに、これでここから自分が果たしてまた本当にあの最終キャンプまで戻れるものかばかりを考えていました。

そして途中目にしてきた十を超す死体の内の何人が、下山の途中に死んだのだろうかとしきりに考えていました。

人間たちがひしめいた山頂では、ほとんどの人間が無言でいましたが、時折誰かがマスクの下で何か叫び手を突き上げたりすると、そのはずみで誰かが危ういスペースから弾き出されそうになる。

それは私が長年憧れ目指してきたことがらの成就とはおよそ釣り合わぬ、ひどく猥雑な人間たちのひしめきでした。

　ここに出来るだけ長く居つづけたいという気持ちなど不思議に毛頭も起こってはこない。そんな自分を促すように首にかけてきた小型のカメラで一応四方の写真は撮りました。それとて何かの義務を急いで果たすような気分でしかなかった。写真を撮り終えた瞬間、一刻も早くここを下りようとだけ思いました。

　下山を始めた瞬間、自分が今までのいつよりも下降に怯えているのがわかりました。

　一歩を踏み出し、さらに次の一歩を踏み出すのに歯がゆいほど時間がかかった。一番狭隘なナイフリッジの部分を山肌に手を添え跨がるようにしてずり落ちながら、両足で踏みしめて登る時よりも心許(こころもと)無い感触の中で、初めて思わず何かに懸命に祈っていました。

　ようやくナイフリッジを過ぎようとした頃、突然なぜか後ろから強く迫るものの気配に思わず振り返った。着ていたものの色からサウスコルで近くにキャンプを張っていたビルとわかりました。

　なんとか険路を過ぎたとはいえ、相手は何やらわめきながら乱暴な足取りで私を突きのけるようにして追い抜いていくのです。思わず叫んだ私の気配を感じたのか、相手は数歩先で立ち止まって振り向くと、何やらわめきながら突然私に向かって手にしていたピッケルを振りかざしました。

　その意味がわからずたじろぐ私の前に追ってきた相手のシェルパが割って入り、それで何を納得したのかビルは踵(きびす)を返していきました。さらに追いついたニオが相手のシェルパと何か手短に話し合い、ニオは背中で私を押し止めるように立ち止まったままでいました。

その後信じられぬことが起こった。

ビルのシェルパが何かを叫ぶ気配があった。私たちの目の前でビルは突然危険な斜面を狂ったように走り出し、そのまま右斜め前の断崖に向かって突っこんでいったのです。声も立てずその体が目の前の急斜面の下に向かって吸いこまれていくのを、私はただ茫然として眺めていました。

相手のシェルパは一度私たち二人をふり仰いだ後首を振ると、ビルが飛びこんで消えた断崖を覗きこもうともせずそのまま足早に来た道を下っていきました。

今目にしたものの意味がわからず、私は足が動かぬまましばらく立ちつくしたままでいた。

急に息が前よりも苦しくなり、自分が今何をどう考えていいのかがわからず眩暈(めまい)の末にしゃがみこんだ私の酸素ボンベをニオが調べ、新しいものを装塡してくれた。そのお陰で意識が確かに戻ってくるのがわかりました。

上りにかけた時間のわずか半分で下りの道程をこなしてキャンプに戻りました。

息をつき雪を溶かし湯を沸かして入れた茶を飲んでようやく、先刻ナイフリッジの下で目にした出来事についてニオに尋ねてみました。

「ここでは、よくある、前にも見たよ。この山は、人を狂わせる」

ニオはいいました。

なるほど、と私も思った。

山の先輩たちがよくいっていたことだった。エベレストのような極端な高山でなくとも、無理して高い山に登るという作業は知らぬ間に当人にもわからぬ負担を負わせ、それがどこかでその人間の芯の芯にある何かを狂わせてしまうものらしい。

仲間内の集まりで、誰かが誰かについて、「あいつこの頃ちょっと変だぜ。注意せんと、そろそろ危ないな」

というのを何度か聞いたことがあります。そしてその相手は確かに間もなく山で死んでいきました。ベテランの山登りには、そんな相手の何かの気配が一種のオーラのように感じられるようです。

そういえばあのビルも、最後のキャンプでの居住まいに妙に落ち着かぬところがあった。しかし自分が選んできわどく高い山の頂を目指す限り、それを防いで救う者はしょせん自分自身しかありはしまい、とあらためて思った。それ以外に目の前で起こったあんな出来事をどう納得したらいいのだろうか。

しかしあれはしょせんエベレストという、この世でありながら位相の違う世界にしか有り得ぬことなのかもしれませんが。

世界一高い山の極みから戻った、どうやら命は失われずにすんだという確かでしみじみした実感は、アイスフォールを下り切りベースキャンプに近づいて、辺りに土とそこに生えた草の色を目にした時、初めてありました。

ただの土と草の色があんなに懐かしく思われたのは初めてのことです。

傭兵になった男

自分が彼のことを妙な奴だと意識し出したのは、剣道の練習を通じてであります。そう思って見なおすと、自分が教場長を務めている警察学校での同じクラスの中でも彼はやはり変わった存在でした。

教場長というのは教官から指名されて、一年間ほどの学校生活の間クラスと学校の連絡を務めるクラス委員のようなもので、私が選ばれたのは多分私が大卒だったせいでしょう。ということで学校当局からのいろいろな指令の伝達を果たすついでに、まだ物慣れぬ生徒から学校生活でのしきたりや何やについて、彼等に代わっておうかがいを立てることもあったし、彼等の愚痴の聞き取りのような役目まで負わされることもありました。しかし三十数人の仲間の中で、彼とだけは向こうから持ちかけられてそんな会話を交わしたことはなかったと思います。

思いなおしてみれば彼、武井大輔は極めて寡黙で、私とだけではなしに他の仲間と話し合っているのを見ることはほとんどありませんでした。他の大方の仲間たちとはいかにも違っている彼の気性というか、彼の妙に物静かな居住まいの実は逆の意味に気づいたのは、二人だけで向き合う剣道の練習を通じてでした。

私は子供の頃から剣道をたしなみ大学時代には四段を取得していましたから、剣道の授業としての練習の折は、警察学校に入り必修訓練として柔道か剣道かのいずれかを選ばされ初めて竹刀を握るような仲間とは自ずと立場は違って、教官師範の代理に近いようなところがありました。

ある時教官から呼ばれ、稽古をつけられていた武井に私からもっと基本的なことを徹底して教えるようにいわれました。

いわれたことの意味がわかるようでわからなく、面の下から質して見なおした私に、顎でしゃくって、

「いくらいっても、こいつのは剣道じゃない、剣道になってない」

吐きだすように教官がいいました。

その訳は彼と手を合わせてみてすぐにわかりました。すでに有段の私と始めたての彼とでは格段の差があるのに、彼の打ち合いはまったくそれを無視しきって、がむしゃらというか、ただただしゃにむに、突っこんでくる相手を歩を外してかわし、面をとっても胴を抜いてもそのままだ突っこんでくる。したたかに小手を打たれ竹刀を取り落としても、這いずって竹刀を拾いなおしてかかってくるのです。

教官がいったことの意味はわかったような気もしましたが、しかしその先この男が何を思いつめ何をしようとしているのかが私にはわかるようでわからなかった。打ち合って一本とるとか二本先取するとか、そんな試合の仕組みから外れて彼がやろうとしているのはもっと素朴、というより剣道にこと借りてのまったく違う他の何なんだろうかと思いました。

初心者も誰しもそれなりに進歩していくものですが、彼の場合は最初から最後までそんな具合で仲間からも敬遠され、剣道の訓練時に相手

も減っていき、いつも彼の方からいわれて私が相手するようになりました。

　私としては、歩を運んで相手をかわしたり突き放したりするにさして苦労はしませんでしたが、一度はずみで鍔迫(つばぜ)り合いになった時、面越しに眺めた相手の顔の表情と息づかいが他の相手とはなぜか歴然と違うのにあらためて驚きました。

　それで、何かを試してみたく相手を引きずり回し叩きつづけてみましたが、驚くほど執拗に食い下がってきました。する内その様子に皆が気づいて手を休め見守っているのがわかりました。最後に、彼の方から大声で構えて突っこんできたが、わざと間近ぎりぎりでかわして放ったらそのまま道場の壁に激突して転倒し動かなくなり、面を外してみたら面の下で嘔吐し失神していました。

　汲んできた水をかけるとすぐに蘇生したが、正座しなおしても妙に昂然としていて、悪びれたり照れたりする様子もないのが奇妙な印象でした。

　眺めていた教官が訓練の後私を呼びよせ、

「あいつは一体どういうつもりなんだ、何をしてるつもりなんだ」

　なじるようにいわれ、

「しかし、どう注意していいのか自分にはわかりません。ですが、当人は真剣で真面目だとは思います」

　知らぬ間、なぜか彼をかばうように答えていました。

　その日晩飯の後寮に戻る途中、中庭で彼を呼び止めて話しました。

「お前、何を考えてあんな稽古をしているのか知らないが、あれだとその内怪我をするぞ。師範は、あれは剣道じゃないといってるよ」

いったらはっきりうなずいて微笑い、

「ここに入ってから始めて、今さらに段をとるつもりもないよ。俺は俺でトレーニングのつもりでやってるんだから」

「何のトレーニングだよ」

「ただ相手に勝つためのさ」

妙に静かにきっぱりといいました。

「ただ、勝つためか」

「ここに来た限りは、何だってそれしかないだろう」

あっさりいわれて、たじろぐようなものがありました。

その時ふと、高校の頃通っていた町の道場で師範の高柳練士にいわれたことを思い出しました。

柳生流の極意の書に、『勝負は所詮相打ちにて候う』とあると。面小手つけて竹刀での稽古と違って、素面素小手での木刀稽古、まして真剣での勝負でならば相打ちを覚悟してしまった者の方がはるかに強い。あの薩摩の示現流の強さはそれだった、とも。

私がそういったら、中庭の暗がりの中で彼ははっきり私に向きなおり、

「そうだ、そうなんだよなっ」

逆に説くようにいったものでした。

その時、仲間内ではむしろ小柄な方の、上唇にある古い大きな傷跡をのぞけばむしろ童顔の彼が、印象とは逆になぜか禍々(まがまが)しいものに感じ

られたのを覚えています。

警察学校での剣道の訓練が、あの男にとっては剣道以外の何かのためのものでしかないということは、そんな会話の中で漠然と、しかし強く感じさせられたような気がします。

そう思ってみると他の訓練にあっても彼は、彼独特の思惑で参加していたのがわかりました。例えば全員でするマラソンも、決められた長いコースをあの男は、体力の配分なんぞ無視して、最初から全速で走っていました。その結果の成績がどうであったかということより、始めから全力で走り自分がどこまでもつかということが関心だったようです。

受講の終わり頃クラス単位のロードレースが行なわれ、互選で彼もメンバーの一人に選ばれた時、彼ははっきりと、自分は皆の作戦の通りには走れない、自分の決めたやり方でしか出来ないといいました。その結果、途中でへたばって歩けもしなくなって迷惑をかけることにもなりかねないと。誰もそれにどう反論も出来はしなかった。しかし結局彼は試合に出場し、その区間では一番のタイムを出していましたが。

私が彼について強い印象を持ったのは、学校での研修が終わり任官の前に十日間自宅に帰され休養の後再集合し解散という時に、後から聞きましたが、彼だけは帰郷せず都内の公園で寝袋一枚で寝起きし暮らしていたそうです。

その期間中公園の近くである事件が起きて、その捜査に所轄署の警察官が公園に入って検問した折、彼がそこにいて尋問を受け、身元が知れて学校に報告があったそうです。

休みが明けて集合しなおした時、自分は教場長としてそう知らされました。学校側からそれとなくいわれて彼に訳を質したら、その後も余所の公園でいわば浮浪者のようにして過ごしていたそうです。訳はただ、学校ではもの足りぬ分をそうして補ったということでした。

彼が警察官を志望して入った訳については試験の時に試験官が聞き取ったことでしょうが、大方の人間にはかなりきつい期間中の訓練も彼には物足りなかったということでしょうか。

彼の実家は長野で洗濯屋をしているそうで、家業は上の兄が継ぐことになってい、休みでそこへ帰っても何もありはしない、何にもならないとぼやくようにいっていました。

その後あちこちの所轄署に分散して一月間の事務実習を終えて再集合した時、教場長の私に彼は、この限りで警察をやめる決心をしたのでそのための手続きを聞いてほしいといってきました。

驚いて訳を質したら、事務実習をしてますますこの先に張り合いを感じなくなった、警察に期待し望んで入ってみたが当て外れだったとわかったと。

「もっと緊張があるものと思ったんだよ、こんな世の中じゃそれもなあ」

と彼はいいました。

「お前が何を期待してたかは知らないが、それはむしろ社会にとっちゃいいことじゃないのか」

私がいったら、

「それはそうかもしれないが、俺にはな」

「じゃ、お前は何なんだ」

私がいったら、

「とにかくこんなんじゃ、この身がもたないんだよ」

「どう、もたないんだ」

「なんというかな、もっといつもぴりっと緊張していて自分を試していたいのさ」

小さく肩をすくめながらいいました。

「それがお前の、つまりその、体質とでもいうことかね」

私がいってやったら、

「そうなんだよな」

真顔でいい、歩み去っていきました。

私は辞意を伝えるというより、彼からの相談を取り次ぐ形で教官に打ち明けましたが、結局彼自身が出向いていって退任の手続きを取ったようです。

我々の卒業の前日に彼は寮から出ていきました。せめて卒業式をいっしょにした後にしたらと説いてみましたが、

「今さら意味もないよ」

肩をすくめただけだった。

「それでお前、これから何をするつもりなんだ」

質した私に、

「フランスにいくよ」

いいました。

「フランス？　何しにだ」

「傭兵になる」

「傭兵だと、どこでだ」

「どこででも、傭兵なら戦争出来るからな」

「なんで、戦争なんだよ」

いった私に、

「あんたのいった、体質ということかね」

晴れ晴れ微笑いながらいいました。そんな笑顔を前に私はなぜか気おされたように、ただ黙ってうなずき返したのを覚えています。

散会下校して任地に赴く前に私としては一応武井との会話を直属の教官に伝えました。

「傭兵だと」

硬いものを飲みこむような顔で聞き終えた後、

「今ごろそんな奴がいるのか、奴は一体何のために警察に入ろうとしたんだ」

口をとがらすように教官はいいました。

何年かして巡査部長に進んだ頃、床屋の椅子で拾い読みした週刊誌のグラビアの、ヨーロッパのどこか片隅で訓練を受けている、今時珍しい傭兵たちの写真に写っている武井の顔を見つけたのです。

どこかの僻地で顔にも迷彩をほどこし、マシンガンを抱えて胸までつかりながら沼を渡っている訓練の様子と、その後なのだろうか、粗末なテント張りの宿舎の食事場で笑いながら酒を飲んでいる傭兵たちの中に、仲間と肩を組みのけ反るようにして大笑いしている武井の顔がありました。

それは、あの一年近い警察学校での暮らしの中では見ることのなかった、初めて見るような、明るいはじけるような笑顔でした。思わず確かめなおしてその写真に見入りました。なぜだかそれが今までいつ以上に、いかにも彼らしく見えたのです。

そして、周りに彼と学校の同期でいた者のないまま雑誌で目にしたものについて誰にも語ることもなく一年ほどが過ぎ、機動隊として外国要人の警護に駆り出されて戻ったある夜、風呂に入った後、家での遅い夕食をとりながら眺めていたテレビに武井が映ったのです。

ボツワナとかいうアフリカの奥地の国で新しい金鉱が見つかり、その利権のもつれで軍の一部が反乱を起こし、手を焼いた大統領が金山に食指を動かしているヨーロッパの某国に相談して傭兵の支援を仰いだそうな。

お陰で劣勢となった反乱軍側は、これまたヨーロッパの別の国と組んでその国仕立ての傭兵の援助を取りつけ、そちら側は空軍まで仕立てて参加してき、結局昔の欧米列強による植民地拡大戦争の様相を呈している。いずれにせよ昔ながらの不毛で切りのない混乱が続いている中で、現地人に関わりない外国傭兵の過激な活動がますます度を増し、昔の支配者だった白人たちへの国民の憎しみがつのっている、と。

他にさしたる番組も見られず、外国の傭兵たちの活躍という報道に興味をそそられて眺める内、一進一退という戦況の中でどちら側かが仕かけた罠に相手が落ちて捕えられた傭兵をふくむ捕虜たちへの目をそむけるような、しかし現地の人間たちにとってはかなり趣味的な報復が行なわれているとのことだった。

そして、生きたまま足をロープでくくられ村の広場を引きずり回されている迷彩服を着た捕虜の傭兵たちの中に、白人ならざる、現地人とも違うアジア系の顔つき体つきの男がいるのに気づいて私は座りなおしました。興奮し混乱した群衆の動きの映像からは定かに確認出来なかったが、カットが変わり広場の地面に打ち立てられた杭の上に、切り落とされた首を突き通して晒された現地人とは顔色の違う五人の犠牲者のモザイク越しの画像の中に武井がいました。

私にはすぐにそれがわかった。なぜかその番組を眺め始めた時から自分がそれを予感していた、いや確かに知っていたような気がしました。

かぶっていたものは剝ぎ取られ、短く刈った頭から流れ出た血は干上がり顔中泥にまみれていながらも、私にはすぐに武井の見分けがつきました。見るだけでそれとわかる白人に混じって右から二人目の杭の先端に斜めに傾いて突き刺され、なぜか彼だけ片目をかすかに開いてこれからどこかを見つめようとでもするように、武井の首は晒されていました。

そしてその顔はなぜか、彼の身に起こってしまった出来事とは関わりなしに、あどけなく落ち着いたものに見えました。

〝なるほどな〟

思わず自分が声に出してつぶやくのを私は聞いていました。

斎場にて

最近彼が病んで入院していたという噂は同じヨット仲間から聞いてはいたが、この年ごろになると互いにそんな出来事は当たり前に近く、そう気になる話でもありはしなかった。

それを告げた男も、彼の病名を質した私に、

「肝臓とか聞いたな、いや心臓だったかな。大分前、二、三か月前から入院してるらしいけどね」

いっていた。

それにしても、それを裏書きする訃報があれからすぐに届いた。当然だろうが通夜と葬儀の案内には死因など記されていはしなかった。

斎場はどこかの大学のグラウンドに隣合った、武蔵野の名残のある木立ちの中にあった。葉の落ちきった木立ちを吹き抜ける冷たい風が裸の梢を鳴らしていた。四つ並んで小さく仕切られた右端の部屋に葬壇がもうけられ、私が着いた時にはもう読経が始まっていた。

片側には未亡人に並んで二人の娘とその夫と孫たち親族が二十人ほど座り、左側にはそれぞれ故人と縁故のある人間たちが座っていたが、見渡して私のように海での道楽を通じての仲間はわずか五、六人だった。

その内の一人、最近、地方では代表的な大手の破産申請をした特殊鋼会社の管財人になった加納の隣に座ったが、二昔前には年中ホームポートのハーバーで会っていた彼もむくんだみたいに太りすっかり禿げ上がって、向こうから声をかけられるまで彼とは気づかなかった。

以前はある役所の技官で、船舶工学出身の彼の道楽につき合わされ、昔彼の設計でミニトンを造ったことがあったが、デザインが思いつきにすぎてろくな走りはしなかった。文句をいったら相手は、そちらの腕のせいだなどとほざき返して喧嘩したこともあったが、まだミニトンクラス・プロパアの公式戦のあった頃のことだから、もう一体何年前の頃のことになるのだろうか。

読経が一段落し、次のお経が始まり、小振りの葬儀をたった一人で仕切っている僧侶が焼香を促し、家族たちに続いてこちら側の参列者も順次立ち上がって焼香をすませた。

また元の席に戻るのも億劫で、未亡人の前までいって挨拶しそのまま表に出た。

彼女との短い会話では、隣に座っていた加納から死因は要するに長い不摂生が祟(たた)ってのことと聞いていたので、最後はどんな具合にとだけ質してみたが、彼女はなぜか胸を張るようにして、彼は病院ではなしに家で、彼女に看取られるまま彼女と並んだ床の中で、眠るみたいに死んでいったと答えた。

まだスチュワーデスなどという仕事がめずらしくもてはやされてもいた頃、アメリカ線で飛んでいる彼女たちの中でも美人で気がいいと評判の女だった。私もアメリカでの試合の行き帰りに何度か飛行機の中で出会ったこともある。

その彼女も顔の輪郭だけは昔を思い起こさせたが、髪は真っ白、顔中に小皺が走って、お互いにあの頃から過ぎていった時間をあらためて感じさせてくれた。


戸口には何人か焼香を待つ人の列が出来てい、彼等に譲るようにして建物の外に出た。列の中には何人か見知りの顔があり、冷たい風を避けて建物の横の陽だまりに立った私たちを追うようにして、焼香をすませた昔の仲間たちが集まってきた。

葬壇には彼の持ち船だった「キャリィ」のクルー一同の花輪も飾られていたが、それらしい、私たちよりは若手のヨット乗りらしい顔はほとんど見当たらなかった。

陽だまりに吹き溜まったように五人集まったのは結局互いに近い年代の、あの頃の試合にそれぞれの船を仕立てて出ていた、そしてその後酒が入っての乱痴気な道楽もいっしょにした顔ぶればかりだった。

最後にもう一人向こうから声をかけてやってきたのは、我々とはカテゴリーの違うオリンピック種目のドラゴンと5・5クラスの日本代表の一人だった鍵谷だった。

日本のヨッティングの創始者の一人だった卍工業の高口親子に育てられ、会社が全盛の頃は世界のあちこちを転戦していて私たちを羨ましがらせたものだが、高口親子が死に、男の世継ぎのいない家族は会社を親戚に預け、新しい経営者はヨットにはまったく理解を欠いて先代の道楽はあっという間に潰され会社も大分前に倒産したらしい。

大酒飲みだった彼は、先代が死んですぐにまだ四十代の頃に一度脳溢血で倒れたと聞いていたが、今見るとそんな様子は窺えず、前より大分太っては見えたが健康そうだった。

「元気かい、今何してるの」

尋ねた私に、

「今はね、仲間が考え出した健康食品売ってますよ、お陰で第二の人生なんとか生きてるけど、いたって健康ではあります」

笑っていった。

「船の方は」

「いや、もうまったく」

「駄目だよ、潮気をぬいちゃ」

かつては私の船のヘルムスマンもしていた、今でも毎日曜殊勝に葉山の海で子供たちのためのオプティミスト・ディンギのコーチをしている福井がいった。

「いや、酒を止めさせられたら、船に乗る気がまったくしなくなっちゃって。不思議なもんだよね」

「そうさな、酒も飲まずに船に乗ったってつまらねえものな。あんたもう一滴も駄目か」

同情するように松崎がいった。

「止めたのよ、命あってのことだからさ。でも昔は、やたらに酒を飲んだもんだよなあ、体力というより時間も余ってたんだねえ、あの頃は」

「いつかナイトウォッチで、ハイクアウトしているクルー四人だけで寒さ凌ぎに回し飲みしてるうち、ウィスキー三本空けちまったことがあったよ」

松崎がいった。

「そんなもんだよねえ。東京オリンピックの時、優勝したアメリカチームの連中なんぞ陸に上がってきた時は全員へべれけだったもんな。あのスキッパーのなんとかいう金持の爺さん、酒飲みながら出来るオリンピックスポーツはヨットだけだってほざいてたよ。あの後俺、インターナショナル・ジュリーしてた役得で、記念にあいつが持っていた銀のヒップフラスコを貰っちまった、今でも持ってるよ」

「なんとなく、いいことがあったよねえ、あの頃は。みんな手探りでやってたけどな」

加納がいった。

「まったくさあ、そうだよ」

えらく思いこんだ表情で福井が相槌を打った。

その時になって陽の加減で福井の右のこめかみに薄く紫がかった痣があるのに気づいた。よく見ると左の顎の下にも治りかけた傷の痕があった。

「その傷の痕はどうしたのよ、転んだのか」

いった私に、

「馬鹿見たのよ、まったく」

肩をすくめながら吐き出すように、

「この間若い子に注意してやったら、仕返しに殴られた」

「なんでまた」

「まだ高校生のくせに人前で煙草を吸ってたからさ。それも前に小学生の頃、俺がジュニアで教えていた子なんだよ。当人はまずいとこ見つかったって顔してたけど、その連れの連中にやられたのよ、三人がかりで」

「その当人も手を出したのか」

「いや、さすがにその子は離れて逃げちまったけど。ジュニアの頃は素直ないい子だったんだけどな、見たとこ、あいつ今が危ない峠にかかってるといった感じだったなあ」

「余計なことよ、当節それをいったらきりがないぜ」

加納がいった。

「でも、俺が教えていた子だからな」

抗うように福井はいった。

「気持ちはわかるが、しょせん余計なことよ」

「そうかね、ま、そうかもしれないな」

「そうは思いたくないがな」

松崎がいった。

いわれて福井は肩をすくめ、丁度また向きを変えて吹きこんできた冷たい風の中でみんなはコートの襟を立てなおし、互いにかばい合うように肩をすくめて寄り合った。

「時にさ、マッちゃん、結局いくら注ぎこんだ、あのために。あんた個人だけでも三十億はいったろうが」

松崎に質した私に、うそ寒そうな顔で、

「ま、そんなとこだったかな」

「総額では」

聞いた福井に、

「百億、超したろうね、今さら精算してみる気もしないよ」

「しかし、あれは何だったんだろうかね、あんたにとって。そう思うことはないかね」

いったら、

「あんたは、あの種の船が前から嫌いだったからな」

「そうさ、船ってものは海を渡るためのものだから、まして帆だけで走る船はな。それが風が十五メートルも吹いたら走れぬようなものは、船じゃないよ。俺はこの前サンディアゴの大会で、優勝候補のオーストラリア艇が、あそこじゃ珍しい十七メートルとかの風が吹いて、風を受け切れずに突っ張りすぎたステイに船体(ハル)がしめつけられ、船体が真ん中から折れてあっという間に沈没するのをテレビで眺めて万歳を叫んだよ」

「これだからな、こいつは。でも、つくづく道楽をしたとは思うよ」

松崎はいった。

「それでも後三回続けていたら、決勝までは行けたかねえ」

いった福井に、

「いや、その前にうちの会社が沈んでたよ」

十五年前、アメリカズ・カップという途方もない道楽に取りつかれたこの男は、一族でやっていた日本一、二の食品会社の持ち株を手放した基金でシンジケートを作り金をかき集めて四度にわたって挑戦したが、最高の成績は予選のルイヴィトン・カップでの三位までだった。

彼の道楽で社運が傾くのを恐れた一族は彼を社長から追い落とし、彼もそれに甘んじて仕事から身を引いたものだが、彼が身銭を切ってやった試みを実は私はもの凄く評価していた。

私も昔身銭をはたいて日本から最初に太平洋横断のレースに出かけていったりしたが、道楽とはいえ、ここまでの体裁となったこの国では誰かがやるべき仕事だったと思っている。ましてやアメリカズ・カップは。

私の後に今では皆んな当たり前の顔をして海外のレースに出かけていくが、さすがにアメリカズ・カップでは彼の後継者は現れない。しかしあのチャレンジで蓄えられた船舶工学のデータはいつの日か必ず何かをもたらしてくれるだろう。

それがいつのことかは、もう誰にもわかりはしないが。

今この陽だまりに吹き溜まっている顔ぶれは、この社会の中では、そんな道楽の意味のよくわかる連中ではあった。それぞれが大なり小なり自分の人生の中で自前の時間と金を費やし、はたから見れば無駄に近い道楽に、ある時は命懸けで血道を上げてきた手合いだった。

時折風の向きが変わり、レースで風に合わせて本能的にセイルをトリムしなおすようにみんなが同じように肩をすくめ襟を立てて前よりも間近に寄り合い、それに気づいてなんとはなし苦笑いしていた。

「年だよなあ」

誰かがいい、みんなが肩をすくめ、

「時に、あいつはいくつで死んだんだ」

「俺より一つ上だったから、七十三だな」

福井がいい、

「まだ、というより、やっぱり頃合いかね。やだねえ」

松崎がいった。

「いつ頃から悪かったの」

誰かが質し、

「いや、どこが悪いというより、最後の頃には酒しか入らなくなってたみたいだな」

「で、肝臓がかい」

「いやその前にさ、いろいろあったみたいよ」

仲間の噂について何かとくわしい福井がいった。

「あいつは、好きだったからな」

「何が」

「女がさ」

「それはまあ、お互いにだろう」

「だろうけど、あいつの場合女が面当てに死んじまったんだよな」

「どんな女だ」

「大分年下の、三十も違ってたかな」

「へえ、それが」

「自殺されちまったのさ」

「なぜよ」

「あいつが気をもたせすぎたんだろう」

「何してた女だ」

「アナリストとかいってたな、株か何かの」

「へえ、それは手強そうだな」

「でも、自分で死んじまったのさ」

「なぜだい」

「だから面当てにだよ、あいつへの」

「どうしてまた」

「互いに、大分熱かったみたいだけど、それであいつ、どんなことといってやってたのか知らないが、女は女で期待してたんだろうな」

「なるほど、それだけ年が違えば男の方ものめって、なんとか繫ごうと適当なことをいうだろうな」

「ところがさ、女が最後に癌になった」

「癌か、どこの」

「子宮の。で、それもあいつのせいだと思って、恨んでの揚げ句かねえ」

また風が吹きこんできて、そう教えた福井を除く全員が襟を立てながら、なんとなしはばかるように斎場の方を眺めなおした。

「それも、死ぬ前にわざわざ遺書を家に送ってきてな。そりゃ女にすれば死ぬ気なんだろうからさ」

皆んなはしんとして聞いていた。

「そりゃ、まずいよな」

呻くように加納がいい、

「そりゃまずいよ、こたえるよ」

松崎がいった。

「いつ頃のことよ」

質した私に、

「三年くらいになるかな。相手は死んじまったが、その後奴は大変だったみたい。女房に騒がれるだけじゃなし、あいつ自身逆に気持ちにけりがつけられずに、出てもしょうがないのに一時家を飛び出したりしてたけどさ」

「でもそりゃそうだろう、死なれるほどの仲ってのは滅多にあるもんじゃないぜ」

松崎がいった。

その後彼は私に向かって、私だけはわかる仕草でうなずきながら小さく肩をすくめてみせた。

松崎と長いつき合いのあった、いつも外国の試合にはおおっぴらに連れて歩いていた、ミコと呼んでいた彼女が彼の前からいなくなり、ある時気づいて質したら突然オーストラリア人と結婚しアデレイドとかに行ってしまったそうな。相手はSORCのレースシリーズの最中ピーターースバーグでのパーティで出会ったオーストラリア艇のクルーだった。

「どうしてまた」

思わずいった私に、

「捨てられたんですな、愛想つかされ」

うそ寒そうな顔で松崎はいっていた。

おきゃんで、酒の入った席で彼が二人の間のかなりきわどい自慢話をしてみせ、周りが女の立場を思って気にしてみせてもけらけら笑って取り合わないような子だったが。

「そいつ僕より年上の、頭もすっかり禿げた爺(じじ)いなんですよ」

ぼやくようにいったのを覚えている。

その後どちらが何をどう悟ったのか、船の仲間の集まりに彼女の代わりに女房が現れるようになり、気鬱な仲間はあらためてミコのことを思い出されたものだったが。

そして一年もたたぬ内、ある時協会の理事会の後で質しもしないのに彼の方から、

「ミコが向こうで死にましてね、自分一人で運転してての事故だそうですが」

いった後、

「自殺じゃないのかな、そんな気がするな」

いいながら軽く両手を合わせてみせ、私が質しなおす前に彼の方から離れていった。

そんなこともあった。

「そうか、しかしまあ病院じゃなし、それで戻った家で死んだんだろう。奥さんの横の床の中で知らぬ間に眠ったまま死んでたそうだよな」

いった私に、

「なんで知ってるの」

松崎に質され、

「いや、さっき挨拶した時聞いたら奥さんがそういってたよ。ま、それでよかったじゃねえか」

「そういうことよ。あんたに聞かれなくても、彼女とすりゃそういいたかったんだろう。彼女も苦労した甲斐ということよ、家に戻ってからは酒びたりだったけどな」

福井がいった。

「ま、お互いにいろいろありましたわな」

加納がいい、みんなはそれぞれ何かを吸いこむようにうなずき合った。

「まったく、なあ」

松崎がいいかけた時、未亡人からいいつかった故人の船のクルーだったらしい男がやってき

て、棺が会場を出る時私たち船の仲間に棺をかついでほしいと告げた。

「彼の最後の船の進水式には俺もいったんだよね、久里浜の造船所だったけどさ。あの船、よく走っていたよなあ」

加納がいった。

再会

ニュースの時間まで暇つぶしの番組探しにチャンネルを回していたらどこかで見覚えのある顔が出てきた。思い出そうとしている矢先に番組の探訪記者が男の名前を告げた。

ユリ・ゲラー。大分昔、念力でのスプーン曲げで世界でも評判になった男だった。今はワシントン州のどこかに豪邸を建てて住まっているそうな。その家も画面に映ったが広壮なシャトオばりの屋敷で、あれ以後もあちこちで稼ぎに稼いできたようだ。

あれから過ぎた時間を証すように、俳優みたいな二枚目だった彼も皺をきざみ老けては見えたが、商売で備えた愛想の良さは昔のままだった。


私は念力とか霊力とかが作用しての不可知な出来事に興味をそそられるたちで、昔ある新聞に日本の新興宗教のルポルタージュを連載していた時、参考に読んだプラグマティズムの始祖の一人ウィリアム・ジェイムスの幾つかの論文に触発され、そうした物事に正統な興味を抱くようになったものだ。

もっともユリ・ゲラーの発揮する力は信仰や

宗教とは関わりない領域で取沙汰されていたようだ。冷戦時代の当時、彼にいわせるとアメリカのＣＩＡやＤＩＡは彼の非凡な能力を彼等の戦略に組みこみ確保するために、彼の周囲に護衛をつけていたそうな。ある距離まで近づくことが出来たら、自分はその力で精巧なミサイルの機能を狂わせることも出来ると彼はいっていた。

もっとも、アメリカの諜報機関が気にしていたのは案外、彼が相手よりもアメリカが国内に保有するそうした精密な兵器に悪さをしないようにということだったのかもしれないが。

衆議院にいた頃、誰かがゲラーを日本に呼んで講演を開き彼の超能力を試す催しをするという案内を受けた。好奇心のまま出かけていき、焼ける前のホテルニュージャパンの小広い部屋で彼の話を聞いた。講演といっても彼なりの自負自信に満ちた自ら持てる力の説明で、条件を満たすある地点まで密かに送りこまれれば、自分ならソヴィエトの核弾道弾を目に見えぬ形で破壊することが出来るという大見栄まで切ってみせたものだった。

そして、実は人間はこうした力をそれぞれそなえているのであって、自分がこれから行なう実験はあなた方の誰かを選んで行なうことでそれを証明するものである、と。

講演の後の実験会ではまず二百人ほどの聴衆の中からアトランダムに相手を選び、相手が頭で考え手元に記した二桁の数字を彼が念じて当てるということだった。彼の正面に近い辺りの誰かが選ばれ、三度ほど実験が行なわれたが二度失敗、三度目にはゲラーは答える前に首を振り、「あなたとはどうも波長が合わないから相手を替えたい」といった。

司会をしていた招待主のどこかの鉄鋼会社社長の息子が了承し、次の相手を探すように彼に促し彼が会場を見回し出した時、なぜだか私は多分彼はこの自分を指名するだろうと思った、というより感じていた。

そして、壇上の彼は二度ほどゆっくりと会場を見回し最後に、彼に向かって左手の端に近い辺りにいた私に目を止め指さした。司会者は私が誰かを知っていたようで、ゲラーの指名を見て困惑した顔になったが、私の方から促すように司会者にうなずいてやった。

二桁の数字を当てるといえば10から99まで九十分の一の確率で、かなりの難度ともいえる。しかしなぜか私は多分彼は私が想った数字をいい当てるだろうと思った。というより強く感じていた。

その時どんな数字を想定したかは忘れてしまったが、私が感じた通り彼は三度ともその数を当てた。誰かが拍手したりしていたが、ゲラーは私に向かって大きくうなずき、次は三桁の数にしてみようといい出した。三桁の数といえば１００から９９９まで、確率はさっきの十倍、至難の九百分の一となる。

こちらの選択も厄介だが、私は躊躇せずに当時の持ち船レース用のヨットのセール・ナンバー１８８を選んで書いた。そして彼は手間取ることもなくそれを当ててみせた。

前よりも大きな拍手があった。今度は私もいささか感心しない訳にはいかなかった。

そしたら彼が身を乗り出し、

「あなたとなら別の実験をしてみたい」

いい出したものだ。

今度は彼の方がごく簡単なある形を想定して描くから、私にそれを当てろという。結果がどうなろうとそれで私が何を負うものでもないし臆せずに引き受けた。

一度目をつむった後、彼は壇上で手元の紙に何か書きこみ手で私を促した。私は一度目をつむり頭の中に浮かんでくるものを確かめようとしたが、なぜか簡単にそれが見えてきた。外れて元々と渡されていた紙にそれを描いた。五角ではなしに六角形の星だ。

私がそれを見せたら彼が手を打って喜んだ。私にとっては意味も知れぬただの形だが、後で聞くと彼が描いたものは、彼の元の国籍を象徴する六角のユダヤの星だった。

そして実はそのせいで、私が後に日本・イスラエル親善協会の初代の会長になった、という訳では決してあるまいが。

ということで彼はますます身を乗り出して、「もう一つ、今度はもう少し複雑な形でやってみたい」という。私の方にも今さら断るいわれもありはしなかった。

二度目は彼がいった通り、あるものが頭に浮かんだがそれだけでは何の意味もなさそうで、その後の部分がどうにも見えてこない。長考といっても一、二分だったろうがあきらめて、

「駄目だ、今度はよくわからない。最後の部分が見えてこない」

いったら彼が、

「いいから、見えているものだけでも描いてください」

いわれるまま頭に浮かんでいる、底が平ら、その上に何やら三つ丸くふくらんだものが載っている形を描いて示したら、ゲラーはまた手を打って喜んだ。

彼が描いていたものは私の形の底辺にただ前後に二つ丸のついた、原始的な自動車、つまりクーペの略図だった。私にはただその車輪が見えてこなかったということだった。

その後彼が私に、

「あなたは一体何をしている人ですか」

と尋ねてきたので、今度は私が、

「君がそれを当ててくれ」

といったら、しばし瞑目の後、

「政府で働いている方ですか」

彼が答えた。

まあ大方そんなところだろう。

間もなく会は終わったが、それを告げた後司会者が突然悲鳴に近い叫び声を上げて客たちが驚いた。

何事かと眺めなおすと、彼がポケットから鍵を束ねてつけたキイ・ホールダーを取り出してみせた。車だの何だの、いろいろ沢山取りつけられている鍵のすべてが直角に近く曲がっていた。

「あなたがやったのか」

困りはてた顔で司会者が質したらゲラーが、真面目な顔で、

「いや私にそうするつもりはなかったが、金属

に関して時折こんなことがあるんですよ。念のために他の何か金物で曲がったり壊れたりしているものはありませんか」

いわれてそれぞれが身につけている物の中でそんな被害に遭った物がないかを確かめてみたが、幸い被害は司会者だけですんでいた。

ゲラーが降壇し部屋を出ていった後客たちが立ち上がり、部屋を仕切っていたアコーデオンドアを開けて部屋の逆から出ようとした誰かが向こうでまた奇声を上げて立ちつくし、他の客たちを呼んでいた。

彼の指す壁際に、それまで立てかけられていたあまりの二十脚ほどのパイプ製の折り畳み椅子のすべてが、司会者の鍵と同じように直角に近く曲がって倒れていた。

〃なるほど〃

と私は思った。

〃あの男なら法螺(ほら)ではなしに、ミサイルに触ることで大事などこかを曲げて狂わしてしまうことが出来るかもしれないな〃

眺めていたテレビの番組の最後にゲラーはカメラの前で記者が差し出したスプーンをかざし、三度四度その柄を指でこするだけで簡単に曲げてみせた。次いでもう一本を手にして、視聴者に向かって、

「いいですか、私の目を見つめながら皆さんもやってみてください。自分も出来ると思ったら、必ず出来ます」

いわれるまま、私はその夜のシチュウのために食卓に置かれていた大型のスプーンを手にとった。

私に促され横で家内も、丁度家にやってきていた末の息子も同じようにスプーンを手に取りゲラーに真似て指で柄をこすってみた。

いくらこすっても二人が手にしていた物には何も起こらなかったが、私のスプーンだけはおじぎするように次第に曲がっていき、そして最後には先がひとりでに折れて落ちた。

「なぜーっ」

叫ぶ二人に、

「つまり、こいつにまたこうして会ったということさ」

私はいった。

幻覚

最後の仲間の高野が死んでからなぜか急に、幻覚幻聴が訪れるようになりました。あれはなぜなのでしょうか、結局俺も死ぬのだという自覚が兆してきたせいでしょうか。

それも、最初は彼の亡骸(なきがら)を海に落とすのが寂しい、いよいよ一人きりになってしまうのが嫌だ、それがいかにも恐ろしいという気がして、三日間はラフト（筏(いかだ)）の中に置いたままいっしょにいましたが、段々遺体の様子が変わってきて顔色だけではなし屍体が膨らんでくるのがわかり海に落とす決心をしました。

彼は仲間の中で一番背丈も高く体重もあって、いざ抱えて落とすとなると弱った体ではとても持ち上がらず、それに下手をすると空気が抜けてしぼんだラフトが重心を失ってひっくり覆(かえ)りかねない。足の方から海に落とそうとして引きずって運んだら、ずらしていったはずみに戸口の底が大きく窪んでそのまま彼の体は水にずり落ちていきました。

遺体は仰向けに浮いていたがそのまま波に乗って段々離れていきました。遠ざかれば遠ざかるほど、赤いシャツを着た彼は、今までのどんな感情からも離れてしまって海の中に漂うただの小さなゴミのようにしか見えませんでした。

それもやがて波の向こうに見えなくなってしまったら、この広い海でとうとうこの俺は一人きりになってしまったという実感がひしとありました。それは、これでこの俺も次には間違いなく死ぬのだろうという、初めて味わう、なんというんでしょう、有無をいわせぬ妙な悟りみたいな気分でした。

なんとか助かりたいという気持ちはもうなくなったとはいえないが、その一方、もういいじゃないかという、あきらめというより、ただやっと、もうあっさり何もかも投げ出してしまえるような気分になってきていました。

そのせいなのかどうか、彼の遺体を海に落とし、それまで互いに膝を抱えながら無理な姿勢で眠って過ごしてきたラフトでとうとう一人きりになって、今では自在に足を伸ばすことが出来るようになってはみても、その空いたスペイスが逆にひしひしと、今ここにはこの俺しか生き残っていないのだという、それまでにはなかったまったく新しい実感を突きつけてきました。

ヨットが横転沈没してからこれで二十日間ちっぽけなラフトに、船から海にさらわれずにすんだ六人がすし詰めになって漂流してきてその間何度か、恐らく救急に飛んできたのだろう飛行機を目にしながら結局発見されずにここまで流されてきたが、クルーでは一番若い私より二つ年下の高野までが死んでしまった今自分を待ち受けているものが、年長だった武井さんに始まって高野まで五人の仲間と同じものでない訳はないだろうと思いました。

それでも、何もかもあきらめたということでもありません。一人になってからも、前と同じようにラフトの頂上に止まった鰹鳥を手で捕え食べようともしたが、高野と二人きりになってから同じ海鳥を捕まえて食べた時のように、これを食べることで少しでも生き延びられるという高ぶりはもうありませんでした。

スコールも前よりも頻繁に降ってはくれそれを溜めて飲みつづけもしたが、それで出る小便をむきになって飲むのも億劫になってきて二度に一度は垂れ流してすませました。

そして、心身が萎えてきたということなのでしょうか、一人になってから頻繁に幻覚を覚えるようになりました。

あの幻覚や幻聴というのは一体何なんでしょうか。

夢でもない、幻でもない、とにかく実にはっきりとその音を聞くのだし、ある情景を目にもしたのです。

特に幻聴の方は、嘘だ、こんなことのあるはずはないと自分にいい聞かせながらも実にはっきりと耳に伝わってきました。

何度も聞いた、ラフトのすぐ外から聞こえてくる子供たちが遊んでいる遊園地のあの声の中から、私はまぎれもなく息子のアキラの声を何度も確かに聞き分けていたのですから。それを確かめようと起き上がり声を出して息子を呼んでみようと思ったのですが、なぜかどうにも声が出ませんでした。


一種の幻覚は、まだみんなしてラフトの上で生きている間にもありはしましたが、それと一人になってからのとはまったく違っていました。

ヨットが横転して中まで水を掬いあの荒天の中で大波に弄ばれながら、浸水で半分沈みかけていたヨットの上でなんとかラフトを広げ、このままもう一度皆して船内の水を掻き出し船を浮かべなおすかどうか判じかねている内にまた大波が頭から崩れかかって、折角広げたラフトを甲板から洗い落としかけ、それがきっかけで全員慌ててラフトに乗り移ってしまい、あの時漂流にそなえて船内から持ち出すべきだった品々のことを、日がたつにつれそれぞれが思い出し悩んでいました。

だから、突然誰かがラフトにありはしない工具を探し始めたり、持参してきていた乾いた着替えの下着を捜そうとしたりしていました。その度誰かが諫めて止めてもまた同じことを始める。と思ったら、今度は諫めた当人が独り言をいいながら他の何かを捜し始めたりしていました。


思いなおしてみると、それが多かった者の順に死んでいったような気がします。

私の場合は、いいつかっていた救急信号用のEパブを持ち出しそこねた責任で、あるはずはないと知りながら一度だけ本気で筏の中を手探りして探そうとし、誰かにたしなめられて怒鳴られたことがありました。

しかし最後に一人きりになって聞いたり見たりした幻覚は、仲間といる間に経験したものとは違ってもっと確かなものでした。

仲間といる間のそれは、それぞれの願いごとを今もしかなえてもらえたらという、なんというのか互いのもたれ合いの中でのものだったと思います。

ですが皆が死んでしまってからの幻覚は、ああ、今のは幻覚だと思いなおし自分で自分にそういって聞かせる度に、考えれば考えるほど不気味なものに思われ、ひょっとしたら死ぬ前にこのまま気が狂ってしまうのではないか、たとえ助かっても狂ったままなのかもしれない、と思えば、このまま死ぬのと狂っても助かるのとどちらがいいのか、そんな詮もないことばかり考えるようにもなりました。

今になって思えば、人間の意識なんぞ頼りないというか、どうにももろいものだとわかります。幻覚といえば朦朧とした頭の中に浮かぶもののように思えますが、そうじゃない。もの凄く鮮明に幻とわかった後、嘘だっ、と叫びたくなるほど確かであざやかなものでした。

そしてなぜか同じ幻覚に何度も襲われたものです。

一つは私の住むアパートのすぐ裏にある小さな遊園地に集まって遊んでいる子供たちの声でした。

それも度重なるごとに、それが間違いなく住まいのすぐ裏の公園だとわかってくる。ああ、俺は家に帰ってきてたんだなと思い、そしてそこで遊んで叫んでいる息子のアキラの声がはっきり際立って聞こえてもきました。

もう一つ、あれは大方のヨット乗りならどこかで同じような体験があることでしょうが、レースの回航でいった先の港とかクルージングでいった港で船泊りし、朝バースの中でのんびりと目を覚ましながら聞いている、港から出ていく漁船のエンジンの響き、その引き波に軽く船体(ハル)を揺すられながら、今出ていく船もあるが俺たちはまだここにこうしてのんびりしていられるんだよなあという安息の中で聞いている、あの音の耳に心地よい響き。

漂流の間中、海にも空にも聞き耳を立てて救援を待ちつづけていましたが、何度か聞き、実際に目にもした飛行機の姿に重ねての爆音、あるいは一度深夜にすぐ目の前を宝石箱みたいなまぶしい明りをいっぱいに点(とも)して過ぎていった、日本を出てどこか南に向かう豪華客船の機関の響きなどとは違って、もっと間近なもっと聞き慣れて懐かしいそこら中にいる日本の漁船のエンジンの音なのです。

それに重ねて聞いた、大漁の帰りに彼等がスピーカーを鳴らしてかけている演歌でした。

それも、どこかで聞いて覚えていたのか北島三郎の「函館の女(ひと)」でした。私は別にとりわけあの歌が好きだった訳でもないし、カラオケで歌う私のレパートリーに入っている歌でもないのになぜか「函館の女」でした。

あの、「はーるばるきたぜっ、はーこだてえー」という歌声を何度も何度も聞きました。

それを鳴らしながら漁船が自分を助けに走ってくる。そして加えて歌声に合わせて、「えんやぁどっこ、えんやぁどっこ」という掛け声まで伝わってくるのです。

〝ああ、とうとう助けに来てくれたー〟、と思って横たえた体をぶかぶかのゴムの壁にすがって膝をつきなおして起こし、戸口のジッパアを開けて外を眺めると何もありはしない。あれほど耳にはっきりと聞こえていた演歌は消えてしまって、船の姿どころかいくら見渡してもただ茫々と広い海ばかりでした。

またある時はラフトの床に思いがけず携帯電話を探り当て、懸命に起き上がって番号を押すのですがなぜか繋がらない。自分がどこにかけているのかもわからないのですが、とにかく必死に押してみても、相手は出ない。

その内自分にこれは夢だ、夢なんだぞと説明してやってもその自分がいうことを聞こうとしない。

その内そんなくり返しの中で段々意識が逆に薄れ遠のいていき、そしてまた元に戻ってきて目の前にラフトの黄色い天井が見えてくるのでした。

しかし二十七日間の漂流の後、結局私だけは私たちのレースの目的地だったグアムに向かう途中のパナマの貨物船に見つけられ、生きて還ってきました。

今思えば高野よりも年上の私が生き残れたのは、皆の中で私だけが着ていた乾式アクリル製の上下の下着のお陰だったと思います。あれで体力の消耗をせずにすんだのだと思います。以来、ヨットに乗りこむ時は必ず同じ下着をつけてはいます。

それとあの度々聞いた幻覚のせいもあったのかもしれない。とにかくあれを聞いている間はほっとし、勇気づけられたような気もします。しかしもう二度とあんな幻覚を聞くことはありませんが。

あれは酒に酔うのとも夢を見て寝ぼけるのとももまったく違う、何というのだろう、体全体が浮き上がり漂っているような、つまり死にかけていたということなのかもしれないが、でも今思ってみるとあれは妙に優しい瞬間でした。

作者付記——この作品の第十篇「斎場にて」はいかなる実在の人物とも関わりありません。第十二篇「幻覚」は一九九一年のグアム・レースでたか号に乗り組んで遭難し、一人だけ生還を果たし、後に我艇のクルーになった佐野三治君の体験の聞き語りです。

ブラックリング

刃物

その日の午前十一時頃、高木良実は台東区三ノ輪の田島金物店で刃渡り四十五センチの柳葉包丁を買った。

手にした包丁を、彼が抜き身のまま試すように右左に振ってみた後振り返って、

「もっと長いのはないのかい」

と尋ね、

「鯨を下ろす訳じゃあるまいし、刺身包丁はそれまでだよ」

店主の田島は答えた。

「板場で使うのじゃないのかね」

尋ねた田島に、「ああ、いや」とだけ曖昧に相手は答えた。

他に客もいなかったこともあって、そのことを田島はよく覚えていた。

そのすこし前、高木はもう一度何かに念を押すつもりで、井川和子に電話をした。電話する前、ボックスの中で彼は占うように胸のポケッ

トに収(しま)った彼女からの手紙に触ってみた。その手紙の最後に、彼女は、二人の関係はすべて完全に終わったのだからもう二度と自分に電話をしないでくれ、さもなくば法律的な措置をとると記していた。

　電話はなぜか転送され、知らぬ女の声が出た。すぐに男が代わって出て、相手は和子の弁護士だと名乗り、これ以上彼女にまとわりつづけるなら警察に通告し処置を依頼すると告げた。こういう事例のために新しい法律も出来たばかりだが、彼の罪は彼が考えているよりももっと重いものになるだろうと。

「あんたが、彼女にこの手紙を書かせたのか」

　問うた彼に相手は、「そうだ」と答え、この上同じことを重ねるなら彼の身柄は逮捕勾留を警察に要請することになるといった。

　良実は一度だけ、この声の主に会ったことがある。何を考えているのか表情の窺えぬ、いつも口許(くちもと)に相手を見くびったような薄い笑みを浮かべた男だった。電話の短い会話の中で彼は、あの時目にした相手の口許の表情を思い返していた。

　警察が関与しようがしまいが、基本的に、良実が彼女に対して出来ることはもうまったくないのだと相手はいった。そして次の言葉を探して口ごもる彼の耳の中で、電話は声のないまま向こうから切れた。

「畜生っ」

　口に出していってはみたが、彼にはその後誰に何を持ちかけていいのかわかりはしなかった。

　電話ボックスから出た彼に突然雲間からもれ

た太陽が照りつけ、そのまぶしさに彼は自分でもそうと気づくほど激しく顔をしかめた。

そして、

「ようし、必ず殺してやる」

と口に出して彼はいった。

手錠

西垣公彦はインターネットで調べて知った店で、手錠を買った。今まで読んだいろいろな記事や報告から得た情報、というより、それらに培われた想像の末に、自分を自分で救う術のためにはどうしてもそれが必要なのだと思った。

それを使うにいたるまでの経緯に必要な他の道具、スタンガンとケミカルメスはインターネットの広告を通じて、紆余曲折の揚げ句になんとか手に入れていた。

自分がそれらの道具を手立てとして使い、そのことを実現しない限り、自分の人生は人生として有り得ないというのが彼自身の結論だった。

自分のような男がこの世の中に他にも沢山いるということも、情報としては知っていた。そしてその社会的背景についての縷々解説も。

それは、その通りには違いなかったろう。彼の身に起こっていることも、確かにいわれている通り、この時代の社会的な条件がもたらした現象だったろう。それら社会の事象のすべては彼に関わりなく、この世の中に一方的に整えられたものでしかない。つまりこうなってしまったのは、彼が悪いのではなくこの世の中が悪いということなのだ。しかしそのことで救われないのは彼にとっては彼自身、つまり彼一人なのだ。

　だがこんな世間の中で、こんな自分をどうやったら救って回復させることが出来るのかはどこにどう書かれてもいないし、誰も教えて手伝ってくれもしない。

　自分が女に関して不能だとはとても思えない。しかし、実際には不能だった。

　日頃手淫は重ねていたが、まだ実際に女を抱いた経験はなかった。いつだったか、仲間から借りたポルノヴィデオを眺めながら自瀆してみて、今までにない興奮を経験した。

　以来、紹介されたつてでその種のヴィデオテープを借りたり買いこんで、それを眺めながらの自瀆を重ねてきた。しながら、それがまともなこととは思っていなかった。だからいつかは、男と女の関わりの中で異性とまともな関係を持ちたいと願っていた。

　大学時代を通じてその期待を持ちつづけてはいたが、他にくらべて性欲が強いのかどうか、体の内にすぐに溜まってしまう欲望に負けて、結局安易で危なくもない方法で自分を治めてきた。

　大学を出て教師として赴任した頃ようやく本気で、男として女に関して本物の体験をしなければならないと思うようになった。

　そして相手を替えて何度か実際に試みてみたが、その度出来ずにきた。

　最初は同じ中学に勤めていた一つ年上の同僚の教師の南条利恵とだった。彼女が彼に好意を抱いていたことは確かだったし、彼もまた赴任して初めて彼女を見た時から彼女に魅かれるものがあった。

だから赴任して一年ほどして横浜のみなとみらいでデイトし、彼からいい出して野毛のラブホテルに入るまでは、最初のデイトだったのに彼女の方もあまりこだわる様子はなかった。ただフロントで鍵を受け取る時、彼は、肩を並べたまままさして臆した風もなく立っている彼女を見やって、彼女がこうしたことをすでに経験し、自分より慣れているのではないかと突然思いついた。そしてそう思った瞬間、そのことにこだわろうとする自分を感じていた。

しきりにそれにこだわろうとする自分を、彼は煩わしく思った。そう感じることが、これから自分が初めて行なおうとしていることで何かの障害になるような気がしていた。

予感は当たり、明りを消し二人が素裸になってベッドで抱き合った時、彼はそんな場にいる自分の大切な部分が、今この期に及んでなぜかまったく感覚を喪くしたように、何の反応も示さずにいるのを感じとっていた。

相手に気づかれぬように、手を延べ自分で触ってみた。彼のその部分は、予感した通り彼の意を伝達されぬまま、どこかで上からの通信が切れてしまったように、萎縮も興奮もせずに普段とまったく姿を変えずにいた。

その後彼としては、日頃一人きりの作業の中で目にしつくし学んできた通りに、彼女の体中に手を延べて触り、揚げ句彼女の性器に接吻までしてみた。それは彼自身にとって、密かな想定を超えて、まさしく生まれて初めての経験だったが、しながら片手で触れて確かめてみたが彼の部分は、どこかで半身切り離されたように、今行なっている事柄にまったく関わりないように、普段と形をどう変えてもいはしなかった。

寒くて縮んだというような具合でもなく、とにかくそれそのものが突然、まったく無感覚になってしまったように、今上半身で行なっていることが伝えるはずのものが、腹の辺りからその下の、どの部分にも伝わり響いていかなかった。

いつもヴィデオで目にしているものを実際に間近に目にし、口でまで触れ、その匂いや味まで確かめているのに、肝心のものがいつものようにまったく応えようとはしない。

やがて彼女がじれたように体を揺すぶり、それまで彼が自分の体をひねったり引いたりしてかわしていた手を、突然彼を無視したように延べて彼の部分にいきなり触ってきた。

その手は確かめるように彼のその部分を捉えると、くまなく触って撫で回していた。逃れようとはしたが、彼女の手はそれを許さぬようにに乱暴に強く、最後には指をからめるようにして触り、しばらくしてあきらめたように離れて落ちた。

「どうしたの」

彼女は尋ね、その声にふくまれている彼女の気配を窺うように彼は押しつけ合っていた胸を離し、暗がりの中で間近に彼女の顔を窺ってから目を閉じた。そして、迷った揚げ句に、心を決めて、

「俺、初めてなんだ」

乾いた声で彼はいった。

するると彼女の手が延びて彼の頭を抱えるよう

に抱きなおし、低い声で笑い出した後、思いなおしたように、

「いいのよ、そんなこと」

彼女はいった。

「でも、どうして駄目なんだよう」

思わずいった彼に、

「だから、初めてなんでしょ。男の人って、よくそうなるんですってね」

いうと彼女はくぐもったような声で笑い出した。

「俺、一人ではちゃんと出来るんだけどな」

思わずいった彼に、

「馬鹿ね、駄目よそんなこと。これは、二人ですることよ」

彼女はたしなめるようにいった。


その後彼女は体を半ば起こすと彼の体を仰向けになおして、さっきとは逆の手を延べ、有無をいわさず被せて包むように彼のあの部分を握ると、その指で何やらしきりにそれをあやつり出した。

そしてやがて、彼女はさっき彼がしたとは逆に彼のあの部分に接吻してきた。その部分の先端をくわえるだけではなしに、その内そのもののつけ根や、思いがけぬことに袋の一番つけ根にまで唇を伝わらせてきた。そして彼は他のどこよりも、そこに彼女の舌が伝わっていった時、今まで感じたことのない快感を感じたと思った。

しかし次の瞬間彼は、彼女が彼の知らぬことを自分に仕かけてきたということに、またこだわろうとしていた。

〝余計なことを考えるな〟

自分にいい聞かせながら、彼女がほどこしている新しい作業の中で自分を忘れたいと願ったが、そう願うことが逆に彼を蟻地獄みたいな自意識の罠に陥れていき、たった今感じかけたものを手にしたいと自分に説くように願いながら、なぜかますます下半身が冷えていった。

しばらくして、

「駄目ね、今日は駄目よね、今度にしましょ」

彼女がいった。

辻斬り

片桐恭司たちが、日の暮れる前から宵の口にかけてバイクを使ってひったくりの収穫を上げていた田園調布一丁目のテニスクラブの裏に沿った、人気のない片側は辺りでも一際大きな邸宅の並んだ、一方はテニスコートの人目を遮るための木立ちが連なった、薄暗い通称「ひったくり通り」と呼ばれていた通りで、彼等に代わって川崎から出向いてきていたチンピラのグループが、張りこんでいた刑事たちに追われた末、上野毛の先の多摩堤通りではさみ打ちに遭い逮捕されたという報道を聞いた時、片桐は仲間に向かって自分の勘と先見の明を誇ってみせた。

ひったくりに代えて彼等が思いついた遊びは、片桐にいわせると「辻斬り」だった。

一月ほど前の夜、テニスクラブの裏門から出て上がるドリコノ坂の上がり口で、一人で歩いている年配の女を狙ってやったひったくりで、相手が手にしていた鞄に何か大切なものを入れていたのか、長い取っ手の紐を二の腕にからめて持っていたせいで、獲物を簡単に奪われぬまま道に引き倒されて頭を打ち、彼等が逃亡した後運ばれていった病院で死んでしまった。

片桐は、この辺りでの仕事を兼ねた遊びはこれ限りだと判断し、河岸を変えたのだ。

彼等が次に思いついたのはひったくりに代えて、人目のない辺りでバイクに乗ったまま、通りすがりの無防備の通行人を、すれ違いざまに凶器で殴りつけて逃げるという遊びだった。

凶器にはどこかで解体中の建物の現場から抜き取った角材やパイプ、鉄骨等事欠くことはなかった。手袋をして凶器を握って走り、すれ違いに相手を殴り倒した後走り去って、その先のどこで捨てても使った凶器から足のつくことはまったくなかった。

バイクの速度の加重で相手はいとも簡単に倒された。後ろから襲って首を一撃するだけで、相手が嘘のように崩れ落ちるのを見る度、体の内側から何かが解き放たれるような快感があった。

回を重ねるごとに、ひったくり以上に世間の耳目を集め出し、鉄骨で殴った相手が顔を砕かれ意識不明の重体になったという五度目の犯行の後、警察は一連の事件は同一の犯人によるものらしいと推定し、新聞は「神出鬼没の通り魔」という見出しで報道していた。「神出鬼没」というその文字が、片桐たちはいたく気に入った。

常連の仲間は四、五人いたが回を重ねる度に計画は周到なものとなり、場所の下見から相手の選択、犯行の後警察が駆けつけてからの現場の様子の確認を手分けしてやるようになった。

実際に通行人を殴り倒す役割は、最初はクジで決めたが、なんといっても花形の仕事は公平に順を決めてやることになった。慣れるにつれチームワークが出来てくると、見張りや犯行の見届け役をしていてもまた別の面白みがあった。

やがて、夜ジョギングの最中に襲われた七人目の犠牲者が、登り坂の途中で上から来たバイクに眉間を強打されて坂の勾配の加速もあって、そのまま路上で死んでしまい、世間がいっそう緊張するようになって、彼等の満足はいっそうのものになった。

顔の真ん中に、手にしていた鉄の棒が当たった瞬間、それまで元気よく走ってきた相手がわずかにのけ反ったまま、糸の切れた操り人形みたいに呆気なく崩れ落ちるのを見て、なんともいえぬ痛快さがあった。

一人前の大人が簡単に声も立てずに路上に倒れる、というより砂で作った何かを手で崩すように、人間ということを感じさせぬほど、呆気なく倒れて動かなくなってしまう様は、それをやってのけた自分たちに何かとんでもない力が与えられたような興奮と快感があった。

あの後誰かが通報し、パトカーがやってきたのを脇から確かめ、止めていた四輪に隠れていた他の二人の仲間がやじ馬を装って現場に行って様子を確かめてきた。

駆けつけた警官が通報してきた通行人に、彼がまるで犯人であるかのように興奮して尋問してい、被害者がとうに死んでいるのを確かめ、

「ひでえことをしやがる。また、いつもの奴だ」

叫ぶようにいっていたという報告を聞きなが

でいた。

ら、四人は奇声を上げ肩を抱き合ってはしゃいでいた。

今まで誰も思いつかなかった遊びで、まったく足のつかぬまま、ともかくも人間を一方的に襲って殴り倒すという快感はたまらなかったが、とうとう人が死に、世間が夜になって暗い道での一人での歩行を自粛するよういい合わせるようになったことで、彼等には、この自分があの広い世間をこの手で変えてしまったのだという、体の疼くような満足があった。

家族

連休を前にして保育所からの連絡を受け、兼本益男、正美の夫婦はいつになく激しいいい争いをしていた。

二つ年上の正美には七歳になる連れ子があって、日頃義父となった益男との折り合いが悪く、ことあるごとに益男が幼い良一郎を殴るので、正美は訳を訴え息子を地域の保育所に預けていた。

良一郎は彼女の目から見ても、まだごく幼い癖に気が強い、というより本当の父親に似て、気性が荒く、それが益男の癇に障るのが彼女にもよくわかった。

益男と良一郎の仲が決定的なものになったのは、一年ほど前に、彼等の住む2Kのアパートで日中二人が襖を隔てただけの布団を敷きっぱなしの隣室で、益男が催すまま性交をしている最中、突然良一郎が襖を開けて入ってきて益男の顔に爪を立ててきたことからだった。

それまでも息子が、狭い家の中で日中から親たちが襖を隔てただけの隣の部屋で何をしているのか、よく覗いているのを夫婦とも知ってはいた。一度は益男が声を荒立てて子供を叱ったこともあったし、彼女も下に組み敷かれたまま顔をのけ反らした時視線が、襖をずらせた隙間からこちらを覗いている息子と出会ったこともあった。

その時は気づかぬふりをしてすませたが、幼い息子の視線を意識してしまった時、彼女はいつになく興奮し、目を閉じたまま何かに挑むように自分から益男にしがみついていった。

それからも息子が何度となく二人の性交を意識して向こうでわざと騒いでみせたり、隙間を作って眺めているのが、狭い部屋とてよくわかった。そして益男もそれを知りながらわざと乱暴に彼女を攻めたてたり、ことの中で息子に向かって聞こえるように、声を上げるのをそそのかしたりしていた。

しかし、夫婦がしていることを、その最中、わずか七つの子供が無理やり割って入って止めさせようとしたのは、大人たちにとっても尋常なことではなかった。

「あの餓鬼、その内にこの俺を殺しにかかるかもしらねえぞ」

ことの後益男はふて腐れたような、しかし真剣な顔をしていった。

益男の性欲は彼女の知る限りの男たちにくらべて激しく、同じ日に何度も彼女の体に手をかけることがあった。彼女もまたそんな相手に満足して応えていた。正美が益男と結婚する気になったのもそのせいだった。

彼が彼女を最初に抱いたのも、強引に近い形でだった。

見合いパーティで最初に出会った後、送るといって強引に家までやってきて、まだ子供がいるのを知られたくない気分でいた彼女が、アパートの戸口でそう打ち明けてもまったくかまわぬ風に上がりこんできて、まだ乳呑み子の良一郎の寝顔を覗いた後、その横で彼女を抱きしめ裾をめくり上げた。

彼女もさして抵抗せずに、横の子供の様子を気にしながらも相手を迎え入れ、二人は下半身だけ裸になって性交した。後になって彼女は、なぜあの時だけ良一郎が、襖も隔てずにすぐ横で彼女たちのしていることの気配で目を覚まさなかったのかを、不思議に思ったことがある。

しかし、二人が結婚してしまってからは、良一郎の存在は互いに煩わしいものになった。

特にあの時、自分から二人のいる部屋に入ってきて、母親がしていることが何なのかわかってのように、二人を引き裂こうとでもするように益男に襲いかかっていってから、益男も正美も性交する度彼を意識せぬ訳にいかなくなってしまった。

それにしても、母親の正美にとっても、あの時の良一郎の剣幕には目を見張らせられるものがあった。

夫がいう通り、この分だとあるいはいつか、息子は自分の目の前で彼を殺そうとするのではないかとも思った。思いながら彼女は別れた前の夫、良一郎の父親のことを生々しく思い出していた。

良一郎は成長していった先、あの父親の血を継いで彼そっくりの男になるのだろうかと思った。とすればこの子はあるいは、父親となっている益男を殺しにかかるかもしれないとも本気で思った。

正美は十六の年の時街のディスコで知り合い、その後スナックに連れていかれた相手の男、高木良実に帰りの車の中で犯された。

本気ではなかったが一応抵抗しかかった彼女を良実はいきなり平手で殴りつけ、彼女の流した鼻血を接吻して啜りながら彼女の前をはぎ取り、押し入った。されながら彼女はなぜか初めて、性交での激しい快感を感じていたのだった。

それが相手にもわかったのか、終わった後彼は彼女の体を撫で回しながら、自分とつき合ってくれれば必ず幸せにしてみせる、自分にはもうかなりの金も蓄えてあるのだといった。

その後間もなく二人は親たちの反対を押し切って同棲し、良実は約束していた通り彼女の籍を入れて結婚した。しかし彼女にとっての結婚生活は、期待とはおよそ違って無残なものだった。

何よりも彼の粗暴というか、周りの人間たちとまったく協調性のない性情がいつもどこででも思いもかけぬ騒動を起こした。新婚旅行で出かけたサイパンで、海水浴をしている浜辺で隣の若いグループがヴィデオの撮影をしていた時、彼等が自分たち二人を無断で撮影したと思いこんで文句をつけ相手のカメラを奪って壊し、その賠償の仲立ちに現地の警察がやってくるような事態にまでなった。

正美が妊娠し、彼女は子供を産むには早すぎると思い、堕胎の相談をすると良実は怒り出して彼女を殴りつけた。その癖、月日が進んで母体のためにある時期性交は慎めと医者にいわれ、彼女がそう告げて彼を拒もうとしたら、激昂して彼女に子供を堕せといい出し、彼女を殴りつけその腹を足で蹴りつけまでした。

結局彼女は妊娠したまま実家に戻り彼を避けていたが、良実は実家まで押しかけてきて正美を返せと暴れて、止めようとした父親を殴りつけ、彼女の腹の中にいる子供は俺の子供ではないのを家族は知っていて自分を遠ざけようとしているのだと、理由にならぬことを叫んでわめいた。最後は騒ぎに驚いた隣人に通報され、駆けつけた派出所の警官の姿を見てようやく引き上げた。

しかしその後、深夜二度三度外でわめきながら、墨田区の錦糸町で経師屋をしている彼女の実家の店の表のガラス戸に石を投げつけ、その内にこの家に火をつけてやると怒鳴って脅しまでした。

その間、彼女は母方の親戚の家に隠れて過ごし、出産の後、実家に戻った。

その後良実はまた、赤ん坊を自分に渡せと怒鳴りこんできたが、周りから説かれて決心していた彼女に代わって、父親からすでに彼女が捺印した離婚手続きの書類を見せられ、二百万円の金を添えて説得されようやく納得の拇印を押した。

七つまで育った良一郎の、その年齢には思えぬこの頃のしぐさを眺めて、正美は彼が生まれるまでの彼の父親のことを思い出さぬ訳にいかなかった。

放浪

放送の後ブザーが鳴り船が動き始めた時、福井達也は蚕棚のベッドの中で精一杯の伸びをしてみた。

また新しい旅に出ていくのだという解放感と満足があった。これで三度目の家出になるが、もう家には彼のことを心底心配してくれていた母親もいなければ、父親に向かってかばってくれる弟の眞吾もいない。

二度目の家出の漂流先の広島で、仕事の見つからぬまま金が切れてしまい、ひもじさのためにしてしまった無銭飲食で交番に突き出され、一晩留置された後、家のある釧路から金を持って迎えに来てくれた弟も、今では札幌で会社勤めをしているために連絡があってももうやってくることはなかろう。第一、家出がわかっても父親は彼を探そうとはしまい。

母親が死んだ後、どうにもたまらなくなって思いつき、モデルガンを買いこんで、公園で通りがかりの主婦をそれで脅して体に触ろうとして騒がれ捕まったことがあるが、警察が彼のいた高等養護学校の先生に事情を聞き、幸い説諭ですまされた。以来、父親は彼のことを最早叱りもしなくなった。自分が家からまた姿を消したということで、父親はむしろ喜んでいるだろうと彼なりに思った。

夕食の後、甲板に出てみた。

手摺にもたれ対岸の山の背に落ちていく夕日を眺めていたら、

「わあっ、面白い帽子」

横で誰かがいった。

振りむいてみたら二人連れの若い女が、彼の被っていたハスキー犬の顔になっている帽子を指して笑っていた。彼は以前家でシベリアンハスキーを飼っていたことがあった。あまり利口な犬ではなかったが、彼にはよくなついた。しかし一年ほどして、どうやってか夜中に繋いであった紐を切って庭から出ていき、それきり帰ってはこなかった。

帽子は誰かの手製のようだったが、町のフリーマーケットで見つけて買い、気に入っていつも被っていた。

「それ、変わってるぅ」

片方の女がいい、もう一人が、

「ちょっと被らせてぇ」

いわれて彼は帽子をとり相手に差し出した。

「これ、どこで買ったの」

いわれてつい、

「俺が作ったんだよ」

彼は嘘をいい、

「本当っ、うまく出来てるわあ」

手にした女が頭に被って、連れに、

「写真撮ってぇ」

いわれて連れの女が構えたのは、なぜかポラロイドのカメラだった。その後帽子を交替して被り、彼に戻した後、

「よかったらスリーショットで撮ろう」

いわれて彼も帽子を被りなおしてカメラに収

まった。

取り出された画面は彼等の目の前で現像されていき、写ったものを眺めなおし、彼女たちはまた声を立てて笑っていた。

記念にスリーショットの写真を貰い、思わず、

「よかったら、この帽子作って送ってやるよ」

彼は嘘をいった。

「わあっ、本当」

「なら、これに住所、書いといてくれよ」

いわれて二人は彼の差し出した写真の裏に東京の家の住所を書いた。

一人は開田良子、そして彼が可愛いなと感じていた、最初に声をかけてきた方の子が片岡眞弓だった。

そう確かめながら彼は、フェリーが川崎に着いた先どこへ行くとも決めてはいなかったが、ふとなんとなく、片岡眞弓の住んでいる東京にしようと思って決めた。

不能

二度目も駄目だった。普段なら、あれから過ぎた時間の中でもう何度もしているだろう、ヴィデオを眺めながらする自瀆をこらえて精力を溜めたつもりで、南条利恵と前と同じラブホテルに行ったが結果は同じでしかなかった。

二度目にはとにかく時間をかけてもと思い、彼女にも説いて一晩泊まりがけで行ったが、無駄だった。

彼女と添い寝したままの夜明けにになら、眠った後に自意識が薄れていてなんとかなるのではないかと思ったが、宵の口の延々とした無為な

努力の結果と同じことで、彼の指のせいで兆してきながら結局報いられぬ試みに業を煮やし、しまいには腹を立てた彼女は、彼の手を払い背中を向けて寝てしまった。

翌日の朝早く、彼女は顔も洗わず、彼一人を置いて部屋から出ていった。


以来、二人の間は奇妙なものとなり、同輩の教師たちにもなぜかわからぬまま、彼等二人互いのよそよそしさがはたの目につくようになってしまった。

そして利恵は、次の年に新任で赴任してきた体操教師とあからさまな仲となり、体操教師は、彼女と公彦の間に何があったのか知らされたような目で彼を見るようになった。

しばらくしての教師間の懇親会で、嫉妬もあって彼は悪酔いして件(くだん)の体操教師にからみ、揚げ句に止める者もないまま外に連れ出されて殴られた。額を切り鼻血を流して戻った彼に、同情してとりなす者もなかった。その時になって公彦は、ひょっとすると自分の不能を学校の誰もが知っているのではないかと思った。

その妄執は彼に学校を居心地悪いものにしてしまい、本気で職場を変えることを願い出した。間もなく先輩の引きで都内の私立の中学に職を見つけて移ったが、それで彼の内側の人知れぬ問題が、どう解決されるものでもなかった。

しかし彼が、何か薬ででも気を失わせたごく若い女をなら一方的に犯すことが出来そうだと思いついたのは、新しい任地での出来事のせいだった。


富野春江は離婚歴のある四十すぎの保健婦で、

私立学園の小、中、高三校を担当していたが、アル中だった。アルコール依存症なのに職を失わずにいるのは、彼女が前年死んだ、学校のオーナーでもあった創設者の情婦だったせいだという噂だった。

冬にかかったある日、風邪気味だった公彦は退出前に、念のための風邪薬を貰いに保健室にいった。それまで口をきくことのまったくなかった相手だったが、薬を手渡しながら相手が、

「はい、これを呑んだ後、誰かに抱いてもらいながら暖かくして寝なさいな」

蓮っ葉に笑っていい、

「そんな相手、いませんよ」

むきになっていった彼の口調に、

「あらそう、先生まだ独りなの。あなたならお嫁さんの来手、沢山ありそうなのにねえ」

「それがねえ」

わざと嘆息してみせた彼に、

「あら、あんた女は嫌いなの？　他にもそんな先生いるけど、あんたも」

「どういうことです。俺はただオクテでね」

「あら、勿体ない。なんなら私が教えてあげようか」

いって相手はけらけら笑ってみせた。

薬が効いたのか風邪気はすぐに抜けて、翌々日礼に寄った保健室で、

「あなたお酒飲むの」

「飲みますよ」

「なら今度いっしょに飲みましょ」

軽くいってみせ、

「なんなら私の家ででもいいわ。ご馳走するわ

よ」

といわれてその週末、彼女の家に上がりこんだ。

買い置きの品と後は出前物だったが、独り身の彼には豪勢な食事で、その後も二人で酒を飲み、ある段階を過ぎると急に彼女は酔いが進んで呂律（ろれつ）が乱れていった。

それでも訳の知れぬ冗談をいい合っている内、彼がなぜ結婚せずにいるのか、相手がいるのかいないのかなどという話題になり、相手の酔態とこちらも酔った勢いで、当節の若い女について毒づいてみせたりする内、なら私ならどうと相手がいい出し、それをどう受けどう答えたのか知らぬ内に、彼女はソファにうずくまったようにして眠り始めた、と思った。

「風邪を引くよ」などといってきわどく触ってみた彼にどうも応えずにいる相手を、抱えて寝室に運んでみても反応はなかった。女の体は崩れかけてはいてもまだ張りもあって豊かだった。

そのまま裾を捲（まく）り手を伝わらせても、なお反応はなかった。明りを落として、彼女の体を仰向けに置きなおし下半身を晒し出しても抗う様子はない。

そんな彼女を前に、いつもヴィデオを眺めてするように、彼は自分自身の様子を確かめ、目の前にあるものが生の女の体ではなしに、いつも目にする映像なのだと自分に信じさせながら、その手で自分を促していった。

現実とも映像とも分かたぬ錯覚を自らに得心させながら、公彦はなんとか意にかないそうになってきた部分を励まし、目の前に横たわってあるものをなおも虚像に見立てて進んでいった。

何度も目を閉じ、その目をまた何度も見開きながら、彼は自分に詐術し、目の前にあるものを虚像と信じ切らせたと思った瞬間いつものように蘇ったものを、目指しているものに突き立てようとした。

しかしその瞬間、押し開こうと手にしたものの感触が彼の夢を破り、彼はまた萎えかかった。抗うように急いで彼は彼女の戸口に入った。と、思った。そしてその瞬間に射精していた。

しかしなお、その部分が萎えながら自分が放ったものといっしょに彼女の部分からずり落ちる時、それをもって他人が何というかは知らぬが、彼自身は自分があの目的をようやく一応は遂げたのだと信じた。少なくとも今夜彼は失敗した訳ではなかった。そして、そう信じることが、この次の機会をより確かなものにするに違いないと、自らに説くように思った。

住まいに戻り、鼻歌を歌っている自分に気づきながら彼は、この次はもっと若い誰かを今夜のあの女のように仕立てることで、今夜以上の成果を必ず上げるのだと心に決めていた。

帰宅

連休の始まる前日の夜、昨日の口論で結論の出ぬままに二人は保育所に息子を迎えにいった。

それまで、連休を良一郎といっしょに過ごすのを嫌っていた益男も、連れ子とはいえ籍の上でも息子の彼とたまの連休を過ごすことが出来ぬのなら夫婦の意味はないという正美の剣幕に押されて、同じ車で保育所までついてきたが、益男の顔を見て家に帰りたくないと叫んで嫌がる子供を眺め、彼等夫婦の様子はまた険悪なものになった。

保育所の職員も叱るようにして、親たちといっしょに家に戻るように良一郎をなだめたが、彼が子供と思えぬほどの勢いで泣きわめいて嫌がり、やがては両親に向かってわめいて毒づき全身で抵抗するのを見て、大人たち全員が互いに白けてしまった。

それでも彼等の前で、良一郎にみせしめに職員が玄関の扉に錠をかけて親子を締め出し、子供もそれで何かを納得したかのようにしゃくり上げながら母親に手を引かれ迎えの車に乗りはした。

しかし面倒は家に戻ってからさらに増して、母親の出して与えたジュースを手で払ってしりぞけ、子供とは思えぬ尖った目でふた親を見返してはものをいわぬ息子に、母親の正美までが腹を立てた。

そんな息子への面当てのように、ろくに閉ざしもせぬ襖一つ手前の部屋で、益男は正美に性交を強いて抱き敷き、その間中相手はことさらにもの音を立て騒いでみせた。そして二人の男たちとの関わりについての混乱の揚げ句に、いつものように彼女は今していることの中で我を忘れていった。

厄介はさらに翌日に持ちこされ、益男が通勤に使っているバイクに代えて借りてきた、軽ながら四輪の車で千葉の外房の港町に出かけようという時、良一郎がかたくなに同行を拒んだ。正美がいくら説得しても聞かず、最後には益男が平手で殴っても、保育所で何を身につけ覚えてきたのか泣き声も上げずに、白い目で相手を見返すだけでものもいわなかった。

　子供のそんな様子にかえって興奮した益男が、本気で殴りつけるのを見て正美が割って入り、最後にもう一度説得してみたが子供は畳の上に仰向けに寝転がって、嫌だと叫んでいうことを聞かない。それなら、一人で親たちが帰るまでここにいるのかといえば、強くうなずく。

　それならそうしようと、正美の方からいい出して、部屋から外には出られぬよう長さを決めた紐で、子供の手では解けぬように堅く縛って繋ぎ、周りにそのまま食べられる食物を置いて部屋を出てしまった。

　その後彼女を車に残し、忘れた物を取りに益男が部屋に戻ったら、良一郎は何かに抗うように先刻と同じ姿勢で部屋の真ん中に座ったままでいた。その妙に大人びた姿を見て益男はまた、かっとなった。

　その時良一郎は何かの気配を察したように突然、益男を見上げ、身構えるように立ち上がろうとしたのだ。その瞬間、相手が子供ながら自分に飛びかかってくるのではないかと思った。そして益男は自分でもわからぬ何かを口走りながら、それを払うように相手を回し蹴りしていた。

　爪先が子供の胴体に、思った以上に深くめりこんで食いこみ、相手は畳に転がってうつ伏せのまま声を立てなかった。念のため爪先で肩口を揺すぶると、それに応えるように、ようやく全身でゆっくり息をしてみせた。

　それを見定め、鍵をかけなおして部屋を出た。

外房で久し振りに丸三日半遊んで過ごし、夫婦が部屋に戻ってみたら、部屋の真ん中で良一郎は、最後に益男が見た時と同じ姿勢で畳に顔をつけたまま、死んでいた。顔の周りに吐き出したものが散らばっていた。

彼女が裸にしてみた子供の胸の脇から脇腹にかけて、青黒い内出血の大きな痕があり、素人目にも子供の下部の肋骨が折れて胸が大きくへこんでいた。

「これっ、どうしたのよ！」

叫んで質した正美に、息を呑みながらも、

「こいつ、また俺にかかってこようとしやがったんだ、急いでたから、軽く蹴ってやっただけだけどよ」

口をとがらせながら益男はいった。

機縁

谷川恵美がメルトモクラブで知り合った相手川口敏はインテリアのデザイナーをしているといい、何度かのメールの交換の後新宿の南口駅前でデイトした時、いかにもそんな職業らしく、目当てにといっていた紺色のブレザーの胸のポケットに黄色の地に黒の水玉のチーフをしていた。

互いに名乗って相手を確かめ合った時、恵美はこれで、自分に今までついていた厄介な何もかもが吹っ切れていくのではないかという、生まれて初めての、当てはないが強い期待とその先にあるはずの幸せの予感に打たれた。

川口敏と名乗った西垣公彦も、現れた相手が予想に反してむしろどこか暗い感じさえする、控え目な女なのに安心していた。お茶を飲み他愛のない話をして過ごす間も、彼女のなぜか辺りを気にするような風情が、今時のこうした風俗で出会う女たちの雰囲気とは違って思え、まだどこかもの慣れぬ様子で、あるいは自分は幸運にも、こんな形で男と出会うのが初めての相手と行き合ったのではないかとさえ思えた。

とすると、この相手のためには、自分があれこれの道具だてで計画した試みは不適当で、むしろ他の、ごく当たり前の手立てですむことかもしれないとさえ思えた。

彼女の話では父親は以前に死亡してい、母親も最近事故で体が不自由になって病院に入ってい、姉たち姉妹だけで暮らしているという。そう聞かされると仕事柄の教師本能が芽生えてきて、彼も割と真剣に彼女の打ち明け話に聞き入っていた。

恵美にとってはその日に会った相手が、再会を約束しながらも彼女をその夜、今時は普通の成り行きのままにホテルなぞに誘わなかったことで余計に期待が増した。

父親から逃れようと家を出たこともあったが、今ではその父親はある出来事で逮捕された後、重症のアル中となって病院に入ったきりでいる。父親とのことがそれを垣間見た妹の告げ口で家中に知れ渡り、兄が父をなじって殴りつけて大怪我をさせ、母親が一時しばらく家を出てしまってから、彼女の家は家庭の体をなしてはこなかった。母親も兄も父親もみんないなくなった一時期、妹と末の弟の面倒は学校を休んだまま彼女が見てきた。

彼女が父親と性的な関係を持ち出したのは小学校六年の時からだった。他の家にくらべて子煩悩な父は、日頃姉妹の中でも特に彼女を可愛がっていたが、それで他の兄弟姉妹との軋轢(あつれき)があったということはまったくない。しかし彼女自身はそれについてことさら、何を感じたということはない。

ある時、母親もパートで不在で風邪気味の彼女一人が家にいた。母親がしつらえてくれていた三時のおやつを食べた頃、父親がなぜか早く家に帰ってきた。

彼女が風邪で一人家にいることは彼も知っていた。様子を見に部屋を覗いた父親に彼女はもう熱も下がったし、明日からは学校に行くと答えた。

父親は彼女のベッドの脇に座り、熱を確かめるように彼女の額に手を当て、その後時折するように、「お前はいい子だよなあ」、いいながら彼女を抱き寄せ顔を撫でてくれた。

「すこし汗ばんでるんじゃないか、着替えておいた方がいいよ」

彼はいい、いわれて彼女が取り出した新しいパジャマとの着替えを手伝ってくれた。

「どう、さっぱりしたろ」

いいながらもう一度抱きしめてくれたが、そのまま腕を解かずに彼女の体全体をいつものように撫で回して、その内その手が何かを確かめるように彼女のふくらみかけた胸に触り、されることで彼女はいつもにない心地よさを感じていた。

そしてその内さらにその手がいつもは行かぬ

辺りにまで伸びていき、さらに父親の指が思いがけぬところに入ってくるのを彼女は感じていた。そして最後に相手はそれ以上の何かを彼女の中に押しこみ、そのまま彼女の体を膝の上に抱きかかえていた。

それから断続して父親は、誰も家族のいないような折に彼女に同じことを仕かけ、その内には同じことをしに、夜間そっと彼女の部屋に入ってくるようになった。

そしてある時、彼は持ちこんだカメラで二人がしていることを写真に写しもした。何度かそんなことがあったが、彼女は無論、父親が何のためにそんなことを写真に撮るのかを知らずにいた。しかしその度、彼は彼女にだけ新しい携帯電話や他の特別の買い物をしてくれはした。

後にわかったことだが、彼はそんな写真をあるつてでインターネットに流して、金に換えていたそうな。それがわかるすこし前に、ある夜遅く、急な用事で彼女の部屋に入ってきた妹が、二人のしていることを見てしまった。

妹に問われて彼女は、自分はお父さんとあんなことをするのは好きではない、お母さんに知れたらお母さんは怒ると思う、だから今見たことは黙っているようにと頼んだ。

妹はうなずきはしたが、しばらくして母親ではなしに、大学に行き出した兄に打ち明けてしまった。そしてある日、何かの些細な口論の末に、兄は父親を皆の前でなじって殴りつけ大怪我をさせた。それでも止めようとしない兄の剣幕を恐れて母親が警察を呼んでしまい、兄は連れていかれて一晩留置されたが、そこで彼が何を話したのか、その翌日他の警官がやってきて、父親を逮捕したのだった。

父親は不起訴となって家に戻ってきたが、以来家でも浴びるみたいに酒を飲むようになり、兄は家を出て友人と下宿生活を始め、一時期母親も家を出てしまった。父親は自分からいってアルコール依存症を治すために病院に入ったが、効果がないのかずっと入院のままだった。

尾行

スリーショットで撮ったポラロイド写真の裏に、片岡眞弓が記した家の番地は墨田区錦糸町とあった。フェリーが川崎に着き、皆が下船していく時、福井達也はタラップを降りたところであの二人をさりげなく待ち受け、再会の手を上げ、二人も彼の被っている例の帽子ですぐに彼を見分けた。

「君の家、墨田区だったよな、俺も親戚が墨田区にあるんでさ」

「あら、どの辺り」

聞かれて俄に答えられず、あいまいに、

「墨田の近くなんだけどさ。途中までいっしょに行かない」

いって三人して京浜東北線に乗り、途中彼女たちを真似て総武線に乗り換えた。彼女たちは錦糸町で降りていき、彼はその先の亀戸まで乗り越して降りた。

その夜は錦糸町駅に近いカプセルホテルに泊まり、翌日辺りの地図を買いこんで眞弓の家のある番地まで出かけていった。電車の中で聞いた彼女の実家の経師屋はすぐにわかった。表通りから一本裏にそれた通りの角の和菓子屋の隣に店はあったが、中で仕事をする父親らしい年配の男の姿は見えたが、彼女の姿はなかった。

自分がここにやってきて、親に彼女の所在を尋ねるためには、彼女に作ってやるといってしまった、今被っているのと同じ帽子をどこかで手に入れる以外にはない、と思った。この東京のことだから、あるいはどこかに売っているかもしれない。

その夜は、持っている金にも限りがあり季節もしのぎやすかったので、錦糸町界隈の人通りの少ない通りで持参した寝袋に入って寝たが、翌朝ゴミの収集にやってきた係員にこんなところで寝ては駄目だ、ホームレスなら近くの上野に行って寝ろといわれ上野に移った。

翌日、公園の椅子で持ってきていた小さなゲーム機を操っていたら、同じ椅子に座った年配のホームレスらしい男が、

「お前は偉いなあ、こんなところででも勉強してるのかい」

と声をかけてきた。その声がたいそう優しくて、彼はふと高等養護学校にいた頃、いつも彼を励ましてくれた田崎という先生を思い出した。

「お前は普通学級にいたんだから、本当ならここにこなくても普通の学校に進んでもやっていけたはずだよ。でもここへ来て、特殊技能を身につけるというのはいい考えだと思う。だからここを一番で出ていけば、みんなお前を歓迎してくれるはずだ」

いわれて、彼は嬉しかった。しかし相手のそんな期待に、どう応えていいのかはわからずにいた。そんな時も、いつものように、他人から何かいわれてもすぐにうまく答えることの出来

ぬ自分を、何とかしたいとは思ったが、どうにもなりはしなかった。

上野の山にいる間、彼は三度彼女の家を訪ねていった。勿論家に声をかけることはなかった。そしてその度、彼女の姿を見ることもなかった。

三度目の時、デイトのために眞弓から借りたハンドバッグを返しにやってきた開田良子が、近くで彼を見た。帽子で気づいて声をかけようと思ったが、なぜか彼女は思いとどまった。辺りはもう暗くなりかけていたが、黄昏（たそがれ）の町の中を、ここでもあの奇妙な帽子を被って歩いている相手が、彼女にはふと薄気味悪いものに思えた。

そしてその晩、ファミリーレストランの遅番の勤めから帰ってきた頃合に電話して宵の口彼女の家の近くで見た相手のことを教えてやった。

「えーっ、嘘お。あの子、約束したみたいに、あの帽子私のために作って持ってきたのかしら」

「そんなもの、手に持ってなかったみたい。それよりあの子、ちょっと変じゃない」

「そうよねぇ」

眞弓はいい、二人は笑い合って電話を切った。

四度目は夜だったが、達也は期待した通り彼女を目にすることが出来た。

しかし彼女は一人ではなしに、連れの男がいた。男は中背の割にがっしりした体つきの、夜目にも顔が陽に灼けて見えた。二人は表を閉じた店の前で立ち止まり、両手で握手した後、男が周りを見回した後素早く彼女の額にキスをし、彼女も同じように辺りを確かめ、彼女の方は彼の頬にキスしてみせた。その後二人は高い声を立てて笑い出し、男は突き上げるように手を上げながら帰っていった。

すこし離れた電柱の陰から達也はそれを見ていた。なぜか体が震えた。自分が今、どんな気持ちでいるのかが、自分でもわからずにいた。ただひどく心外な、何かにだまされたような気持ちだった。そしてその後、自分はなぜいつもこんな目にばかり遭うのだろうかとしきりに思った。

発展

遊びのための金が足りなくなって、またひったくりという訳にもいかず、片桐たちは次の手立てを考えることになった。

ひったくりの時もチームを組んでやったが、辻斬りの成功で、人を殺してしまうことを恐れさえしなければ他の何でも出来るという自信があった。そしてバイクと四輪とで組んで行なえば、大抵のことは足がつかないと思った。

あちこち下見して、最初の仕事は調布の町の外れに近いコンビニで、片桐がサングラスとマスクと作業帽とで変装し、店のレジがアルバイトの学生に代わった後の深夜に、ナイフを突きつけて脅し十万円ほどの現金を奪って逃げた。

外で仲間の勝又が、エンジンをかけたまま置いた片桐のバイクを見張り、彼が飛び出してくるのを見て陽動に彼とは逆の方角に走り去り、離れて待っていた小型のトラックが荷台に彼のバイクを積みこんで逃げた。

手を切られたレジの学生は通報に夢中で、彼を追おうとはしなかった。

金の額は知れていたが一度強盗に成功してみると、自分たちのフォーメーションでやれば、場所さえ巧く選べば相当な収穫は見こめそうだった。

四度目の時に彼等は、常磐道の街道筋に一軒だけ離れてあるパチンコ屋を狙った。

閉店前の夜遅く、勝又が裏の景品をしまった小屋にガソリンで放火して逃げ、沼田が店の電源のブレーカーの一つを壊して明りの半ばを消してしまい、混乱の中で片桐が事務所に押し入って残っていた店員の顔に切りつけて脅し、金庫を開けさせて有り金を手摑みし飛び出した。

店の者が小火と停電に気をとられている間に片桐はバイクに飛び乗って走り去ったが、その後ろ姿を、出先の仕事場の残業から戻る途中パチンコに寄った兼本益男が見ていた。

片桐は兼本が以前同僚たちと作った暴走グループに遅れて入ってきた、中でも特に親しかった男の従弟だった。年の幼いのに似ず乱暴な乗りっぷりで年上の仲間にも一目置かれていたが、益男と親しかった彼の従兄が暮れの大晦日の中央高速で警察に追われ転倒して死んでしまい、新しい仕事についたこともあって、それがきっかけで益男は仲間から外れていった。

しかし、走りながらサドルに飛び上がるようにして走り出す片桐の乗りっぷりを益男は今でも覚えていた。

そうだ、あれはあの男だと思い出しながら、たった今この店で何があったのかも知らずに、

〝あいつ、今でもあんなことをしてるのか〟

と思った。

　そして翌日のテレビのニュースで、前夜彼の立ち寄ったパチンコ店で起こった火事が強盗にからめてのことだったと知らされて、益男は、このところ評判になっているバイクでの通りすがりの傷害殺人事件は、ひょっとしたらあの連中の仕業かもしれないと思った。

報復

　その日曜日の午前に、眞弓は恋人の佐久間隆則の空手の試合の応援に出かけていった。試合は新木場にほど近い東陽町の体育館で行なわれていた。彼のチームの出番は十一時からで、チーム対抗の後、隆則は個人戦にも出る予定だった。


　日曜日なら彼女は間違いなく家にいようと思って、達也は前夜は近くの小さなビルが解体されたばかりの跡地に寝て泊まり、朝から小さく場所を変えながら彼女の家を見張っていた。

　家で朝一番に表のガラス戸を開けたのが眞弓だったのを見て、達也は思わず声を立てて喜んだ。

　十時前に彼女が家を出た。達也はその後をつけた。電車の中で、偶然に出会ったふりをして話しかけようかと思ったが、混んできて車両の端から端に渉(わた)るのが難儀そうでやめた。

　地下鉄の東西線の東陽町駅で降りて体育館に向かう近道を眞弓は知っていた。前に隆則の練習試合を見にいった時、通りから外れた横道の方が近いと彼が教え、通った道は通りのカーブを斜めによぎって選手たちのロッカーに近い裏口の前に出た。

　横道の周りは道路に沿った開発から取り残されたように、古くて背も低い家並みが続いている。先を急ぐのか、横道に入って眞弓は小走りに近い歩調で歩いていった。そのせいで後ろを気遣う様子はまったくなかった。

　そんな彼女を追いながら、達也は思いついて電車の中では被らずにいたハスキー犬の縫いぐるみのついた例の帽子を急いで被りなおした。

横道が終わりかけ向こうに体育館の壁が見え出した頃、彼は走って彼女に追いすがり名前を呼びながら彼女の肩に手をかけた。

　相手を引き止め笑ってみせた彼に、振り返った彼女も笑うかと思ったが、なぜか彼女はまじまじと彼を見なおした後怯えたように小さく声を上げた。そして、あきらかに彼から逃れようとするように一歩身を引き、何かに訴えるように周りを見回した。

　何日もかけてようやく追いすがった彼女は、間違いなく自分から逃れようとしていた。それが彼を混乱させた。一瞬立ちすくんだ後、

「これ、君にやろうと思って」

　被っていた帽子を外して差し出しながら彼はいった。

　しかし相手はそれを拒むように激しく身を揉むと、彼を振り切って逃れるように走り出した。訳のわからぬまま彼は立ちつくしていた。そして突然、何か熱く大きなものが体の中からこみ上げてきた。次の瞬間思わず、いつも腰のポケットに入れていたバタフライナイフを引き出し、追いすがり捕えた彼女の肩を引き戻しながら背中に突き刺した。眞弓はのけ反りながら叫

んで斜め前に倒れた。

すぐ横のアパートに住む主婦の竜田兼子が、間近な悲鳴を聞いて窓を開け下を覗くと、仰向けに倒れた若い女の上に跨がった男が手にした大きなナイフを振りかざし、二度三度と相手の体に突き立てていた。

「何してるのよっ！」

彼女の叫んだ声に夫もやってきて、

「こらあっ、お前、やめろ！」

叫んだら、その声に一瞬手が止まったかに見えたが、最後に男は彼女の下腹部に向かって精一杯の勢いで刃物を振り下ろし、その後横に落ちていた帽子を拾いなおすと走って逃げ去った。

刺し傷は胸の肋骨をかすめたものと、左の二の腕、そして肝臓に深く、さらに臍下(せいか)に背中にまで及ぶ深さで通り、傷口からは腸がはみ出していた。ストレッチャーにのせられた時、彼女はすでにほとんど息がなく、救急車で運ばれていく途中、多量の出血のために心肺停止状態に陥った。

パトカーの捜査隊員が彼女の所持品を調べたら、バッグの中に携帯電話があった。発信歴を調べると、一人だけ男性の名前があった。通話ボタンを押すとすぐに男の声が出た。

捜査隊員は身分を名乗り、所持品から確かめていた片岡眞弓の名を告げ、彼女が事件に巻きこまれたが、あなたの知り合いかと質した。

「事件て、何ですか」

相手は聞き返し、

「あなたと眞弓さんの間に、何かトラブルはなかったのか」

「そんなことはありません、彼女は俺の試合を見にやってくるはずでした」

「じゃ、彼女に他の男とのトラブルがあったとは聞いていないかね」

「そんなことは絶対にないです！」

相手はいった。

息が切れて立ち止まった時、達也は自分がたった今何をやったのかが、わかっているようでよくわからずにいた。手についている血を確かめ、握ったままでいた血だらけのナイフを眺めなおすと、やったことの意味がなんとかわかるような気がしてきた。

目に入った公衆便所で手を洗った後、近くを流れていた運河の中に血のついたジャンパーとナイフを捨て、考えた揚げ句、拾いなおして手にしていたあの帽子も捨てた。そして一時間ほど歩いた後、目に入った駅に一区間だけの切符を買ってホームに入り、やってきた電車に乗りこんで当てもなく一時間ほど乗って春日部という駅で降りた。なぜそこで降りたのかは、彼自身にもよくわからない。

彼がそこで降りたことの幸運は、春日部の町をまた当てもなく歩き回った末に、町の外れの建設会社の器材の置かれた前庭に、社員募集という張り紙を見たことだった。プレハブの階段を上がった上の事務所に四十すぎの社長がいて、彼が高田信男という彼の友達の名前を名乗ると、それだけで雇ってくれた。

それから半月、彼は自分の人相書きが出回っているのも知らず、社長が通報して地元の警察から刑事が来るまでそこで働いていた。

解体

腐りかかって臭いをたてる良一郎の体は、表面と違って芯は硬直してしまっていて、簡単に折り畳むことが出来なかった。しかたなしに益男が借りてきた金鋸(かなのこ)で、夫婦で交替しながら子供の体を、首と両腕、両足を切り離し、最後に胴体を二つに切った。

作業の間中、正美は結局良一郎をこんなことにしてしまった益男に、精一杯怒ったように口をきかずにいた。

買いこんだ二つの鞄に、頭と上の胴体、そして下半身と両腕と両足を収(しま)い、隙間に益男がどこで集めたかバケツに入れて三度にわたって運びこんだ土を詰めこんで蓋をし、鍵をかけた。

この重さならどこかへ沈めれば浮き上がることは絶対にない、と自慢げに彼はいった。

「大丈夫だよ、こいつは、俺の静岡の親戚が引き取っていったということにすりゃいい」

いわれはしたが彼女は、一切口をきこうとはせずにいた。

閉塞

相手がいう通り、高木良実は三か月前に買った中古車の代金をまだ半分しか払っていなかった。来週一杯に払わなかった場合には車は取り上げる、鍵を渡さなくとも車は動かして収容する、とディーラーの男はいい渡した。

「あんた、いろいろ問題の多い人らしいが、こっちは気にせんよ、いった通りにするからな。なんなら車を引き取った後、出るところへも出るぜ」

相手はいった。

ここまで来ると、もう金の算段はどこにもありはしなかった。離婚の後も彼が頻繁に脅して金をせびりつづけていた三度目の相手も、四日前電話してみたが持ち主は変わっていて、彼女の兄の、テレビなどで名の知れた医者に会いにいったら、彼女から何を聞かされていたのか、

「あなたは私のところになんぞ来るよりも、どこか病院に入って静かにしていた方がいいのじゃないのかね。あなたの病歴については聞いていたけど、病院でも警察でも、すぐにも紹介しますよ」

相手はいった。

相手の妹の木田美津子とは、彼が入院していた病院に、彼女が大学院卒業後に勤めていた大学の細菌研究所の技官として用事でやってきた時、所用の相手を待合室で待つ間、何かで彼女と言葉を交わしたことで知り合った。

自分は事故で神経を痛め、その治療にここに入っている内に癌も患っていることがわかって、もう長い命ではないのだなどと彼が嘘をつき、彼女はそれを信じて同情してしまい、揚げ句に十三年下の彼と結婚してしまった。彼女は初婚だったが、彼はそれまでの離婚の度転籍していたので、結婚歴を相手に知られることはなかった。

彼女と出会う前、用務員として勤めていたある学校で教師数人とトラブルを起こし、その仕

返しに教師たちの飲むお茶のポットに精神安定剤を多量に混入して出した。中の一人が体に異常を感じて騒ぎとなり、警察が来てことが発覚し、免職の上に精神異常治療のために病院に送られた。

それ以前にも何度とない異性への暴行、強姦未遂、強姦等で、一度だけ二年間の服役をしたが、事件を起こす頻度のせいで精神鑑定に送られ、病院側の判定もばらばらだったが結局は不起訴、処分保留で帰された。そして裁判所の命じた精神病院への通院の履歴が、彼にとってこの上ない武器となっていった。

四度の結婚と離婚の際、あるいは他のトラブルででも、その折々相手を脅す時の彼の口癖は、「俺は精神分裂だから、人を何人殺しても無罪なんだ」だった。そしてそれが相手の反発を抑止もし、慰謝料等の金銭問題ででも彼に有利な結果をもたらした。

木田美津子との結婚も当然破綻したが、その前後に彼はかなり裕福な彼女の実家から、何度かにわたって理不尽な額の金をせしめていた。それは彼が、井川和子との四度目の結婚をするまで延々続いた。彼女の方もはるか年下の相手との初婚ということでの世間体もあり、合計すればかなりの金を払わされた。

何がどうもたらすのか、彼の性欲は量だけではなくその表れ方も異常で、衝動が兆すと時も場所も見境がなくなってしまった。葛飾の電気工事店に勤めている間、出張工事に出向いた先の家で何人もの主婦を強姦していた。主婦以外の誰もいない留守宅で、冗談をいって誘いをかけたり、それまでの会話の中で相手の言葉尻を捉えて急に居直ったり、最後には脅し、殴りもして強引に相手を犯した。相手も結局、外聞をはばかって訴えることはなかった。

彼にとっては、見知らぬ家で真っ昼間、見知らぬ女を犯すのは猟奇に満ちた楽しみでもあった。女たちは最後に殴りつけると、とたんに怯えて誰もがいうことを聞いた。

しかしその彼も今ではどう身動きも出来ぬところまで来てしまっていた。

それまでくり返しなんとかまかり通ってきた伝で、四度目の妻だった井川和子に近づきなおそうとしてみたが、製薬会社の薬局チェーンの薬剤師の巡回監督をしている彼女は、誰かに相談しての上でか、別れてからの最初の接触から弁護士を伴って向かい合ってきた。

「あなたが私についた嘘だけをあげつらっても、私が訴えたら、あなたは必ず有罪になるそうよ。それに私への暴力沙汰も、まだ時効じゃないのを覚えていた方がいいわ」

今までの女たちの中で一番気の強かった、そのせいでか彼が一番魅かれていた彼女はいい切り、その後も彼がしきりに詫びを入れながら綴った手紙に、一度だけ、にべなく突き放すような文句の手紙を返してきた。そしてそんな手紙を読んで彼はまた、別れた女になおすがりたい思いと、重ねて性的な未練と欲情さえ感じていた。

加えて、来週返済の期限が切れて車がなくなり、足が奪われてしまうことを思うと気があせり、何もかもが塞がってしまう予感ばかりがあった。

このままいくと、気が変になってしまいそうな気がしてきて、昨夜飲んだ薬の余韻がまだ残っていたが、彼は重ねて精神安定剤を普段の三倍近く口にふくんでウィスキーを呷った。そしてそれはいつにない、深く沈滞した何かの上に、得体の知れぬどろどろしたものが渦を巻いてうごめいているような、体の表全体がうずうずと苛立って痒く、そのすぐ下側に鉛みたいに重く冷えたものが在るような、体がどこかで割れて引き裂かれているような気分を育てた。

成功

川口敏と名乗った西垣公彦は、谷川恵美との二度目のデイトでようやく彼女をモーテルに誘った。いろいろ考えた末に都内よりもかなり離れた、しかし車で高速を行けばさして時間もかからぬ御殿場を選んだ。その訳の一つは、なぜか漠然と、何かで自分一人で彼女から逃げて姿をくらますためにも、車で東京を外した方がいいと思った。

だが、今夜これから二人の間に何が起こるのか彼にもわかりはしなかった。出来ることなら、彼女とならば、用意した器材を使わずに目的を達することが出来ればとも思った。しかしそれを保証するものは何もなかったし、自信もありはしなかった。ただ、誘われて彼女が不慣れなのか、いかにもおずおずとうなずいたことに彼は安心はしていた。

が、結局は用意していったものを使ってしまった。

シャワーを使って出てきた彼女に浴衣に着替

えるようにすすめて手渡す時、手にした浴衣の下に隠していたスタンガンを彼女に押しつけた。噂の通り、その瞬間に裸のまま彼女は大きく痙攣して彼の腕の中に倒れこんだ。

そのままその体を抱えてベッドに運び、仰向けに横たえて置いた。そして右腕の手首にかけた手錠を枕元の造りつけのスタンドのポールに繋いだ。そしてさらにその鼻先にケミカルメスを突きつけ、引き金を引いた。タイミングの兼ね合いはまだよくわからなかったが、これで少なくとも相手は向こう三、四十分は気を失ったままのはずだった。その限りで彼女はこの前の富野春江よりも、もっと、いつもの映像に近い存在のはずだった。

あの後になって彼は、あの時ソファからベッドに運んでいった春江が、果たして酔いつぶれて意識をなくしていたのかどうかはわからない、と思うようになっていた。実は彼女はわかっていて自分にあさせたのかもしれないとも思った。少なくとも相手が眠っている間に、彼が何をしたかということを彼女は薄々知っていたのかもしれない。あの後、学校で顔を合わした時の相手の妙に愛想のいい様子からしても。

裸に晒し出した彼女を目の前に据えてただ眺める代わりに、手を延べ勝手気ままに彼女の体の隅々に触り、眠ったままの彼女の体を自分の気に入る姿態に変えて置きなおしながら、頃合を見て自分を促しにかかった。しかしそれでもなお彼の肝心の部分は彼に応えてはこなかった。

焦ることはないのだと自分にいい聞かせなが

ら彼は努めた。が、二十分ほどもせぬ内に突然、彼女は大きく呻いて体をのけ反らせ痙攣しながら目を覚ましかけた。その様子に彼はあわて、取りなおしたケミカルメスをもう一度、前よりもずっと長い時間彼女の鼻に押しつけた。相手の体の動きは簡単に収まった。

ほっとしながら、彼の内に急に新しい自信が兆してきた。こうなればこの道具がある限り、何度となく、際限もなくこの相手を眠らせたままでいられるのだと思った。

その限り、彼女は目の前にいながら、いないと同じことだった。そう思った瞬間に、突然彼は、いつも一人でする時のように激しく勃起していた。

「よしっ」

自分に向かって叫びながら彼は、目の前にあるものを押し拡げ、しゃにむにその中に突き入った。相手はまったくどう応えもしなかった。しかしその体を自在に操り動かし、好きな体位に変えながら、彼は萎えることなく進んでいった。

その内ふと、突然、以前友人の部屋で見せられた、さして記憶にとまりもしなかったあるヴィデオを思い出した。外国の精神病院が舞台のものだったが、若い女の患者の精神異常者を治療のために注射で眠らせた医者が、意識をなくした相手を自在に弄ぶ話の筋だった。

それを思い出した瞬間、それが、今彼にとっての現実となった。そしてその倒錯が、彼に思いもかけぬ力と勇気を与えてくれた。あの作品の中の人物が何をいっていたかもはや知りもしなかったが、彼はあの医者になりきって自分でもわからぬことを叫びながら自分を騙して促すまでもなく、今は間違いなく一人前の男として腕にした女を犯しつづけた。

取引

案じはしたがもう時間がなかった。勤め先の工事の仕事は連休の後で残業を重ねていたし、益男には休暇を取る暇も資格もなかった。風呂場に置いたままの良一郎の屍体は腐敗が進んで、土をかませスーツケースに収っていていても外に臭ってきた。

保育所から問い合わせがあり、正美は、夫の田舎の親戚に預けているが、先方に子供がないのでこのまま養子にするつもりだと答えた。としても、始末を急がなくてはならぬことは二人ともわかっていた。

不思議に、日がたつにつれ、生きていっしょに住んでいた頃より、はるかに、切り離して鞄に収った方が子供の存在感があった。四日目の夜、夜中に正美がうなされ叫んで起き上がった。たった今、彼女は枕元に良一郎が立っているのを見たような気がしたのだ。起き上がった二人の鼻に、風呂場に置いた荷物の臭いが確かに伝わってきていた。

翌日の夜、益男は思いを決めて昔の仲間を当たり、先日の夜目にした片桐恭司の居所を探した。恭司は趣味に重ねて車の修理屋の工場の中二階に一人で住んでいた。

益男を見るとすぐに誰かとわかって、

「ああ、あんたかよ」

「久し振りだよな。でも、俺はこないだお前に会ってるんだぜ」

「どこで」

「お前が強盗に入った三郷のパチンコ屋のパーキングでな。お前は気づかなかったろうが、俺にはすぐにわかったよ。お前の他に、いつもの仲間がいたんだろう」

「いつもの」

「そうさ、通り魔のよ」

いった益男を恭司はいぶかり、探るような目で見返した。

それを塞ぐように、

「頼みがある」

「なんだよ」

「あるものを、どこかに、海か湖がいい、運んで捨ててきてくれ」

「なんだと」

「それ以上はいわねえよ。お互いにな」

「なんだって」

「だからよ、頼んでるんだ。その代わり、俺もあの時見たことは警察にはいわねえ。お前のバイクのナンバーも、いわねえよ。お前らが、間違いなく、あちこちでやってきたこともいわねえよ」

「どういうことだ」

「だから、昔の縁で頼んでるんだよ」

「何を運んで、捨てろというんだ」

「それはいわねえ。その代わり、俺も誰にも何もいわねえよ」

「あんた、本気なのかい」

「本気でなけりゃ、ここまで来やしねえ。いいか、俺は本気でいってるんだ、これは悪い取引じゃねえぞ」

「なんで自分でやらねえんだよ」

いわれてちょっとの間、考えるように黙った後、

「荷物はもう一つあるんだ、そっちは俺がやる。ただ、時間がねえんだよ」

押し切るようにいう相手を、気おされたように見返しながら、

「どういうことなんだよ」

「だから、そういうことなんだよ」

「その荷物というのは、やばいものか」

恭司は声を落として聞き返した。

相手を見定めるように見返しながら、

「ああ、見つかれば、俺は死刑だろうな。そして、俺がしゃべればお前たちもな」

益男はいった。

長い沈黙の後、計るように見なおして、

「わかったよ。でも、その中身のことは聞かねえ方が良さそうだな」

恭司はいった。

生け贄

その揚げ句に、公彦は堂々と行き着いた。怒張したままの性器が、彼の手を添えられぬままに射精して果てた。終わった後になってようやく彼は、自分が押しこみ、自分を包んでいたものが今までと違って、いかに暖かく、得もいえず柔らかいものだったかを知らされていた。

唯一つの不満は、この今、彼をほぼ完全に満たしてくれた相手が彼に向かって何もいわず、どう応えることもないことだった。

体を離し彼女を見下ろしながら、のけ反ったままかすかに息をして眠っている、寝顔が急にあどけなくも見える相手の下腹に触り、その手を伝わらせて内股に触りなおしてみた。その肌は富野春江やあの南条利恵よりもはるかにすべすべとして弾みがあった。

時計を確かめ、眠っている彼女の息遣いを確かめた上で着ているものを整え、脇に抱えて階下のガレージまで降ろして車の後ろのシートに寝かせ、フロントで支払いをすませてモーテルを出た。

途中で、スタンドから外した片方の手錠をどこかにかけようとしたが出来ずに、しかたなしに胸の前で両手にかけた。彼女はまだ前とまったく同じ様子で眠っていた。

出来れば彼女がうまく目覚めて、眠っている間に何があったのかをわからずにいてくれたらと思った。そうすればまた会って、今度はこんなことをせずに彼女を抱くことが出来るかもしれない。

いや、その前に手錠を外してやり、彼女はただ車の中で急に寝てしまったのだと説明すれば、何とかなりはしまいか。そしてもう一度このまま二人して他のどこかのホテルに行けば、とまで思った。初めての思いを達せさせてくれたこの相手を、彼はこのまま失いたくないと思った。いや、あるいは何もかも正直に打ち明けたとしたら、彼女は何と応えるだろうか。ならばとにかく次のインターで降りようと考え、彼は車の速度を落とした。

丁度その頃、彼女は眠りから覚めた。一体自分は今どこにいるのだろうか。懸命に考えながら、彼女が最初に気づいたのは胸元に置いた両腕を繋いだものの、堅く冷ややかな感触だった。

　両手が手錠で繋がれていた。そう知った時、彼女は気を失っている間に自分の身に何が起こったのかを、知るというより、感じとった。頭の一部だけが醒めていったが、体全体はまだ鈍く何かに痺れているままだった。それでも手足はなんとか動いた。醒めてくる頭の中で、彼女は、ひょっとするとこれからどこかへ運ばれて殺されるのだ、と思った。そう思いついた瞬間に、強い恐怖が兆してきた。

　そう思った時、どこを走っているのか突然車が速度を落とすのがわかった。彼女がその時、助けを呼びたいと思ったのはなぜか父親だった。しかし、車が止まって相手の手がかかる前に、何とか一人でここから逃げなくてはと思った。

　そっと体をずらせて、繋がれてはいても動かすことの出来る両手でドアのノブを引いて扉を開きながら、目をつむったまま車の外に転がり落ちた。

　運転していた公彦には一瞬、後ろの座席で何が起こったのかがわからなかった。これからのことに気をとられ、それが多分巧くいくはずだと夢想することに酔ったような気分でいて、相手があるいはするかもしれないことに頭が及ばずにいた。

　彼女が、走っている車から自分で転がり落ちたということにやっと気づき、慌ててブレーキを踏んだ。彼女が飛び出した地点からどれほど行き過ぎてか、停止した車のミラーに後ろから近づいてくる車の明りが見えた。そして彼はその車に、今逃れていった相手との関わりを見られることを恐れて、またアクセルを踏みなおした。

しかし、後続している車が彼に追いついてくる気配はなぜかなかった。

恭司は考え事のせいで、前方に平たく広がって落ちているものに気づかなかった。辺りには道路の明りが少なく、車の鈍い明りの中で彼はそれを誰かが落としていった、大きなぼろ切れか何かだと思った。

その直前で、目にしていたものに、ウェスにしては妙に厚みがあるのに気づき、慌ててブレーキを踏んでコースを外したが間に合わず、左の後輪がそれを踏んだ。分厚い何かを踏んで乗り越えた瞬間意外なほどの衝撃があり、シートの上で彼の体は跳ね上げられ天井で頭を打った。

車体に異常がなかったか車を止め、舌打ちして外に出て調べた後、自分が今踏んだ物を確かめに四十メートルほど歩いて戻った。

前後の明りから隔たった薄暗い路上に、人間が路肩に足を向け俯せに寝ていた。若い女に見えた。声をかけようとしたがなぜか思いとどまり、腰をかがめて覗いてみたが、彼女は、多分今彼が轢いたのだろう頭から血を流して動かなかった。

つい先刻、益男との約束を果たして、箱根の芦ノ湖に捨ててきた物の中身を思い返していた最中の出来事に彼は腹を立て、こんな事態に自分を巻きこんだ古い仲間を呪っていた。

そして、他に彼等を見て止まる車のなかったのを見定め、恭司はそのままその場から走り去った。

祭り

昼前は曇っていた空が昼には抜けて晴れ上がり、夏前の強い陽射しが照りつけてきた。冷えた鉛のようなものが体の芯に在り、それを包む外側の体は芯から剝がれかかったままあちこちがちりちり痛むような、体の内側も外側も、全身がばらばらになってしまったような気がしていた。この自分が一体誰なのかわからぬような、いらいらしながらそれをどうしようもない気分だった。

そして、急に蘇った陽射しはそんな良実を容赦なくいたぶるように感じられた。

ふと、死ねるならもう死んでしまってもいい、と思った。このところ何度かそんな気分になった。しかし自分では、どうにも死ぬことが出来ないのはわかってもいた。

路地を一つ曲がると急に耳なれぬ物音が聞こえて来た。聞く者をせかせて追い立てるような、何かをきざんでぶつけるような音楽だった。サンバのリズムは彼の神経を逆撫でして耳に障ったが、それをこらえながら何かに操られたように、彼は音に向かって近づいていった。

その時になって彼は、さっき買って手にしたままの物を思い出していた。この包丁を買った訳は何だったのか。この包丁で、何をするはずだったのか、それがよく思い出せない。しかし包丁を買ったのだ、買ってしまったのだ。買った限り、何かしなくてはならないのだ。俺はこれで自分を刺すつもりなのか、刺して死ぬのか、死ねるのか。

路地から表の通りに抜けると、さらに音が弾けて襲いかかった。見知らぬ女たちが、陽に輝く飾りを頭と腰につけ、後は裸だった。何十人もの、色の黒い肌をした、顔に赤や青や黄色の模様を描きつけた背も腰も乳房も巨（おお）きな女たちが、その体を揺すり甲高い声を上げながら練り歩いていた。

それを囲むようにして、前列に子供を並べた厚い人垣が動いていた。祭りのために車を締め出し、二天門から東武の駅の前を曲がって雷門まで、通りの商店街に軒並みの飾りつけをして、わざわざブラジルから踊り手たちを呼んでの恒例の行事に、大通りには人が溢れ、外国から来た踊り手たちの後ろには地元の浅草の祭りの衣装を着た子供や若者たち、そして、催しを聞いて余所からやってきた、物好きのやじ馬が勝手な衣装を着こんで踊っていた。

彼が出た路地の角に、丁度踊り手たちの先頭がかかってきた。彼女たちを迎えるようにテレビや雑誌のカメラマンたちが、カメラを構えながら後すさりして移動していたが、彼女たちの前を塞ぐ人垣はなかった。

思いがけぬものに行き当たって、一瞬、呆然と眺めている彼の耳に、突然何かの回路が繋がったように音楽が弾けた。「止めろ！」、彼は叫んだが、その声を聞き取る者は誰もいはしなかった。

そして踊り手の群れは、眩暈して立ちすくむ彼に向かって、津波のように押し寄せてきた。

「お前ら、畜生！　畜生っ！」

叫びながら手にしたものを抜き放ち、彼女たちに向かって立ちはだかろうとしていた。

それに気づかず、先頭切って、化け物のように大きな口を開いて笑いかけながら近づいてくる女を、正面から突き刺した。刃物は簡単に柄の近くまで裸の相手に突き刺さった。

目の前で、何かにつまずき倒れたらしい同僚を、笑って助けようとしてかがんだ次の女の背中を刺した。

ようやく何が起こっているのかを知って、逃れようとする女たちに追いすがって、その背中に切りつけた。大きく裂けて血しぶきを上げながら背中の紐が切れて外れ、胸当てが落ちほとんど素裸になって倒れこむ女の背中に跨がって刃物を突き下ろした。踊り手の列が乱れ、叫んで逃れようとする裸を追いながら、彼女たちに蹴散らされ倒れて這い回る子供も手当たりしだいに切った。

やがて、音楽が止んだことだけが、はっきりとわかった。そう気づいた時、彼は手にした包丁を見せつけるように立てて構えながら、息をつめて見守る人間たちの真ん中に突っ立っていた。

遠くで誰かが何か叫んでいたが、誰も彼に向かって近づく者はなかった。そのまま、彼は何かを待つように動かず、突っ立ったままでいた。

やがて、警官が来た。

警官は、何か叫びながら彼に向かって取り出した拳銃を構えた。祭りをエスコートしていた地域係長の宮下剛二警部補は、たまたま本部との連絡電話のために行列の最後尾にいた。知らせで駆けつけ、道路に転がっている裸の女や子供たちを確かめ、踊りの行列がちりぢりになってしまった後、人垣の真ん中に血だらけの包丁を構えて突っ立っている若い男を眺めた時、彼も突然の恐怖に駆られて声が出なかった。

それでもようやく、「刃物を捨てろ！」とは叫んだ。

何の反応もなく、男はゆっくり彼を見据えただけだった。

同じ言葉をくり返し、威嚇するように拳銃の撃鉄を起こし引き金を引いたが、規定の通り最初の一発は弾がこめられておらず、撃鉄が落ちる小さな音だけがあった。そして、それを聞き取ったように男は、

「撃てよっ、殺せ！　撃て、殺せっ！」

と叫んだ。

殺せ、というその声で逆に宮下はすくんだ。相手が自分に向かって一歩踏み出してくるのを見て、彼を囲んでいる人間たちを見回しながら、宮下は相手と自分の中程の地面に向かって引き金を引いた。射撃音はあったが、男は無視したようにまた一歩踏み出して来た。地面を撃った弾がどこへ飛んだか見定める暇がなく、二発、三発と次には空に向けて発射した。

しかし一度立ちつくした男は刃物を前に構えなおすと、突然体を傾けて突っこんできた。その刃が宮下の腕に切りつけ、その衝撃で引き金を引いてしまい四発目が出た。そのままバランスを失い倒れかかる宮下の腕を、突き出された刃物が貫いた。

刃先が胸を突き通り、背中にまで突き出たのを宮下は感じた。その瞬間、彼はすべてを忘れ、目の前の男の体に押しつけるようにして手にし

たものの最後の引き金を引いた。
弾は相手の心臓を貫いた。

生死刻々

おみくじ

自覚症状はまったくなかったのだが、今年の毎年定例の検診で以前の検診の折に偶然見つかった右胸の小さな影が昨年には変化なかったのに今年になって二年前の検査の二倍ほど、一センチ五ミリくらいに広がっているのを確かめ医師は肺の癌と診断した。

彼はさらに慎重な検査での断定を望んだが、バイオプシィで細胞を取り出しての検査は部分を取り出す途中で患部が他部に感染移植され、さらなる転移を進める恐れがあると反対された。

主治医から彼の母校の胸部外科の高村教授を紹介され、持っていったレントゲン写真を眺め高村も間違いなく肺癌と断定した。

酒は適当に飲んではいたが、煙草は一切やらずにきたのに肺癌という事態の割り切れなさに抵抗しようとはしたが、主治医も高村教授もこの一年間の変化からして、今こそが手術のし時で先を待つ余裕はないといった。

妻も娘たちも医者の意見に従って手術すべき

だといい、製薬会社の秘書室に勤めている上の娘は会社の上層のその筋の専門家に質して、高村医師は胸部外科医としては当節最高の力量の一人だと確かめてもくれた。

手がけている湘南地方での幾つかの開発も順調に進んでいて仕事での不安はなく、次の大きなプロジェクトの用地の買収のめどもつき、長女も婚約し来春の挙式の日取りも決まっていた。それがいっそう、にわかの病気について不安、というより割り切れなさをつのらせた。

週末にはいつも三浦半島先端のマリーナから船を出し、時には八丈島の先のスミスやベヨネーズ礁といった難所の漁場まで出かけて都会にはない海の空気を人一倍吸いながら釣りをし、若いクルーたちにも負けずにタフに過ごしてきたのに突然の病の宣告はとにかく心外だったし、それ以上に、予知出来ぬ何か大きな悪意のようなものまでを感じさせ、怯えというよりも生まれて初めての不安が段々強く彼を捕えてきた。

海での作業の失敗で怪我をし腕の傷を縫い合わされたようなことはあったが、盲腸もせず今まで体に刃を入れられたことなどなかった。それがこの今になって胸を切り裂かれ、右の肺の半分を取り出されるという。

息災にというより、他の誰にもまして勝手気ままにしたいことをしてこられた彼にとって、肺の癌という病が突然に自分を捕えてこの体の中に居座ったという実感は未だになく、仕事をしていながらふと自分の身の病を思い出す時、あるいはこれは実は夢でもうじき覚めて気づくのではないかと願ったりもした。それは今までのいつに体験したこともない非現実的な現実だった。

　仕事の上での紆余曲折は何度も経験してきたが、その度の工夫が効を奏したり、いきづまった末に見切りをつけてあきらめたこともあったが、今度の事態だけはしょせん何から何まで他人まかせ以外にありはしなかった。ということに焦ったが、焦ってもどうなることでもないとだけはわかっていた。


　まな板の上の鯉などとはいうが、魚によってはトローリングの針にかかったら、高価な獲物なのにカツオみたいにそのまま素直に引き上げられるものや、シイラのように激しく抵抗して水中をかき回す魚もいる。

　以前秋口に房総沖でものにした、今まで上げた中では最大の白カジキは、引き上げるまでの三時間、三度、四度水面に跳ね上がり体を揺すって食いこんだ針を外そうとしつづけ彼等を手こずらせた。

　人間たち六人と魚との格闘が終わり、日暮れにようやく獲物をコックピットに引き上げた時、皆の手は萎えきって握りなおしても痺れて感覚がなく、手袋の下で手は擦りむけ血が流れていた。そして彼は思いあまって動かなくなった魚に抱きついたものだった。

　そしてこの今になって、なぜか彼はあの時ついにものにした魚の、両腕にあまる巨大な胴体の冷え冷えした感触を思い出していた。

　魚には痛覚がないとは知ってはいるが、それにしても三時間にわたっての格闘の間中あの相手は一体何を感じていたものだろうか。自分を待っている手術が何時間かかるのかわかりはしないが、その間中麻酔されて、自分は何を感じることなくただ過ごすのだということが信じられない、というより許せぬもののようにも思えた。

ともかくも生まれて初めての、すべて他人任せということがふと恐ろしい、というよりもどうにも許せぬことにも思えた。

予定日の二日前に入院して手術にそなえての検診を行ない、万事良好ということで手術は予定通りとなった。

そこまで来るともう何に迷う理由もたたず、ただ無心にことを待つだけという心境にはなった。

手術日の前夜、看護婦から渡された睡眠薬に併せて無断で持ちこんでいたナイトキャップ用のブランデーを注いで手にし、どんな害になるやもしれぬと迷いながら、万々が一にはこれがこの世での最後の酒になるかもしれぬといいきかせ、しみじみのつもりだったが何かから逃れるように一気に飲み干しベッドに入った。薬とアルコールの相乗の効果でか朝の六時まで一気に眠って起きた。

頭はさわやかで、確かめるように自分に質してみたがもう怯えもなく、この自分がこの先死ぬのか生きるのかもさして気にならず、なぜか妙にすがすがしい気分でいるのに自分でも驚いた。

思い立ち朝の食事の前に部屋を出、病院の建物を出て散歩にいった。周りの町にまだ人気はなく、確かめるように辺りを見回しながら、あるいはこれが人間たちの町を眺める最後の機会になるのかもと自分にいい聞かせてみたが、そんな実感はまったくありはしなかった。

　初めて目にする町並みだったが、二区画ほど行くとビルとビルとの間の一区画に小広い神社があった。

　迷わずに境内に入り、階段を上って手を合わせかけ、気づいて上着のポケットから一昨日病院の中のスタンドで好みの飲み物を買った折の釣り銭を取り出し、賽銭として投げこみ手を合わせた。

　合わせた後でようやく自分が今この場でこそ本気で祈って願わなくてはならぬことに気がつき、後数時間で自分が受けるはずの手術の成功を願った。

　そうしたら突然、その手術こそがまぎれもなく自分に命を与えるか与えぬかという術だということにあらためて気づいた。その瞬間、何かが彼の体全体を捉えて縛りつけるような気がし、それから逃れるように思わず声に出して祈った。

　しかしそのための言葉が出るようで俄に出てこず、ただ夢中で、「お願いします、お願いします」とくり返していた。

　くり返す度突然の怯えがつのり、今ここで向き合っている目には見えぬ何かが自分の命について決めるのだという気がしてきた、というより間違いなくそう信じられた。

　ならば手術で助かった時、その後自分が何をするのか、しなくてはならぬのかを今ここで誓わなくてはならぬはずだとも思った。思ったが、それが言葉になって出てこなかった。そしてまた、「お願いします」とくり返しつづけた。

　その途中で気づきなおし、さっき投げこんだ小銭に加えて残っていた千円札をきちんと折って固め賽銭箱の割れ目に落としこんだ。

　どれほど手を合わせたままでいたのか、拝殿の下を通りすぎる人の気配で気づいてそこを離れた。

　来た道を戻りかけた時、横のまだ人気のない社務所の脇にあるものが目にとまった。おみくじの自動販売機だった。

　それを眺めながら自分が誰かから聞いた何かを思い出そうとしているのに気づいた。いや、思い出してはいたが、そのことを忘れよう、気にはしまいと抗いながら足が動かずにいた。

　いつか、彼と同業の仲間が酒の席でいっていた。その男が所用で四国の高松に行き、帰りの飛行機の時間までの間に、今まで行ったことのない近くの名所の屋島を眺めにいってついでに側の神社に参拝した。

　そこで、どんなつもりでかおみくじを引いた。開いてみたおみくじは大凶と出たそうな。

　いっしょにいた仲間に、大凶などというおみくじは神社の商売にも関わるから滅多にあるものではないが、ことの信憑性のためにも一、二枚は組みこんであるものだから気にすることもない、厄落としにもう一枚引いておけといわれてもう一枚引いてみた。なんとその札も大凶と出た。

　これはどういうことになるんだと連れに質したら、

「なんだろうと、ゾロ目は大当たりだぜ」

いわれて納得したつもりでいたが、家に帰ってみたら、彼のとんだ粗忽のせいで、隠していた浮気がばれて奥さんが書き置きをして家出してしまってい、長らくの大騒動だったそうな。

「なんとか収まったがさ、おみくじってのは馬鹿にはならないぜ。大凶のゾロ目はまさに大凶そのものだったよ」

と男はいっていた。


今、それを思い出していた。思い出しながら、前へも後ろへも足が動かずにいた。立ちすくみながらポケットの中を探ってみた。

金はまだあった。それを確かめながら彼は小さくあえいだ。

眺めなおしてみた機械の中にも大凶の札は必ずあるはずだった。目の前にある箱に近づいて金を入れボタンを押すことで、何が決まる訳でもありはしまいと自分を諭すように思った。

しかしなお、自分が自分の運命についてすべて他人任せで委ねるよりも、せめて目の前の籤を一人で引いて確かめ心得ておくことで、自分の内の何かを密かに支えられるような気がした。

しかしまたなお、もしこの手で引いたおみくじが大凶と出た時、俺はこのまま病院に戻ってそのまま手術を受けることが出来るのだろうかと、問いつめるように思った。

ポケットの硬貨を握ったまま思いきるように踏み出し、また立ち止まり自分に問い質し、また踏み出しては立ち止まりしていた。

その内三、四人の通行人が横を通りすぎ、中の一人が何を感じたのか立ち止まり彼を眺めなおし何か話しかけそうな気配だった。

それから逃れるように体をそらし、相手が立ち去ったのを見定めおみくじ箱に向かって足早に近づいていった。何を決心してということではなしにただ、迷っている自分を他人に見すかされたくないと思った。

機械の箱の前に立ち、取り出した硬貨を握りなおし穴に差しこんだ。籤を取り出すボタンに指をあて、押しかけて止め、周りを見回して人のいないのを確かめ片手をあげて機械に向かって祈り、ボタンを押した。機械はかすかに音を立てて身動ぎし、乾いた音を立てておみくじを小さな取り口に向けて吐き出した。

なぜかその時だけは躊躇せずに堅く折り畳まれた紙片を取り出して握りしめ、その場でと思ったが思いなおし今降りて来た拝殿に向かって五、六歩歩み寄り、拝殿の正面まで来て立ちなおし、奥に向かって一礼して握りしめていたおみくじを開いてみた。

『小吉』とあった。

息をつき、添えられている文字を読んだ。

『願いはかなうが、真の達成はその後の心得いかん』とあった。

「わかりました」

彼は声に出してうなずき、さっき出て来た病院に向かって歩き出した。

麻酔から醒めた時、上から覗きこんだ執刀医は、

「成功ですよ」

笑って一言だけいい、努めて応えようとする彼を手で制しあっさり踵を返して立ち去った。

サイパン

数年前、天皇はサイパン島に行かれかつての戦場を訪れたそうな。当然慰霊が目的だったろうが、神道の祭司として天皇がかの地で何を行なったかは知らない。

その後ふと思ったのだが、天皇はサイパンを訪れた後向こうで何かを背負って帰ることはなかったのだろうかと。

私は不可知なるものを信じる人間のせいでか、初めてあの島に行った時、帰りの飛行機の中で他の初めての外地からの帰り道とはあきらかに違う何かを感じていた。端的にいって、何かが私の体にまつわりかぶさっているような、拭いがたい感じだった。

サイパン島での住民をふくめての全員玉砕は子供心に強い印象を残したが、しかし戦争中の玉砕はその以前にも北のアリューシャン列島のアッツ島での悲劇もあって、国民にとっては外地のことながらも覚悟のことだった。

しかし戦後になって、サイパン島の北端の岬まで追いつめられた、兵士ならぬ一般の住民たちが米軍の呼び掛けにも応ぜず、米兵が見守る前で次々に崖から飛び下りて自殺して果てたという報道を聞き、その写真を目にして固唾を呑まされたものだった。

モンペを穿いた女性が髪をなびかせながら崖から飛び下りていく写真は、彼女の無表情の故にもいっそう肌寒いものを感じさせた。あれは戦時中の日本という国を覆っていた、天皇を神格化絶対化させ、それへの忠誠の証しとして捕虜となることを絶対の恥辱とした狂気をまざまざ感じさせる決定的な情景だった。

あの写真に映し出された無惨さというよりも、これこそが時が違えば自分たち自身のことでもあったのだという、子供ながら、何といったらいいのだろうか、寒々した感慨だったのを覚えている。


そのせいでか趣味のダイビングのためにあちこち南の島に出かけてきたものだが、サイパンだけはその気になれずにきた。

しかしダイビングそのものが目的ではなしに、北マリアナというダイバーたちにとっては未踏の島々でのダイビングとその記録映画撮影のための航海に、それが可能なキャパシティーのある船を探していたら手頃な船がサイパンにあるということで仲間と下見に出かけていった。

ミシシッピー河でパッセンジャーボートとして使われていたという百二十フィートのアルミ製の分厚い船体の船で、結果として私の友人の富豪が買い取り豪華な小型汽船に改良したが、撮影の旅には間に合わず他の船を仕立てて出かけた。

ちなみにその冒険旅行で私は船から転落し、肋骨を三本折ったりしたものだ。それが私のたった一度のサイパン行きと関わりがあったかどうかはわからないが。

サイパンでは当然ついでにダイビングをこなしたがスポットは限られてい、魚獲りも禁じられていてマットグロッソという外海に通じる地底の池での一度だけだった。

他のスポットとしては魚影の濃い例のバンザイクリフの真下ということだったが、当然迷わずに避けた。というより初めから考えもしなかった。

しかしそれだけの旅だったが、帰りの飛行機の中で、そして日本に帰ってからもしばらくの間体に何とはない違和感を覚えていた。健康を損なったというのではなしに、何かが体に薄くだが、はっきりと被さっている感じがしてならなかった。

私はその種のことを信じるたちの人間なので、ああこれはあの島で亡くなった人たちの誰かが私におぶさって日本に帰ってきたのだなと思っていた。

同じことを後で私に打ち明けた人もいる。

後に参議院の議長にもなった扇千景さんが議員の頃何かでサイパンに行ってきたといったので、

「あの島は滅多に行くところじゃないな」

何気なくいったら、

「そう。私しょっちゃったわ。あなたも？」

彼女はいった。

最近の戦争を知らぬ、ましてあの岬での悲劇も知らぬこの国の若者たちは平気であの島のあの岬で水に潜り水中の景色を楽しむようだが、それで何が起こるということでもないようだ。

しかし私の末の息子の友人の今は息子と同じ絵描きになっているKという男は、以前サイパンでダイビングショップの助手を務めていたが、日本に戻ってきてからの述懐で、

「あの島の海で潜っていると、いろいろ不思議な目にあいました。不思議というか今思うとつくづく恐ろしい思いをしました。

親父からバンザイクリフの話は聞いていたけど、若いせいで何の実感もなしに潜っていたんですが。ショップのマスターから、ここの海で潜っていると、なぜか時々、突然、後ろを振り返りたくなることがあるが、絶対に振り向くな、といわれていたんです。で、ある時三人の客をつれて潜っていたら、なぜかとにかく後ろが気になって、客を先に行かせて僕一人で振り返ってみたら、後ろにモンペを穿いた女の人が立っているのがぼうっと見えたんです。ダイビングのギアも着けずにですよ。驚いて見なおしたらすうっと消えちまったけど、あれは目の錯覚なんぞじゃなしに、実際にこの目で見たんです。

戻ってきて店のマスターに話したら脇に呼ばれて、いいか、お前の見たものは確かなんだ、実は俺も見たことがある。だけど決して客には話すなよって。

それからあれを見たお前だからいうが、この島で潜っている間はよほどのことがない限り水の中で後ろを振り向くなって。どういうことですかと聞いたら、妙なことだけれど、慣れてくるほど時々なぜか後ろを振り向きたくなることがあるんだ。それで振り返ると、見えるんだよって。何がですかと聞いたら、いろいろ人の影だと」

「なるほどな、それはいかにも在りそうな、いや在るだろうという気がするな」

私もいった。

「それだけじゃなしにね、ある時水中で不思議な形をした石を見つけて拾って帰ったんですよ」

「どんな石」

「それが、どんなといわれてもいいにくい、だけどとにかく妙な形の石だったな。

　海の底にはない、珊瑚礁のかけらなんかじゃなしにね。そしたらその夜寝ている間に金縛りにあって、今までもそんなことはあったんですが、それとは全然違ってね、夢の中でこれは金縛りだってわかっていても目が醒めない。夢を見ているのでなしに、頭ははっきりしているのにどうにも目が醒めずに、自分がもがいているのがわかっていながらどうにもならないんですよ。その内、眠っているはずなのに眠りながら気を失って気がついたら夜が明けていました。

　それに気づいたらもの凄く恐ろしくなってベッドの中で思わず大声で叫んだんです。そしたら店のマスターが起きてきて訳を話したら、お前昨日海の中から何か拾って帰らなかったかって。で、枕元に置いておいた石を見せたらとにかくすぐに元の海に戻してこいって。そしてこれからは絶対に海の中から何も拾って帰っちゃ駄目だぞとね。

　いわれて僕もなんとなく訳がわかるような気がしたので、はいそうしますといったら、いや待てお前一人で行くな、俺もいっしょに行ってやる。一人で行くと何があるかわからないからなって、二人して出かけて前日潜った辺りの海底に捨てて戻してきました。

　彼の話だと、海の中だけじゃなし、たとえ陸の上でもあの島のものは、たとえ草や木だろうと持って帰っちゃならないそうです」

いわれて私にも理解、というよりいかにもわかって感じられる話だった。

それからなおしばらくしてある縁で知り合ったHなる人物から、Kから聞いた話をなるほどと思い返させられる不思議な話を聞かされた。

H氏はその人自身も不思議な人だった。

岡山県の山奥の古い神社の神主の末裔（まつえい）で、一種の霊感者といおうか、少なくとも霊と交流の出来る術をそなえた人だった。

父方の祖父に子供の頃から見こまれて仕こまれ、父親は受けることのなかった古い神事を伝授させられ、頼まれれば相手の身の上の出来事の所以を霊的に検証する『卜庭（さにわ）』の術を体得して、原因のわからぬ出来事の訳を的確に判断することの出来る能力をそなえていた。

私も一度同じ能力をそなえたある人に『卜庭』してもらったことがあるが、その体験はまか不思議、というよりも不思議以前に歴然としたもので、考えれば考えるほど、思い返せば思い返すほど人間の存在の深淵を覗かされたような気がしてくる。

『卜庭』を受けているとその間意識ははっきりしているのだが、自分の体が自分でコントロール出来ず何か他の力で動かされているのがわかる。相手の問いかけに、私の意志ではなしに何かが私に代わって体を動かして答えるのだ。

そんな馬鹿なと思って頭の動きを確かめるために暗算をしてみても、正確な計算が出来るのに体だけは自由が利かない。する内に相手のかけた一言で体は元の自由に戻ってしまったのだが。

そのＨ氏がある時サイパンに行った折向こうに住む日本人に頼まれて、かつて現地で亡くなった人たちの慰霊の祈禱を行なった。Ｈ氏にいわせるとその作業を終えて強い反応の実感があったそうな。

その後数日滞在して帰国したが、飛行機が空港を飛び立ち雲を破って上昇しきって水平飛行を始めシートベルト解除のサインが出てすぐ、窓際に座っていた奥さんが窓の外を彼らの乗った飛行機に並んで飛ぶ飛行機に気づいて教えた。

いわれて窓から覗いたら、太平洋戦争の時飛んでいた褐色の胴体に白い縁取りをした日の丸を描いた日本の軍用機が二機飛んでいたそうな。

「あれはゼロ戦のような小型の戦闘機でしたがね。その内他の乗客たちも気づいて騒ぎになった。現代のジェット旅客機に並行して、あんな高い空をそんなスピードで飛ぶ昔の飛行機がある訳はないでしょうに。

なるほど、亡くなった兵隊さんがあれで浮かばれて、今ようやく故国に帰っていくんだなとわかりました。その内次の雲が来てそれが晴れたらもうその姿は見えませんでしたがね。

ああ、私たちより先に日本に帰っていったんだなあと思いましたよ」

海の獣

生まれて初めて、カジキマグロなる海の獣をこの手で仕留めて釣り上げた。

今年は夏前に久米島で鼻風邪を無理して潜ったせいで耳を壊し、ろくにダイビングが出来ずに終わったせいで欲求不満がつのっていた。せめて釣りででも憂さを晴らすかと、潜りの間に狙うカツオやブリ、カンパチなんぞではなしに大物のカジキを狙おうと私からいい出して仲間の足の速い大型艇で出かけた。

今年も一昨年に次いでカジキは関東近海では沢山上がってはいたがもうそろそろ季節も終わりに近く、それをいい出すならもうすこし早くいってもらいたかったなどと愚痴る仲間をせかして、十月に入っての週末に出かけていった。

狙いの場所はまだ暖かい潮の入っているという、神津島北西沖のヒョウタンと呼ばれている瓢箪形をしたバンクで、周囲の海が五百から千メートルは落ちこんでいる中に、そこだけは百メートル前後の水深でしかない。金目や青鯛といった高価な底魚の漁場だから当然カジキのような大物も集まってくる。

ヒョウタンに着いて早速、殊勝にも今回は潜りはせずに釣りだけでいこうといい出した私のために新規にあつらえたという高価な、全長四十センチに近い化けを四本の太竿につけて流しこんだ。

こんなに巨きな疑似餌に食いつく魚は、まずカジキしかいない。それにしてもこんなに馬鹿でかい疑似餌に食いついてしまった魚は、連中には痛覚はないとはいえ、どんなに図体が巨きくともさぞや往生と思われる。

釣糸を流して五分もしない内に右舷のアウトリガーの糸が音を立て跳ねて外れ、ドラッグの糸が激しい音を立てて引きずり出された。

「来たっ」

全員が叫んで竿をコックピット中央の椅子の差しこみに移し、一番若くてタフな田中の息子の大介が竿を握った。

「あんたはやっぱり運が強いよなあ、その気で船に来て初めてのトライで、こんなにすぐにカジキに当たるなんてさあ」

オーナーの出井が慨嘆していってくれた。

間があり、

「どんどん引いていきますがね、このまま出していいのかなっ」

大ちゃんが振り返っていい、

「飛ばないなあ、魚が」

オーナーの出井が首を傾げていった。

「どういうこと」

「これだけ糸を引きこんでいくと、針が外れないのに焦って、大抵一度水の上に飛び上がりテイルウォークするんだよ。まだどんどん糸が出ていくな、とんでもなくでかい魚なのかなあ」

する内、

「このままだと糸が出切りますよ」

大ちゃんがいい、

「よし、船を止めてバックし間を詰めろ」

ハイブリッジで舵を取る山下に出井が叫んだ。

船が動きを止め、今までとは逆にゆっくり後戻りし、その余裕で釣り手は懸命にリールのハンドルを回しドラッグにどんどん糸を呼び戻していった。

「変だな、こいつ魚なのかな、手応えが変ですよ」

する内後方の波間に何やら茶褐色のものが見えた。

「なんだありゃ、鯨か、いや違うなっ」

と、

「流木ですっ」

ハイブリッジのパルピットから身を乗り出して眺めていた山下が叫んだ。

後進する船はさらに相手との間を詰め、やがて波の背に乗って相手の正体が見えた。全長五メートル近い、全身にびっしり貝のとりついた太い孟宗竹だった。

皮肉なことに針は竹の真ん中に引っかかっていて、そのせいで相手はどちら側にもひねられず真横になったまま全長をいかして糸をたぐりよせていたのだった。

「そうだろうよ、そんなに簡単にカジキにぶつかることなんぞないと思っていたよ」

現金にも出井はいい、

「それにしても、君にいわれてリールを巻かずにいて良かったよ。あれでもし途中で針が外れてしまったら、相手の正体を見ることもなく、やっぱりあんたが下手糞で折角の獲物を逃がしちまったといわれかねないからな」

ということで季節はずれの漁は大笑いで終わった。そして、今年はこれで多分カジキ狙いは打ち止めということだった。


次の週末、私はまだ行ったことのない外房の海に行ってみようということで出かけたが、季節柄北東風が吹きつのり潮も悪く、ならば行きなれた伊豆の島にでも行くかと向かったがそこも本気のナライ（北東風）が吹きつのっていて波が悪く、しかたなしナライを塞ぐ伊豆半島の陰の駿河湾に入った。

水温も季節並に落ちてきていて、岸から離れた沖でも南から入ってきている潮は二十六度を切っていた。

　カジキ漁の限界水温は二十六度あたりだそうで、出井は迷っていたが時折水温が二十六度となったりもするので、不当たりを覚悟でアウトリガーを張り糸を流し、波勝崎の沖合五、六マイルの辺りを、水温を計りながら南北に行ったり来たりしてみた。

　糸を流してから間もなく、出井が突然「よしっ、忘れてた」と叫んで操舵室の引き出しを開け何やら旗を取り出した。どんなつもりでしまってあったのか昔ながらの軍艦旗だ。

「この旗は縁起が良くって、これを揚げるといつも大漁でね。それにこれを揚げてると東京湾ですれ違う自衛艦はブリッジにいる艦員が全員旗に向かって敬礼してくれるんだよ」

　その旗を張り出したアウトリガーのポールに結びつけて自ら敬礼してみせた。

　四時に近く、気温も冷えてきたのでそろそろ竿を取りこむかと話しあっていたら、突然また右舷のアウトリガーが強いショックで外れ、糸が引き出されていった。

「来たっ。跳ねるぞっ」

　出井が叫んだ瞬間六、七十メートル後方の波の上に黒い巨きな魚が垂直に跳ね上がり、首を激しく振りながら十メートル近くの距離を尾鰭（おひれ）だけで水を掻き左に向かって突っ走りそのまま棒倒しに水に落ちこんだ。

「まだこんなとこにいたんだよ、今度は間違いなくカジキだっ」

　私に向かって出井が叫び、先週と同じ大ちゃんが曳き手の椅子に座りなおした。

それから二時間、魚の引きにまかせてリールを緩めては糸を出し、今度は逆に竿を倒しては糸を緩めその隙にリールを巻き戻して魚との間をじりじりと詰める作業が延々続いていった。

単調なようで実は動作の一瞬一瞬に、未だ目には見えぬが、目の前に広がる膨大な水の連なりの底の底でまぎれもなくうごめく巨きなものの歴然とした気配が伝わってきた。

渾身の力を出して一本の糸を操り目に見えぬ相手と格闘しつづける釣り手に、誰かが栓を払った水のボトルをくわえさせて水を呑ませ、そのまま頭と顔にかけてやった。

やがて、緩めては引き引いては緩める力ずくの、しかし微妙な作業の末にあれきりまだ姿を見せぬ獲物がじりじりと船に引き寄せられてくる気配があった。

そしてある時点で大ちゃんが、

「弱ってきたぞっ」

握ったものから伝わる感触で皆に振り返って叫び、いつの間にかフライングブリッジの外側のこんな漁のためにしつらえられた簡易操舵装置に移っていた出井が、

「よしっ、正面からは角が危ない。右舷に持ってこい」

叫んで舵を切り、船を勢いよく後退させて獲物を船の右舷の真下に引きこんだ。

石栗が大きな鉤(はり)のついたフックをかざして左舷から乗り出し、しまってあった水中銃を持ち出す田中に真似て私もあわてて自分の銃を取り、揺れる船の上で足を踏んばり銃の強力な二本がけのゴムを引いて石栗の後ろでそなえた。

間もなく舷側の水の下に獲物の姿が見え隠れしてきた。二時間を越す戦いでさすがに疲れたか獲物の動きはもはや鈍く、リールで引き寄せる力とそれに合わせて後退する船の動きによって、舵とりがいった通り船の右舷に引き寄せられ、ついには水面にその姿が現れた。

すかさず石栗が手にしていたフックの鉤を魚の外側から打ちこみ、山下が手を貸し二人して引き寄せた獲物の頭にまず田中がかまえていた水中銃を撃ちこみ、次いで私も獲物の大きな目を狙って撃ちこんだが手元が狂い銛は目の後ろに突き刺さった。

フックの鉤と銃の銛の返しでさらに魚を引き寄せ、船尾のゲートを開いて魚を頭から引き上げた。

「角に注意しろよ、最後に何するかわからんぞっ」

出井が叫びながら思い切って船を後退させ、逆流してトランサムに当たり盛り上がって流れこむ水に乗って獲物は広いコックピット一杯にのし上がってきた。

三メートル半近い黒いカジキだった。

その角の長さには驚いた。根元の太さが直径五センチ以上ある魚の巨大な角は一メートルに近く見える。最後の取りこみの際に、時には最後の力をふり絞って人間を突き刺すそうだが、長い角の先端は根元の太さにくらべ大工道具の錐(きり)と変わらぬ鋭さだった。

誰かが何か叫びながら積んであったスチールのバットで魚を殴りつけ、獲物はようやく動かなくなった。しかし直径五センチはあるその目は一杯に見開かれたまま取り囲む人間たちを凝視していた。

ちなみに、後で怖々触ってみたがその目は目の瓣になぜだか瀬戸物みたいに堅く指をはねつけてきた。

驚いたことに、トローリングでの他の獲物と違って、コックピット一杯に横たわった血だらけの巨きな獲物は釣り上げた瞬間からもの凄く生臭く臭った。顔を近づけなくとも、船が動き出し辺りの空気が動くとその臭いは湧き上がり船尾に渦まいて顔をしかめたくなるほどだった。

目の前に横たわってあるものは、魚というよりもまさしく海の獣だった。その凶々しさをその臭いこそが証していた。

日頃水中で使う武器を手にして私がたった今撃ったものは、もはや魚ではなしにまがいもなく獣だった。

今まであの強力な水中の武器で魚を撃つことはあっても地上で何を撃つこともなかったが、間近に見る獲物に銛を撃ちこんだ時の感触は水中とはまったく違っていた。それはむしろ昔アラスカで湖に水を呑みにくるヒグマを、仕立てていったモーターボートで間近の岩かげから撃った時の感触だった。

あの時、手負いとなって口から血を噴きながら水に飛びこんで私たちを襲おうとした巨大な熊の形相の凄まじさに動転し、いきなりフルスロットルでゴースターンをかけた船の中で平衡を失いひっくり返った私たちが嗅いだ血の臭いを私は思い出していた。

ついでに昔誰かから聞いた、どこかの駅で目の前でやってきた電車に飛びこみ自殺をした男の血の臭いが、電車がまたようやく動き出したとたんに辺り一面に巻き上がったという話も思い出した。

仕留めた獲物の生臭さに往生する私たちにハイブリッジからオーナーの出井が、あっという間に変色していく獲物に水をかけ、胴体を水に浸した毛布で巻いて包めと命じた。

水をかけると変色しかけていた獲物はまた元の輝きを見せた。しかし薄いピンクの毛布で巻いて包んだ獲物は、見るからに巨きな「死体」そのものだった。

出井はもう一匹いるはずの仕留めた獲物の連れを当てにして、またアウトリガーから糸を出させあの旗に敬礼してみせたが、もう誰も次のヒットを信じる者はなかった。

島の港に戻る途中誰かが図鑑を取り出し、仕留めた獲物が何ものなのかを確かめようとした。胴体の上側の模様はシロカジキだったが、今は胴体にしまいこまれた背びれと脇びれの形からするとクロカジキということだ。

「どっちだっていいじゃないか、これは本物のカジキだろうが」

私はこのとてつもない獲物への敬意からそういったが、

「でもね、黒と白とじゃ値段が違うのよ」

出井はいった。

ちなみに質したらこの海の獣の値段は、どちらにしても信じられないほど安いものだった。

それでもなお、私たちはまぎれもなくあの海の獣を仕留めはしたのだ。

海での出会い

吐噶喇列島での記録映画作りのダイビング旅行で、最初に寄った奄美大島での取材は島独特の追いこみ漁の取材だった。

網元の指図で我々七人が手に手に神社で使う御幣みたいな道具を持って、水中でそれを揺らしながら水中に張られた網に向かって四方から魚を追いこんでいく。

そんな道具が水中で音を立てて魚を脅す訳もないと思っていたが、それだけで水中にある波動が伝わり、魚たちはそれに追い立てられていくのだそうな。

収獲はグルクンやハギなどまあまあのものだったが、手にした小道具が聞かされた通りの効果があるのには驚いた。

船から降りて今夜の宿の網元のやっている民宿に入り一風呂浴びて食事する広間に入ったら、正面の床の間に飾られている鮫の歯の大きさに皆驚いた。

差し渡し一メートルを越す顎の骨に、上下びっしりと長さ五センチもある鋭い歯が並んでいる。それも一枚一枚の歯の裏にさらに何かで歯が欠けた時、すぐに次の歯が表に出るべく予備の歯がそれぞれ三枚ずつついている。

鮫の歯の鋭さは難物で、殺されてしばらくたっても、歯だけが飾られていてもなおうっかりその先に触れると指の肌が切れ、しかもその傷が化膿さえして、鮫がいかに悪食だったかがわかる。水中の生物ながら鮫の歯だけには破傷風菌がついていて傷口から感染してしまう。

いささかは鮫に慣れてはいる私たちも感心して眺めていたら宿の主人の網元が入ってきて、尋ねた仲間に答えていた。

もう五年ほど前奄美の狭く複雑な水路に迷いこんできた馬鹿でかいタイガーシャークが、定置網にかかって身動き出来なくなり死んだそうな。それにしても大きな鮫だと感心したら、隣の部屋にその写真があるという。行って眺めたら、浜に引き上げられた鮫の胴体は周りに立っている人間たちの背丈にくらべて優に十メートル以上あった。

こんな大物が日本近海にもいるものかと感心したが、眺めながらふと思いついた。

十年近く前に伊豆の新島であった出来事だが、あの島で行なわれていたムロアジの追いこみ漁で、突然大きなタイガーシャークが現れて追いこみの漁師の一人を食い殺したことがある。

その時船にいた漁師から聞かされたが、網の外側にいた漁師の一人が一番早く船にたどりついたが、その男を鮫はくわえていった。

船にはその男の父親が乗りこんでいて、包丁を握って鮫に向かって飛びこもうとするのを仲間たちがはがい締めにしてとどめたが、鮫は獲物を見せびらかすように大の男をまるで棒きれをくわえるようにくわえたまま船の周りをゆっくりと旋回して姿を消したという。その鮫は漁をしていた船くらいあったそうな。

以来新島では追いこみ漁は止めてしまった。

私たちが奄美で写真で見たあのタイガーシャークは、あるいはあの新島に現れて人を食った鮫ではなかったろうか。あれくらい大きな鮫になると滅多にいるものではなく、その行動範囲もべら棒なものだが、むしろ彼らにとっては奄美大島のように狭隘な水域の方が苦手というか、危険な罠となってしまうに違いない。

伊豆の川奈港あたりのイルカの追いこみ漁を見ていても、大きな魚ほど入り口の狭い水域に入ってしまうと出口を見つけられずにそのまま飼い殺しにされてしまう。

いつか西伊豆の奥の安良里（あらり）という入り口が狭く懐の深い港に入って、舫った船から小さなテンダーに全員乗りこみ銭湯に入りにいったことがある。日が暮れ、ひと風呂あびてビールを飲みいい気持ちで船に戻る途中、ボートの間近に突然大きな魚が三匹潮を噴いて飛び上がりパドルで漕いでいた男が仰天して立ち上がって、満員の小船はバランスを崩してひっくり返り全員海に放り出された。

お陰で皆してテンダーを押して船まで戻り水をかい出し、着替えをとってもう一度風呂屋に出かけなおす羽目になった。

閉鎖水域に迷いこんだ鮫というと、奄美であの写真を見てから数年して場所もあろうに瀬戸内海に馬鹿でかい、これはタイガーシャークよりももっと質の悪いホホジロ鮫が迷いこんで大騒動になったことがある。

あの鮫は恐らく潮に乗って豊後水道から瀬戸内海という、大きくはあっても彼らにとっては閉鎖された水域に入ってきてしまったに違いない。

　最初の事件は水道に近い愛媛県の海域で起こった。

　何の漁のためにか旧式の船から空気を送りこむ潜水で潜っていた潜水夫が、突然目の前に現れた鮫に驚いて船にいる兄弟に下から、「でかい鮫が出た、早く上げてくれ！」叫んできたが、その後悲鳴が聞こえ、急いで引き上げた綱の先には、重しのついた靴をはいていた下半身が食いちぎられて残った上半身だけがついていた。

　鉛の重しのついた潜水服の靴ごと食いちぎり呑みこんだ鮫があの靴をどう消化したのかは想像に余るが、しかし鮫の食欲、といおうか消化力は我々の想像を超えたものがある。

　いつかフロリダでのトローリングにかかった、あれも十メートルを超えていた鮫は陸で腹を割いて確かめてみたら、どうやって呑みこんだのか、自動車に積んであるタイヤの交換に車を持ち上げるための小型のジャッキが収われていた。

　あの鮫がそれといっしょに呑みこんだのだろう人間はとっくに消化されてはいても、さすがに鉄製のジャッキだけは内臓の結石みたいに彼の腹の中に一生とどまるに違いない。

　瀬戸内海に迷いこんでまず潜水夫を食い殺した件の鮫が次いで姿を現したのは、底魚の鯛を釣っている漁師の船団にだった。

　ある日十隻ほどの船が糸を垂れていたのだが、どの船も手応えがあって糸を引き上げてみるとその度に途中で手応えが失せて針の先の獲物がない。獲物だけではなしに糸も針ごと食いちぎられている。

ある船の漁師が、これは何か大きな魚が途中で獲物を食い逃げしているのだろうと、何度めかの時、当たりの後間をおかずに糸を巻き上げたら、妙なショックで獲物が上がりその半分が食いちぎられていた。と思ったらその片身になった鯛を追って馬鹿でかい鮫が浮き上がり、食い残した獲物に向かって飛びかかりはずみに漁船の船体に食いついた。

食いついて離れぬ鮫に驚いて漁師は積みこんでいた梶棒で鮫を殴りつけた。間近にいた僚船の漁師たちがそれを目撃したが、鮫はさすがに船を食らうことはなく姿を消したそうな。

その後港に戻って確かめてみたら、鮫の食いついた漁船の胴体に鮫が残した大きな歯が食いこんで残っていた。

私もテレビの報道でその映像を見たが、専門家の鑑定でホホジロとわかったその鮫の歯も、私たちが奄美で見たタイガーシャークと同じくらい、長さ五センチはあるどでかいものだった。

その鮫も結局瀬戸内海という閉鎖水域の中で野垂れ死にしたに違いない。漁船が襲われたというニュースに次いでの被害は報道されなかった。多分、漁船にまで食いついてきたほど飢えていた鮫は、内海のどこかで餓死して沈んだのに違いない。

鉛の靴を履いた潜水夫を襲った鮫も、アメリカの映画になって一世を風靡したジョーズほどはタフでなく、ろくな獲物にもありつけぬまま海底に沈んで消えたのだろう。

しかしまあ、私自身もかなりすれからしのダイバーだが、水の中で会うにしても鮫というのはあまり打ちとけられる相手ではない。

これが時折は人間に出会う鮫だと彼らなりに学習を積んでいて脅しもきくが、人間を知らぬ鮫は厄介なものだ。

昔々水中での漁があまりうるさくなかった頃によく出かけた、関東のはるか南の絶海の孤岩ソウフ岩にも鮫は沢山いたが、同時に水中に溢れているカンパチなどという格好な獲物を狩る時必ず出てくる地つきの鮫たちも、最初にポップガンで頭を撃って一匹沈めておくと一日は姿を現さないものだったが、多分日本のダイバーとしては初めだろう、私たちが出かけていった珊瑚海の、オーストラリア領のオスプレイ・リーフなどでは巨きなケイ（砂州）のチャートにわざわざシャークポイントと記されていた地点では、脅して追い払っても追い払っても、際限なく、その度段々大きさを増す鮫どもにはうんざりさせられたものだ。

最初は人間並の鮫が出てきて目障りなので追い払うと、次にはその兄貴株の三、四メートルクラス。それも銛先でつついてやると、しばらくして彼らが何をいいつけたのか、さらにその上の優に人間の倍はある手合いが現れる。

周りには格好のハタなどの地魚がいて、鮫は我々をじかに襲うことは滅多にないが、手にした獲物、死んだ魚には目がなく果敢にやってくる。しかたなしにポップガンを撃ちこんでも、また次が近づいてくる。鮫もあれくらいの大きさになると頭も大きくて、撃ちこんでも頭蓋の中にある小さな脳に当たったかどうかはわからず、一度はきりきりまいして海底に落ちていってもまたやってきた。

で、こちらも終いにうんざりして退散したものだった。

男の功徳

彼の得意技といおうか性癖は女漁りで、それはたいそうなものだったがしかしなぜか横から眺めていても嫌らしいところがなかった。

淡々とした漁色というのは矛盾したいい方だろうがどこかとぼけた感じで、相手の女たちもつい気を許してといおうか、気安くうなずいてしまうようなところがあった。

相手に持ちかける手管はいつも同じで、気にいった相手がいると酒を飲みながら近々どこかで飯を食わないかと誘い、つき合ってくれるならついでに何か買ってあげるといい、相手もそれで何を呑みこんでか大抵はいいわよと答える。中には飯だけで終わってしまう相手もいるようだが、彼の方も深追いはしないという。

なにしろ、練馬の古い地主で膨大な土地を持っていて、都市化が進むにつれ住宅開発のためにしつらえられた融資の制度を巧く使って、ほとんど労せずに延べ千戸近いマンションをつくってしまっているからその家賃だけでもべらぼうなものがあった。

おまけに道楽というより節税のために始めた競馬馬の買いつけが当たって、普通はなかなか釣り合わない投資だそうだが、彼の場合には儲かりもしているという。

いっしょにゴルフをしている最中にもよく調教師から電話がかかってきて、その度に「勝った、また勝ったよっ」とにんまりしていた。そんな日は当然彼の奢りでいきつけのクラブに拉致されていった。そしてその度行く店が違っていて彼の女も新しく変わっていた。

彼の女好きは体質からだったかもしれない。五十半ばを過ぎても週に、三、四回は女を抱かないとおさまらないそうで、逆に奥さんの方が淡白で彼の女道楽には目をつむっているようだ。子供も四人いて、ということでいわれてパイプカットもしていたが、「それが逆に武器になっちまってな」嘯いていた。

ゴルフからはよく彼の運転するキャディラックで帰ってきたが、その間何度も新規の女の写真を携帯電話のスクリーンで見せられたりしたものだ。

その中で私の印象にとまった女が一人だけいた。女の癖に目が鋭い、というよりどこか険のある感じの彫りの深い顔立ちの女だった。尋ねたらどこそこの店にいる女だが、近々アメリカに行ってしまうという。

渡米の訳は、このままクラブの女で終わるつもりはなくその頃流行りだしていたなんとかいう特殊なダンスの踊り手になりたいのだそうな。そのためにニューヨークにある専門の学校に入って技を極め身につけてきたいと。

そしてその渡航の費用と向こうの学校の入学金を出してくれといわれ、結局彼はそれを引き受け彼女を送り出した。

「そいつはお前にしちゃあ、ちょっと甘いんじゃないか」

私がいったら、

「かもしれねえな」

彼もいった。

「何かよほどの思い入れでもあるのかい。一体どれくらい向こうにいて、本当にこっちに帰ってくるのか」

「二年といってたけどね」

「それでその後は」

「だから約束したんだよ。いや、実は俺、あの女にはいかれちまったとこがあるんだ」

「どうして」

「あいつとにかく激しいのさ、あっちの感が鋭くって、こっちにいくらでも応えてくれてな。あんな女は初めてだったよ」

「そうか。そういう訳か」

「そういう訳だ。男と女の相性ってものはあるんだよな」

「で、お前は殊勝にあの子をあきらめずに二年間待っているって訳だ」

「そういうことだ。待ち遠しいね、俺は女を待ち遠しいなんて思ったことはなかったからな」

頬を撫でながら彼はいった。

それからしばらくして同じゴルフからの帰りに、話のはずみに私は思い出して件の女について尋ねてみた。

「あれからもう二年たったっけな。あの、アメリカに何か習いにいった女は」

「ああ、な」

「で、どうした」

「まだ二年はたっちゃいないが、彼女もう帰ってきているよ」

「どうして」

「偶然知ったんだけどな」

「で、なぜ帰ってきちまったんだ」

「あいつが元いた店で親しかった女に別の店で会って聞いたんだ」

「結局、お前一杯食ったってことかい」

「じゃないよ」

なぜか妙にきっぱりといった。

「じゃ、どうしてだ」

「あいつはもう末期の癌なんだよ」

「癌」

「向こうで大腸癌の手術を受けて、それが遅くって肺に転移しちまった。もう手術出来ずにただ放射線の治療を受けているよ」

その時だけ彼は私に振り返り肩をすくめてみせた。

「なるほど、そういうことか」

「そういうことさ」

「で」

「前にいた近くの安アパートを借りて住んでた」

「行って会ったのかい」

「ああ、行って会った。足しに金も持っていってやったよ」

「どんなだった」

「様子はあんまり変わりなかったけど、ぐったりしていたな。放射線の治療ってのは応えるらしいぜ」

「だろうな」

「見た目は前と同じだったけど、もう末期は末期なんだと当人がいってた、だから俺には知らせなかったって。多分あと半年もたずに死ぬだろうってな」

「当人がかね」

「ああ、向こうの医者は聞かれればはっきり教えるそうだぜ。だから」

「だから――」

いわれてまた私に小さく振り返ると、

「してやったよ」

「何を」

「だから、頼むというから、また抱いてやったよ」

「抱く？」

「あいつ、昔と同じだったよ。始めたら段々激しくなって、しまいに涙流してたな。俺も良かったよ」

前を見つめたまま嘯くようにいった。

「なるほど、そういうことかい」

「そういうこと。しょせんこの世は男と女ってことさ」

「そういうの何ていうか知ってるか」

「知らねえな」

「多分、功徳ってもんだろうな」

「そうかね。帰る時、手を握って、また必ず来てとはいったが、でも次には俺もう立たないかもしれねえな」

前を向いたまま肩をすくめて彼はいった。

異郷にて

私は今までにたった一度だけ、人が人を殺す光景を間近に目にしたことがある。もうおよそ五十年も前のことだが。

生まれて初めての外国旅行で学生たちを連れてスクーターで南米を縦横断しヨーロッパに渡ってパリに長逗留した後エジプトに行き、汽車でナイル上流の古都ルクソールまで出かけて王家の谷も見た。カイロに戻ってそろそろ日本に帰ろうかという心境になっていた頃、カイロで知り合った日本の若い外交官が近くのアラブのある国に行くが、いっしょにちょっと向こうも眺めてみませんかということで、運び屋の手伝いをしながらかの地に赴いた。

運び屋というのは、向こうではイスラムの戒律がうるさくてみだりに酒が飲めず、見つかると宗教警察に拉致され罰を食らうという。ある国の公館で油断して窓際で酒を飲んでいた外交官は、それを見た市民に密告され警察に踏みこまれて捕まったそうな。

ということで、外交官特権による無チェックにつけこんでウィスキーを何本か携え同僚に差し入れする手伝いで私も随員として二本のウィスキーを鞄の中に押しこんでいった。

向こうの首都には同窓の先輩の商社員が何人かいて迎えてくれたが、彼らには外交官特権もないので、聞くところ家でナツメヤシの実とか何かを噛み砕いて発酵させ何やら怪しげな酒を作って飲んでいるそうな。

「とにかく君、ここはまったく別の世界、別の人間たちのいるところなんだよ」

先輩たちはいっていた。

「酒くらいと思うだろうが、他の戒律もどえらく厳しくてな、煙草一本盗んでも盗みは盗みということで手首を切り落とされる。町の盛り場に行ってみろよ、片手、それも左のな、手首のない人間がごろごろいるぜ」

「どこかの大使が、あれはあまりに刑が重すぎるのではないか、残酷に過ぎると王様だか王族にいったら、罰で長いこと牢屋に閉じこめておく方がよほど残酷だ、そんなことより片手を切り落とせばそいつは懲りて、一生盗みはしなくなるといったそうな」

「しかしそういう当人たちは、実は外国じゃかなり勝手なことをしてるがねえ」

「酒も飲めず、なら男どもは何をして楽しむんですかね、女ですか」

質したら、

「ここじゃ一夫多妻が許されてるからね、貧乏な男は結婚も出来ない。それでいて不倫は極刑だよ」

「極刑？　不倫だけでですか」

「特に女はな」

誰かがいったら、

「そうだ君、この週末面白いものが見られるぜ」

「何です」

「不倫で捕まった女が、石打ちの刑に処せられるんだよ。これは見物だな」

「そうか、そいつは俺も初めてだから見にいこう」

誰かもいい、その場で数日後の見物が決まったものだった。


その日の午後郊外の荒れ地におよそ三百人ほどの群衆が集まっていた。

「連中、他に何の娯楽もないからな、これが格好の遊びなのさ」

「遊び？　仮にも死刑の執行なんでしょうが」

いった私に、

「我々とて同じだよ。酒は駄目、映画も駄目、音楽駄目、じゃ他に何があるということだ」

しばらくして観客たちがどよめき、役人らしき男三人が女を一人引き立ててやってきた。

そしてあらかじめ掘られていた穴に女を押しこんで、二人が土を落として穴の中に座らせた女の体を胸の辺りまで埋めたてた。その間頭巾を顔にまとった女は観念しきったのか声も上げない。

作業が終わると役人の頭らしい男が声を上げ周りの群衆を手で追い立て距離を目で計って背後にすさらせた。

その後男はまた女の側まで戻り、手を延べ女の顔を隠していた頭巾を剝ぎ取った。

布の下から若く顔立ちのいい女の顔が現れた瞬間、えもいえぬどよめきが周りの男たちから起こり、それを叱りつけるように役人の頭が甲高い声で何か叫んだ。

ざわめきが静まるのを見すまして、役人はまた女の近くまで歩いて戻り、辺りを見回すと懐から取り出した紙を広げ、女と観客たちに向かってかざして示しよく通る声で読み上げた。

「なんていってるんです」

先輩に尋ねたが、

「わからんよ、罪状の数々ってとこだろう。そして最後は神の御名においてということさ」

その通り彼が最後に叫んだ、「アラー、アクバル」だけは私にもわかった。

叫び終わると役人はかがみこんで足元に転がっている石の中から手頃なのを選んでかざし、もう一度何か唱えて女に向かって投げつけた。石は一度地面にはねて巧い具合に女の顔に当たった。

次の瞬間周りの群衆は一斉にかがみこみ、足元の石を拾って手に手に女に向かって投げ始めた。

それは何ともいえぬ光景だった。数百人もの人間たちがそれぞれ神の名を唱えながら群がって石を投げつける。投げた石が当たらぬ者は止まる間もなく新しい石を拾いなおし、相手に向かって前よりも距離をつめ手にしたものを叩きつける。

彼等の表情がそれぞれひどく真剣なだけに光景は荘厳とも見えた。

彼等が信じるもののために屠（ほふ）られる者はまたたく間に形相を変え、地上に晒された体のすべての部分が石に打たれて破け、熟しきった巨きな果物が弾けて放り出されたようになった。

私は眺めながら思わず後ずさりし、群衆に背を向けて吐いた。私を誘って同行した二人も同じように吐いていた。

町に戻って連れの家に行って気分なおしに、仲間から分けてもらっていたナツメヤシから密造した酒を飲んだ。

「いやあ、なんともひどい見物だったなあ。あれはこないだ見た極刑なるものよりも凄まじかったよ」

「まったく。この前のはただ袋を切って落として、どしゃんだったからな」

「何です、その極刑なるものとは」

「ああ、八ミリで撮っておいたから見てみるかね。こいつは説明なしでは、見るだけじゃわかるまいな。つまりね、今日の石打ちの刑と同じ理由だよ、一夫多妻のあおりということさ。三人まで女房が持てるというのは金持ちだけ。貧乏人は結婚も難しい。

　あれはそのせいともいい切れまいが。ともかくこの国では、宗教の教えから同性愛は禁忌中の禁忌とされている。しかもだ、それを知りつつ同性愛者同士が結婚したらどえらいことになる。

　ところが最近それを敢えてやった男たちがいたんだ。結婚といってもただ同棲するというんじゃなしに、正式にな」

「正式にとは」

「同棲だけじゃとても気持ちが収まらないということだったんだろうな。役所にいる同じホモ仲間の役人に頼んで結婚の登録をしたんだとさ。俺はホモの気持ちはわからんが、好き合って思いつめれば、そういうことになるのかねえ。とにかく連中は正式に結婚しちまった。そしてそれがばれた。これはさっき殺された女の姦通の罪どころのものじゃないそうだ。ここでも前代未聞の罪ということで、男夫婦二人だけじゃなしに、それを書類を作ってとりもった役人も同罪ということで三人とも極刑中の極刑と決まったのよ」

「その刑について連中は考えたんだよな」

「どう」

「俺たちには想像もつかん話だよ。死刑を宣告してから、いかにむごく殺すかを考えたんだろうな」

「ということで、彼等が犯した犯罪の重要性を周知徹底させるために、これら三人の罪人を長期にわたって衆目に晒しいたぶれる限りいたぶって最後に殺すという術だった。でその三人は、町のスクエアに面した一番高い十階建てのビルの屋上から突き出したポールの先に皮の袋に閉じこめられたまま一週間にわたって見せ物として晒され、死刑執行の当日、彼等を閉じこめた皮袋の紐を切って落下させられることになったんだよ。

一週間の間袋の中に閉じこめられたままでいた罪人たちは、呼吸は出来ていたろうが糞尿にまみれたままで、それでも刑執行の前に役人が袋を揺すって確かめたらまだ生きていて袋の中でもぞもぞ動いたよ。

そして役人の刑執行宣言の後袋は切って落とされ、三人は数十メートル下の路上にどしゃんと叩きつけられて死んだよ」

先輩の商社マンがその瞬間のためにフィルムを装塡(そうてん)しねじを一杯に巻き切ってそなえていた八ミリ映写機は、切って落とされる寸前の皮袋にズームで寄って外から揺すられ中でうごめく罪人たちを正確に映してはいたが、それも死刑執行の前に肩まで埋められて微動だにしなかった女にくらべてむしろ迫力に欠け、落下して路上に叩きつけられたまま止まったきりの皮袋は何かの黒く大きな染みのようにしか見えなかった。

繰り広げられた無音の映像は、私がじかに目にしたあの石打ちの刑の迫力にははるかにおよばなかった。

かの国での滞在の最後の日に同行していた書記官がとんでもない噂を耳にしてきた。今夜町の某所で奴隷の市場が開かれるという。この時代にそんなものが有り得るのかと質したが、私たちがここへ来て目にしたものからして、ここが並の世界ではないことはわかるでしょうということだった。

　ということでその夜出かけたが、着いたところは町の外れの、といっても寂れた秘密の場所という印象でもない、誰かの古い小広い屋敷だった。

　ただ入り口での検問といおうか、身分の確認だけは厳しい様子で、それでも私たち日本人三人は見ただけで素性が知れたのか手元のリストを眺めなおしただけでうなずき中へ通された。

　連れは現地在留の商社マンだけに、

「先輩、ちなみにおたくの会社じゃ奴隷も扱うんですか」

　聞いたら、

「馬鹿いえ。しかしついこの前までは奴隷も世界販路のいい商品だったんだからなあ」

　貪欲な商社マンたる先輩はいった。

　建物の中の三十坪ほどの広間にばらばらに置かれた椅子にその夜の買い手たちが並び終わると間もなく市は開かれた。競りを司る男の声に従って次々に商品たる人間たちが現れ、部屋の正面に置かれた一段高い小広い段の上に上がってその身を晒す。

　中には中年に近い男までが数人いたが、彼等はそれぞれある特殊な技術を持った者たちで、後はまだ十代の少年と少女。客の誰かが声をかけると司会の男が近づいて無慈悲な手つきで着ている、といっても簡単に一枚まとっているものを剝ぎ取った。幼い商品たちは、すでに慣れているのかあきらめてか、無抵抗で身を晒し目も閉じずに立ったままでいた。

する内突然意外な商品が段の上に立った。成熟した、あきらかに二十歳は過ぎた女だった。

その体は豊満とまではいかぬが肉付きがよく、背が高く、顔の彫りの深い、この国の人間たちよりは手足が長く肌の色が濃い。

段に立たされた女は、悪びれることなく、というよりなぜか買い手たちを無視して挑むように顔をもたげ正面の天井近くを見つめたままだった。

誰かが何か声をかけると、競りの男は無造作に手を延べ女のまとっているものを剝ぎ取り、目の前に裸の全身が晒し出された。忙しい旅でのこのところの禁欲のせいか、目の前に聳える全裸の女はまぶしいほどの魅力に見えた。

「これはどういう素性の女なんですかね」

私が連れにささやいて質したら、彼が現地の言葉で競りの男に何かいい、男が何やら長く答えた。

商社マンよりも異邦の言葉に達者な外交官が、

「この女、誰かのハーレムにいたそうですが、身持ちが悪くて売りに出されたそうです」

「身持ちが悪いとなると、なぜ例の石打ちの刑でということにはならないんですかね」

私が質し、外交官が司会の男に質したら、男が肩をすくめて何やら答えた。

「彼女は彼等と違うアフリカの異教徒だそうですよ、マサイの血が混じっているとか。故にもどこかでかどわかされここに売られてきたんでしょうな」

競りの男の説明を彼女も聞き取っていたのだろうが、女はなぜか昂然と挑むように、表情も変えず正面の天井を見つめたままだった。

私は故の知れぬ強い感動で段の上に商品として立たされた彼女に見入っていた。

「で、彼女の値段はいくらなんですか」

尋ねた私を、

「えっ」

絶句して外交官は見なおし、彼に代わって先輩の商社マンが競りの男に声をかけた。男が答え、商社マンはすぐに暗算して、

「千七百ドルというとこかな」

当時のレートでも、私でもなんとかなりそうな額だった。

「千七百ドルね」

つぶやいた私に、

「まさかあなた」

「いや、それくらいならなんとかなりますがね」

「しかしこの女を買い取って、どうやって連れて帰るんです」

眉をひそめて外交官はいった。

「そりゃあんたが、外交官なんだからヴィザを出してくださいよ」

「馬鹿いいなさんな、戸籍も何もない相手にどうやってヴィザが出せますか」

二人の会話の気配をどう感じとったのか、段の上の女が私たちを、というよりあきらかに私を買い手と判じたのか、薄い微笑いを浮かべて見返してきた。

その視線を感じながら、

「無理かねえ」

私は嘆息してみせ、

「無理に決まってますよ」

外交官はいった。

ということだったが、私とて土台無理とは承知していたが、後になればなるほど本気で残念な気がしないでもなかった。

あれでもし、なんとかしてあの女を買い求め連れて帰ったとして、日本で彼女をせいぜい着飾らせて連れて回り、誰かから、

「こちらの女性は、一体どなたですか」

と尋ねられたら、

「ああ、これは私の奴隷ですよ」

と答えられただろうに。

生き残りの水兵

はい、検事さん、私が彼等を撃ちました、間違いありません。

殺意はあった、と思います、いえ、ありました。なければ四号弾を選ぶことはなかったでしょう。

とにかく彼等が憎かったのです。いや彼等だけではなく、何かもっと他の、自分でもよくわからない何かもっと大きなものが憎くてたまらなかった。その意味じゃ彼らも犠牲者なのかもしれませんが。

しかし森本を殺したのは間違いなく彼等です。三人を含めたあのグループの奴等です。今まで何度か奴等はあの辺りでおやじ狩りをして遊んでいました。他のホームレスがそれで逃げ出したのに森本だけが我慢して残っていたのを狙い射ちにしたんです。前から花火を投げこんだり空気銃を射ちこんだりしていたようですが、とうとう小屋ごと火をつけやがった。

体中に火がついて川まで走って消そうとして彼はあの石垣から落ちて死にました。あの辺りは夜は誰も通らぬところですから、奴等としたらしたい放題でした。

森本からもそう聞かされていたのでうちの会社の器材置き場の横にでも小屋を建てて移れといっていたのですが、ここの方がいっそ気楽でいいと聞き入れずにいました。彼としても二人の昔からの仲からしての沽券もあったんでしょう。警察に届けもしたといっていましたが、この頃の警察が彼みたいな者を本気でかまってくれることはなかった、せいぜいあそこから立ち退いた方がいいと説得したくらいでしょう。

考えてみると彼とは思いがけぬ形で何度も出会ったものです。

元々同じ年に予科練に入り同じ整備に回されましたが、その後も同じ母艦「翔鶴」勤務になりマリアナ沖で母艦が沈んだ後も同じラバウル基地に転属させられました。

あの時も「翔鶴」が沈没した後、味方の巡洋艦が来て拾ってくれるまで丸一日漂いながら海の上で偶然に行き合って、二人して一本の材木にすがりながら漂っていました。

鮫が寄ってきて何人か犠牲者が出ましたが、森本の才覚で周りから集めた漂流物を繋げて疑似の長い胴体を造りそれにからんで泳ぐことで助かりました。あれは昔からいわれていた、漁師が六尺褌を解いて流して鮫をこちらの大きさで威嚇するやり口なんですね。あの時も、海の上で森本に行き合わなかったら私も鮫の餌食になっていたかもしれません。

彼との二度目の巡り合いは戦争が終わって世の中がすこし落ち着いてきた頃、誰がいい出してか東京であった予科練の同期の会合ででした。

会場は神田のどこかの建物でしたが、私はすこし時間に遅れて駅を降り会場に向かって歩いていたら、建物の反対側から歩いてくる彼が見えました。すぐに彼だとわかった。森本には予科練の器械体操演習で右足を骨折してすこし引きずる癖がありましたが、そんな歩き方だけではなしに、なんというのか戦友同士の縁が作った勘というんでしょうか、遠くから眺めてもすぐに彼とわかりました。

まだ遠い距離だったのに私が思わず声をかけたら、彼の方もすぐに応えるように手を挙げて二人して駆け寄りました。会合のある建物の前で、昔の仲間たちに会う前にまず二人だけが出会ってしまったのも私たちならではの縁だったと思います。

そして三度目はあの多摩川の新幹線のガードの下ででした。

造園と地元での不動産の仕事もなんとか軌道にのり、息子たちも手堅く家業を継いでくれていて余裕も出来た五十すぎに始めたゴルフに凝り出して、時々行く家の近くの小さい練習場がその日は満員で、翌日仲間内の試合があったので、滅多には行かぬ多摩川の河川敷の打ちっぱなしの練習場に出かけた時です。

川原に来るのは久し振りでしたが、川上の二子玉川の辺りから土手沿いに下ってきてみて、対岸の川崎側の河川敷の草むらに青いビニールで囲って作ったホームレスの小屋が沢山見えました。新宿の公園や隅田川の護岸の壁に沿って建ち並んだ連中の住家についてはテレビなどで見ていましたが、家の近くの多摩川にまでこんなに青ビニールの小屋が増えているとは知りませんでした。

打ちっぱなしの周りにはいくつもグラウンドがあって野球やサッカーをしている若者や子供、その父兄たちで日中は人気の多い辺りですが、夕方練習場が閉まり暗くもなると人気はなくなります。川下のガス橋にかけての土手に沿った遊歩道も日が暮れれば誰も通りません。日没も早まって冬も間近な季節の週日でしたし、遅く来て時間一杯ボールを打って最後の客の私が道具をしまって出た頃はもう暗くなっていました。

ライトをつけ駐車場から車を出して土手下の道を走り出した時、ヘッドライトの明りの中にあいつが浮き上がるように見えてきたんです。何か両手にぶら下げていたが、あの右足を引きずりながら体をひょいひょいと浮かすみたいな歩き方で、おやと思う間もなくすぐに彼とわかった。

しかし彼が着ている薄汚れたジャンパーとズボンの様子が異様に思えたので、一度つけた明りをまた消し小さな明りだけ点して車の横を行きすぎる相手の様子を窺ったが、気づかずに過ぎていく相手は間違いなく森本でした。

車から出て声をかけたら立ち止まり、「森本だろ」、質したら間をおいてだがすぐに、

「おっ、岡田かあ」

答えてきました。

後で聞いたら、暗がりの中だったがなぜか声だけですぐに私とわかったそうです。

「お前、ここで何してるんだ」

聞いたら、ゆっくり向きなおると、

「そこに住んでるんだよ」

「どこに」

「そこだよ。そのガードの下さ」

背中の後ろを顎で指すようにしていいました。

いわれて見たら、練習場に行く時は気づかなかったが道の上手の幅広いガードの真下の棚のようなところに四つ五つ青いビニールで囲った小屋が橋げたにへばりつくようにしてあるのが目に入った。

驚いて黙ったままでいる私に、

「あそこだよ、右から二番目のが俺の家さ」

「一体、いつからだ」

「この夏過ぎてからな」

「なんで」

「仕事が潰れちまってな」

「どんな仕事が」

「工務店だよ、人も何人か使ってたけど親会社が潰れて不渡り出されて、こっちも借金で首が回らなくなっちまった。手形が余所に渡ってやくざに取り立てで脅されてな。女房は一昨年死んじまったし、娘二人は嫁に行ってるし俺一人逃げ出してきたのよ」

「故郷は長野だったよな」

「ああ、でも仕事は博多でしてたけど、ま、ここならもう誰も追っては来まいし。あそこにいる連中はみんな同じようなもんよ」

「しかしここで会うとはなあ」

「お前とはいつもこんなだよな、やだねえ」

そういって彼は声に出して笑ってみせました。

やだねえ、というのは彼の口癖でなんでも誰か漫才師の真似だそうだったが、兵隊時代うっかりそれを口にして聞き咎めた上官に殴られていたこともありました。

それでも、私はそれにどう答えていいのかわからずにいました。私の同業にもバブルの最中余計な利殖に手を出して破産してしまい、今じゃ行方不明の者も何人かいたが、彼らもこの森本と同じように地元を離れどこかでこんな暮らしをしているのだろうか。

そんなことで彼とのつき合いが思いがけない形でまた始まったんです。私から彼にしてやれることはいろいろありそうでしたが、彼には彼の沽券もあったでしょうし、それに彼とてまったくの無一文で博多を逃げ出してきたわけではなしに、どうにか工面して当面生きるには困らぬほどのまとまった金は密かに作って出てきたそうです。

「まあ、その内にすっからかんになったらお前のとこに転がりこむかもしらないが、今のところはなんとか生きていけるよ」

彼はいい、私としては彼に何を無理強いすることも出来ずに、彼が気ままでいいという暮らしぶりに節介して立ち入るつもりもありませんでした。ただ家からわずかなところに彼がこうしているということで、私の方からは時折何か手に下げて出かけていき、二人で近くの土手に座って酒を飲みながら他愛ない会話をして過ごすようになりました。

実際彼とそんな風にしていると思い起こされることはさまざまあって、自分一人では思うこともなかった昔の出来事を二人してたどってみると、つくづくよくまあ今こうして生きているものだと思うことがありました。あの男がこうしてまた現れてくれなければ私も、彼と出会う以前の事柄から思いなおし自分を振り返ってみることもなかったでしょう。

森本を知ったのは予科練に入ってからでしたが、その前に私は十五の年に横須賀の海兵団に入っていました。中学の時町で売られた喧嘩を買って大騒ぎを起こし、警察に三日間ぶちこまれた揚げ句学校は退学になってしまい、父親からお前のような人間は、もうじき大きな戦争になるかもしれないから飛行兵になれといわれてその気になってしまった。しかしその年の少年飛行兵の試験はもう終わっていたので、ある人から海兵団の整備兵になってそこからパイロットに横滑りする道があると聞かされまず海兵団に入りました。

翌年予科練を受けて乙種で合格して土浦に行ったら、子供の頃床屋で耳を掃除された時何かに感染して痛めていた耳を海兵団でのしごきで殴られてまた悪くしていて、結局左耳が難聴ということでパイロットは不合格とされ、そのまま元の整備に回されてしまった。森本も飛行兵志望だったが、器械体操の跳び箱を使っての倒立転回の実技で手を添える上官に意地悪されて着地に失敗して骨折してしまい、やはり整備に回されてきました。

そして土浦を卒業の後二人そろって航空母艦「翔鶴」の甲板整備兵として配属されました。横須賀に入っている「翔鶴」を見にいったら、とにかくそのどでかいのには驚かされました。とにかく見上げても目が届かず、見回しても目が届かずといったくらい馬鹿高く馬鹿っ広く、それもただ鉄ばかりで出来上がっている代物で、これに乗っていく限り絶対に大丈夫という感じでした。

しかしつい最近のソロモン沖海戦では二百五十キロ爆弾が四発甲板に命中してその修理の最中でした。艦中の見学の後甲板に出てみたら直径十メートルほどの穴が開いていて、裂けて大きくめくれ上がった甲板の鉄板の裏側に吹き飛ばされた乗務員の肉片がまだそこら中こびりついていてぞっとさせられました。

修理の完成まで待機の間鹿児島の鹿屋(かのや)に行かされ、そこで、担当させられる九九式艦爆の修理の見習いをした時も森本といっしょでした。修理が終わっての次の年の春、何の作戦でかアリューシャン方面に出動させられたがいつも凄い時化で、飛行機は一度も飛び出すこともなく、その間中ひどい船酔いに往生させられたが、隣のベッドにいる森本が船の揺れにはまったく強いのに腹が立ったものです。

その後南方に出動し、なぜだか大勢の陸戦隊を乗せていったが、中に海兵団時代の顔見知りが五、六人いました。彼らはタラワ、マキンの島で全滅したそうです。そんな情報をどこから聞いたのか森本が教えてくれたが、その時彼が声を潜めて、

「おいこの戦、ひょっとしたらやばいんじゃねえかな」

いったのを今でも覚えています。

その途中アメリカの潜水艦に襲われましたが、艦を大きく蛇行させて魚雷はかわしました。二本の魚雷が本艦の両脇を水中に白い航跡を引いて走って過ぎるのを見ましたが、なぜか恐ろし

いという実感はなかった。いわれたまま、艦をかすめて通りすぎていく航跡を目で追いながらただぼんやり立っていた私の横で、

「やだねえ、あれが一つでも当たれば終わりだよお」

歌うみたいに森本がいってみせたものです。

それから半年もしない内に森本がいった通りのことを経験させられました。マリアナ沖海戦で「翔鶴」はアメリカ潜水艦の魚雷を食らってあっけなく沈められました。

潜水艦が追ってきているのはわかっていましたが、全機出動の後、先に帰ってくる偵察機と故障で引き返してくるという僚機を収容するために直線で走っていたところを狙われたのです。結局合計四発の魚雷が命中して母艦は沈んでしまいました。

最初の一、二発でも艦全体が大きく揺らいで立っていられぬほどのもの凄い衝撃を受け、次いで全員待機の命令がかかった。艦はそのまま走っていたが段々に速度が落ちてきて、そこをつけこまれ前より間近から次いで三、四発目を食らって艦は次第に艦首を突っこむように傾いていきました。あんなに大きな船が次第に、立っていて平衡を失うほどに傾いていくのを感じるというのは恐ろしいというより不気味なものです。世界全体が壊れて崩れていくような、なんとも理不尽な感じでした。

全乗員およそ二千人の内私を含めて二百人ほどがブリッジ前方の第一リフトの辺りにいたが、命令で後方の第二リフト下部の火災の消火に駆り出された。いわれるままおよそ八十メートル

ほど離れた後方の第二リフトに向かって走っていったが、たちこめる煙の中を傾きかけただだっ広い甲板を走るのにも足下がおぼつかなく、今まで味わったことのない、危ういというより不思議に歯がゆいような感じだった。

その時もすぐ横に森本がいました。そして走っていく途中で突然彼が私の袖を引いて止めたんです。いわれて見たらブリッジのすぐ下の甲板の端にうがたれた作業員用のポケットに、大きな鉄の箱に氷づめされたカルピスの入った大きな薬缶がありました。横目で見て過ぎようとしたら、森本が私を小突いて寄り道してそれを飲んでいこうと誘ったんです。

気が引けてためらう私の前で彼はつまずいたように転んでみせ後ろから来る他の連中を追い抜かせると、にやっと笑って目で真横のポケットに入れと促してみせました。緊張で口は乾ききってい、そんな騒ぎの中ででも日頃めずらしい飲み物につい気を引かれて欲が出て、このどさくさに飲みたいものを飲んでやろうと二人してポケットに飛びこんで薬缶に手をかけた瞬間、第二リフトの下部に大爆発が起こり、救援に駆けつけた人間を満載したリフトは爆風で吹き上がって百人を超す乗員が宙に舞ったまま下の火の海に墜落していきました。

目の前の飲み物も忘れて唖然として見守る中で、次いで艦全体が身震いしてどよめき、リフトの下で二度目の大爆発が起こった。前よりも巨きな火柱が吹き上がり、甲板に立っていた者は全員爆風でなぎ倒されて見る間に甲板に亀裂が走っていった。

気がついたら艦はもう動けずにただ惰力で漂

っているだけで、もうこれでこの艦は駄目だとわかった。間もなく退艦命令が下り、私たち第一リフトの周りの者たちにはブリッジが間近だけに命令の伝達が早かった。手当たり次第浮きそうなものを海に放りこみ、すでに流れ出した重油が広がっている水面に向かって足から飛びこみました。

今思うとあんなに高いところからよく飛びこむ気になれたと思うが、あれが戦争というものなんでしょう。とにかく次々にためらう者もなく二十メートルも高さのある甲板の上から海に向かって飛び下りていった。

着水の衝撃はすごく、水で脇腹を打って息がつまりそうだったが夢中で水の下から這い上がり、いざという時にはと前からいわれていた通りとにかく艦から遠ざかろうとして泳ぎました。そんな間に重油を飲んでしまい喉が焼けて苦しかったがそれどころではなかった。

艦から百メートル以上の距離をおいて仲間が溜まってる辺りまできて振り返ってみたら、もう眺めてはっきりわかるほど艦首を前に突っこんで傾いた母艦のブリッジが、一際高く火に包まれ真っ赤な火柱となって燃え上がっていました。火の手はあちこちから上っていて、炎と黒い煙に包まれた艦がもう手のほどこしようなく最後の最後を迎えているのがわかった。離れた水面から眺めても母艦はもの凄く大きくそれが鉄の船とは思えぬ勢いで火に包まれて燃え上がり、その熱気が離れて水に浮いている我々の顔にも感じられるほどでした。

眺める内に艦は見る見る傾斜していき、後ろの甲板に群がっている人間たちが立ちきれずに甲板にしがみつくようにしていたが、さらにずるずると前に向かって何人も何人もずり落ちていき、艦首がとうとう水に潜ってしまったと思う瞬間、水中の何か大きな手に引きずりこまれるように逆立ちしてあのどでかい母艦があっという間に海に呑みこまれていきました。

その瞬間後部甲板にへばりついていた五百人近い乗員が、後尾から水面までまだ百五十メートルはある垂直の甲板をごろごろと転がり出し最後には豆粒をまき散らすみたいに海に向かって落ちこんでいきました。

全長二百五十七メートルもある大艦が沈んでいく姿を何に喩えていいのかわからない。その呆気なさは奇跡みたいにも思え、私たちは目だけ凝らしながらただぼうっと眺めるしかなかった。

そして今見ていたことが本当だったと証すように「翔鶴」が完全に水中に呑みこまれていった後、間をおいて水中でもの凄い爆発が起こり、その振動が水の中を伝わってはらわたに響いて感じられました。

幸い潮の流れが母艦と逆の方に向かっていて沈没の後の大きな渦には巻きこまれずにすんだが、水中での爆発の余波で目の前の水が今度は大きくふくれ上がり、一度渦に巻きこまれていった乗員たちの何人かがまた水面に吹き上げられてきて、その中にはまだ命があって爆発のうねりが収まった後仲間に向かって泳いでこようとする者もいましたが、爆発と大渦にもみくちゃにされた後では水面に浮き上がってはきても力尽きてまた水に沈んでいきました。

水中での爆発の余波がおさまってしまうと海

はまた凪いでしまって、ほとんど波の立たぬ水面に呼び交う声が聞こえてきたが、それもその内に止んで海の広がった平たい水の上で次に何を期待して待っていいのかまったくわからぬまま漂うだけでした。

その内に潮の具合で一本の材木にすがって泳いでいる仲間と行き合いました。甲板の緊急補修用の長さ五、六メートルのさして太くはない角材に十人ほどの乗員が手ですがっていたが、私の見ている前でその中の顔から肩にかけて怪我をし血を流している男が何かつぶやきながら手を放しそのまま沈んでいった。その隙間に今度は私が割りこむように入って材木に手をかけたが誰も咎める者はなかった。

手をかけて一息ついたら、

「おい、岡田っ」

声がかかった。

声の主を見なおしてみたら反対側の一番端に森本がいたんです。艦から飛びこんだのは彼の方が先だったが、それにしてもその後広い海の中でまたこうして行き合うというのは今思いなおしてみてもただの縁じゃありませんね。互いに顔を挙げて確かめ合ったが、彼の顔もどこか怪我しているのか額の辺りにべったり血がついて重油で汚れ、声をかけられなければすぐに誰とは見分けがつかなかった。しかしその時は誰もへとへとでそれ以上話す気力もなかった。

それに、すがってみると材木はいかにも小さく、怪我人をかばうように皆んな代わるがわる角材にすがっているのがわかりました。それでも小一時間もしない内にまた一人二人と手を放しゆっくりと水の中に消えていきました。

その二人目の死者が水に消えていった時、

「おおっ」

森本が叫んだんです。

「見たか、今沈んでった奴を、鮫がさらってったぞ」

「そういえば、何か下にいた気配だな」

誰かもいった。

「死んだ奴だけならいいが、他の鮫が集まってきたらこっちまでやられるぞ」

森本はいい、

「暗くなる前にそなえとかなきゃな」

「どうする」

怯えた声で聞いたのはこれも見覚えのある甲板下士でした。

「何かそこらに浮いている物を集めて繫いで、こっちの図体をでかく見せるしかねえな」

森本にいわれてみんな鮫についてかねて聞かされていたことを思い出し、近くにとにかく浮いて漂っているゴミから何から泳いでいっては掻き集め、何かについていたシートや足りないところは自分たちの着ているものを裂いて紐にして繫ぎあわせ材木にくくって後ろに流しました。あれで助かったんです。後で僚艦に助け上げられて生き残った他の仲間から聞いたが、夜になって鮫が集まってきて一人で泳いでいた連中の何人かが襲われ悲鳴を上げながら消えていったそうです。

そのまま夜っぴて漂いつづけていたが、夜の内にさらに二人が力尽きて丸太から手を放し暗い水の中に消えていきました。一人は私のすぐ横にいた奴で、彼は材木にのしかかるようにして体をとめ眠り出したがその内体がずり落ちていき、抱きとめようとしたが私の手には重すぎ、声をかけても返事もせずそのまま石みたいに沈んでいった。あるいは材木にとまりながらもう死んでいたのかもしれない。

　浮きにすがっている人間の数が減るごとに角材の浮力は増していって、最後は五人の男が材木を両腕で抱えるようにして浮いていました。

　そうなると今までよりもすこし余裕が出てきて、互いに「眠るなよ、眠ると死ぬぞ」、声かけ合っていたが、私は眠気よりも重油を飲んでただれた喉が焦げつくみたいに痛んでたまらなかった。燃えているような口と喉を冷やすつもりでわずかだけ海水を口に含んでみたが、一瞬だけはしのげたがすぐに逆に中がひりついてたまらなかった。

　そしたら彼も同じだったのか、森本が突然、

「ああ、あの水が飲みてえなあ。俺の田舎にな、長野一帯でも有名な水の湧く泉があってな」

　呻くような声でいいました。突然そういわれて他の仲間たちが聞き耳たてるように身動(みじろ)ぎするのがわかった。

「死ぬ前に、あの水をもう一度飲みてえなあ」

「止めろよ、夜があけて僚艦に助けられりゃいくらでも飲めるぞ」

　誰かがいい、

「本当に助けが来るのかな」

　情けなさそうな声で甲板下士がいったら、

「当たり前じゃねえか、沈む前にも母艦の位置は報(しら)せてあるわな」

　森本が逆に上官を叱るようにいって皆うなずいていた。

そしたらまた、

「ああ、あのカルピス飲んでいりゃあな、ありゃようく冷えてたぜ」

森本がいいました。

それを聞いて誰かが、

「そうだ、ブリッジの手前のポケットにカルピスが冷えてたよな」

「俺たちあれをどさくさに一杯飲もうとしてたのよ、でも間一髪で第二リフトが爆発してな」

森本がいった。

「でも、あそこでお前にいわれてカルピスを飲もうとポケットに飛びこんでいなけりゃ、俺たち爆発で飛ばされてたぜ」

私がいったら、

「でもこうなりゃ、ますます飲みたかったよなあ」

森本がまだいっていた。

それでも、誰もが抱えている乾きを彼が口にしてぼやいたことでみんな妙に刺激され、元気が出てきたのがわかりました。

「お前の田舎の泉ってのは、どんなところにあるんだ」

誰かが促すように尋ね、

「村の裏山の森の中に湧いててな、そこから小さな滝になって落ちてるんだよ。餓鬼の頃親にいわれて水取りに行ってそこでよく水遊びして遊んでた、夏でも凍るくらい冷たくってよ」

「飲んでみてえな、その水を」

誰かもいい、皆が焼けた喉を抱えて真っ暗な海の真っただ中を漂いながら、凍るような清水を想っている気配がよくわかった。今思うと人間というのは妙なもので、ああして今その場では願ってもかなわぬものに憧れることで不思議に力というか望みが持ち上がってくるものなんですね。

そして翌朝、陽が昇って間もなく僚艦の巡洋艦の「矢矧」が救助に姿を現しました。その姿を見て上がる歓声で確かめてみたら、それまで気づかなかったが私たちの周囲に、潮の加減で流されるままに溜まったのかおよそ三百平方メートルほどの水域に、他に二人三人と十組くらいの仲間がてんでに物にすがりながら漂っていました。

「矢矧」からカッターが下ろされてきたが、私はなぜかここでもしとり残されでもしたらという気がしてしまい、カッターが近くの他の仲間を拾い上げているのを見て、彼らが来るのを待たずに一人だけ角材から離れて百メートルほど先に停止している僚艦まで夢中で泳いでいきました。しかし間近まで来たら力が尽き溺れかけてしまい、艦から投げられたロープにもすがる力がなくなっていて、見兼ねた誰かが飛びこんで私を抱きかかえ引き上げてくれたものでした。

「矢矧」ではさっそく握り飯が出されたが、重油で焼けた喉にはとても通らなかった。憧れていた水もようやく口にしてみれば焼けた喉には味覚もなくて、ただなんとか喉を通った水が胃まで落ちていくと、ようやく自分が飢えて疲れ果てているのがあらためてわかりました。

私たちマリアナの戦闘で所属艦を失った連中はその後トラック島の基地に連れていかれ、職務ごとに分けられた上で再編再配属されました。

今度も森本とは同じ班に組みこまれた。

あの時、職務ごとに分かれて二列横隊に並ばされ号令がかかって番号を唱え終わると、いきなり奇数は一歩前へということで、十一番目の前後重なって立っていた私と森本はラバウル行き、残った偶数組は母艦「瑞鶴」に配属となった。乱暴といえば乱暴な決め方だが、あれも人の運命を左右する誰か何かのやり方なんでしょう。

私たちラバウル組は向こうでさんざんな目に遭いはしたが、「瑞鶴」に乗せられた連中は結局、戦の終わり頃母艦がレイテ作戦での囮として駆り出されて沈み全員死んでしまいました。

ラバウルも相当なものだったが、結局これ以上ここを攻めても意味ないというアメリカの飛び石作戦でラバウルだけが取り残されてしまい、命だけは助かった。

当時ラバウルにはまだゼロ戦をふくめて五十機近い飛行機がありました。行って始めの頃はアメリカもまだあの基地を意識して毎日のように空襲がありました。

こちらもそれに応えて迎撃に出ていったが、全体の戦況がよく摑めぬままにもラバウル航空隊はまだなかなか元気で統率もよくとれていて、ゼロ戦四十機がわずか三分くらいで全機発進していきました。とにかく舗装もしていない滑走路を機と機が前後左右接するほどのきわどさで大挙飛び立っていくものだから、地面の火山灰が湧き上がって何も見えないくらいでした。それでも接触の事故などなしにいたのはさすがなものだった。

パイロットたちは手慣れていて大抵の者が半

分裸、足も靴なんぞ履かずに裸足という成りで「翔鶴」では考えられない風だった。それでも戦果は上がっていましたが、その戦果なるものの報道がいい加減で、敵機三機撃墜が十三機になっていたり、しまいには敵が作戦でラバウルを飛び越してしまって敵襲がもうなくなっているのに時折ラバウルでまだ戦闘が続いているような報道が行なわれ、戦闘もないのに敵機の撃墜が報道されていました。それを聞きながらパイロットたちの方が、どうやらこの戦争は駄目みたいだなと笑っていっているくらいだった。

　敵襲が少なくなると基地も余所にくらべれば呑気なもので、誰が考え出したのかそこら中にいる蝿を取って集めて潰して絞り出した汁を煮立て、中から油分を取り出してさらに煮詰めその油を使って近くの森や海でとったものをテンプラに揚げたりして母艦での経験とは大分違ったものだった。

　そのまま終戦となり一時仮設の収容所に入れられたが、あまり間を置かずに日本に送り帰されました。なぜだか基地のあった松山に全員上陸させられたが、ろくなものも支給されずに私なんぞ草履（ぞうり）履きの下は夏服、上は米軍から貰った冬用のジャンパーという格好だった。

　森本とは松山に帰ったその場で別れました。なんとか生きて帰れはしたがこれから先何がどうなるやら、第一家族がどこにどうしているのかも互いにさっぱりわからず気もそぞろのまま別れたきりでした。

　それきり私も、多分彼も無我夢中で暮らしてきて、ようやく世の中が落ち着いてきた頃、偶然東京の町で出会った分隊士が、彼も加わって海軍出の仲間たちのための「海交会」の雑誌を出しているとかで、彼から強く誘われその年の靖国神社の三十年祭に行ってみて昔の仲間の何人かにも会いました。

東京で仕事をしていたし、それまで用事で近くまで行くことはあったがなんとなく靖国神社には行く気はしなかった。死んだ仲間が皆あそこにいるなどという気もしません。第一私には軍隊でのいい思い出なんぞほとんどありもしない。つらかったことも今思い返してみればなどと世間ではいうが、当時は呑気だったのだろうかさほどにも思わなかった事柄も、今こんな時代になって思い返すと腹の立つようなことばかりです。

誰かもいっていたが、海軍というのはやたらに形式的、それも階級にかまけてのことが多くて、ラバウルのような最前線の基地ででも上官に飯を運ぶ時には一々盆に載せさせられたりして馬鹿々々しく腹が立った。いつか何かの折に、えらく気をもたせられて恩賜の煙草なるものを喫んだがただ黴臭くって何がこんなものと思った。

それでも一度だけ靖国に行ってみて仲間に出会った縁で予科練の同窓会からの通知も来るようになって、その揚げ句にあの神田の集まりで森本と再会することが出来たのです。

そしてさらなる再会というのがあの多摩川のほとりででした。

それにしてもあの森本があんな姿であんなところにいたとはね。しかしとにかく、私たち二人の不思議な仲がまた始まったというわけです。

以来、私にとっては新しい楽しみといおうか、新しい息抜きが出来るようになりました。

　家では食べきれぬ何かのもらい物や、仕事の出先で貰ったまま手をつけずに持って帰った弁当なんぞを手にして時折彼のところへ出かけていきました。ガードの下にいる他の連中は外して二人だけで近くの土手の草むらに座ったり、時には土手の上の遊歩道にある東屋のベンチに座って酒を飲みながら他愛ない話をして過ごしたものです。

　しかし彼とそんなことをでもしない限り私は、水兵時代もふくめて自分の人生について振り返ってみたりすることはなかったでしょう。実際話しながら何の脈絡でか互いに子供の頃の昔話までし合ったりしたものです。

　あの「翔鶴」が沈んだ後の漂流の最中、一本の材木にすがりながら彼がしてみせた長野にある故郷の小さな滝の話から溯(さかのぼ)って、森本は滝と泉のあった村の裏山で仲間とした遊びの思い出や、滝の下流での釣りの話、私は私で故郷の海でした船遊びや波乗りの話をし合ったりしたものです。

　いい大人が子供に返ったみたいな他愛なくとりとめもない会話でしたが、いつもその度私も彼もなぜか同じように寛(くつろ)ぎきっていました。思ってみれば同じ酒でもあんなにしみじみ酒を飲んだことはなかったような気がします。

　家族との寛ぎなんぞとも違って、彼とああしていると彼につられてか、ふと自分も実はこの世で一人きりでいて、そして同じようにこの男も一人きり、いやみんなみんなそうしているのかなというような気がしてくる時がありました。

あれはなんというんでしょう、人生の中でのかまいたちみたいな、瞬時でしたが妙に透明な感じの時間でした。

私たちの座っている土手の草むらは背後にある町の明りも土手に遮られて真っ暗、そして目の前には多摩川が対岸の土手沿いの道路の明りを映しながら何かを仕切る帯みたいに鈍く輝いて流れていて、その向こうには川崎の市街の眩(まばゆ)い明りが一面に遠く広がって見える。斜め左の辺りには大きな建物が三棟並んで建っていて、建物の背がこちらを向いているせいで建物の各階の廊下とそれぞれの家の戸口の明りが一晩中耿々(こうこう)と点って、私たちがいるこちら側となぜか別の世界のようにも見えました。

だから、川に間を仕切られてこちらの暗闇の中にうずくまっていると、ふと私たち二人はもう死んで亡霊になって黄泉(よみ)の国からでも遠くの現世を眺めているような気がしてきました。そんな気がしながら眺めなおしてみると、私たちが生きてきた、いや今でもこうして生きてはいるこの世の中がなぜか実際には私たちから関わりの遠いところのような気もしてきました。

なぜだかそんな気分が言葉も要らずに通い合ったように、話が尽きても二人していつまでも向こう岸を眺めながら土手の暗闇にうずくまっていたものです。

そしてその内ふとまた彼が、

「ふん、やだねえ」

昔からの口癖でつぶやいたものでした。

それに何と相槌打っていいのかわからず、自分とは違う彼の今の身の上を思いながら、私はただ黙って暗闇の中でうなずいてやるしかなかった。

あんな時私たちが言葉も少なくただぼんやりと、しかしなぜかしきりに向こう岸に目を凝らしながら眺めていたのは何だったんでしょう。

二人してなんとか生き延びてきたあの戦争に重ねての自分たちの人生、というより自分たちを巻きこんで流れてきたこの国の歴史、などというのは大袈裟なんだろうが、ともかく大方の物事の来し方行く末ということだったのかもしれない。

人間誰しもいつかはそんなことを我が身になぞらえて考えてみるべきなのかもしれないが、私としてはあの男とまたああして出会わぬ限りそんなことを思いなおさせられることもなかったと思います。

あの連中と出会ったのもそんな折でした。

夜の何時頃だったろうか突然川下の方から何台も重なったオートバイの爆音がしてきて、乗り物は通行禁止の土手の上の遊歩道を暴走族らしい連中が走ってくる様子があった。その音を聞いた時、彼がかすかに身動ぎする気配がありました。

連中はそのまま近づいてきて打ち放しの練習場の向こうのグラウンドに入ってジグザグに入り乱れてバイクを乗り回し、その内モトクロスの真似事に土手の斜面を使って駆け上がったり駆け下りたりの乱行で、中に転倒する者がいると歓声を挙げてからかったりしての大騒ぎになった。

そしてそれが収まると、土手に上がりなおしたバイクの内の何台かがゴルフ練習場の水道で水を飲むのか汚れた手足を洗うのかでやってきました。そして中の誰かが、彼らの上側に座っていた私たちを見つけて近づいてきた。

私たち二人を囲むように立ちはだかると、

「おやじ今頃宴会かよ。おっ、豪勢なもんじゃねえか、どこの残飯だ、酒まで飲んでよ」

「酒はかっぱらったんじゃねえのか」

「働かずにいる癖しやがって、酒まで飲んで結構な身分だよな」

黙っている彼に代わって何かいおうとした私を森本が肘で押して止めました。

「何とかいえよ、おやじ」

「じゃいうがな、お前らこの土手の道は車は通行禁止のはずだぞ」

私がいったら、

「なに、この野郎っ」

甲高い声でわめいてみせたが、それでむしろ私は落ち着いていました。

「俺はこの近くに住む岡田というもんだ。世田谷の玉川署の警察協力会の副会長をしてるんだよ。嘘と思うなら今ここで百十番を呼ぼうか、すぐ来てくれるぞ。俺がここで、昔の友達と話していて何が悪いんだ」

いってポケットから携帯電話を取り出してみせ、手探りでしたが１１０と押してみせた。百十番はすぐに出ました。

電話の相手に向かって私は玉川署の協力会の役員と名乗って、今多摩川の土手で暴走族らしい連中に囲まれトラブっているから来てほしいといってやったんです。場所を聞かれ、新幹線ガードの川下のゴルフ練習場の前と教えたら、それを聞いて連中は何やらわめいて唾を吐きながらちりぢりになってバイクに跨がり逃げていった。

　そして間もなくパトカーのサイレンが聞こえてきました。奴等も逃げながらそれを聞いていたでしょう。その後やってきたお巡りさんに職務尋問され、私は運転免許証を見せて納得され、森本の身元については私が代わって、九州での仕事が倒産し回された手形でやくざに追われて今はここに隠れているのだと説明し、警察もそれで一応納得してくれました。そしてそのままお巡りさんの前で二人は別れ、彼はガードの下の小屋に戻り、車に戻る私を一人のお巡りさんが車まで送ってきた。

「聞いたら、あいつら前にも二度三度あそこにいる連中を悪戯でいびりにやってきたそうですよ」

　いったら、

「そういわれても、私たちもあんな人たちまで見張って見巡る訳にはいきませんのでねえ。不法に住んではいても、何か事件でもない限りこちらも手出しは出来ませんで。ま、この先何か厄介なことがあったらいってくださいよ」

　警官はいいました。

　それからさらに十日ほどして森本を訪ねていったら、ガードの下には彼の小屋が一つだけ残っていて他の小屋は消えてなくなっていました。聞いたら、あの後またあの暴走族がやってきて空気銃を射ちこんだり花火を投げこんだりして、住人の一人が目の近くを撃たれ危うく失明するところだったそうな。そんなことで他の連中は川向こうの川崎の側に移ってしまった。それに、なんでも川崎の方では彼らみたいな連中に定期的に炊き出しもしてくれるとかで、彼らの内にもいろいろ縄張りもあるようだが、相手側のボスに許しを乞うて同じ側の川原に移れることになったという。

「なんでお前も向こうに移らないんだ」

私が聞いたら、

「いや、おんなじ格好した連中が沢山に集まるとますます惨めな気になってな、まるで敗残兵だよ。それにさ、向こうの川原に平たい空き地があって、いつも午後になるとリモコンの飛行機をやってる連中がやってきて飛ばし合ってるんだ。そんな横でこんな格好して眺めてると、もうまるであのラバウルだよ」

いって声を立てて笑うと、

「やだねえ」

またいってみせました。

一人になってもっと危なくなることはないのかと尋ね、なんなら私の家にしばらく居候して、造園の仕事なぞ素人でも出来ることもあるから手伝う気はないかと質してもみたが、いよいよになったら頼むかもしれないが今はこの方が気がおけなくていいんだと聞き入れなかった。

彼なりの沽券もあったろうし私もそれ以上くどくはいわなかったが、あの時もう周りの他人がいなくなっていたので彼の小屋の前に座って酒を飲みながら交わした会話が結局最後のものになりました。そのせいか、ひどく胸に応えて残るようなことをあの時彼はいっていました。

「今思ってみりゃ、あの頃の方がみんな夢中で生きて夢中で死んでいってたよな。そうやって折角生き残ったんだから、先にいっちまった仲間のことを考えりゃ簡単には死ねないと思ってきたけど、なんてことにもなりはしなかったよな。まったく世の中どうなってんのよ」

いわれてみると本当にそんな気がしてきました。私と彼とでは今在る立場は違っていても、仲間たちがああして死んでいく中、ぎりぎりに生きてきた自分という身にとって、私なりに落ち着いてきてみると逆に世の中どこか違っちまった、とにかくおかしいというか腑に落ちないことばかりのような気がします。

そんな私の自分でも思いがけなかった心中を促すように、

「こうなってみると、あいつらも一体何のために死んだんだか、俺たちも何のために生きてきたのかわかるようでわかんないよなあ。こんな羽目になったからいうんじゃねえんだ。お前だって同じ気がしねえか、なんだかああやって死んでいった奴等の方がましだったのかもしれないって、前からそんな気がしてたのよ」

私にというより、誰かにぼそぼそと報告するみたいにいった後、

「やだねえ」

またいったが、それに何と答えていいのかわからずにいました。

しばらくしてまた突然、一人でつぶやくように、

「バブルの頃、用事で長野の諏訪まで行った時思い出して、近くの生まれて育った村に行ってみたんだよ。あの湧いて出ている滝の水をも一度飲んでみたくなってな」

その後、

「はっ」

何かを嘲笑うように声を立てると、

「山は削られて、どっかのコンピューターの部品を作る工場が建ってたよ」

その後二人とも長い間黙ったままガードの下の暗闇の中から川の向こうの明りに輝いた対岸に見入っていましたが、あの時私たちが確かめるようにしみじみ眺めていたものは何だったんだろうと今になって思います。

あれはただ人の世の中の移り変わりなどということではなしに、二人してかろうじて生き延びてきたあの戦争もふくめて、私たちを巻きこみ流れていったこの国の歴史というんですかね、私たちにはどうしようもない何かについて、つまりそれがしょせん人生ということなんでしょうか。

考えてみればこの俺もそろそろ自分を取り戻さなけりゃ、などというような気が急にしてきてなりませんでした。とはいっても自分をどう取り戻すのか、取り戻したらどうなるのか、どうしたらいいのかはわかりはしなかったが。

時折頭の上のガードを新幹線や横須賀線の車両が通過していって、頭から押し潰すようなその轟音がなんだか私たちが過ごしてきた時間そのもののような気がしてならなかった。

とにかくあの森本がいなければこの私はとてもあんな気分になりはしなかった。なんだか、急に気づいて危うく立ち止まるような気分がしていました。あれが戦友の功徳というものなんでしょうかね。

彼が奴等に殺されたのはその翌々日の夜のこ

とです。次の日の昼頃家から仕事先まで電話があり、地元の警察署から連絡があって至急署に来てほしいという。後は社員に任せて駆けつけてみたら、田園調布署からの連絡で前夜の事件の被害者の身元確認の依頼でした。すぐにその足で出向いたら地下の奥の小部屋の台の上に白布をかけた死体がありました。この男に見覚えはないかと問われて眺めた相手が森本だった。

半月ほど前の夜、あの暴走族にからまれた時百十番で呼んだパトカーの警官が私のことを覚えていて、玉川署に聞き合わせてきての連絡でした。

着ているボロが全身焼けてしまって、片手の袖なんぞ焼け落ちて中から覗いている腕は焼け焦げ、顔も焼けてただれてひどいありさまだった。聞いたら、あの小屋ごと火をつけられて中から飛び出してきた彼にも軽油がかけられたらしく、火達磨になった森本はそのまま近くの川に飛びこもうと走り出し、急な石垣から転落し首の骨を折って死んだそうな。

「身元がわかりますか」

係官に聞かれ、

「わかります」

私はうなずき、

「戦友です」

いいました。

火傷と転落で割れた頭の怪我から流れた血で汚れはてた顔でしたが、なぜだか妙にあどけないほどの顔をしていました。

それはあの「翔鶴」が沈んだ後、同じ一本の材木にすがって漂流していた時の彼の顔そのものでした。しかしそこでそんな戦歴を話したところで何にもなりはしなかった。私も、彼があの多摩川まで逃げてくる前は博多で工務店をしていたという以外のことは知りはしません。

　眺めている内、痛ましいというよりなぜだか無性に腹が立ってきました。彼をこんな目に遭わせた奴等がというより、もっと割り切れぬ、もっと何かの筋がまったく通っていないこんな結末を、彼のためだけでなしにとにかく絶対に許せぬ気がしてなりませんでした。それはどうにも抑えようのない気持ちだった。

　眺めながら知らぬ間に体ががたがた震えてきて、その内自分で気づいたら立ち会った警官の前で突っ立ったまま嗚咽していました。

「ひどいことをしやがる」

　呻いていう私を警官はただ黙って眺めているだけでしたが、それまでが腹立たしく、

「あんたらには、わかりゃしないんだ」

　なぜかいってしまった。

　森本の荼毘は私が出してその骨も家に預かっています。

　骨の引き取り手は警察が探してくれるそうだがもうどうでもいい。私のところに置いてやった方が彼も落ち着けるかもしれない。

　しかしそれだけではどうにもすまぬ思いでいました。こんなことでこいつのことが終わってしまっていいのかとしきりに思った。彼だけのためではなしに、何かもっとちゃんとした決着のしかたがあるはずだ、この自分が納得出来、あいつも納得出来る、いやもっと多くの昔の仲間がうなずけるような方法があるはずだと。その気持ちはなぜだか日がたつにつれ強いものに

なっていきました。

つまりこの私もこの世のことに実はまったく満足していなかったということなんでしょうね。

そしてある夜突然思いついたんです。

これしかないと思った。そして次の夜その準備をして出かけていったのです。

毎秋猟期が来れば使っている直列のウインチェスターを取り出して三発弾をこめ、予備にもう二つポケットにしまって、銃はゴルフの練習場に行く時に何本かのクラブを選んで入れていくサンデーバッグに入れました。袋の底も布だから発射にはさしつかえありません。

その袋を抱えてその週末の夜あの土手へ行きました。真夜中まであのガードの下で待っていたが奴等は現れなかった。しかしそれでいっそう気持ちが一途なものになりました。こうなれば奴等がやってくるまで毎週でも来てやろうと思った。

死んだ森本のためというより、なぜか時がたつにつれもっと他のもっと違う何かのためのこれしかないしめしのような気がしてきました。一人だけだったが、なんだか久し振りに何か大きなものを背負って戦いにいくような気分だった。

そして三週目の土曜日の遅くなって小糠雨(こぬかあめ)の降り出した夜、今夜は来まいかとあきらめて立とうとしたら土手の下手の方からやってくる爆音を聞きました。

十台ほどいたろうか、連中は最初会った時と同じように打ち放しの練習場の向こうのグラウンドでまた土手を使って駆け上がりの競争を始めていました。その真ん中に向かって真っ直ぐ歩いて入っていったんです。

　夜中誰もいないはずのグラウンドで乱痴気騒ぎをしている若者たちの前に年寄りが一人突然現れた訳がわからずに、彼らは動きを止め私を囲むようにして眺めていました。

　その中で、車のヘッドライトの明りの反射を頼りに乗り手の一人一人を確かめ眺めてみた。どれも同じ格好に見えて時間がかかり手間取る私にじれたように、

「おい、なんだおやじ、何しに来たんだよ」

なじるように中の誰かがいいました。その声に聞き覚えがあった。

　近づいていって確かめると、厚い布地の上に金属のバッジのようなものを縫いつけたジャンパーを着ている大柄な若者には確かに見覚えがあった。

　そいつに向かって抱えていた物を持ち上げ、胸元に向けてかざし、

「お前らこの間の夜、あそこで一人残っていた男の小屋に火をつけて殺したな。お前には見覚えがある、他にこの中の誰と誰がやったんだ」

　奇妙な沈黙があり、突然その男の横にいた奴が、

「おい、あんたあの時パトカーを呼んだな、そうだこいつだぞ」

　高い声で叫び、

「そうだ、その通りこの俺だよ」

　私はうなずいてみせた。

「一体何なんだよ、それでどうしようというんだよ」

　いきりたっていう相手が急に情けないほど子

供っぽいものに見えた。

「お前らだな、間違いなくお前らだ。お前らがあの森本を殺したんだな」

駄目を押していったら、

「殺しやしねえよ、あいつが勝手に走っていって石垣から落ちやがったんだ。小屋が火事になってて、俺たちわざわざ助けにいってやったんだよ。な、そうだよな」

むきになってわめくようにいう男に合わせて、他の仲間たちがはやしたてるような笑い声で、

「そうだよおっ」

「あいつが勝手に走っていって落ちたんだ」

口々にいいました。

「いや、あいつには軽油なんぞ買う金はなかった。第一あの小屋には暖房の器具なんぞありゃしなかった。お前たちが火をつけたんだ」

「おい、おやじ、見ていたようなことをいうなよ。因縁つけようってえのかよ」

「あいつは不法占拠してたんだぞ、あそこにゃ誰も住みついちゃならねんだ。ホームレスはみんな違反なんだよ、いくらいってもどかないから周りじゃみんな迷惑してるんだよ」

「苦情があっても警察は何もしねえから、俺たちが出てくようにけりをつけてやったのよ。だけどあいつだけが居座ったままでいたんだ」

目の前の胸に金属のバッジをつけている男が居丈高にわめいていた。

しかし私は妙に落ち着いたままでいました。よく見るとわめいている連中はみんなごくごく若く、丁度私たちが予科練に入った頃と同じ年頃のようなものだった。

「ならな、お前らがここでそのオートバイでや

ってることも違反じゃないのか」

私がいったら誰も答えなかった。

そんな様子がいかにも身勝手で青臭く、その一瞬だけなぜか彼等みんなが哀れなような気がしてならなかった。

男がいい返し、

「だから、何なんだよ」

「だから、お前らと同じように、この俺もけりをつけに来たんだ。あの時もお前と、お前だったよな」

念を押して手にした物をまずバッジをつけた男の胸に突きつけ、いわれたことがわからぬまま突っ立っている相手に向かってそのまま引き金を引きました。

一メートルもない距離から撃った散弾はオートバイに跨がったままでいた男を車ごとはね飛ばした。

そしてその隣の、一番大声でわめいていた男に向かってもです。

他の連中はのけ反ったまま、今目の前で何が起こったのかが一瞬わからずにいる様子だった。大体こいつらは、人間なんてこんなに簡単に死んでしまうのだということをまったく知らずにきたんだろうな、とふと思いました。

瞬時を置いて、アクセルをふかして逃れようとする中のもう一人の背中に三発目を放ちました。肩を撃たれたその男は突き飛ばされたように斜め前に転がり落ち、後の連中は蜘蛛の子を散らすようにてんでの方角に逃げていった。

彼等には目を置かず転げ落ちた三人目に向かって近づき、袋から取り出した銃にポケットにしまっていた残りの弾をこめ直して、這いずって逃げようとしている男の背中に向かってとどめを撃ちこみました。

その間中、不思議なくらいまったく何に躊躇することもありませんでした。

とどめを撃ちこんだ後、手元にまだ一発残っているのに気づいて、ふと、これでここで自分を撃って死ぬべきなのかなとも考えたが、その必要はないと思った。

というより、自分が今やりおおせたことについて、警察にも世間にも私自身から、いい訳ではなしに何かをはっきり説明してやる必要があると強く思いました。

銃を破れた袋に収いなおしながら、

「ざまみろ、ざまみろ、ざまみろ」

何かを唱えるように自分がいっていたのを覚えています。

しかしこうしてお話ししてみると、説明というよりやはりいい訳なんでしょうかね。あんなことをして申し訳がないとかではなしに、自分が今でもこんなに納得した気分でいることをどう述べたらいいのかわからないんです。

とにかく、あの森本にも他の仲間たちにも代わって今何かいいたい、いわなくちゃならないのです。それはどういったらいいんだろう、私の遺言とでもいうのでしょうか。それもあんなことをしなければとてもいえなかったことのような気がします。

確かにこの私が、あの三人の若者を撃ち殺しました。でも、私が撃ったものはただあのろくでもない暴走族だったんでしょうか。いや、もっと違う何かだったような気がしています。

　あんなろくでもない若者を作ったこの世の中、そんな世の中を作り出してきた何か。その何かが昔は、彼等と丁度同じ年頃の私たちをあんな風に駆り出しあんな目に遭わせて何も報いてもくれぬままに放り出し、揚げ句に森本はあんな風に死んでいったんです。同じそれが今じゃあの若者たちを世の中であんな風に仕立てあげてもいるんだ。

　しょせんそれが人間と国のというか、私たちとこの世の関わりというならそれはそうかもしれないが、森本の死にざまを見て、私にはそれをそのまま素直には納得してしまうことがどうにも出来ない気がしたのです。

　殺されたあいつらも可哀相だとは思うが、じゃ森本はどうなんです。

　あんなことをした私を本当に裁けるのは、この今になってまでああして殺されてしまった森本や、昔ああやって死んでいった仲間たちでしかないという気がしているのですが。

【初出】

聖　餐　「新潮」一九九三年一月号
山からの声　「新潮」一九九四年十月号
海からの声　「新潮」一九九四年十一月号
空からの声　「すばる」一九九九年三月号
沢より還る　「新潮」一九九六年九月号
海にはすべて　「新潮」一九九八年一月号
青木ケ原　「新潮」二〇〇〇年新年特別号
わが人生の時の生と死　「すばる」二〇〇六年七月号、「en-taxi」二〇〇四年第四号
ブラックリング　「新潮」二〇〇二年新年特別号
生死刻々　「文學界」二〇〇九年一月号
生き残りの水兵　「新潮」二〇〇一年新春特別号

※本書には、今日の人権意識に照らして不当・不適切と思われる語句・表現が使われておりますが、時代背景と作品価値に鑑み、修正・削除は行っておりません。

〈著者紹介〉
石原慎太郎　1932年神戸市生まれ。一橋大学卒。55年、大学在学中に執筆した「太陽の季節」で第1回文學界新人賞を、翌年芥川賞を受賞。『化石の森』(芸術選奨文部大臣賞受賞)、『生還』(平林たい子文学賞受賞)、ミリオンセラーとなった『弟』や2016年の年間ベストセラーランキングで総合第1位に輝いた『天才』、『法華経を生きる』『老いてこそ人生』『子供あっての親——息子たちと私——』『男の粋な生き方』『凶獣』『救急病院』『老いてこそ生き甲斐』『新解釈現代語訳 法華経』『宿命(リベンジ)』など著書多数。

石原慎太郎 短編全集 I
2021年12月20日　第1刷発行

GENTOSHA

著　者　石原慎太郎
発行人　見城 徹
編集人　森下康樹

発行所　株式会社 幻冬舎
〒151-0051 東京都渋谷区千駄ヶ谷4-9-7

電話：03(5411)6211(編集)
03(5411)6222(営業)
振替：00120-8-767643
印刷・製本所：中央精版印刷株式会社

検印廃止

ISBN978-4-344-03891-2 C0093
幻冬舎ホームページアドレス　https://www.gentosha.co.jp/

この本に関するご意見・ご感想をメールでお寄せいただく場合は、comment@gentosha.co.jpまで。